TERESA SIMON

Die Flieder Tochter

ROMAN

W0415070

WILHELM HEYNE VERLAG
MÜNCHEN

MIX
Papier aus verantwortungsvollen Quellen
FSC® C014496

Verlagsgruppe Random House FSC® N001967

2. Auflage

Originalausgabe 03/2019
Copyright © 2018 by Teresa Simon
Copyright © 2019 dieser Ausgabe by Wilhelm Heyne Verlag
in der Verlagsgruppe Random House GmbH München,
Neumarkter Straße 28, 81673 München
Redaktion: Katja Bendels
Printed in Germany
Umschlaggestaltung: © Nele Schütz Design unter Verwendung von Shutterstock (Anton Burakov, 1000 Words, Digi Trees, Kataryna Upit, Premium Art, frantic00, mubus7)
Satz: GGP Media GmbH, Pößneck
Druck: GGP Media GmbH, Pößneck
ISBN: 978-3-453-42145-5

www.heyne.de

Für Lilly

Das Glück is a Vogerl,
gar liab, aber scheu,
es lasst si schwer fangen,
aber fortg'flogn is glei.
Das Herz is der Käfig,
und schaust net dazua,
so hast du auf amal dann
ka Glück und ka Ruah.

Wiener Lied, Alexander von Biczo, (1868–1935)

Prolog

Berlin, Herbst 1999

Das Kruschtelzimmer am Ende des langen Flurs ist Paulinas heimliches Paradies. Früher hat es ihrem Vater gehört, und noch immer meint sie dort eine Spur seines englischen Pfeifentabaks zu riechen. Dabei ist er doch schon vor vielen Monaten gestorben. Mamasi, wie sie ihre Mutter Simone nennt, hat es seitdem mit Beschlag belegt – fliederfarbene Wände, ihre antike Nähmaschine, der große Korb voller Wollknäuel und ein zierlicher Sekretär unter dem Fenster zeugen davon.
Aber es gibt nach wie vor Papas Regale und Vitrinen, in denen seine Ammoniten stehen, die funkelnden Kristalldrusen, und jene famose Blechspielzeugsammlung, die so kostbar ist, dass Paulina sie früher nur anschauen, aber auf keinen Fall anfassen durfte.

Heute erschafft sie aus alldem ihre eigenen Welten, sobald die Mutter bei der Arbeit und sie zu Hause ungestört ist. Den Freundinnen verrät die Elfjährige nichts davon, weil die anderen Mädchen sie sonst kindisch finden könnten. Dabei ist es doch so aufregend und jeden Tag wieder ganz anders! Aus ein paar Edelsteinen und Stoffresten hat sie eine kleine Theaterbühne gezaubert, auf der sie die bunten Figürchen auftreten lässt. Sie reden so, wie es Paulina in den Sinn kommt, und sagen all jene Dinge, die sie selbst lieber hinunterschluckt, um ihre Mamasi nicht noch trauriger zu machen.

Dass sie Angst vor dem Umzug hat, weil sie dann in eine neue Schule muss.

Dass sie mit Herz und Seele an dieser geräumigen Altbauwohnung hängt und sich nicht vorstellen kann, künftig in viel kleineren Räumen zu leben.

Dass sie jeden Abend im Bett vor dem Einschlafen weinen muss, weil Papas Bart sie nicht mehr beim Gute-Nacht-Kuss kitzelt.

Dass sie ihre heitere, stets gut aufgelegte Mutter wieder zurückhaben möchte, die jede Angst wegbläst.

Und wie sehr Paulina es hasst, dass ihre Mamasi auf einmal Geheimnisse vor ihr hat.

Um sich vor weiteren Überraschungen zu wappnen, durchforstet sie seit Neuestem sogar deren Handtasche, wann immer sich die Möglichkeit dazu ergibt. Leider hat sie bislang noch nichts von Bedeutung gefunden, doch Paulina studiert trotzdem selbst die allerkleinsten Notizen eingehend.

Mit Toni reden?, steht beispielsweise auf einem verknitterten gelben Post-it.

Aber warum schreibt sie sich das auf?

Mit Antonia, die in Potsdam lebt, reden sie doch ohnehin dauernd. Die ältere Dame ist für Paulina so etwas wie eine Wahloma, da sie keine eigenen Großeltern mehr hat, und seit Papas Tod sind sie sogar noch häufiger mit ihr zusammen.

Sie müsste Mamasi fragen.

Doch dann wüsste die ja, dass sie heimlich in ihrer Tasche kramt …

Seufzend setzt sich Paulina an den Sekretär und zieht nur mal für alle Fälle an der Schublade.

Unverschlossen!

Sie ist so verblüfft, dass sie für einen Moment erstarrt. Dann jedoch fasst sie sich wieder und öffnet die Schublade ganz.

Es riecht ein wenig bitter nach vergossener Tinte. Vorne liegen ein paar gespitzte Buntstifte und ein altes Holzlineal, das bei Zentimeter 15 abgebrochen ist. Als sie ein wenig tiefer tastet, berühren ihre Finger Papier, so weich, als hätte jemand es viele Male in der Hand gehabt. *Gebraucht und geliebt*, muss Paulina unwillkürlich denken, dann zieht sie es hervor und faltet es auf.

Eine runde Handschrift mit großzügigen Unterlängen, die sie auf Anhieb mag. Die türkisfarbene Tinte ist schon leicht verblasst, aber noch immer gut lesbar.

> *Jetzt wird auch noch die Zeit zu unserer Feindin, geliebte Freundin …*

Paulina lässt das Blatt sinken.

Ein Brief also. Von klein auf haben die Eltern ihr eingeschärft, dass man das Briefgeheimnis unter allen Umständen wahren muss und Schreiben, die an andere Menschen gerichtet sind, tabu sind. Sie müsste ihn also sofort wieder zurücklegen und die Schublade zuziehen. Paulina beginnt, sich am Nasenflügel zu kratzen, wie immer, wenn sie verlegen wird.

Aber sie ist schon zu weit gegangen, um jetzt noch zurückzukönnen. Die Neugierde ist einfach übermächtig.

Sie beginnt noch einmal ganz von vorn.

Jetzt wird auch noch die Zeit zu unserer Feindin, geliebte Freundin, dabei hatten wir uns alles so perfekt ausgemalt. Doch mein bockiger Körper hält sich leider nicht an unseren genialen Plan. Es wird schneller gehen, als wir gedacht hatten, das haben sie mir heute mitgeteilt, in jener aalglatten medizinischen Betroffenheit, mit der sie vielleicht andere hinters Licht führen können, aber nicht mich.

Wen schert es hier schon, was aus mir wird?

Störrische Patienten sind alles andere als beliebt, und ich habe mir mehr als einmal erlaubt, gegen die Ärzte aufzubegehren. Wäre es nach ihren Ratschlägen gegangen, hätten sie das kleine Wesen, das in mir wächst, schon vor Monaten entsorgt.

Dieses Kind wird Sie das Leben kosten …

Doch wie hätte ich mich noch von ihm trennen können, als ich nach Wochen widerlichster Übelkeit zum ersten Mal in mir sein zartes Flügelschlagen wie ein freundliches Hallo gespürt habe?

Natürlich wusste ich von dem gefräßigen Monster in meiner linken Brust, das die gesunden Zellen angreift und mich über kurz oder lang ganz verschlingen wird, und es gab viele Morgen, an denen ich so traurig und zerschlagen erwacht bin, dass ich nicht mehr weiterwusste. Doch dann kamst du ins Spiel, mit deiner Frische, deiner Großzügigkeit, deinem nie endenden Mut. Das hat mich gerettet.

Wir beide zusammen gegen den Rest der Welt – so lautete unser Motto. Und für ein paar wunderbare atemlose Monate, in denen wir jede Menge Unsinn angestellt und einträchtig nebeneinander die Entwicklung der Ultraschallbilder studiert haben, schien es auch zu funktionieren.

Nun aber hat mich die rabenschwarze Diagnose wieder eingeholt, und ich bin nichts als ein einziges heulendes Häuflein Elend. Nicht dabei sein zu können, wenn ihre Zähnchen kommen, sie zu laufen beginnt, Rad fahren und Schwimmen lernt, wenn sie eingeschult wird und sich zum ersten Mal unsterblich verliebt, erscheint mir unerträglich. Die ganze Welt wollte ich ihr zu Füßen legen und vermag doch rein gar nichts mehr davon in meinem elenden Zustand.

Ich weiß, dass sie bestens behütet ist, aber sie wird das alles ohne mich erleben, das macht es so schwer.

Nicht einmal bis zum Ende der Schwangerschaft darf sie bei mir bleiben, das haben sie mir heute ebenfalls verkündet. Das Würmchen muss jetzt schon aus dem Mutterleib, vor der eigentlichen Zeit, hinaus aus der dunklen, warmen, schützenden Hülle in die grelle, kalte Welt, damit wenigstens sie eine Chance hat.

Und ich? Was wird aus mir?

Mit einem Mal habe ich große Angst vor dem Sterben, obwohl viele ja behaupten, der Körper fahre in jener letzten Phase sein eigenes Programm, eine Art langsames Herunterdimmen, ohne Pein, ohne große Schmerzen, langsam, beinahe sachte. Aber vielleicht ist das nichts als freundliche Propaganda, ein wohlgemeinter Versuch, um den Abschied vom Leben nicht noch schwerer zu machen – und jemanden, der das wahrhaftig aus eigener Erfahrung bezeugen könnte, gibt es ja leider nicht.

Man ist so verdammt allein dabei, einsam auf weiter Strecke sozusagen, und das ist vielleicht das Schlimmste daran. Ich fühle das Dunkel wie einen Meteor auf mich zurasen und klammere mich verzweifelt an alles Tröstliche, das mir in den Sinn kommt: freundliche Erinnerungen, spannende Begegnungen, kluge Sätze aus Büchern, die ich mir aufgeschrieben hatte, Witze, über die ich einmal lachen musste, Fotos, die Gnade vor meinen Augen fanden, was selten genug vorkam.

Von irgendwoher ertönt Klaviermusik, wahrscheinlich aus dem hintersten Zimmer, in dem die Angehörigen Luft holen können, bevor sie wieder zu den Sterbenden hineingehen, ein altes Rhythm & Blues-Stück, das mir in die Beine fährt, die mich nicht mehr tragen wollen, und für ein paar Augenblicke fühle ich mich besser.

Doch viel zu schnell bricht der Song wieder ab, und erneut stürzt alles auf mich ein.

Die Schnodderschnauze, mit der ich viele verletzt habe, besonders jene, die mir nahestanden, ist mir schon vor geraumer Zeit abhandengekommen. Und das Bedürfnis, unbedingt immer cool sein zu müssen, liegt ebenfalls weit hinter mir. Dafür steigen Empfindungen in mir auf, so tief und wahrhaftig, wie ich sie noch nie zuvor erlebt habe.

Zurück in die Vergangenheit kann ich nicht mehr, dafür habe ich selbst gesorgt, weil alle Brücken abgerissen sind. Eine Zukunft gibt es für mich nicht, wenn ich den Ärzten glauben kann. Doch in der Gegenwart bist du es, geliebte Freundin, deren Namen ich wie ein Mantra immer wieder vor mich hin flüstere.

S & L.

Du & ich.

Der Himmel hat dich geschickt. Keine Schwester könnte mir näher sein …

»Paulina? Wo steckst du denn?«

Sie sitzt noch immer vor dem Brief, den sie nicht ganz verstanden hat, so benommen, dass sie ihn nicht rechtzeitig verstecken kann, bevor die Mutter im Zimmer steht. Mit einem Blick erfasst diese die Situation, zieht ihre Tochter vom Stuhl hoch und umarmt sie zärtlich, während sie das Schreiben unauffällig an sich nimmt.

»Was ist das, Mamasi?«, flüstert Paulina. »Das ist ja so traurig und gleichzeitig so wunderschön.«

»Ja, das ist es. Und sicherlich nicht die richtige Lektüre für neugierige kleine Mädchen.«

»Ist sie wirklich gestorben?«

»Leider. Schon vor vielen, vielen Jahren.«

»Wer war sie?«, will Paulina weiter wissen.

»Ein wundervoller Mensch. Sie kennen zu dürfen, war eine besondere Ehre.«

»Erzählst du mir von ihr?«

»Das werde ich. Eines Tages, wenn du alt genug dazu bist.«

»Alles? Großes Ehrenwort?«

»*Alles*, meine Kleine. Großes Ehrenwort.«

1

Berlin/Wien, Mai 2018

Paulina Wilke kam erst wieder richtig dazu durchzuatmen, als sie auf ihrem Platz in der Ersten Klasse des ICE 93 saß. Sie war tatsächlich auf dem Weg nach Wien, worum Antonia sie gebeten hatte. Toni, wie alle sie nannten, gehörte zur Familie, seit Paulina denken konnte, dabei waren sie ja eigentlich gar nicht miteinander verwandt. Doch Toni hatte ihr immer wieder Naschgroschen zugesteckt, ihr stundenlang vorgelesen und war bereitwillig als Babysitter eingesprungen, wenn die Eltern etwas vorgehabt hatten. Paulina hatte es geliebt, in Tonis verwinkeltem Häuschen übernachten zu dürfen, das in Potsdam im Holländischen Viertel stand. Vielleicht, weil dort die Wände mit bunten Zeichnungen bedeckt waren, die von Tonis eigener Hand stammten. Sogar die Bettwäsche hatte sie selbst entworfen, und so zog sich über Kissen und Plumeau ein Reigen fantastischer Gestalten, die sich mehr als einmal in Paulinas Kinderträume gestohlen hatten.

Schon der Dreijährigen hatte Toni Buntstifte in die Hand gedrückt, blütenweißes Papier vor ihr ausgebreitet und jeden Kringel freudig begrüßt. Später hatten sie oft Seite an Seite gezeichnet, und jene langen sonnendurchfluteten Nachmittage gehörten zu Paulinas kostbarsten

Kindheitserinnerungen. Nie hätte Toni ihr geholfen oder gar die Hand geführt, und doch genügte ihre Nähe, um sich sicherer zu fühlen und an Motive zu wagen, die sie allein niemals zustande gebracht hätte.

»Du hast geschickte Hände und einen klugen Kopf«, hatte Toni anerkennend geäußert, da war Paulina erst sieben gewesen. »Wenn du beides kombinierst, muss man sich später keine Sorgen um dich machen.«

Sie wusste, wovon sie sprach, denn Zeichnen bedeutete für sie ebenso Leidenschaft wie Profession; ein ganzes Bücherregal, gefüllt mit eigenen Werken, kündete davon. Weit über das übliche Renteneintrittsalter hinaus war Toni Ostermann noch immer als Illustratorin erfolgreich, weil die Verlage ihre ungewöhnlichen Zeichnungen nicht missen wollten. Doch in den vergangenen beiden Jahren hatten ein fortschreitendes Rückenleiden sowie Herzrhythmusstörungen und gelegentlich auftretendes Vorhofflimmern sie gezwungen, aus gesundheitlichen Gründen deutlich kürzer zu treten. Mittlerweile konnte sie keine langen Strecken mehr ohne Schmerzen zurücklegen, und auch beim Treppensteigen japste sie viel zu schnell nach Luft. Eigentlich hätte sie am besten gar nicht mehr arbeiten sollen, aber das brachte sie nicht fertig, und so nahm sie nur noch ausgewählte Aufträge an, jene, an denen ihr am meisten lag.

»Ist doch sonst schon wie im Grab. Ausruhen kann man sich noch lang genug, wenn man einmal tot ist!«

Mit einer ausladenden Geste wischte sie all die gut gemeinten ärztlichen Ratschläge wie ausreichend Schlaf, gesunde Ernährung ohne ihren geliebten Weißwein und regelmäßige Krankengymnastik vom Tisch, und das so lebhaft und charmant, dass niemand ihr böse sein konnte. Ein Quirl wie Toni Ostermann ließ sich die Lust am Leben eben nicht verbieten – nicht bis zum letzten Atemzug.

Gestern allerdings hatte ihre Stimme am Telefon aufgeregt geklungen, fast schon schrill.

»Kannst du bitte gleich kommen, Paulina?«

»Ist etwas passiert?«, fragte diese alarmiert zurück.

»Allerdings. In der Post war heute so ein seltsamer Brief aus Wien. Angeblich eine Art Vermächtnis, das mit mir zu tun haben soll. Und jetzt brauche ich dringend deinen schlauen jungen Kopf, damit ich altes Mütterchen nicht von irgendwelchen ausgebufften Erbschleichern über den Tisch gezogen werde.«

Kein Mensch wäre auf die Idee verfallen, die Fünfundsiebzigjährige als altes Mütterchen zu bezeichnen. Mit ihrem Faible für japanische Designermode, dem fedrig geschnittenen weißen Haar und den dicken Ketten aus Koralle, Bernstein oder Türkis, die sie am liebsten lagenweise trug, fiel sie überall auf, so klein und zart, wie sie war. Beim lebhaften Gestikulieren, das zu Toni gehörte, klimperten die vielen Armreifen, die sie nicht einmal zum Zeichnen ablegte. Geistig hellwach, konnte sie mit ihrem Wissen und dem bisweilen reichlich schwarzen Humor ganze Tischgesellschaften unterhalten. Ihr Koboldlachen, mit dem sie alles Unangenehme zum Schrumpfen brachte, war legendär. Besonders gerührt aber war Paulina, wenn Toni in ihrer ehrenamtlichen Funktion als Lesepatin fungierte und Kinder jeden Alters fasziniert an ihren Lippen hingen, während sie von ihr auf unwiderstehliche Weise in die Welt der Fantasie entführt wurden.

Allein die Vorstellung, diese wunderbare Mentorin für alle Lebenslagen jemals zu verlieren, ließ Paulina die Kehle eng werden. Und so fuhr sie auf ihrer knallroten Elektro-Schwalbe gleich nach dem Anruf nach Potsdam, trank dort Tonis eigenwilligen Minztee und las das Schreiben aus Wien dreimal hintereinander sorgfältig durch.

»Also, Erbschleicher sind diese Brunners aus Wien schon mal nicht, denn die wollen dir ja nichts wegnehmen, sondern dir etwas geben«, sagte Paulina erleichtert. »Hast du den Namen Peter Matusek, von dem hier die Rede ist, schon mal gehört?«

»Niemals!« Tonis Armreifen stimmten ein kurzes Konzert an, so aufgeregt war sie. »Das habe ich seiner Tochter auch gesagt, dieser Lena Brunner, die mir geschrieben hat. Ganz spontan habe ich sie vorhin angerufen, gleich, nachdem wir beide miteinander gesprochen hatten. Sie war reizend – allein dieser umwerfende Dialekt, den man sonst nur aus dem Fernsehen kennt! –, aber so richtig mit der Sprache rausrücken wollte sie nicht. Ich müsse nach Wien kommen und sei natürlich herzlichst eingeladen, bei ihnen zu wohnen. Dort und nur dort könne sie mir die Hinterlassenschaft ihres Vaters übergeben.«

Jetzt klang Toni richtig erschöpft.

»So eine Reise nach Wien ist für mich jedoch bis auf Weiteres ein Ding der Unmöglichkeit. Fliegen darf ich wegen der Thrombosegefahr ohnehin nicht, und eine Zugfahrt von mehr als acht Stunden? Ausgeschlossen! Das schaffe ich einfach nicht mehr. Habe ich dir eigentlich schon erzählt, dass jetzt auf einmal sogar von einem Herzschrittmacher die Rede ist? Angeblich würde ich mich dann besser fühlen. Aber da habe ich schließlich auch noch ein Wörtchen mitzureden!«

»Vielleicht gar keine so schlechte Idee«, sagte Paulina. »Lass uns in Ruhe darüber beraten, sobald Simone wieder aus Italien zurück ist.«

»Das machen wir.« Der Blick der blassblauen Augen wurde zwingend. »Frage: Würdest du vielleicht an meiner Stelle nach Wien fahren? Sozusagen als meine Botschafterin? Mir ist schon klar, was ich da von dir verlange, aber ich weiß momentan keine andere Lösung.«

Im letzten Jahr hatte Paulina wegen der Krise mit Bruno nur fünf Tage Urlaub genommen, und selbst die hatten ihre Streitereien ordentlich verhagelt. Ein wenig Erholung konnte also nicht schaden. Außerdem gab es kaum einen Wunsch, den sie Toni abschlagen würde – trotz ihrer alten Angst, mit der sie noch immer fertigwerden musste.

»Ja«, erwiderte sie lächelnd. »Für dich doch immer.«

Lena Brunner war einverstanden, nachdem Toni und Paulina ihr unisono versichert hatten, wie nah sie sich standen.

Und so saß Paulina nun in diesem noblen Triebwagen mit der grauen Polsterung, die eine Paspelierung in Pink modern machen sollte. Noch nie zuvor war sie derart feudal verreist, aber Toni hatte darauf bestanden, ihr diese Fahrkarte zu buchen, wenn sie schon nicht fliegen wollte, und ihr zusätzlich Geld für die »Wiener Ausgaben« in die Hand gedrückt, wie sie es nannte. Vorhin hatte alles sehr schnell gehen müssen, weil sie gestern im Vorreisefieber lange nicht hatte einschlafen können und den morgendlichen Wecker um ein Haar überhört hätte. Im buchstäblich letzten Moment war noch die alte Schneekugel mit dem Wiener Riesenrad, die Paulina schon seit Kindertagen begleitete, in ihrem Rucksack gelandet.

Außer ihr saß nur noch ein weiterer Fahrgast im Abteil, ein Mann mit grau melierten Locken und Dreitagebart, der ihr direkt gegenübersaß und ihr nur kurz zugenickt hatte, um sich dann sofort wieder in sein Lesegerät zu vertiefen. Neben ihr lag eine mehrseitige Speisekarte, durchaus verheißungsvoll, die sie vorerst jedoch geschlossen ließ, weil ihr Magen in der Regel erst später wach wurde. Nach der Fahrscheinkontrolle schloss Paulina kurz die Augen und nickte dann tatsächlich ein.

Sie wurde erst wieder wach, als der Zug in Erfurt hielt – ziemlich verlegen, weil sie nicht gern in Gegenwart fremder Menschen schlief. Doch ihr Gegenüber war noch immer mit Lesen beschäftigt und schien sich gar nicht um sie zu kümmern.

Erleichtert zog Paulina einen Taschenspiegel aus dem silbermetallicfarbenen Rucksack. Wie zu erwarten, war ihr Augen-Make-up wieder einmal leicht verschmiert, was sich mithilfe des Kajalstifts jedoch leicht beheben ließ. Sonst mochte sie, was sie da sah: kurze, verwuschelte Haare, deutlich blonder, als die Natur sie ihr eigentlich zugedacht hatte, lagunenblaue Augen, die ein dunkler Wimpernkranz unterstrich, schmale Wangen und ein sinnlicher Mund mit schön geschwungenem Amorbogen, der gerne lachte. Nur mit der Nase, die ihr zu prominent erschien, haderte sie gelegentlich, heute jedoch fand sie sie ganz okay.

Sie nahm den Wien-Führer, den sie noch auf die Schnelle gekauft hatte, aus der Seitentasche und begann, darin zu blättern.

»Zum ersten Mal auf dem Weg nach Wien?«, fragte ihr Mitreisender nach einer Weile.

»Ganz genau. Geplant war es schon öfter, aber dann ist immer etwas dazwischengekommen. Und Sie?«

Sein markantes Gesicht verschloss sich.

»Meine Vorfahren stammen ursprünglich aus Ungarn und haben über hundert Jahre in Wien gelebt. Heute sind unsere Verwandten in alle Himmelsrichtungen verstreut. Manche sind sogar da gestrandet, wo sie niemals sein wollten. Sozusagen der Furor des 20. Jahrhunderts. Uns hat er mitten ins Herz getroffen.«

Es klang wie eine Anklage, die da ganz unvermutet aus ihm herausgebrochen war, und vermutlich war es das ja auch.

Was sollte sie darauf antworten?

Mit Banalitäten wäre keinem von ihnen gedient. Deshalb schwieg Paulina und beschränkte sich darauf, ihn aufmerksam anzusehen.

»Beruflich oder eher privat?«, fragte er weiter, als sei er froh, von sich ablenken zu können.

Dabei starrte er auf ihre kurzen Fingernägel, von denen jeder in einer anderen leuchtenden Farbe lackiert war, was sie heimlich amüsierte. Wahrscheinlich hielt er sie für ein Hippie-Mädchen, wie viele andere auch, die sie zum ersten Mal sahen und aus ihrer Aufmachung aus Ripped Jeans, abgewetzter Nietenlederjacke und einem halben Dutzend Ibiza-Armbändern die falschen Schlüsse zogen.

Wegen ihrer Schlaksigkeit wurde sie oft jünger als dreißig geschätzt; neulich erst hatte der Türsteher vor dem neuen Club in Mitte sogar nach ihrem Ausweis gefragt. Dabei stand Paulina seit Jahren mit beiden Beinen fest im Berufsleben und war sogar gerade dabei, sich mit ihren Aktionen in Berlin und darüber hinaus einen gewissen Bekanntheitsgrad zu erobern.

»Sehr privat«, sagte sie lächelnd, weil sie an Toni denken musste, die ihr vertraute. »Familienangelegenheiten.«

»Dann sollten Sie sich von Ihren Verwandten unbedingt zum Hofzuckerbäcker Demel am Kohlmarkt führen lassen und Sachertorte bestellen. Die schmeckt dort noch um Klassen besser als im Café Sacher selbst.«

Paulina zog die Schultern hoch.

»Leider steh ich aber so gar nicht auf Sachertorte«, sagte sie.

»Dann eben Apfelstrudel. Oder den mit Mohn. Oder irgendeine andere Mehlspeise. Eigentlich schmeckt dort alles vorzüglich. Ganz hinten im Erdgeschoss können Sie durch eine Glaswand sogar in die Backstube schauen, die im überdachten Innenhof liegt, und dabei zusehen, wie diese Köstlichkeiten entstehen. Und wenn Sie ein besonderes Geheimnis hören wollen: Vom Demel aus führt ein unterirdischer Gang direkt ins Burgtheater. Auf diese Weise konnte Kaiserin Elisabeth – also Sissi – während der Vorstellungen ungestört Veilchenkonfekt naschen, ohne dass andere ihr beim Essen zusahen, was sie so gar nicht mochte.«

»Ich spekuliere, ehrlich gesagt, eher auf ein echtes Wiener Schnitzel«, gestand Paulina, »schön kross goldbraun in Butterschmalz ausgebraten, mit Kartoffelsalat …«

»Erdäpfelsalat«, korrigierte er. »So heißt das bei uns in Wien.«

»Auch recht, wenn es nur schmeckt.« Sie lachte. »Ich fürchte, mein Wienbild ist ohnehin denkbar simpel gestrickt: Neujahrskonzert, Opernball mit diesem Mörtel oder wie dieser schreckliche Kerl wirklich heißt, weißer Flieder, Lipizzaner, Sissi rauf und runter, Kaffeehäuser, die wunderbare Bibi aus dem ORF-Tatort, *Vorstadtweiber*, eine Fernsehserie, die ich grandios finde, Zentralfriedhof – und nicht zu vergessen natürlich das hier: das große Riesenrad aus dem Prater.« Sie holte die Schneekugel aus dem Rucksack.

»Hübsch«, sagte er. »Sieht ziemlich alt aus. Woher haben Sie die?«

»Das ist mein Talisman. Hat früher meiner Mutter gehört und ging dann weiter an mich, als ich zur Welt kam. Unten ist die Jahreszahl 1936 eingraviert, sehen Sie? Damals gab es weder Sie noch mich.«

Paulina lächelte, ihr Gegenüber dagegen blickte eher grimmig drein.

»Allerdings haben Sie bei Ihrer Aufzählung über Wien ein paar Kleinigkeiten vergessen«, sagte er. »Sigmund Freud zum Beispiel, Alfred Adler, Viktor Frankl, die Maler Klimt und Schiele, um nur einige wenige zu nennen, Autoren wie Stefan Zweig, Franz Werfel, Arthur Schnitzler, Hilde Spiel, Vicky Baum oder die Musiker Gustav Mahler, Emmerich Kálmán und Leo Fall.«

»Mir hinlänglich bekannt«, erwiderte Paulina ein wenig scharf, weil es sie ärgerte, dass er ihre Ironie nicht kapiert hatte. »Stellen Sie sich vor, ich weiß sogar, dass Mozart in

Wien gestorben ist, und wer Friedensreich Hundertwasser und Oskar Kokoschka waren. Ich liebe die Romane von Joseph Roth, Elias Canetti und Hermann Broch, habe Qualtingers *Der Herr Karl* auf DVD und höre ab zu gern mal die frühen Heller-Chansons. Die meisten dieser famosen Künstler waren Juden, wollten Sie mir das sagen? Ja, das waren sie – und ohne sie gäbe es nicht das Wien, das die ganze Welt heute so fasziniert.«

»Jetzt habe ich Sie gekränkt«, sagte er, und klang zum ersten Mal richtig liebenswürdig. »Das lag nicht in meiner Absicht.«

»Ach, nein?«, gab sie zurück. »Der ahnungslosen Berliner Tussi mal so richtig Kultur einschenken? Ihre Augen haben gerade noch verräterisch geglitzert.«

»Das mit der Tussi haben Sie gesagt«, wehrte er sich.

»Und Sie gedacht. Geben Sie es ruhig zu!« Paulina hatte ihre Lockerheit wieder zurück. »Dabei bin ich eigentlich alles andere als eine Tussi.«

»Was sind Sie dann?«

Sie ließ sich Zeit mit ihrer Antwort. Aus irgendeinem Grund lag ihr daran, dass er sie mochte. Wie alt konnte er sein? Schwer zu schätzen, irgendetwas um die vierzig.

»Auf der Suche«, sagte sie schließlich. »Das trifft es vielleicht am besten. Kunst hilft mir dabei, egal, in welcher Form. Sie zu erleben, ist für mich wie Atmen, ein tiefes Inhalieren, so lange, bis ich satt bin. Dann setzt sich das Gesehene und Gehörte in mir ab, trudelt nach unten und verdichtet sich im Lauf der Zeit zu einer Art Sediment. Um eines Tages in gewandelter Form in meiner Arbeit wieder aufzutauchen. Ich bin manchmal selbst erstaunt, was da wieder nach oben strebt.«

Jetzt besaß sie sein ganzes Interesse. Er beugte sich ein Stück nach vorn.

»Das klingt aber spannend. Darf ich fragen, was Sie machen?«

»Träume«, sagte Paulina. »Ich fabriziere Träume.«

»Träume«, wiederholte er perplex. »Und was darf ich mir darunter vorstellen?«

»Was immer Sie wollen. Denn mehr dazu verrate ich jetzt nicht. Erzählen Sie mir lieber noch mehr über Wien. Für mich hört es sich so an, als wüssten Sie jede Menge darüber!«

Nach einem anregenden Gespräch machte er sich in Nürnberg zum Aussteigen bereit. Paulina hatte sich zwischendrin mit Milchkaffee und einem Curryhuhn-Sandwich gestärkt, während er bei stillem Wasser geblieben war. Wenn sie all das unternehmen wollte, was er ihr vorgeschlagen hatte, müsste sie ihren Aufenthalt in Wien auf Monate ausdehnen, wenn nicht länger, aber es war dennoch überaus spannend gewesen, ihm zuzuhören. Was er nicht alles wusste! Wie ein wandelndes Lexikon war er ihr vorgekommen. Auf seine Frage hin hatte sie ihm ihren Namen verraten, aber leider versäumt nachzufragen, wie er hieß.

Schon im Stehen holte er das nun nach, indem er eine Visitenkarte aus der Brieftasche zog und sie ihr reichte.

»Wie lange werden Sie in Wien bleiben, Frau Wilke?«

»Kann ich jetzt noch nicht so genau sagen. Ich denke, höchstens ein paar Tage.«

»Ich bin ab übermorgen wieder dort. Melden Sie sich, falls Sie Lust auf weitere Kulturinfusionen verspüren.« Sein Grinsen war plötzlich spitzbübisch. »Oder sonst etwas brauchen sollten. Was woaß ma scho? Hat mich übrigens sehr gefreut. Auf Wiedersehen und baba.«

Dr. Viktor C. Bárány, las sie. *Rechtsanwalt. Kärntnerstraße 26, Wien, I.*

Der erste Bezirk lag direkt in der Innenstadt, wie ihr der Stadtplan verriet, der hinten im Reiseführer eingeheftet war – aber in Wien gab es 23 Bezirke!

Paulina spürte, wie leise Panik sie erfasste.

Du musst dich nicht auf Anhieb allein in der Stadt zurechtfinden, dachte sie. *Lena Brunner holt dich erst einmal vom Bahnhof ab. Hellblaues Kleid, braunes kinnlanges Haar, nicht mehr ganz jung.*

Du wirst sie auf Anhieb erkennen.

Doch das mulmige Gefühl hielt sich hartnäckig, und Paulina wusste auch, weshalb. In den letzten vier Jahren hatte Bruno dafür gesorgt, dass sie ihr avisiertes Ziel erreichten, wenn sie gemeinsam auf Reisen waren. Hundertprozentig hatte sie sich dabei auf ihn verlassen können, immer und überall, und ohne ihn fühlte sie sich nun noch hilfloser als zuvor. Andere mochten unter Höhenangst oder Klaustrophobie leiden, bei ihr war es die Unfähigkeit, sich an fremden Orten allein zurechtzufinden. Natürlich verbarg sie diese Schwäche vor den allermeisten, weil sie so gar nicht zu ihrem sonst so selbstbewussten Auftreten passte. Man musste Paulina schon sehr nahekommen, damit sie sich offenbarte, und selbst dann tat sie es allenfalls zögerlich, weil sie sich dafür schämte. Oft schon hatte sie gegrübelt, woher dieses Manko rühren mochte, ohne bislang zu einer brauchbaren Antwort zu gelangen.

Tief in ihr gab es jedenfalls einen schwarzen Fleck, das spürte sie, eine Art Verlies, das sie in Angst versetzte, sobald sie ihm zu nahe kam. Es besaß die Macht, sie auszulöschen, so jedenfalls fühlte es sich an, und wenn sie irgendwann verloren ging, wie es ihr zum Beispiel einmal als Vorschulkind an einer Haltestelle passiert war, weil der Bus zu schnell abgefahren war, reagierte sie vollkommen panisch. Unfähig zu reden, ja, sich in irgendeiner Art zu bewegen, hatte sie damals in Stockstarre verharrt, bis ihre Mutter angelaufen gekommen war und sie tröstend in die Arme geschlossen hatte. Erst da hatte sie weinen können und sich wieder erlöst und geborgen gefühlt.

Vielleicht war das ja auch einer der Gründe, warum sie die Trennung mit Bruno noch immer nicht konsequent vollzogen hatte, obwohl die schwelende Dauerkrise zwischen ihnen enervierend war: ihre Angst, nicht mehr zu existieren, wenn er sie verließ.

Waren sie eigentlich überhaupt noch ein Paar, das nur eine längere Auszeit genommen hatte?

Paulina hätte es nicht genau sagen können.

Zum Glück war er gerade mit einem Freund zum Wandern auf La Gomera und ließ sie, abgesehen von ein paar knappen WhatsApps, in Frieden. Seit ein paar Tagen hatte er sich gar nicht mehr gemeldet. Vielleicht hatte Bruno ja auf der Insel, die so viele Aussteiger aus der ganzen Welt anzog, eine neue Frau kennengelernt und schwelgte in jungem Liebesglück …

Gefiel ihr auch nicht, diese Vorstellung, wie sie sich

eingestehen musste, obwohl dann zumindest endlich Klarheit geherrscht hätte. Auf jeden Fall würde sie Bruno erst erzählen, dass sie in Wien war, wenn er wieder etwas von sich hören ließ.

Und noch jemand ahnte nichts von ihrer Unternehmung: Simone, ihre Mutter, der sie für gewöhnlich fast alles aus ihrem Leben erzählte. Ihre Bindung war seit jeher innig gewesen; seit dem Tod des Vaters vor nunmehr fast zwanzig Jahren waren Tochter und Mutter noch enger zusammengerückt. Erst vorgestern war Letztere zu einer vierzehntägigen Pilgerwanderung in Italien aufgebrochen. Nach Jahren ohne Urlaub hatte sie es erstmals gewagt, ihr Geschäft *Tolle Wolle* für zwei Wochen einer Vertretung zu überlassen, um sich einen Traum zu verwirklichen – den rund fünfhundert Kilometer langen Franziskusweg von Assisi bis in die Ewige Stadt zu laufen. Geplant waren zwei Etappen, die eine in diesem Jahr, die andere im nächsten.

»Ich wollte schon lange einmal in Ruhe über einige Dinge in meinem Leben nachdenken«, hatte sie ihrer Tochter gesagt, die zunächst mit Erstaunen reagiert hatte, weil die Mutter alles andere als religiös war. »Und das kann ich nun einmal beim Laufen am besten. Heike kommt mit, die ist keine Quasselstrippe, wie du weißt, und wird mich dabei nicht stören. Außerdem ist es abends doch viel netter, mit jemand Vertrautem zusammenzusitzen oder sich gar ein Zimmer zu teilen.«

»Also doch die Sinnsuche in der Lebensmitte?« Ein wenig frotzeln hatte Paulina schon müssen.

»Wenn du so willst – vielleicht. Und einfach die Kondition verbessern, wieder einmal Italienisch reden, fantastisch essen, Kultur und vor allem viel Natur erleben. Umbrien soll ja ein echtes Paradies sein, wild und grün. Darauf freue mich am allermeisten. Wir nehmen übrigens nur ein Handy für uns beide mit. Und das sollte zumindest in der ersten Woche ganz aus bleiben. Also melde dich bitte nur, wenn es gar nicht anders geht.«

Kein Wunder, dass Simone so lange gezögert hatte, sich vertreten zu lassen. *Tolle Wolle*, vor fünfzehn Jahren gegründet, war inzwischen viel mehr als nur ein Geschäft für Wolle, Garne, Stricknadeln, Knöpfe und Reißverschlüsse. Nahe des idyllischen Savignyplatzes gelegen und dementsprechend mit unmittelbarer S-Bahn-Anbindung, zog der kleine Laden längst nicht nur Kundinnen aus Charlottenburg an. Aus allen Teilen der Stadt kamen die Frauen, aus Zehlendorf, Pankow, Lichterfelde, Weißensee, einige sogar bis aus Potsdam. Man bekam Strickanleitungen und -muster, konnte sich Ratschläge für neue Ideen holen und um Hilfe bitten, wenn etwas beim Handarbeiten danebengegangen war. Doch das Wichtigste war die herzliche persönliche Note, und so stellte das kleine Geschäft auch noch Café, Kummerecke und Sozialstation in einem dar. Niemand ging ungetröstet von hier nach Hause. Beziehungsstress konnte man abladen, berufliche oder häusliche Probleme so lange diskutieren, bis eine Lösung am Horizont auftauchte. Und wenn gar nichts anderes mehr half, kredenzte Simone weißen Portwein oder servierte ihre sagenhaften Schokoküchlein.

Spätestens danach sah alles schon nicht mehr ganz so trüb aus.

Paulina musste lächeln.

Sie würde ihr alles erzählen, sobald sie beide wieder zurück in Berlin waren – und darauf freute sie sich schon jetzt.

Heiterer gestimmt als noch gerade eben, vertiefte sie sich wieder in ihre Lektüre, die sie so gefangen nahm, dass sie bis zum Einlaufen des Zugs am Wiener Hauptbahnhof dabeiblieb.

Sie nahm ihr kleines Gepäck, Rucksack und Trolley, und stieg aus. Leider befand sich der schicke Triebwagen aus Berlin nun am Zuganfang, und sie musste ein ganzes Stück in Richtung Ausgang laufen. Der Bahnsteig war brechend voll, Reisende, die auf den nächsten Zug warteten, Abholer, die den Hals nach ihren Liebsten reckten. Vergeblich hielt Paulina Ausschau nach der beschriebenen Person.

Hatte Lena Brunner sie vergessen?

Sie ging schneller.

Adresse und Telefonnummer hatte sie ja, und bestimmt standen vor dem Wiener Hauptbahnhof Taxen … Da fielen ihr plötzlich zwei junge Männer auf, die sich freundschaftlich anrempelten, blond und sommersprossig der eine, dunkel, markanter und ein paar Jahre älter der andere. Der Blonde hielt einen verknitterten Zettel in der Hand.

Paula Vilke, Berlin.

»Damit bin wohl ich gemeint.« Mit einem Lächeln blieb sie vor den beiden stehen. »Allerdings hatte ich eine Dame erwartet, hellblaues Kleid, braune, kinnlange Haare, nicht mehr ganz jung, so lautete die Beschreibung. Und so ganz haut es auch bei mir noch nicht hin. Ich bin Paulina, nicht Paula, und meinen Nachnamen schreibt man mit einem W. Ansonsten: hallo. Ich freue mich sehr, in Wien zu sein!«

»Typisch wieder einmal die Mami! Verspricht zuerst das Blaue vom Himmel, um anschließend wie immer in der Küche zu versandeln – und der Filius soll es dann richten.« Das jungenhafte Grinsen des Blonden wurde breiter. »War nur Spaß, liebe Frau Wilke! Es ist uns natürlich ein Vergnügen, Ihr Empfangskomitee zu sein.«

Er deutete eine Verneigung an.

»Moritz Brunner, Filmemacher meines Zeichens. Und das ist mein Freund Tamás Varga …« Er zögerte. »Sagen wir Lebenskünstler, das trifft es vielleicht am ehesten.«

»Hören Sie am besten gar nicht erst hin«, sagte Tamás, und Paulina gefiel sein dezent osteuropäischer Tonfall. »Er redet manchmal, bevor er denkt. Aber reden muss er, sonst ist ihm nämlich nicht wohl.«

»Das sagt er immer, der Ungar, wenn wir einer schönen Frau begegnen«, versicherte Moritz. »Um sich in den Mittelpunkt zu spielen. Und klappt es? Entscheiden Sie selbst! Darf ich vielleicht einstweilen das Gepäck übernehmen?« Schon hielt er den Griff des Trolleys in der Hand. »Der Wagen steht gar nicht weit, allerdings garantiert mit Strafzetteln bepflastert, aber das ist mir heute ganz wurscht.«

Er ging so schnell, dass Paulina trotz ihrer langen Beine große Schritte machen musste.

»Sollen wir nicht Du sagen?«, fragte sie halb im Laufen.

»Gern.« Moritz strahlte und streckte den freien Arm aus. »Moritz, Tamás, aber das weißt du ja eh schon. Und das hier ist er, der Sir Anthony, meine ganz große Liebe!«

Der dunkelgrüne MG mit dem offenen Verdeck wirkte wie ein Relikt aus einer anderen Zeit. Cognacbraune Ledersitze, das Armaturenbrett aus Echtholz, rechts gesteuert.

»Echte Vorkriegsware«, erklärte Moritz voller Stolz. »Baujahr 1938, soweit ich richtig informiert bin. Fährst du, Tamás? Dann kann ich unserem Besuch gleich a bissl Wien erklären. Unser Gast sitzt natürlich vorn.«

Tamás übernahm das Lenkrad, während Paulina es sich auf dem Beifahrersitz bequem machte. Moritz quetschte sich mit dem Gepäck nach hinten auf die Rückbank.

»Tolles Gefährt«, sagte sie, als der alte Wagen losröhrte. »Wo hast du den denn her?«

»Beim Pokern gewonnen«, kam es von hinten. »Unsinn – natürlich. Ein alter Schauspieler hat ihn über Jahrzehnte wie seinen Augapfel gehütet, in der Garage verwahrt und höchstens mal am Sonntag bewegt. Als er starb, hat sein Sohn ihn mir verkauft. Der steht eher auf SUV und Audi A8. Da hab ich ein Riesenglück gehabt!«

»Und du warst ausnahmsweise mal flüssig«, warf Tamás ein. »Ist bei ihm nämlich beileibe nicht immer so.«

»Du musst grad reden mit deiner bahnbrechenden Fotoausstellung, auf die wir alle schon seit drei Jahren vergeblich warten«, erfolgte prompt die Retourkutsche. »So ist das eben bei uns Kreativen: Mal geht es sich aus, und mal nicht.«

Ansatzlos verfiel er in den leiernden Singsang eines Fremdenführers.

»Bitte sehr, die Dame, wir sind nunmehr auf dem berühmten Ring angelangt, der die Innenstadt umschließt.

Betrachten Sie die Staatsoper im Stil der Neorenaissance – ich sage nur Wiener Opernball –, inzwischen dreisterweise dutzendfach kopiert, aber natürlich nach wie vor weltweit unerreicht. Weiter das Parlament im neoattischen Stil, gefolgt vom Wiener Rathaus im Stil der flämischen Gotik. Vorbei fliegt das weltberühmte Burgtheater, Schicksalsort so vieler Triumphe und menschlicher Tragödien, ferner das Universitätsgebäude, belagert allerdings von Horden bildungswütiger Piefkes, die alle zu uns nach Wien strömen, weil es hier keinen Numerus clausus gibt, der die Dümmsten vom Studieren abhält …«

Paulina wusste nicht, nach welcher Straßenseite sie zuerst schauen sollte.

»Euer Wien ist wirklich wunderschön«, sagte sie beeindruckt. »Geräumig und prächtig. So breite Straßen kenne ich sonst nur aus Berlin. Und wie grün es hier ist! Kein Wunder, dass Wien erst jüngst zur lebenswertesten Stadt der Welt gekürt wurde. So stand es jedenfalls in meinem Reiseführer.«

»Woanders is es no schlimma«, sagte Tamás. »So würden das wahrscheinlich die Wiener kommentieren.«

»Und 1,7 Millionen Menschen, gebündelt auf einer Fläche von 41 487 Hektar, die an der niedrigsten Stelle 151 Meter über dem Meer liegt, können ja schließlich nicht irren, oder? Im Granteln haben es die Wiener jedenfalls zur absoluten Perfektion gebracht«, warf Moritz ein. »Darin übertrifft sie garantiert keiner.«

»Hast du mal als Fremdenführer gearbeitet?«, fragte Paulina. »Du hörst dich unwahrscheinlich professionell an.«

»Auch«, sagte er stöhnend, als quälten ihn auf einmal

arge Schmerzen. »Gibt eigentlich so gut wie nichts, wo ich nicht schon gejobbt hätte. Sehr zum Leidwesen meiner geplagten Eltern, die mich am liebsten als Anwalt oder Zahnarzt gesehen hätten. Aber vergessen wir doch diese unerfreulichen Details meiner im Übrigen stocklangweiligen Vita, und konzentrieren wir uns stattdessen wieder auf das aufregende Geschehen im Außen.«

Er trommelte auf den Trolley.

»Wir fahren nämlich soeben in den 9. Bezirk ein. Willkommen im Alsergrund, liebe Paulina. Noch ein letzter Schlenker – danke, Tamás –, und voilà: Schon sind wir in der Harmoniegasse angelangt, dem Domizil der ehrenwerten Familie Brunner.«

Leichtfüßig sprang er heraus, lief um den Wagen herum und öffnete Paulina galant die Tür. Danach holte er das Gepäck von der Rückbank, während Tamás keinerlei Anstalten machte auszusteigen.

»Du kommst nicht mit?«, fragte Paulina.

»Mit dem auch noch zusammenwohnen?«, rief Moritz. »Bewahre mich davor, o Herr!«

»Wo er recht hat, da hat er recht«, sagte Tamás mit einem frechen Grinsen. »Außerdem gehört der Sir Anthony zur Hälfte mir. Damit das auch mal gesagt wäre. Wünsche allerseits wohl zu speisen. Ciao, Paulina, man sieht sich!«

Allein mit Moritz fühlte Paulina sich plötzlich leicht befangen. Das noble, dreistöckige Jugendstilhaus, vor dem sie ausgestiegen waren, gelb gestrichen und von grauen Pilastern gegliedert, tat ein Übriges dazu.

»Ihr müsst mich nicht unbedingt bei euch beherbergen«, sagte sie. »Schließlich bin ich ja nur Tonis Vertretung. Ich kann ebenso gut in ein Hotel gehen.« Sie deutete auf die gegenüberliegende Straßenseite. »Das dort drüben mit dem hübschen Vorgärtchen zum Beispiel sieht doch schon mal sehr einladend aus.«

»Das würde dir die Mami niemals verzeihen«, nuschelte Moritz wie einst Hans Moser in seinen Glanzrollen. »Und du hast ja keine Ahnung, wie nachtragend sie sein kann.« Sein Tonfall wurde wieder normal. »Also, komm. Wir haben es beinahe geschafft.«

Die massive Holztür mit dem verschlungenen Eisengitter war nur angelehnt. Moritz drückte trotzdem auf die kupferne Klingel.

»Sie weiß immer gern, was sie erwartet«, sagte er. »Komisch, darin sind wir zwei uns ganz ähnlich.«

Innen empfing sie ein zartgraues Treppenhaus mit gleichfarbigem Ölsockel, beides offenkundig erst jüngst frisch renoviert, denn es roch noch immer nach Farbe. Die alten Holztreppen ächzten bei jedem Tritt.

»Hundert Jahre und mehr«, kommentierte Moritz, der ohne zu fragen wieder Paulinas Trolley übernommen hatte. »Und ganz schlecht für Langfinger. Die würde man nämlich schon nach der ersten Stiege bis ganz oben hören – es sei denn, sie kämen in Wollsocken.«

Es war witzig, was er sagte, meistens jedenfalls, und doch spürte Paulina den enormen Druck, unter dem Moritz stand. Männer dieser Art konnten ihr schnell auf die Nerven gehen, doch bei ihm gab es da etwas, das sie anruhrte.

Musste er der ganzen Welt beweisen, wie originell er war? Oder handelte es sich um eine Art Wettstreit zwischen ihm und seinem ungarischen Freund, auch wenn der gar nicht anwesend war?

Vermutlich würde sie nicht lang genug bleiben, um das herauszufinden.

Je höher sie kamen, desto mehr intensivierten sich die anregenden Essensgerüche, und Paulina spürte, wie hungrig sie war.

Vor der halb offenen rechten Wohnungstür im zweiten Stock stand eine Frau: hellblaues Kleid, braunes, kinnlanges Haar, nicht mehr ganz jung.

Ihr Lachen war warm und einladend.

»Willkommen in Wien«, sagte Lena Brunner. »Ich hoffe, Sie mögen Kalbsgulasch mit Serviettenknödeln!«

»Noch ein einziger Bissen, und ich platze!« Paulina hielt die Hand über ihren Teller, als Moritz ihr zum Dessert auch noch die dritte Palatschinke auflegen wollte.

»Aber, Paulina, die mit der Marillenmarmelade sind doch die allerbesten! Ur-köstlich …«

»Selbst wenn – ich kann wirklich nicht mehr!«

»Lass sie, Bub«, schaltete sich Ferdinand Brunner ein, von seiner Frau liebevoll Ferdi gerufen. »Und hör bittschön auf mit diesem schrecklichen ›ur‹, das ihr Jungen dauernd sagt. Ja, an diese gehaltvollen Wiener Köstlichkeiten muss man sich erst gewöhnen. Was mich betrifft, so habe ich Jahre dazu gebraucht.«

Er klopfte leicht auf seinen Bauch.

»Als dünner Spund hab ich meine Lena lieben gelernt. Und schauen Sie, Frau Wilke, wie dick ich heute bin. Dabei predige ich als Internist meinen Patienten tagein, tagaus, beim Essen maßzuhalten. Und dann komme ich nach Hause und sehe mich solchen Versuchungen gegenüber. Wahrhaft kein einfaches Los, das kann ich Ihnen verraten.«

»Sie sind doch nicht dick«, widersprach Paulina. »Sie sind stattlich. Ich mag Männer mit Format. Mein verstorbener Vater war auch kein Spargeltarzan. Er hat gutes Essen geliebt. Ich glaube, das hat er mir vererbt.«

Er warf ihr über den Tisch eine Kusshand zu und begann, zu strahlen.

»Und ich mag hübsche junge Frauen mit gutem Geschmack«, sagte er. »Stattlich, hat sie gesagt, *stattlich*. Hast du das gehört, Moritz?«

»Vielleicht will sie ja nur ur-höflich sein …«

»Jetzt reicht es aber!«, rief Ferdi in gespielter Entrüstung. »Was man sich von erwachsenen Söhnen nicht alles anhören muss.«

Er wandte sich wieder Paulina zu.

»Erzählen Sie doch noch ein bisschen über sich, wenn Sie mögen. Ich bin Internist, meine Frau arbeitet ein paar Tage die Woche in einer Buchhandlung. Moritz macht Dokumentarfilme, und gar keine schlechten, auch wenn der ganz große Durchbruch noch aussteht, aber wir glauben weiterhin fest daran. Und Sie …«

»Ferdi«, unterbrach ihn seine Frau liebevoll. »Du immer mit deiner Neugierde! Dafür ist doch morgen auch noch Zeit. Ich kann mir vorstellen, dass Frau Wilke erst einmal mehr über Papas Vermächtnis erfahren möchte. Dazu ist sie doch schließlich nach Wien gekommen.«

»Ja, bitte!«, sagte Paulina. »Toni fiebert wahrscheinlich schon meinem Bericht entgegen.«

»Dann will ich mal beginnen.« Sie legte die Fingerspitzen aneinander, als könne sie sich so besser konzentrieren. »Mein Vater, Peter Leopold Raimund Matusek, geboren 1928 in Wien, hat seine Frau Else, meine Mutter, um viele Jahre überlebt. Körperlich rüstig und geistig wach, konnte er sich auch noch im höheren Alter allein in seiner Wohnung versorgen. Ein Oberschenkelhalsbruch vor drei Jahren brachte dann leider die Wende. Der Papa kam nach dem Spital nicht mehr richtig auf die Füße und brauchte Hilfe. In ein Pensionistenheim wollte er auf keinen Fall, da haben wir ihn hier mit ein paar seiner Lieblingsmöbel bei uns aufgenommen. Unser Zusammenleben war nicht ganz reibungslos, aber ich würde sagen, summa summarum hat es gut funktioniert, meistens jedenfalls. Die ganze Familie hat mit angepackt, unterstützt vom Pflegedienst.«

»Den Löwenanteil hat allerdings meine Frau geleistet«, sagte Ferdi. »Moritz und ich haben eher in der Peripherie fungiert.«

»Ich hab es gern getan, und außerdem mochte ich, dass der Papa sich bis zuletzt seine Eigenständigkeit bewahrt hat. Ja, er konnte eigensinnig sein, manchmal bis zur Sturheit, aber er hatte dabei immer Eleganz und Stil. Wir durften erst in sein Zimmer kommen, nachdem er fertig angekleidet war. Und beim Waschen wollte er nur Lucian um sich haben, seinen rumänischen Pfleger, den er ins Herz geschlossen hatte.«

»Ich durfte ihm manchmal ein Hemd anziehen«, sagte Moritz. »Wenn er besonders gut aufgelegt war.«

»Das stimmt«, pflichtete Lena bei. »Dein Opapa und du,

ihr wart sehr speziell, immer schon. Aber nicht einmal du hast etwas von diesem Vermächtnis gewusst, oder?«

Moritz schüttelte den Kopf. »Kein Wort hat er mir davon verraten. Er hat überhaupt nicht gern über jene dunkle Zeit gesprochen, die Nazis in Wien, den Krieg, die Bomben. Nur einmal, kurz vor seinem Tod, da hat er gesagt: ›Es trifft immer die Besten, Moritz, so ist es leider. Aber auch wenn man manchmal denkt, alles ist aus, ist es doch vielleicht noch nicht ganz aus. Die Kinder, die bleiben die Hoffnung. Merk dir das. Und mach das Beste draus.‹«

»Ich verstehe nicht ganz«, sagte Paulina. »Was genau wollte er damit sagen?«

»Vielleicht hat er ja hierüber gesprochen.« Lena stand auf, ging hinüber ins Wohnzimmer und kehrte mit einem Holzkästchen zurück, das sie vor Paulina auf den Tisch stellte.

»Machen Sie auf«, sagte sie. »Bitte.«

Der lose Deckel war schnell gelüftet. Innen lag ein dickes blaues Buch mit Goldornamenten, von denen manche abgeblättert waren. Auf dem Buch klebte ein Zettel. Die Bleistiftschrift war so verblichen, dass sie nur noch schwer zu lesen war.

Lotte Laurich, Berlin. Unbedingt suchen.
Tochter Antonia Laurich, geboren 1943!

»Sieht fast aus wie ein Poesiealbum«, sagte Paulina.

»Das dachte ich zunächst auch«, sagte Lena. »Bis ich reingeblättert und zu lesen begonnen habe – und dann nicht mehr aufhören konnte. Mit schlechtem Gewissen allerdings, denn etwas Persönlicheres als solche Aufzeichnungen gibt es ja schließlich nicht. Aber ich wollte unbedingt wissen, was mein Vater damit zu tun hat. Es ist das Tagebuch einer jungen Frau namens Luzie Kühn, die von 1936 bis 1944 in Wien lebte. Mein Vater kommt auch darin vor, er stand ihr näher, als ich anfangs dachte, und war offenbar heimlich bis über beide Ohren in sie verliebt. Er wollte ihr helfen, denn Luzies Leben war nicht einfach; aber er war zu jung, um ihr wirklich helfen zu können. Offenbar hat er sich zur Aufgabe gemacht, ihr wenigstens über den Tod hinaus etwas Gutes zu tun.«

Sie tippte auf den Zettel.

»Eine Lotte Laurich konnte ich in Berlin allerdings nicht ausfindig machen«, sagte sie. »Weder im Ost- noch im Westteil der Stadt.«

»Tonis Mutter hieß so«, sagte Paulina. »Aber die ist schon seit über dreißig Jahren tot, das hat Toni einmal kurz erwähnt. Es gibt noch Thea Laurich, Tonis ältere Schwester. Sie ist hinreißend, aber schon sehr dement. In ihrem Pflegeheim in Weißensee wird sie gut betreut. Toni besucht sie oft, doch meist erkennt Thea sie nicht mehr.«

»Genau das war auch mein Weg«, sagte Lena. »Über Thea Laurich bin ich schließlich zu Toni Ostermann gelangt, wohnhaft in Potsdam, geborene Antonia Laurich anno 1943 in Wien.«

»Ja, sie hat ganz jung Heinz Ostermann geheiratet. Die Ehe blieb kinderlos und zerbrach schon nach wenigen Jahren. Toni hat nach der Scheidung den Namen behalten, weil er ihr so gut gefiel. Geboren 1943 ist auch richtig.

Aber in Wien? Ausgeschlossen! Toni ist eine waschechte Potsdamerin. Und das hört man. Sie haben doch selbst mit ihr telefoniert.«

»Wenn Sie sich da mal nicht täuschen«, entgegnete Lena. »Hat Ihre Freundin denn nie etwas über ihre Kindheit erzählt?«

»Natürlich«, erwiderte Paulina im Brustton der Überzeugung – um plötzlich kleinlaut zu werden. Sie wusste, was Toni gerne aß, welche Filme ihr gefielen, welche Bücher sie am liebsten las, kannte die Namen ihrer favorisierten Künstler sowie die Liste der Länder, die sie am liebsten noch bereisen würde. Ein bisschen was wusste sie auch noch über Thea und deren unaufhaltsame Krankheit – aber das war eigentlich auch schon alles.

Eltern? Kindheit? Fehlanzeige.

Weil Toni nicht darüber reden konnte – oder nicht darüber reden wollte?

Hatte sie Mutter und Tochter Wilke all die Jahre an der Nase herumgeführt? War sie in Wirklichkeit eine ganz andere als die, für die sie sich ihnen gegenüber ausgegeben hatte?

Paulina dachte an Tonis treuherzige wasserblaue Augen und ihr erfrischendes Koboldlachen, das sie nun schon so lange begleitete.

Es konnte nicht sein.

Aber es fühlte sich trotzdem merkwürdig an.

Lena schien zu spüren, wie es in ihr arbeitete.

»Es gibt noch einen Brief von meinem Vater, aber den heben wir uns besser für später auf«, erklärte sie. »Nehmen Sie das Tagebuch mit, und machen Sie sich Ihr eigenes

Bild. Ich bringe Sie jetzt ins Gästezimmer. Es ist nichts Großes, aber recht wohnlich, da können Sie sich ausruhen. Eine Wasserflasche habe ich Ihnen reingestellt, das Bett ist gemacht, und im kleinen Badezimmer nebendran stört Sie keiner von uns. Falls Sie mehr Durst haben oder nachts hungrig werden sollten: Unser Kühlschrank ist auch Ihr Kühlschrank.«

Sie lächelte.

»Kommen Sie, Paulina, es war ein langer, anstrengender Tag. Morgen reden wir dann weiter.«

»Nichts Großes« waren geschätzte achtundzwanzig Quadratmeter, geräumiger als jedes Zimmer ihrer Kreuzberger Wohnung, mit pompöser Stuckdecke und edler, aber minimalistischer Möblierung. Ein schmaler Spiegel rechts von der Tür, ein grauer Schlaffuton, weiß bezogen, ein kleiner Schreibtisch, ein schwarzer Sessel, neongelbe Vorhänge. An einer der weißen Wände hing in Plakatgröße eine gerahmte Schwarzweißfotografie, die Paulina zunächst Rätsel aufgab.

Ein ausgetrocknetes Flussdelta?

Afrikanische Gesteinsaufwerfungen?

Mondkrater?

Erst als sie weit genug entfernt davon stand, erkannte sie das stark vergrößerte Hautrelief einer sehr alten Hand.

Am allerbesten gefiel ihr der kleine Balkon, der zum Innenhof hinausging. Ein Mosaiktischchen und zwei Klappstühle, einer davon mit Sitzkissen, machten ihn wohnlich. Große alte Bäume rauschten im Abendwind. Und hatte sie nicht soeben ein rötliches Eichhörnchen den Stamm hinunterflitzen sehen?

Sie ging wieder hinein, wählte Tonis Nummer und ließ es lange läuten.

Niemand nahm ab. Nicht einmal der Anrufbeantworter sprang an, den einzuschalten die alte Dame in letzter Zeit allerdings gern mal vergaß. Gegen ein Mobiltelefon sträubte sie sich nach wie vor vehement, weil sie gar nicht überall und jederzeit erreichbar sein *wollte*, wie sie gerne wiederholte.

Wo konnte Toni stecken?

Im Kino, das sie ab und zu gern mit einer ihrer Freundinnen besuchte? Aber ausgerechnet heute, wo sie doch sicherlich auf Nachrichten aus Wien wartete?

Paulina blieb nichts anderes übrig, als den Anruf zu verschieben. Sie selbst jedoch konnte sich nicht länger gedulden. Sie holte ihren alten Talisman, die Schneekugel mit dem Wiener Riesenrad, aus dem Rucksack und stellte sie neben dem Futon auf den Boden.

Danach trug sie das blaue Buch auf den Balkon, ebenso wie die Wasserflasche. Dass sich unweit der Tür nach draußen eine Steckdose befand, hatte sie bereits gecheckt. Also konnte sie die Schreibtischlampe einschalten, mit ins Freie nehmen und hatte auf diese Weise ausreichend Licht, obwohl es schon bald ganz dunkel sein würde.

Sie ließ sich auf dem bequemeren der beiden Stühle nieder.

Dann schlug sie Luzies Tagebuch auf und begann zu lesen.

2

Berlin/Wien, Oktober 1936

Hätte mein Fuß doch niemals diese verfluchte Havelinsel Schwanenwerder betreten! Warum nur habe ich dem verführerischen Angebot meines ehemaligen Chefs nicht widerstanden, für den ich früher im Kabarett am Palmenhaus getanzt habe? Aber dieser Géza von Cziffra ist klug und sehr charmant dazu. Als Journalist und Drehbuchautor kennt er Gott und die Welt und kann mit seinen dunklen ungarischen Augen unter den schweren Lidern sehr überzeugend sein.

»Begleiten Sie mich an diesem Abend, Fräulein Kühn«, hat er mich gebeten, »es wird Ihr Schaden nicht sein.« Und ich Dussel war zu gierig und zu naiv, um lieber vorher gründlich nachzudenken, und hab ihm jedes Wort geglaubt.

Seitdem stecke ich mittendrin im größten Schlamassel!

Ja, der Abend war glamourös, betörend, einzigartig: Das wunderschöne veilchenblaue Seidenkleid, das ich ausleihen durfte, die ganze Havelinsel magisch illuminiert, ein Spalier blutjunger Fackelmädchen, das jeder Gast passieren musste, später dann die flotte Tanzmusik, die köstlichen Speisen, die erlesenen Getränke – und hinter all dem meine brennende Sehnsucht, endlich für den Film entdeckt zu werden.

Das Verfallsdatum für Tingeltangelmädchen läuft rasend schnell ab …

So bringt es Vera aus Budapest gnadenlos auf den Punkt. Sie kümmert sich bei uns im Varieté um die Gästegarderobe und hat mir diesen Floh mit der Filmerei erst so richtig ins Ohr gesetzt.

Und wie recht sie hat!

Natürlich macht es auf Dauer keinen Spaß, mit zweiundzwanzigdreiviertel noch in der zweiten Reihe einer Revue zu hopsen, und wenn sie noch so begeistert beklatscht wird. Meine Stimme ist ganz ordentlich, die Beine können sich sehen lassen, ich habe ein Gesicht, das vielen gefällt, und was mein Talent für Komik betrifft, so habe ich dafür schon zahlreiche Komplimente bekommen.

Aber was hilft das alles?

Mit dem wöchentlichen Hungerlohn im Varieté kann ich kaum satt werden, geschweige denn, mir etwas Vernünftiges kaufen. Ohne Großpapas monatlichen Zuschuss könnte ich mir ja nicht einmal das Zimmer in der Pension von Fräulein Gräulich in der Spandauer Vorstadt leisten. Außerdem gibt es so gut wie keinen Besuch, bei dem mir Großmama nicht noch rasch ein Scheinchen zugesteckt hätte, weil sie genau weiß, wie teuer mein Leben ist: Schminke, Tanzschuhe, hübsche Kleider und all das andere, das eine junge Frau so braucht, wenn sie hoch hinaus will.

Zu hoch, wie ich inzwischen weiß – denn seit jenem Fest ist der Bock von Babelsberg hinter mir her, so der heimliche Spitzname von Dr. Joseph Goebbels. Er hat offenbar Feuer gefangen und möchte mich bald »intensiver kennenlernen«, wie er mir zum Abschied zugeflüstert hat.

Ein großer Rosenstrauß ist bereits für mich abgegeben worden, und Goebbels hat schriftlich angekündigt, unsere Vorstellung demnächst wieder besuchen zu wollen. Wenn ich Pech habe, droht mir sogar sein berüchtigtes »Besatzungsbett«, in dem früher oder später alle Sternchen landen, die auf die Leinwand möchten. Er scheint hemmungslos in seiner Geilheit, die er vorzugsweise in den Mittagspausen in einer eigens dafür angemieteten Wohnung befriedigt, wie man raunt, um die aufgebrachte Gattin nicht noch misstrauischer zu machen. Martha Goebbels bekommt ein Kind nach dem anderen, weil der Führer das so will, obwohl sie ihrem Ehemann schon lange nicht mehr traut.

Was für Abgründe!

Allein die Vorstellung, mich von diesem lüsternen Klumpfuß begrabschen zu lassen, dreht mir den Magen um. Sein Atem riecht essigsauer, sein Schweiß abgestanden, die Nägel sind abgebissen bis unter das Fleisch. Er spuckt beim Reden und findet sich ganz und gar unwiderstehlich.

Aber ich finde ihn einfach nur widerlich!

Wenn er erst einmal Witterung aufgenommen hat, dann gibt es so gut wie kein Nein.

Das sagen alle, und das macht mir Angst.

Noch ist meine Abstammungslegende zum Glück offenbar wasserdicht. Doch sollte der lüsterne Herr Reichspropagandaminister jemals herausbekommen, mit wem er es wirklich zu tun hat, bin ich geliefert – und meine heiß geliebten Großeltern mit dazu.

Ich muss also weg aus Berlin, besser gestern als morgen, denn die Nazis mögen nichts, was nicht in ihre enge braune Welt passt.

Vor allem keine Juden.

Jüdischen Anwälten haben sie bereits Berufsverbot erteilt; jüdische Mediziner wurden aus allen öffentlichen Ämtern entfernt, und es kursieren böse Gerüchte, dass bald schon gar kein Jude mehr als Arzt arbeiten darf. Jetzt, wo der Pomp der Olympiade verflogen ist und die Berichterstatter aus aller Herren Länder wieder abgereist sind, sind die Schikanen gegen Juden mit einem Schlag wieder zurück – ärger als zuvor.

Großpapa, der nicht umsonst mit Nachnamen Fröhlich heißt, bemüht sich weiterhin hartnäckig um Optimismus. »Einen Viechdoktor werden sie schon nicht behelligen«, sagt er immer wieder. »Dem Pudel Fritzi oder der Katze Murrchen ist es doch piepegal, wer ihnen hilft. Und ihren Haltern ebenso. Schnell soll es gehen, und kosten darf es auch nicht viel, so ist es ihnen am liebsten.«

Trotz seiner 73 Jahre steht er nach wie vor jeden Tag in der Praxis. Zudem kümmert er sich mit Großmamas Unterstützung rührend um die kleine Arche Noah, die die beiden seit vielen Jahren im Hinterhof eingerichtet haben. Hunde, Katzen, Vögel, Hasen, Hamster, Meerschweinchen, Schildkröten – als Kind war ich selig, mit all diesen bedürftigen kleinen Wesen aufzuwachsen. Noch heute bringen die Leute aus dem Viertel all die Tiere an, die kein Zuhause mehr haben, und ich kann mich nicht entsinnen, dass die beiden jemals eines abgewiesen hätten.

Meine Großeltern zu verlassen, bricht mir das Herz, aber ich darf nicht länger bleiben. Noch mögen sie sich kaum vorstellen, dass ihr einziges Enkelkind schon bald viele Kilometer entfernt von ihnen leben wird. Wir geben uns mutig und zuversichtlich, alle drei, und wissen dabei doch ganz genau, wie dünn das Eis unter uns ist. Ein falsches Wort, eine unbedachte Geste – und schon könnten Tränenbäche fließen, die so leicht nicht mehr zu stillen wären.

Deshalb habe ich den Abschied von ihnen auch bis zum allerletzten Augenblick hinausgeschoben. Doch heute steht er mir bevor, und ich habe schon jetzt eiskalte Hände, obwohl es ein warmer, sonniger Herbsttag ist. Für Großmama habe ich einen fliederfarbenen Schal gekauft, für Großpapa ein halbes Dutzend seiner geliebten Havannas, beides liegt eigentlich weit über meinem Budget, aber es ist das Mindeste, was ich für sie tun kann.

Jetzt bin ich so gut wie pleite, was allerdings nichts Neues für mich ist.

Tante Marie in Wien wird mich schon nicht verhungern lassen, und wohnen kann ich bei ihr ja auch erst einmal. Schließlich ist sie ja auf dem Papier meine Mutter, obwohl ich sie seit vierzehn Jahren nicht mehr gesehen habe. Sie hat jetzt einen Ehemann, der Leopold heißt, und einen kleinen Sohn namens Peter, sozusagen mein Brüderchen, das ich noch gar nicht kenne. Am Telefon klang sie sehr nett, aber ein bisschen erschrocken war sie zunächst wohl schon, dass ich ihnen so schnell auf den Pelz rücke. Doch dann hat sie sich rasch wieder gefangen. Schließlich ist sie Papas Schwester und hat ihren großen Bruder zärtlich geliebt. Sie war total verzweifelt, ihn und ihre Schwägerin Leonie – meine Mutter – schon so früh zu verlieren.

Trotzdem hat sie in all der Trauer einen klaren Kopf behalten und meine Großeltern zu der Entscheidung gedrängt, von der ich heute profitiere.

In meiner Erinnerung sieht sie Papa ziemlich ähnlich – braune Locken, grüne Augen, gerade Nase, hohe Stirn, Brille. (Sie ist kurzsichtig, was ich leider geerbt habe!)

Und auch sonst ähnle ich ihr.

Auf ihren Jugendfotos könnte man uns zwei glatt verwechseln, wäre ich nicht ein Stückchen größer geraten und wären meine Haare nicht blond gefärbt. Von Mama habe ich eigentlich nur die Lust am Tanzen geerbt, den weichen Mund und den Hang zur Melancholie, der immer häufiger durchschlägt, je älter ich werde. Sonst gehe ich optisch ganz in die väterliche Richtung.

Aber was wird Marie ihren Nachbarn, Bekannten und Freunden sagen, wenn auf einmal wie aus dem Nichts eine erwachsene Tochter auftaucht, von der sie alle noch nie etwas gehört haben? Und was, wenn ich diesen Leuten selbst Rede und Antwort stehen muss?

Jetzt wird mir die Kehle plötzlich doch ganz eng, denn leider bin ich eine lausige Lügnerin.

Und so etwas will Filmschauspielerin werden?

Wahrscheinlich lande ich doch nur wieder in einem Wiener Hinterhofkabarett …

Ich wische mir die Tränen weg, die sich jetzt nicht mehr zurückdrängen lassen, ziehe meine weiße Bluse an, weil Großmama mich so gern darin sieht, und bürste mir die Haare.

Kein Rouge, nicht einmal ein Hauch Lippenstift. Ganz frisch will ich bei ihnen ankommen, natürlich von Kopf bis Fuß …

Manni, ebenfalls seit Jahr und Tag in der leicht ramponierten Pension von Fräulein Gräulich zu Hause, hatte ihr sein altes Damenfahrrad geliehen, weil Luzie heute die Enge einer U-Bahn nur schwer ertragen hätte.

Wie sehr sie diese bunte Truppe vermissen würde!

Allen voran ihn, ihren besten Freund, der sich mithilfe von Kleidern und Schminke allabendlich im Varieté in die schillernde Hélène verwandelte, eine Dame von Welt, die die Männer reihenweise um den Verstand brachte. Und dann natürlich die kleinwüchsige Flora, die sich mit Tarot-Karten und einer Kristallkugel mehr schlecht als recht durchs Leben schummelte – Seite an Seite mit Suzette, angeblich eine waschechte Pariserin, die in Wirklichkeit aus Tanger stammte und mit ihren begnadeten Händen die besten Massagen anbot – bei langjährigen Stammkunden auch schon mal mehr. Arthur, verrückt nach blonden, jungen Kerlen, hatte sich über Jahre mit Englischstunden über Wasser gehalten und war bereits wieder zurück in seiner Heimatstadt Manchester, weil ihm das Pflaster in Berlin zu heiß geworden war.

Und nun würde auch sie die Stadt verlassen, in der sie zur Welt gekommen und aufgewachsen war. Jeder Tritt in die Pedale Richtung Charlottenburg war für Luzie heute ein kleiner Abschied. Vorbei am Reichstag, vor dem die Hakenkreuzfahnen wehten, vorbei am Tiergarten, den Juden nicht mehr betreten durften, überquerte sie den Ku'damm, auf dem sie in guten Zeiten so gern mit ihren Freundinnen gebummelt war, bis sie schließlich die Mommsenstraße erreichte, in der auf Hausnummer 26 schon seit beinahe vierzig Jahren die Veterinärpraxis von Dr. Jakob Noah Fröhlich zu Hause war.

Großmama Ida empfing Luzie schon an der Tür.

»Mit dem Rad durch die halbe Stadt?«, sagte sie besorgt und entließ Luzie nur ungern aus ihrer innigen Umarmung. »Du wirst deine Kräfte für die lange Reise noch brauchen, Kind.«

Sie fühlte sich irgendwie kleiner an als sonst und war so zart, dass Luzie erschrak.

Sorgte sie sich heimlich doch mehr, als sie zugab?

»Und du darfst nicht aufhören zu essen«, erwiderte Luzie betont munter. »Versprich mir das! Schließlich geht es ja nur nach Wien – und nicht auf eine gefährliche Expedition Richtung Nordpol. So ein bisschen Strampeln ist da als Training gar nicht so übel. Denn schließlich will ich in der schönen Donaustadt ja so bald wie möglich arbeiten und nicht nur faul herumsitzen.«

»Ach, Luzie! Fast siebenhundert endlose Kilometer bist du dann von uns entfernt. Ich habe es im Atlas ganz genau nachgemessen …«

»Ist doch heutzutage nur noch ein Klacks! Ihr kommt mich bald bei Marie und ihrer Familie besuchen. Und wenn es euch bis nach Wien zu weit ist, dann treffen wir uns eben in Prag. Schau doch mal, was ich dir mitgebracht habe – einen Schal in deiner Lieblingsfarbe. Du siehst toll damit aus!«

Ida machte eine kleine Geste, als wolle sie etwas wegwischen.

Aber ihr Mund war ganz jung und weich geworden.

»Jano ist noch immer in der Praxis«, sagte sie, während ihre rechte Hand unablässig die Seide streichelte, die Luzie ihr umgelegt hatte. »Ein SA-Mann mit seiner Boxerhündin, die bei einer Beißerei mit anderen Hunden massiv verletzt wurde. Auf die Juden schimpfen, sie aus den Berufen werfen, ihnen öffentliche Parkbänke, Schwimmbäder und ich-weiß-nicht-was-sonst-nicht-noch-alles verbieten, um sich dann klammheimlich zum jüdischen Tierarzt zu schleichen, wenn es brennt, weil der nun mal der Beste ist. Das sind mir die Allerliebsten!«

»Ein Hund kann nichts für seinen Halter«, erwiderte Luzie. »Das sagt der Großpapa doch immer. Er wird den Tieren helfen bis zu seinem allerletzten Atemzug. Genau deswegen lieben wir beide ihn ja auch so sehr.«

Jetzt erhellte ein Lächeln Idas ernstes Gesicht.

»Vom allerersten Moment an wusste ich, dass er der Richtige für mich ist. Und das ist bis heute so geblieben. Bei deiner Mutter war es mit ihrem Paul nicht viel anders …« Die grauen Augen füllten sich mit Tränen. »Ich wünsche mir so sehr, dass du auch bald einen lieben Mann an deiner Seite hast, Luzie. Dann hört das auf mit diesem ruhelosen Umhergetingel, und ich kann endlich wieder ruhig schlafen.«

»Mein ›Umhergetingel‹, wie du es nennst, macht mir aber großen Spaß, und ich bin richtig gut darin. Außerdem habe ich die Hoffnung noch nicht aufgegeben, eines Tages richtig berühmt zu werden. Vielleicht kann mir ja Leopold Matusek dabei unter die Arme greifen. Tante Marie hat da so etwas angedeutet. Ihr Mann ist schließlich Anwalt und kennt angeblich lauter wichtige Theater- und Filmleute.«

»Und was, wenn dann wieder dieses schreckliche Hinkebein auf dich aufmerksam wird? Pass bloß auf, Kind! Mit einem Goebbels ist nicht zu spaßen.«

»Ach, in Österreich wird er mir schon nichts tun. Außerdem gibt es ja so viele andere junge Frauen, die unbedingt zum Film wollen, da hat er mich sicherlich schnell vergessen. Aus den Augen, aus dem Sinn, so sagt man doch …«

Luzie war ihr in die gemütliche Wohnküche gefolgt. Neben dem Tisch, an dem sie als Kind ihre Hausaufgaben erledigt hatte, stand ein Korb mit fünf kaum handgroßen Katzenwelpen, drei schwarze, zwei getigerte, die gerade die Augen geöffnet hatten und sich fiepend eng aneinanderschmiegten. Nebendran hielt Senta, die alte Labradorhündin, Wache. Sonst kam sie immer sofort zu Luzie getrabt, sobald diese die Wohnung betrat, heute aber war ihre neue Aufgabe eindeutig wichtiger. Als Luzie eines der Katzenbabys in die Hand nahm, begann es sofort zu knurren.

Schnell legte sie es wieder zurück zu den Geschwistern.

»Den Wurf hat Jano aus der Mülltonne vom Nachbarhaus gefischt«, sagte Ida. »Dein Großvater würde Tiere in Not noch hören, selbst wenn sie klaftertief unter der Erde wimmern. Von der Mutter keine Spur. Vielleicht überfahren? Das bedeutet alle drei Stunden Fläschchen geben, auch nachts. Ganz schön anstrengend für eine alte Frau, kann ich dir versichern. Aber ich bin ja all die Jahre nichts anderes gewöhnt.«

»Zum Glück«, sagte Luzie und duckte sich, denn Pips, der Graupapagei, landete gerade schwungvoll auf ihrer Schulter.

»Kacke, Kacke, Kacke!«, krächzte er. »Stets zu Diensten, schönes Kind! Kannst du pfeifen?«

»Leider nicht, das weißt du doch ganz genau, du alter Gauner. Zum Glück hast du nach wie vor deine schlechten

Manieren, Pip.« Jetzt lachte sie. »Schön, dass manches sich niemals ändert!«

»Nimmst du die Teekanne mit?«, fragte Ida und ging voraus. »Der Rest steht schon drüben in der guten Stube.«

Sie hatte Rugelach gebacken, bestreut mit Zimt-Zucker und gehackten Mandeln, Luzies Lieblingsgebäck aus Kindertagen. Sie musste sich abwenden, damit die Großmutter ihre plötzlich feuchten Augen nicht sah.

Wie sehr sie das alles vermissen würde!

Die Standuhr, die seit jeher ein paar Minuten nachging, das grüne Sofa mit den gehäkelten Kissen, auf dem es sich schon so viele Vierbeiner bequem gemacht hatten, die beiden abgeschabten Sessel, auf denen ihr Großvater abwechselnd seinen kurzen Mittagsschlummer hielt, bei dem keiner ihn stören durfte. Schließlich der Esstisch, ausziehbar für zwölf Personen, der für die nachmittägliche Tafel gedeckt war, und mit dem bisschen Porzellan in der einen Ecke Verlorenheit ausstrahlte.

Wir sind nur der kümmerliche Rest der Familie, dachte Luzie und war nun so weit, endgültig den Kampf gegen die aufsteigenden Tränen zu verlieren. *Und nun lasse ich sie auch noch allein – in dieser schweren Zeit. Was, wenn sie krank werden? Oder dem Naziterror nicht mehr standhalten können?*

»Es tut mir ja so leid«, begann sie. »Hätte ich nur vorher besser nachgedacht …«

»Aber das muss es doch nicht.« Da war sie wieder, jene sonore Männerstimme, die sie als kleines Mädchen sicher über alle Klippen des Lebens geleitet hatte. Hunde, Katzen, ja jegliche Art von Getier beruhigte sich bei ihrem

Klang im Handumdrehen, ebenso wie deren Halter. »Du bist jung, Luzie, und hast alles Recht der Welt, Fehler zu machen. Wie sollst du denn sonst lernen, das Richtige vom Falschen zu unterscheiden? Und leben sollst du – leben!«

Luzie sprang auf, stolperte auf ihn zu, und dann lag sie an seiner Brust, während der Großvater ihr sanft den Rücken rieb.

»Deine Großmutter und ich wollen, dass du nach Wien gehst«, sagte er. »Noch sind Deutschland und Österreich zwei Länder. Hoffen wir, dass es auch weiterhin so bleibt. Du wirst dort freier atmen können, das ja. Aber du musst auch jenseits der Grenze weiterhin auf der Hut bleiben. Juden sind auch in Wien bei vielen Mitbürgern nicht sonderlich beliebt, obwohl so viele dort leben – und das schon sehr lange. Wäre doch schade, wenn du dich durch unüberlegte Äußerungen in Schwierigkeiten bringen würdest.«

»Aber Tante Marie …«

»Das mit der Tante gewöhnst du dir am besten sofort ab. Ob du ein *Mama* über die Lippen bringst, musst du selbst entscheiden. Vielleicht nennst du sie einfach Marie. Das wird wohl kaum jemand einer Tochter übel nehmen, die erst als Erwachsene wieder nach Hause gefunden hat.«

»Ich weiß nicht, ob ich das alles schaffe.« Ihr Kinn begann, zu beben.

»Doch, das wirst du. Du bist doch unser Lichtmädchen, das Kind unserer Löwentochter Leonie. Und damit es für den Anfang ein wenig leichter ist, habe ich das hier für dich vorbereitet.«

Jano ging zur Anrichte und holte ein Buch mit blauem Ledereinband und Goldornamenten.

»Manchmal hilft es, sich die Sorgen von der Seele zu schreiben«, sagte er. »Ich weiß, dass du das ab und zu schon seit einiger Zeit tust, aber wenn es regelmäßig geschieht, kann es dich noch mehr entlasten. Dazu ist dieses Tagebuch da. Und der Umschlag, der darin steckt. Schau hinein!«

»So viel Geld«, stammelte Luzie, nachdem sie seiner Aufforderung nachgekommen war. »Und ich, ich hab nur ein paar lausige Havannas für dich. Das kann ich doch niemals annehmen!«

»Und ob du das kannst«, widersprach er liebevoll. »Ich liebe es, ab und zu eine Zigarre zu genießen, das weißt du doch, also danke dafür! Es sind dreißig Einhundertschillingscheine, was circa zweitausend Reichsmark entspricht. Geh sorgsam damit um, verplempere es nicht, aber gönn dir auch einmal etwas, falls dir danach zumute ist. Ich bin sicher, du wirst in Wien bald ein Engagement finden und auf eigenen Füßen stehen können. Sei vor allem mutig und fröhlich, kleine Luzie. Versprichst du mir das?«

»Verspreche ich«, murmelte sie. »Und ob ich euch das verspreche!«

Den ganzen Rückweg in die Spandauer Vorstadt hatte sie auf dem Fahrrad nur geweint und später noch immer schluchzend in der Pension die letzten Habseligkeiten in den Koffer gestopft. LK – Luzie Kühn –, der Großpapa hatte ihr Monogramm eigens in das hellbraune Schweinsleder prägen lassen. »Leute mit Stil reisen mit Monogramm«, hatte er sie liebevoll geneckt. »Meine Enkelin gehört selbstredend dazu.«

Ins Bett zu gehen, lohnte sich nicht, denn der Zug nach Berlin via Prag verließ den Anhalter Bahnhof schon sehr früh am Morgen. So saß Luzie bis nach Mitternacht mit ihren Mitbewohnerinnen in der verrauchten Küche zusammen, trank Suzettes grauenhaften selbst gebrauten Eierlikör, bis die Tränen endlich versiegten, und ließ sich von Flora die Karten legen.

»Die Liebenden – eine große Entscheidung steht dir bevor, die dein ganzes Leben verändern wird …«

Irgendwann hatte sie dann doch zurück in ihr Zimmer gefunden und war dort in einen tiefen, traumlosen Schlaf gesunken. Bis Manni sie unsanft weckte.

»Hoch mit dir, du verpenntes kleines Etwas! Unten wartet mein Auto. Dein Gepäck hab ich schon eingeladen. Liebe Gute, so viel Kram! Brauchst du das alles wirklich? Sag nichts, Liebling, ich weiß, du brauchst es! Sähe bei mir garantiert keinen Deut besser aus. Bist du jetzt endlich munter? Oder willst du lieber zu Fuß zum Bahnhof marschieren?«

»Welches Auto denn?«, murmelte sie, noch immer schlaftrunken. »Du hast doch gar kein Auto …«

»Na gut, präziser gesagt, eine Leihgabe. Aber der Wagen fährt ausgezeichnet. Wenn das verehrte Fräulein Kühn also bitte die Güte hätte …«

Raus aus dem Schlafrock, Katzenwäsche, rein in Dessous, Kleid und Trenchcoat. Luzie packte ihre Hutschachtel und stöckelte hinter ihm die Treppen hinunter.

Die kurze Fahrt zum Bahnhof durch das frühmorgendliche Berlin, über dem gerade die Sonne aufging, erlebte sie wie in Trance. Spatzen tschilpten, Müllmänner rumpelten über die Straßen, müde Frühaufsteher gingen zur Arbeit.

Manni fuhr schnell und sicher. Er trug noch immer Hélènes silberne Spangenpumps in Größe 44, mit denen er abwechselnd die Pedale bediente, und auf seinem rechten Lid klebte ein Rest rosa Glimmer, was Luzie ganz besonders anrührte.

»Da staunste, Schätzchen, was?«, sagte er lachend, als sie ihn wegen seiner Fahrkünste lobte. »Auf den richtigen Liebhaber kommt es eben an! Allerdings findet seine Gattin den Benz wohl mindestens so schnieke wie ich – und sie hat nun mal die älteren Rechte. Kinder kann ich ihm ja leider keine schenken, da ist sie definitiv im Vorteil. Wird also nach wie vor wohl eher beim kleinen Extra für zwischendrin bleiben, fürchte ich …«

Er half ihr beim Aussteigen, fauchte jeden Gepäckträger weg, der seine Hilfe anbot, trug stattdessen selbst Koffer und Reisetasche zum Zug, als hätte er ein Leben lang nichts anderes getan, hievte sie samt Krimskrams ins Abteil und war erst zufrieden, als alles im Gepäcknetz verstaut war und Luzie ihren Sitzplatz in der zweiten Klasse eingenommen hatte.

»So, hier erst einmal etwas für das leibliche Wohl.«

Das waren zwei dick belegte Käsestullen, sorgsam in Wachspapier eingeschlagen, sowie eine Thermoskanne mit heißem Tee.

»Und natürlich etwas für die Seele.« Er reichte ihr ein Buch. »Willie S., mein innigst geliebter Shakespeare. Alle anderen Autoren, die etwas taugen, sind inzwischen ja leider verboten. Aber bei ihm findest du ohnehin, was die

Menschheit so braucht. Pass auf dich auf, Kleene. Und schreib mal. Du weeßt ja, wo du mich findest, jedenfalls bis auf Weiteres …«

Seine leicht gebogenen Wimpern, um die ihn jedes Mädchen beneiden würde, flatterten.

»Jetzt mach ich mich aber mal lieber janz schnell dünne, bevor ich noch wie ein Schlosshund losflenne …«

Sie schob das Fenster nach unten und winkte ihm zutiefst gerührt hinterher, bis seine lange, schmale Gestalt verschwunden war.

»Ich wusste gar nicht, dass so etwas in Deutschland überhaupt noch erlaubt ist …«

Die korpulente Dame mit rehbraunem Hütchen auf dem Sitz gegenüber klang angeekelt.

»*So etwas* ist mein allerbester Freund, wenn Sie es ganz genau wissen wollen«, erwiderte Luzie spitz. »Einer der wundervollsten Menschen dieses Universums. Ich weiß noch gar nicht, wie ich ohne diesen Riesenschatz überhaupt zurechtkommen soll.«

»Dann sind Sie etwa auch in diesem … Metier tätig?« Jetzt wackelte nicht nur das Doppelkinn, sondern auch das rehbraune Hütchen höchst missbilligend.

»Ganz genau. Ich arbeite als Schlangentänzerin im Nachtclub, falls Ihnen das etwas sagt. Viel an habe ich dabei allerdings nicht.«

Das saß. Die korpulente Mitreisende verzichtete auf weitere Kommentare.

Luzie nahm ihr Tagebuch aus der Reisetasche, goss sich einen Becher Tee ein und begann zu schreiben.

In Prag musste sie Zug und Bahnsteig wechseln und erreichte keuchend den Triebwagen nach Wien. Inzwischen war es früher Nachmittag. Das Abteil hatte sich in der Sonne aufgeheizt und war mit den drei jungen Männern in schwarzen Anzügen, die dort saßen, gut gefüllt. Zwei von ihnen schliefen, die langen Beine von sich gestreckt, über die Luzie erst steigen musste, um ihren reservierten Fensterplatz zu erreichen. Der dritte, mittelgroß, schlank, mit kurzen dunklen Locken, stand auf und hievte ihre Sachen ins Gepäcknetz.

»Danke Ihnen«, sagte Luzie und setzte sich. »Schön, dass es noch immer Kavaliere gibt.«

»Ich muss meine Kameraden ein wenig in Schutz nehmen«, sagte er lächelnd. »Im Umgang mit hübschen Frauen sind sie nicht gerade geübt.«

Jetzt erst fiel ihr Blick auf seine Kleidung. Sein Hemd unter dem Anzug war ebenfalls schwarz. Nur ein weißer Stehkragen blitzte hervor. Die beiden Schläfer waren ganz ähnlich angezogen.

»Sie kommen von einer Beerdigung …«, sagte Luzie.

Sein Lachen war hell und jungenhaft.

»Nicht ganz«, sagte er. »Und wir fahren auch auf keine. Wir sind angehende Kooperatoren. In Deutschland sagt man Kaplan dazu. Und die müssen laut den Vorschriften der katholischen Kirche anständig gekleidet sein. Vor allem, wenn sie gerade Exerzitien besucht haben.«

»Keine Ahnung, was das ist.« Luzie zuckte bedauernd die Schultern. »Mit Kirche habe ich nicht viel am Hut.«

»Exerzitien sind geistliche Besinnungstage. Schadet nicht, mal ganz still zu werden und nach innen zu lauschen. Denn was wäre der Mensch ohne Hoffnung? Ohne die Gewissheit, in einem großen Ganzen geborgen zu sein? Wäre doch ganz schön traurig, finden Sie nicht?«

»Da mögen Sie recht haben«, räumte sie ein. »Aber sind nicht eigentlich Familie und Freunde dazu da, damit man sich nicht einsam fühlt?«

»Auch, natürlich, ganz gewiss. Und dennoch tröstet mich die Gewissheit, dass es da noch etwas Ewiges gibt, das mich hält und schützt.« Sein Lächeln vertiefte sich. »Sie sind auf dem Weg nach Wien?«

»Ja«, erwiderte Luzie.

»Sie kennen die Stadt?«

»Bislang noch nicht. Aber ich freue mich darauf.«

»Wien wird Ihnen gefallen, so groß und prächtig, wie es ist, mit seinen Schlössern, Museen, den wunderbaren Kirchen, den vielen Caféhäusern, der Kunst, die einem überall entgegenspringt.« Sein Blick wurde intensiver. »Sie werden länger bleiben?«

Konnte er Gedanken lesen? Auf einmal war sie auf der Hut. Katholische Geistliche als Spione? Eher unwahrscheinlich.

Aber man konnte ja nie wissen …

»Mal sehen«, sagte sie scheinbar leichthin. »Am allerliebsten lasse ich mich vom Leben überraschen.«

»Wie schön Sie das gesagt haben!« Jetzt strahlte er.

Waren katholische Priester nicht so eine Art Mönch? Heiraten durften sie jedenfalls nicht, so viel wusste Luzie.

Und mit Frauen flirten?

Denn genau das tat er gerade, wenn sie sich nicht sehr täuschte.

»Franz Novák, mein Name«, sagte er. »Damit Sie auch wissen, mit wem Sie es zu tun haben. Und Sie, gnädiges Fräulein?«

»Luzie Kühn.«

»Luzie«, wiederholte er, und seine Augen begannen zu leuchten. »Das ist ja wunderbar!«

Hatte sie jetzt schon zu viel verraten?

»Wie darf ich das verstehen?«, fragte sie vorsichtig.

»Ihr Name stammt vom Lateinischen *lux*, also Licht, und bedeutet ›Die Leuchtende‹. Es gibt eine Heilige, Lucia von Syrakus, die vor allem in Schweden verehrt wird. Sie lebte im 4. Jahrhundert und wollte lieber den Armen helfen, als ihren heidnischen Verlobten zu heiraten, der sie aus Zorn als Christin denunzierte. Zur Strafe sollte sie zu lüsternen Soldaten in ein Bordell gebracht werden, doch die Tiere des Ochsengespanns streikten, und nicht einmal das siedende Öl, mit dem sie übergossen wurde, konnte ihr etwas anhaben. Sie überlebte sogar das Ausreißen ihrer Augen. Schließlich starb die fromme Jungfrau durch einen Schwertstich in den Hals.«

»Das ist ja schrecklich«, japste Luzie.

»Finden Sie?«, sagte Novák. »Ich bewundere Menschen, die so glaubensstark sind. Lucias Tag ist der 13. Dezember …«

»Mein Geburtstag!«

»Dann heißen Sie ja genau richtig, so hell und freundlich, wie Sie auf mich wirken. In Schweden tragen Mädchen an diesem Tag Kerzen auf dem Kopf und lange weiße Kleider. Jeder weiß, es ist dort im Dezember nur wenige Stunden hell, aber das Licht – und die Hoffnung – kehren wieder zurück. Lucia ist übrigens die Schutzpatronin der Kutscher, Sattler und Weber, aber auch der Notare und Schriftsteller. Man kann sie anrufen, wenn es brennt, und bei Krankheiten wie Augenleiden, Halsschmerzen und wenn es im Darm böse zwickt.«

»Und das hilft?«

»Wenn man sich das so skeptisch fragt wie Sie gerade eben, sicherlich nicht! Vielen anderen – ja.«

Luzie schwieg eine Weile.

»Ich möchte ja glauben«, sagte sie schließlich. »Daran liegt es nicht. Schon als Kind hatte ich mir das gewünscht und andere zutiefst beneidet, die dazu in der Lage waren. Aber ich kann es einfach nicht. Es fühlt sich so an, als ob dazu etwas in mir fehlt. Ich bleibe immer kritisch, voller Zweifel und Bedenken. So bin ich nun mal.«

»Geben Sie nicht auf«, sagte er. »Irgendwann vielleicht …«

»Vielleicht aber auch nicht.« Luzie griff nach ihrem Buch.

»Jetzt habe ich Sie auch noch am Lesen gehindert«, sagte er reumütig. »Ich bitte in aller Form um Vergebung. Irgendwie sind gerade die Pferde mit mir durchgegangen. In der Regel bin ich bei Weitem nicht so aufdringlich.«

»Das waren Sie doch gar nicht.« Luzie lächelte ihn an. »Ich habe ganz im Gegenteil bei unserem Gespräch eine ganze Menge gelernt.« Sie hielt ihr Buch hoch. »Ein Geschenk von meinem besten Freund: Shakespeare, weil der angeblich über uns Menschen alles weiß. Bin gespannt, ob mein Freund recht hat.«

»Ich kenne von ihm nur *Romeo und Julia*«, sagte der junge Geistliche. »Und die Julia musste ich in der Schulaufführung auch noch selbst spielen, weil wir am Gymnasium nur Buben waren. Mittendrin flog mir auf einmal die Perücke vom Schädel, als Romeo mich zu stürmisch gepackt hat. Das war vielleicht ein Brüller!«

»Ich kenne nicht einmal dieses Stück«, gestand Luzie. »Aber das lässt sich ja ändern.«

Sie begann zu lesen, was ihr nicht ganz leicht fiel, denn die Sprache erschien ihr reichlich altertümlich, fast geschwollen. Außerdem spürte sie, dass der Blick ihres Gegenübers unablässig auf ihr ruhte.

»Was sehen Sie mich eigentlich dauernd an?«, fragte sie nach einer Weile. »Denken Sie vielleicht, ich merke das nicht?«

»Verzeihung«, sagte er rasch. »Ich war ganz in Gedanken. Sie erinnern mich nämlich an jemanden. Jemanden von früher. Die Ähnlichkeit ist wirklich frappierend.«

»Sie vermissen sie?«, tippte sie aufs Geratewohl.

»Ja«, erwiderte er, während eine zarte Röte sein Gesicht färbte. »Sehr sogar. Es gab Zeiten, da hätte ich alles für sie getan. Aber das geht jetzt leider nicht mehr.«

»Weil Sie keine Frau haben dürfen?«, bohrte Luzie weiter.

»Blinddarmdurchbruch. Innerhalb von ein paar Stunden war sie tot.« Er fuhr mit der Hand über sein Gesicht. »Es fällt mir noch immer schwer, darüber zu reden.«

»Jetzt muss ich mich entschuldigen«, sagte Luzie. »Ich hätte nicht so neugierig sein dürfen.«

»Nein, nein, ich muss doch endlich lernen, es zu begreifen. Aber wie kann man das? Ein geliebter Mensch ist weg, ganz plötzlich, wie vom Erdboden verschwunden …«

»Begreifen lässt sich das nicht«, sagte Luzie. »Niemals. Egal, was die Leute sagen, egal, wie viel Zeit auch vergehen mag. Nur irgendwie aushalten muss man es eben doch …«

»Sie haben es auch erlebt?«, fragte er sanft.

Luzie nickte. »Es liegt Jahre zurück, und doch ist es für mich, als sei es erst gestern gewesen. Der Schmerz bleibt. Und wenn ich hundert und mehr Jahre alt werde, das weiß ich …«

»Frantiček!« Die beiden Schläfer waren wach geworden. »Stellst du schon wieder Dinge an, die du besser nicht anstellen solltest?«, fragte sein Nachbar grinsend. »Das wird dem gestrengen Herrn Kardinal aber gar nicht gefallen.«

»Kümmere du dich lieber um deine eigenen Angelegenheiten. Damit fährst du deutlich besser«, raunzte Novák zurück.

»Die Frauen – und unser lieber Franz«, seufzte sein Kollege. »Ein unendliches Mysterium.«

»Wisst ihr, was? Das wird mir jetzt eindeutig zu blöd. Ich geh lieber eine rauchen …«

Er stand auf und verließ das Abteil.

»Er war respektvoll und äußerst zurückhaltend«, sagte Luzie, die sich irgendwie mitschuldig fühlte, obwohl sie ja eigentlich nichts Verbotenes getan hatte. »Gäbe es mehr Geistliche wie ihn, wären die christlichen Kirchen bestimmt wieder voller.«

»Vor allem auf den Frauenbänken. Unser Frantiček hat bei den Weibern den Bogen eben raus.«

Jetzt hatte auch sie keine Lust mehr, zu antworten, sondern vertiefte sich weiter in ihre Lektüre. Der junge Geistliche kehrte erst wieder zurück, als der Zug bereits in den Franz-Josephs-Bahnhof einlief.

»Die sind noch halbe Kinder«, sagte er wegwerfend, als er Luzies Gepäck aus dem Netz holte, während seine Kameraden schon zur Tür strebten, ohne Hilfe anzubieten. »Grüne Jungs ohne Lebenserfahrung. Bis die als Priester etwas taugen, fließt noch viel Wasser die Donau hinunter. Hat mich übrigens sehr gefreut, Sie kennenzulernen, Fräulein Kühn. Der Herr segne und beschütze Sie.«

»Mich auch«, sagte Luzie. »Ehrlich, ich wusste gar nicht, dass es so nette Priester gibt.«

Er half ihr beim Aussteigen, dann tippte er kurz an seine Schläfe und folgte schnellen Schrittes seinen beiden Kameraden.

Luzie blickte sich auf dem Bahnsteig um.

Und da stand sie, eine Frau mit braunen Locken, das Ebenbild des verstorbenen Vaters, die Arme weit ausgebreitet.

»Luzie – endlich.« Marie roch wie eine Blumenwiese, als sie sie fest an sich drückte, warm und weich. »Willkommen in Wien. Wie groß und hübsch du geworden bist. Aber du bist ja auf einmal ganz blond! Um ein Haar hätte ich dich gar nicht mehr erkannt.«

»Und was meinst du, wie teuer das ist!« Luzie war froh, ihre Rührung verbergen zu können. »Aber auf der Bühne sind die Blonden jetzt eben gefragt, da muss man sich anpassen. Ta… ich meine, Marie, wie soll ich dich eigentlich nennen?«

»Marie passt doch ganz gut. Ich fürchte, wenn du Mama zu mir sagst, bekommt mein kleiner Peter eine Krise.« Sie lächelte. »Er hört ohnehin das Gras wachsen, so feinfühlig und sensibel ist er. Von dir wird er hellauf begeistert sein. Bestimmt hält er dich für eine Fee.« Beherzt griff sie nach dem Koffer. »Der ist aber schwer!«

»Aber ich kann doch auch ...«

»Nix da. Du bist weit gereist. Ist ja nur ein Stück, das schaffe ich schon. Und jetzt komm. Vor dem Bahnhof wartet eine Überraschung auf dich.«

Luzie gingen schier die Augen über, als sie an Maries Seite den Bahnhofsvorplatz erreichte.

»Aber das ist ja ...«

»Ein Fiaker, ganz genau. Mit Apfelschimmeln. Der Herr auf dem Kutschbock heißt Willi Höllerer und wird uns sicher und gemütlich nach Hause bringen. Ist eh nicht weit. Aber noch wienerischer geht es kaum.«

»Ist das schön hier bei euch!«, sagte Luzie beeindruckt.

»A geh! Gegen die Weltstadt Berlin ist Wien noch ganz schön verschnarcht, das wirst du schon noch merken.«

»Mir gerade recht. Obwohl, singen und tanzen möchte ich schon gern ...«

»Der Leo, so nenne ich ihn, hat schon ein paar gute Ideen dazu«, sagte Marie. »Musst dich ganz bald mit ihm zusammensetzen. An dem ist ein Diplomat verloren gegangen, so gut, wie der es mit den verschiedensten Leuten kann. Alle mögen ihn. Ich dagegen kann nicht mit allen.«

»Ich auch nicht«, gestand Luzie.

»Ja, wir Kühns haben manchmal den Teufel im Leib. Sag mir noch: Wie haben deine Großeltern den Abschied verkraftet? Ida, Jano, diese beiden wunderbaren Menschen, ich denke so viel an sie ...«

»Frag lieber nicht«, sagte Luzie bedrückt. »Sie waren so unendlich tapfer, aber ich weiß genau, dass sie sich nur zusammenreißen.«

»Vielleicht löst sich dieser ganze völkische Wahnsinn ja in Luft auf, und du kannst wieder zu ihnen zurück …«

»Glaubst du das, Marie? Glaubst du das wirklich?«

Marie blieb die Antwort schuldig und stieg aus, kaum hatte der Fiaker angehalten.

»Berggasse«, sagte sie. »In Wien keine ganz unbekannte Adresse. Jenseits der Kreuzung wohnt auf Nummer 19 der Dr. Freud, ein berühmter Seelenarzt. Früher hat man ihn oft Arm in Arm mit seiner jüngsten Tochter durch unser Grätzl flanieren sehen. In letzter Zeit hab ich ihn aber nur noch selten getroffen. Es heißt, er sei sehr krank.«

»Grätzl?«, wiederholte Luzie fragend.

»Du musst dich ja erst einhören, logisch.« Marie lachte. »Damit sind die nächsten Häuserecken gemeint, sozusagen das Viertel im Viertel. Frag ruhig, wenn dir etwas seltsam vorkommt. Ich hab auch eine ganze Zeit gebraucht, bis ich sie hier alle verstanden habe.«

Marie bezahlte den Kutscher, dann stiegen sie gemeinsam hinauf ins Mezzanin, den ersten Stock, wie Marie nicht ohne Stolz bemerkte, die begehrteste Etage im Haus. Das Treppenhaus war mit Parkett ausgelegt, ein blassgrüner Läufer in der Mitte dämpfte die Schritte. Der Handlauf bestand aus dunklem Holz und war von unzähligen Fingern blank gerieben.

»Sie kommen, Papa, sie kommen …«, hörte Luzie eine aufgeregte Kinderstimme.

Dann waren sie auch schon vor der angelehnten Wohnungstür angelangt, vor der Vater und Sohn sie empfingen – beide semmelblond, beide über das ganze Gesicht strahlend. Der eine in einer weinroten Hausjacke, der andere in einem blau karierten Schlafanzug.

»Du bist also die Luzie?«, fragte der Kleine. »Und sag bloß nicht Peterle zu mir. Das mag ich nämlich gar nicht.«

»Niemals im Leben!« Es gelang ihr, das Lachen zu unterdrücken. »Dazu bist du doch schon viel zu groß, Peter!«

Der nickte. »Deshalb durfte ich ja auch noch aufbleiben«, erklärte er.

»Und ich bin der passende Vater dazu.« Leopolds Händedruck war zupackend. »Leo, wenn du magst. Schön, dass du sicher bei uns gelandet bist, Luzie.« Er trat zur Seite und ließ sie eintreten. »Bist du hungrig …«

»Ich zeig der Luzie erst einmal, wo sie wohnt«, sagte Marie energisch. »Das machen wir Frauen jetzt zu zweit. Komm, hier entlang.«

Vom langen Flur, der am Ende eine leichte Biegung machte, gingen einige Türen ab. Gleich die zweite stand nur angelehnt. Licht brannte – eine Stehlampe mit gelblichem Schirm, die den Raum erhellte.

Das Zimmer war großzügig, hatte eine Stuckdecke mit ovalen Ornamenten und zwei Fenster. Ein Bett mit weißen Gitterstäben, eine blau lackierte Kommode, ein doppeltüriger Schrank. Neben dem Fenster stand ein kleiner Schminktisch mit geschwungenem Spiegel, der garantiert eigens für sie aufgestellt worden war. Ein wenig gewöhnungsdürftig fand Luzie allerdings die kindliche Blümchentapete – aber wer war sie, um hier gleich irgendwelche Ansprüche zu stellen?

»Das hier sollte eigentlich unser zweites Kinderzimmer werden«, hörte sie Marie sagen. »Anneliese oder Franz, so hatten wir es erträumt. Stattdessen kamen drei Fehlgeburten hintereinander, die mich sehr mitgenommen haben. Inzwischen habe ich jegliche Hoffnung aufgegeben.«

»Du kannst doch immer noch ein Kind bekommen …«, sagte Luzie, weil Marie so traurig klang,

»Mit zweiundvierzig? Vergiss es. Nein, dieses Hoffen und Bangen, und dann wieder der Verlust – ich will das alles nicht mehr.« Ihr Blick wurde warm. »Ich hab doch jetzt dich, mein großes Mädchen! Fällt mir gar nicht schwer, dich wie eine Tochter zu lieben. Und Leo mag dich, das hab ich gleich gemerkt.«

»Mir gefällt dein Leo auch«, sagte Luzie. »Der Kleine sowieso. Aber was wirst du den Leuten sagen?«

Marie setzte sich auf das Bett und zog Luzie neben sich.

»Du bist meine Jugendsünde«, sagte sie. »So verkaufen wir es der Welt. Damals war ich noch Marie Kühn, lebte in Berlin, war sehr jung und verlobt. Als das Kind sich ankündigte, hat der Verlobte mich schnöde sitzen lassen – und entfernte Verwandte vor Ort haben dich großgezogen, um mir eine zweite Chance zu geben. Na, was sagst du? Die Wiener mögen Geschichten mit Schmäh. Die werden uns jedes Wort abnehmen.«

»Ich bin dir sehr dankbar. Doch zugleich fühlt es sich an, als würde ich meine Großeltern verraten – und meine tote Mutter mit dazu. Als ob es eine Schande wäre, von Juden abzustammen …«

»Aber das tust du doch nicht! Ida und Jano waren einverstanden, damals schon. Und Leonie hätte immer nur das Beste für dich gewollt. Heute, wo in Deutschland alles so schwierig für Juden geworden ist, können wir heilfroh sein, dass nichts davon in deinen Papieren steht. Hier in Wien ist Berlin sehr weit weg, glaub mir. Es war klug von dir, zu uns zu kommen, sehr klug sogar.«

»Und Leopold?«, fragte Luzie. »Was sagt der dazu?«

»Mein Leo ist ein gewiefter Anwalt und weiß, wie man mit der Wahrheit geschmeidig umgeht. Natürlich trägt er die Geschichte mit. Er steht zu mir. In allem. Das liebe ich ja so an ihm. Und was die anderen Leute betrifft: Rhetorisch können ihm ohnehin nur die wenigsten das Wasser reichen. Solltest ihn mal bei Gericht hören: phä-no-menal sage ich dir.«

Sie drückte Luzie einen Kuss auf die Wange.

»Und jetzt raus damit: Was möchtest du am liebsten tun?«

»Baden«, erwiderte Luzie spontan. »Rein in die Wanne, um mir den ganzen Reisedreck runterzuwaschen. Ihr habt doch sicherlich eine Wanne?«

»Haben wir, sogar eine besonders schöne mit Löwenfüßen.«

»Wie wunderbar! Die in der Pension bei Fräulein Gräulich war nämlich schon … na, sagen wir: ein wenig verlebt. Und danach will ich nur noch eins: schlafen …«

»Das klingt nach einer sehr guten Idee«, sagte Marie. »Unser Badezimmer findest du ganz am Ende des Flurs.«

3

Wien, Spätherbst 1936

Was für aufregende Wochen!

Die anderen Parteien im Haus habe ich inzwischen alle kennengelernt. Kein Wunder, sind ja auch nur sechs: Frau Hader, die Hausbesorgerin im Parterre, die jede Woche das Treppenhaus wienert. Familie Seelinger, drei Kinder, ein Hund, die gegenüber von uns im Mezzanin wohnen. Direkt über uns die Tauberts, ein reizendes älteres Ehepaar mit zwei Kanarienvögeln; ihnen gegenüber Frau und Herr Klausner, die Einzigen, die mir nicht ganz koscher vorkommen. Er mit lüsternem Blick, sie stets verhuscht. Und schließlich im dritten Stock Georg Lentner, unser Hauspoet, der offenbar vorwiegend nachts unterwegs ist und eine der beiden Wohnungen nur zum Dichten nutzt, weil er reich geerbt hat.

Woher ich das alles weiß?

Ich sperre Augen und Ohren weit auf.

»Sei wachsam«, hat Großpapa Jano mich beim Abschied noch einmal ermahnt. »Oft spielen Kleinigkeiten eine wichtige Rolle.«

Genau das bin ich: wachsam – und außerdem sehr viel unterwegs.

Es regnet nur selten, wenn ich vor die Tür gehe, stattdessen lacht eine wärmende Herbstsonne vom Himmel, so blank wie kostbare Fayence. Die Luft ist frisch und klar, ohne den eisigen Ostwind, der Berlin zu dieser Zeit oft ungemütlich machen kann. Ich erlaufe mir mein neues Zuhause Stück für Stück, angefangen vom Servitenviertel rund um die schöne alte Kirche, und kenne mich hier inzwischen schon richtig gut aus. Manchmal mache ich auch einen kleinen Ausflug in die Praterauen, wo ich mich Hals über Kopf in die flammenden Farben der Bäume verliebe, mit Peter im Wurstelprater mindestens zehnmal hintereinander Geisterbahn fahre, weil er so schön dabei kreischt, und vom höchsten Punkt des Riesenrades aus verzückt über die Stadt blicke.

Der Kleine ist ungeheuer anhänglich.

Am liebsten würde er mich jeden Tag auf meinen Spaziergängen begleiten, aber er muss vormittags natürlich in die Schule. Und auch ich habe morgens wieder mit meiner Gymnastik begonnen, nachdem Leo mir freundlicherweise eine Holzstange an die freie Wand in meinem Zimmer montieren ließ.

Wie schnell man doch steif wird, wenn man nicht regelmäßig übt!

Aber das darf nicht passieren, denn ich möchte ja bereit sein für die größten Herausforderungen. Deshalb beginne ich gleich nach dem Aufstehen mit ausführlichen Dehnungen, denen ich meine Übungen an der Stange folgen lasse, damit Rücken, Arme und Beine ja auch geschmeidig bleiben. Anschließend schmiere ich noch durch Stakkato-Singen meine Stimme. Erst dann gibt es Frühstück, und anschließend darf ich hinaus in »mein« Wien, wie ich es jetzt schon manchmal heimlich nenne.

Die Leopoldstadt zieht mich besonders an, weil dort auf vielen Straßen jüdisches Leben lebendig wird, nicht nur in den Läden und Gaststätten, wo koschere Lebensmittel und Gerichte angeboten werden, sondern auch beim Anblick vieler nach orthodoxer Sitte gekleideter Menschen: die Männer mit Schläfenlocken und schwarzen Hüten, die Frauen mit Perücken. Manni habe ich schon davon geschrieben, denn natürlich muss ich jedes Mal dabei an meine lieben Großeltern in Charlottenburg denken, obwohl die modern gekleidet sind und nur ganz selten in die Synagoge gehen. Wir telefonieren ab und zu, meistens allerdings nicht lange, weil ihnen wie mir dabei immer schnell die Kehle eng wird. Großmama leidet an einem hartnäckigen Schnupfen, der nicht abheilen will. Großpapa verströmt Zuversicht wie immer, aber mir kommt es so vor, als klänge seine Stimme müder als früher.

Letztens sind Vandalen in ihren Hinterhof eingedrungen und haben übelst in der Arche Noah gewütet: Viele Ställe sind zerstört, zwei Kaninchen, die schon fast wieder gesund waren, wurden massakriert. Senta, die die Übeltäter tapfer wegbellen wollte, wurde von ihnen mit Tritten malträtiert, ist aber zum Glück inzwischen auf dem Weg der Besserung.

Wenn ich mir vorstelle, dass diese Kerle auch in die Erdgeschosswohnung eingestiegen wären und meine Großeltern angegriffen hätten – mir wird ganz schlecht bei diesem Gedanken!

Nach solchen Telefonaten will ich nur noch raus und all meine Sorgen und Ängste vergessen. Dann renne ich an der Donaulände entlang, bis der Schweiß strömt, ich vollkommen außer Atem bin und mein aufgewühltes Inneres sich langsam wieder beruhigt.

In diesem Zustand meide ich natürlich den eleganten 1. Bezirk, Wiens geschichtsträchtige Innenstadt mit Stephansdom, Hofburg, Heldenplatz und all den wunderbaren Museen. An anderen Tagen aber inhaliere ich tief, was sich mir dort bei jedem Schritt bietet. Bin ich erschöpft, kehre ich in eines der unzähligen Caféhäuser ein, wo ich mich zielstrebig durch die lange Liste der hiesigen Kaffeespezialitäten trinke – und noch immer nicht damit am Ende bin.

Ja, so könnte es noch ewig weitergehen, wäre ich das verwöhnte Töchterchen eines hiesigen Hofrats, das nichts anderes zu tun hat, als hübsch auszusehen und darauf zu warten, dass die passende Partie anbeißt. Aber ich bin ja Luzie Kühn aus Berlin, Vollwaise seit dem achten Lebensjahr, eine junge Soubrette, die unbedingt auf eigenen Füßen stehen will.

Und vielleicht ist es ja schon bald so weit.

Marie und Leo tun alles dazu. Sie haben meinetwegen extra Alexander Kowalewsky zum Abendessen eingeladen, den Direkter der Volksoper, an der nicht nur Opern, sondern auch Revuen aufgeführt werden. Er fand mich durchaus sympathisch, das konnte ich deutlich spüren – aber leider war das auch schon alles. Auf ein Engagement bei ihm kann ich nicht hoffen. Der Spielplan steht, die Künstler sind engagiert, es geht um ein volles Haus, und mit Anfängerinnen wie mir geht er keine Experimente ein.

Aber vielleicht ändert der heutige Abend ja alles.

Himmel noch mal – was bin ich aufgeregt!

Mein Bett ist bereits voller Klamotten, die ich probiert und wieder verworfen habe, und noch immer bin ich unschlüssig wie nie zuvor.

Soll ich mich lasziv geben?

Oder lieber unschuldig?

Kühl und damenhaft?

Oder doch eher ganz mädchenhaft?

Ich habe nicht die leiseste Idee ...

Schon seit Stunden trödle ich herum, ziehe mich an und wieder aus, richte mir zwischendrin die Haare und schreibe meine Hoffnungen und Ängste ins Tagebuch, anstatt mich endlich ganz fertig zu machen. Doch irgendwann platzt Marie der Kragen, weil es gar zu lange dauert – und sie steht plötzlich in meinem Zimmer.

»Was treibst du da eigentlich die ganze Zeit, Luzie? Liebe Güte, du bist ja noch immer im Hemdhöschen – und die Gäste sind bereits da!«

»Ich weiß, ich weiß«, stammelte sie. »Aber was soll ich heute nur tragen?«

»Das hier zum Beispiel.« Beherzt griff Marie mitten in den Haufen und zog ein Kleid heraus. »Blau geht immer. Das macht dich frisch und bringt deine Augen zum Leuchten. Und jetzt aber hopp – in fünf Minuten will ich dich fertig angezogen im Esszimmer sehen!«

Mit fliegenden Händen befestigte Luzie die Seidenstrümpfe am Strapsband und schlüpfte in das Kleid. Jetzt noch die schwarzen Spangenschuhe.

Kurzer Stopp vor dem Spiegel.

Ja, die Wellen, die sie sich mühsam mit der Brennschere gelegt hatte, saßen, und an den Ohrläppchen schimmerten die kleinen weißen Perlen, Großmamas Geschenk zum letzten Geburtstag. Sie befeuchtete die Lippen und tupfte sich einen Hauch *Soir de Printemps* an den Hals, aus dem kleinen Flakon, den Suzette ihr zum Abschied zugesteckt hatte.

Es musste klappen.

Sie wünschte es sich doch so sehr.

Mit klopfendem Herzen betrat sie das Esszimmer.

Den schönen Mahagonitisch, weiß eingedeckt, auf dem zwei große Kerzenleuchter standen, hatten Marie und Leo heute gemeinsam ausgezogen, damit alle Platz fanden. Um ihn herum luden die dunklen Stühle mit den hohen Lehnen zum Sitzen ein. Aber noch standen die Gäste in kleinen Grüppchen zusammen und plauderten. Einige nahmen einen Cocktail oder tranken Sekt aus schmalen Flöten, andere rauchten. Die Frauen hatten sich mit eleganten Kleidern feingemacht. Die Männer trugen dunkle Anzüge, nur einer war in grauer Hose und einem lässigen Sportsakko aus Tweed erschienen. Sein Gesicht konnte Luzie von ihrem Standort aus nicht genau erkennen, so kurzsichtig, wie sie war, aber es kam ihr so vor, als starre er sie unentwegt an.

Stimmte etwas an ihr nicht?

Erschrocken schaute sie an sich hinunter, konnte aber nichts Verkehrtes entdecken.

Jetzt war sie plötzlich so unsicher, dass sie beim Gehen über den Teppichläufer stolperte.

»Achtung – nicht fallen!« Der schlanke Mann im Tweedsakko war losgehechtet und hatte sie aufgefangen. Markantes Gesicht, spöttische graue Augen, breites Lachen. »Richard Denk«, stellte er sich vor. »Und Sie müssen die wunderbare Luzie sein, Maries Große.« Seine Grübchen wurden noch tiefer. »Jetzt verstehe ich natürlich, warum sie so von Ihnen geschwärmt hat.«

»Halt dich gefälligst zurück, du alter Charmeur!« Marie versetzte ihm einen spielerischen Klaps. »Meine Tochter ist ohnehin zu schlau, um einem Filou wie dir auf den Leim zu gehen. Bring doch lieber die reizende Louisa zu ihrem Platz. Sie ist heute nämlich deine Tischnachbarin.«

Er deutete eine Verneigung an und ging zu der gertenschlanken Frau im extravaganten lilafarbenen Kleid, die an ihrer Zigarettenspitze zog und so tat, als bemerke sie ihn nicht.

»Die beiden waren mal ein Paar«, hörte Luzie eine tiefe Männerstimme neben sich sagen. »Ist aber schon ein Weilchen her. Hat leider weder Richard gutgetan, noch Louisa Bettschneider. Zwischen manchen Menschen stimmt die Chemie einfach nicht, was bisweilen zur Hölle werden kann.«

Luzie drehte sich nach links. Der Mann, der sie angesprochen hatte, war ein Stück größer als sie, kräftig gebaut und hatte feines braunes Haar, das die ersten Geheimratsecken freigab.

»Das ist mein lieber Freund Bela Król«, sagte Leo, der sich ebenso dazugesellt hatte. »Für mich der genialste Librettist unserer Zeit. Und das, Bela, ist unsere wunderbare Tochter Luzie, die endlich den Weg zu uns nach Wien gefunden hat.«

»Sie kommen aus Berlin?«, fragte er.

Was hatte dieser Mann nur für Augen! Dunkelbraun, warm, voller Lebensklugheit und leiser Schwermut.

»Ja«, sagte Luzie nach einer kleinen Pause, weil sie tief in ihnen versunken war. »Aber ich bin so gern in Wien.«

»Erzählen Sie doch ein wenig von sich«, bat Król, der ebenfalls sichtlich von ihr angetan schien. »Singen Sie? Tanzen Sie? Sind Sie Schauspielerin? Leo hat uns bislang nur verraten, dass Sie jede Menge Talent besitzen.«

»Ach, am liebsten alles zusammen«, erwiderte sie. »Die Bühne ist mein Leben. Und je größer eine Rolle – desto besser.«

Wie dumm das klang!

Luzie biss sich auf die Lippen. Als ob es ganz und gar unwichtig sei, wen oder was sie verkörperte! Jetzt glaubte dieser sympathische Mann womöglich, sie sei eine oberflächliche Göre. Dabei wollte sie doch mit ihrer Darstellung überzeugen und die Menschen begeistern.

Sie wagte einen neuen Versuch.

»Ich meine natürlich, wenn die Rolle größer ist, kann man sich auch besser ausdrücken …«

Wieder brach sie ab.

»Sind Sie schon einmal in einer Operette aufgetreten, Fräulein Kühn?«

Das fragte der nächste Gast – der, auf den es an diesem Abend wirklich ankam, wie Marie ihr im Vorfeld eingeschärft hatte: Arthur Hellmer, Direktor des Theaters an der Wien. Schmal, mit welligem dunklem Haar, in dem das erste Grau aufblitzte, und in nachtblauem Tuch sehr distinguiert wirkend. Weil er Jude war, hatte er Deutschland, wo er früher als Regisseur gefeiert worden war, verlassen müssen. Das wusste Luzie von Marie.

Sollte sie lügen?

Die Wahrheit hörte sich auf einmal so kläglich an …

»Im Metropol«, erwiderte sie schließlich ebenso mutig wie aufrichtig. »Bislang allerdings leider nur als Tänzerin im Chorus. Aber ich habe bei jedem Stück die weibliche Hauptrolle mitgelernt. Für den Fall, dass jemand krank geworden wäre. Und einmal ist es dann fast auch passiert, aber sie bekam im letzten Moment eine Spritze und konnte schließlich doch auftreten.«

Hellmer begann zu lachen.

»Das ist ja köstlich, Marie!«, rief er. »So viel jugendlichen Enthusiasmus lobe ich mir.«

»Luzie kann dir beim Essen sicherlich mehr davon erzählen, liebster Arthur«, sagte Marie lächelnd. »Denn ich habe euch nebeneinandergesetzt. Wenn ich euch dann alle zu Tisch bitten dürfte? Unsere arme Jarmila wird schon ganz nervös, weil sie Angst hat, ihr berühmter Tafelspitz zerkocht noch.«

Sie ließen sich am Tisch nieder. Gläser klirrten, und jemand sprach einen Toast auf die Hausherrin aus.

Die als Vorspeise servierte Frittatensuppe war heiß und schmackhaft. Luzie war so hungrig, dass ihr Teller als einer der ersten leer war.

»Ich mag junge Frauen mit Appetit«, erklärte Król, der ihr gegenüber saß. »Ist doch schrecklich, wenn man aus Angst um seine Linie nur an Salatblättern knabbert wie ein Kaninchen!«

Wie alt mochte er sein?

Sie schätzte ihn auf Mitte dreißig. Jedenfalls wirkte er sehr erwachsen, kein Jüngling mehr, sondern ein gestandener Mann.

»Man bekommt vom Training richtige Muskeln«, erwiderte Luzie, der gefiel, was er gesagt hatte. »Und eben auch mehr Hunger. Tanzen ist Schwerstarbeit. Das wissen allerdings nur die Wenigsten.«

»Aber Ballerinen sind doch meistens sehr grazil«, warf Louisa, die Gedichte schrieb, wie sie schon mindestens dreimal angemerkt hatte, und selbst nur eine halbe Portion war, ein wenig spitz ein. »Und das müssen sie ja auch sein, sonst würde es die Optik stören.«

»Sie sind trotzdem schwerer, als sie wirken«, erwiderte Luzie. »Fragen Sie mal die männlichen Kollegen, die sie stemmen müssen! Muskeln haben eben ihr Gewicht.«

»Und wie sieht es bei Ihnen mit Singen aus?«, mischte sich Arthur Hellmer wieder ins Gespräch. »Sie sind Sopran, nehme ich an?«

Luzie nickte.

»Eine Riesenstimme habe ich leider nicht«, gestand sie. »Aber viele finden sie trotzdem ganz hübsch.«

»Würden Sie uns später vielleicht eine kleine Kostprobe geben?«, fragte er weiter.

»Hier?« Ihre Wangen begannen vor Aufregung zu glühen. »Ich weiß nicht so recht …«

»Was für eine bezaubernde Idee«, stimmte Król begeistert ein. »Drüben im Wohnzimmer steht doch ein Klavier. Ich begleite Sie sehr gern darauf, wenn Sie mögen.«

»Und er kann einfach *alles* spielen.« Das kam von Leo, der am anderen Tischende saß. »Sollten Bela eines Tages keine Texte mehr einfallen – was ich allerdings stark bezweifle –, könnte er sich jederzeit als Caféhauspianist durchschlagen.«

Alle lachten, Luzie ebenso, obwohl ihr plötzlich äußerst mulmig zumute wurde. Hier vor der ganzen Gesellschaft singen … Und wenn ihre Stimme streikte?

Oder sie Arthur Hellmer nicht gefiel?

Dann wäre diese einmalige Chance für immer vertan …

Hilfe suchend schaute sie zu Marie, doch die nickte ihr ebenso strahlend wie aufmunternd zu.

»Nach dem Dessert«, sagte sie. »Dann nehmen wir nebenan alle zusammen einen kleinen Absacker und lauschen deiner Darbietung.«

Jetzt steigerte sich Luzies Aufregung so sehr, dass sie kaum noch schmeckte, was serviert wurde. Dabei war der Tafelspitz derart zart, dass man kaum ein Messer brauchte, die Schnittlauchsauce bestens abgeschmeckt, der Apfelkren angenehm scharf und die Fisolen mit Dill, wie die grünen Bohnen hier genannt wurden, aromatisch. Alle außer ihr langten herzhaft zu; nur sie schob die Speisen nervös in kleinen Häufchen auf dem Teller hin und her.

»Jetzt hat der böse Arthur Ihnen doch glatt die Freude am Essen verdorben«, bemerkte Richard Denk nach einer Weile mit frechem Grinsen. »Und das ist vermutlich erst der Anfang. Er gönnt seinen Künstlern weder Rast noch Ruh. Das hat sich leider schon in ganz Wien rumgesprochen: genial, aber äußerst anspruchsvoll! Wenn Sie also wirklich bei ihm auftreten wollen, müssen Sie mit so einigem rechnen.«

»Hören Sie am besten gar nicht hin, Fräulein Kühn«, erwiderte Hellmer. »Aus diesem Jungspund spricht lediglich der Neid der Kleinkunst. Wer es nicht auf eine ordentliche Bühne schafft, muss eben zynische Sprüche reißen.«

»Der Simpl soll keine ordentliche Bühne sein?«, fuhr Richard auf. »Da lache ich ja. Hellauf sogar! Der ist berühmt – weit über die Grenzen Wiens hinaus! Grünbaum und Farkas, unsere Stars, begeistern durch Sprachwitz und Situationskomik. Und wir anderen Darsteller sind auch nicht gerade von schlechten Eltern. Was man von allen Interpreten der Volksoper nicht unbedingt behaupten kann …«

»Jetzt geht das schon wieder los«, fuhr Król launig dazwischen. »Richard, Arthur – müsst ihr euch denn ständig zoffen? Unsere charmante Gastgeberin schaut schon ganz indigniert drein, und was Fräulein Kühn von uns denken mag, will ich mir erst gar nicht vorstellen: Also, ihr beiden Streithälse: Contenance, wenn ich bitten darf!«

Jarmilas köstliches Dessert, Liwanzen gefüllt mit Topfencreme und Powidl, einer dunklen, leicht süßlichen Pflaumenmasse, versöhnte alle wieder. Dazu wurde Mocca gereicht; die Herren nahmen gern zusätzlich einen Marillenbrand oder auch zwei.

»Und nun Musik!« Marie klatschte in die Hände. »Der Salon wartet. Luzie, wenn wir dich bitten dürften?«

Mit stocksteifen Beinen ging Luzie hinüber. Król und die anderen folgten ihr.

»Wird schon!« Im Vorbeigehen hielt Richard Denk seinen Daumen nach oben.

Bela Król nahm am Klavier Platz.

»Und was darf ich für Sie spielen?«, fragte er liebenswürdig.

Tausend Titel waren Luzie gerade noch durch den Kopf geschossen, doch auf einmal fühlte er sich ganz leer an.

Sie zuckte die Achseln. »Ich weiß nicht«, murmelte sie.

»Sie können sich nicht entscheiden? Kann ich gut verstehen! Wie wäre es denn dann beispielsweise damit?«

Er schlug ein paar Takte an.

»Warum nicht?«, sagte Hellmer. »Das ist doch aus dem neuen Rühmann-Film mit Hans Moser und Theo Lingen. Der hat bei mir auch schon am Theater gespielt. Ja, das hören wir uns gerne an.«

Luzie kannte den Film nicht und das Lied nur aus dem Volksempfänger, der bei den Großeltern in der Wohnküche stand. Aber die Melodie war eingängig, und der Text so simpel, dass sie ihn sich eingeprägt hatte.

Ungeküsst sollst du nicht schlafen geh'n,
Man schläft so wunderschön nach einem Kuss,
von dem man träumen muss!

Doch ungeküsst kannst du nicht ruhig sein,
Du schlummerst gar nicht ein
Und fühlst dich so allein …

Sie wurde immer sicherer, je weiter sie kam. Ihre Stimme klang jung und fröhlich, und ihr gelangen sogar die kleinen Schluchzer, die Manni so gut gefielen.

»Mit denen kriegst du sie alle, Kleene …«

Luzie verbeugte sich leicht, nachdem sie geendet hatte. Begeisterter Beifall, auch von Bela Król, der aufgesprungen war und lauter klatschte als alle anderen.

Bang schaute Luzie zu Hellmer.

»Nun, das kann sich durchaus hören lassen, Fräulein

Kühn«, sagte er. »Optisch gibt es ohnehin nichts auszusetzen. Kommen Sie doch am Montag gegen zehn Uhr in mein Büro im Theater an der Wien. Dort reden wir dann in Ruhe weiter.«

Luzies Augen wurden feucht, so überwältigend war ihre Freude, und auch Marie lächelte verzückt.

»Eine Hauptrolle wird es allerdings nicht gleich werden«, fügte er hinzu. »Dazu brauchen wir große Namen, um das Publikum anzuziehen. Allerdings werden manche auch erst groß, nachdem sie bei uns aufgetreten sind – ich sage nur Zarah Leander, die sich plötzlich vor Angeboten im deutschen Film kaum noch retten kann.«

Über sein Gesicht ging ein Schatten, doch er fasste sich rasch wieder.

»Aber wenn Sie bereit sind, bescheiden anzufangen, hart zu arbeiten und sich vor allem kollegial ins Ensemble zu integrieren, dann seh …«

»Bin ich«, unterbrach ihn Luzie. »Verzeihen Sie bitte, Herr Hellmer, jetzt bin Ihnen ins Wort gefallen. Aber ich fühle mich gerade nur so überglücklich.«

»Schön.« Er wandte sich an Marie und Leo. »Ich muss mich dann leider verabschieden, meine Lieben. War wie immer eine Freude, von euch bewirtet zu werden. Aber ich muss los. Morgen droht mir in aller Früh eine unangenehme Besprechung, da will ich ausgeschlafen sein.«

»Doch nichts Politisches, Arthur?«, fragte Leo halblaut. »Und falls doch: Ich stehe dir mit juristischem Rat jederzeit bei.«

»Bei diesem Wagner, meinem technischen Leiter, weiß man das vorher nie so genau. Weil er seine Naziparolen in

Österreich nicht mehr öffentlich schmettern darf, versucht er, mich auf andere Art und Weise in die Ecke zu drängen. Mit Vorliebe auf der finanziellen Schiene, indem alle Extras, die ich mir für unsere Aufführung wünsche, angeblich zu teuer und damit nicht machbar seien. Wenn gar nichts mehr hilft, zieht er den Joker mit den Bühnenarbeitern – und die sind permanent unzufrieden!«

»Und warum schmeißt du ihn dann nicht raus?«, fragte Richard Denk.

»Das würde ich liebend gern. Aber dieser Kerl hat beste Beziehungen – nach ganz oben. Und ihr glaubt ja gar nicht, wie braun unser famoser Ständestaat im Geheimen bereits ist!«

Seine Worte gehen mir nicht mehr aus dem Sinn, und an Schlaf ist ohnehin nicht zu denken, obwohl ich eigentlich längst im Bett liegen sollte, um morgen gut auszusehen und hellwach zu sein. Aber dazu bin ich noch viel zu aufgeregt, und so quassle ich noch eine Weile auf Marie ein, bis die sich schließlich gähnend ins Schlafzimmer verzieht, in dem Leo schon schlummert.

Eigentlich will ich mir nur ein Glas Milch aus der Küche holen. Dort aber finde ich Jarmila noch im Chaos vor und beschließe spontan, ihr zur Hand zu gehen, damit auch sie irgendwann ins Bett findet. Ich muss sie regelrecht überreden, weil sie mich zunächst nicht einmal ans Abtrocknen lassen will, schließlich aber willigt sie ein und beginnt, von sich zu erzählen, während wir Hand in Hand arbeiten.

Sie ist die Älteste von sechs Geschwistern, stammt aus Bratislava, in das von Wien aus die Pressburger Bahn fährt, wie diese spezielle Straßenbahn genannt wird, und hat von Kindheit an davon geträumt, Hebamme zu werden. Doch dann starb ihr Vater. Sie musste ohne Abschluss von der Schule gehen und arbeitet seitdem als Haushaltshilfe und Köchin für einen betagten Geheimrat, der sie den Matuseks für Feierlichkeiten ab und an »ausleiht«. Das Extrageld für solche Abende legt sie eisern beiseite, für eine Aussteuer oder falls schlechte Zeiten kommen, wie Jarmila sagt. Sie berichtet das so ruhig und genügsam, dass ich mir in meiner Exaltiertheit richtig mies vorkomme.

Kein Wort über die schwere Arbeit, die sie Tag für Tag zu leisten hat, während ich mich durch Wien treiben lasse und dabei von einer großen Bühnenkarriere träume. Und dann kommt sie auch noch abends zu uns und kocht verschwenderisch für viele Gäste auf, nur um anschließend alles wieder sauber machen zu müssen! Mein schlechtes Gewissen lässt sich auch mit ein bisschen Geschirrabtrocknen und Gläserpolieren nicht wirklich besänftigen.

Am Morgen erwache ich zerschlagen und verfluche die drei Gläser Wein, die ich zum Essen getrunken habe. Meine Augen sind dick, der Hals fühlt sich pelzig an, und zum ersten Mal seit meiner Ankunft fegt ein kalter Wind durch die Gassen Wiens. Ich bürste meine Haare, bis sie einigermaßen gut fallen, ziehe mein dunkelrotes Kostüm an und lege mir Großmamas alte Fuchsstola um die Schultern, um mich nicht noch mehr zu erkälten.

Marie mustert mich beim Abschied wie vor einem Examen, und genau genommen steht mir ja so etwas auch bevor.

»Sei bloß nicht zu kess«, beschwört sie mich noch einmal an der Haustür. »Die typische Berliner Schnauze kommt *hier in Wien nur bedingt an, auch wenn Arthur lange in Deutschland gearbeitet hat. Aber dein Licht unter den Scheffel stellen musst du natürlich auch nicht. Er wird dich garantiert vorsingen lassen. Du kannst doch Noten lesen, Luzie?«*

Ich nicke rasch.

Ja, ich komme einigermaßen damit zurecht, aber eine große Leuchte darin bin ich ehrlich gesagt nicht. Die Schlager und Chansons, die ich bis jetzt gesungen habe, waren nach zweimal Hören bereits in meinem Kopf; an etwas Komplizierteres habe ich mich bislang noch nicht gewagt.

Sie scheint mein Zögern zu spüren.

»Na ja, die Partie der Königin der Nacht wird er ja vermutlich nicht von dir verlangen«, sagt sie augenzwinkernd. »Und wenn es auf Anhieb nicht perfekt klappt, bietest du ihm an, zu Hause zu üben und in ein paar Tagen noch einmal wiederzukommen. Ich bin natürlich kein Bela Król, aber ein bisschen Klavierspielen kann ich auch. Das kriegen wir schon hin!«

Trotzdem klopft mir das Herz bis zum Hals, als ich aus der Straßenbahn steige und das letzte Stück zu Fuß zum Theater an der Wien laufe. Hier im 6. Bezirk kenne ich mich noch gar nicht aus, aber Marie hat mir den Weg so genau beschrieben, dass ich mich auf Anhieb zurechtfinde.

Der offizielle Eingang ist zu. Alle Türen sind fest verschlossen. Ich versuche, durch die Glasscheiben hineinzuspähen, erkenne aber so gut wie nichts. Die verhasste Brille habe ich wie so oft zu Hause gelassen; jetzt muss ich ohne sie zurechtkommen.

Und nun?

Unschlüssig laufe ich um das Gebäude herum, als sich plötzlich die Tür zum Bühneneingang öffnet.

»Ja?« Der Mann, der mir den Eintritt verwehrt, ist kräftig, fast schon bullig. Er trägt einen grauen Kittel und mustert mich ungeniert von Kopf bis Fuß. »Was wollen Sie?«

Selten, dass ich mir so ungeniert taxiert vorgekommen bin.

»Ich bin Luzie Kühn und habe einen Termin mit Herrn Direktor Hellmer«, antworte ich und ärgere mich, dass meine Stimme auf einmal so piepsig klingt.

»Das behaupten sie alle«, erwidert er. »Und dann haben sie den Namen doch bloß aus der *Wiener Zeitung*.«

Breitbeinig und mit aufsässiger Miene steht er vor mir, und plötzlich schießt mir ein Name durch den Kopf.

»Sie müssen der Herr Wagner sein«, sage ich mit einem schmelzenden Lächeln, das allerdings nicht wirklich von innen kommt. »Ich habe schon einiges von Ihnen gehört!«

»Von mir?« Er hört sich auf einmal nicht mehr ganz so sicher an.

»Ganz genau. Sie sind hier doch der technische Leiter, nicht wahr?«

»Das ist richtig. Ohne mich läuft hier gar nichts.«

»Wunderbar. Dann können Sie mich ja sicher direkt zu Herrn Hellmer bringen.«

Inzwischen tun mir schon die Mundwinkel weh, so eisern lächle ich, aber ich halte weiterhin durch.

»Dann will ich Ihnen mal ausnahmsweise glauben. Kommen Sie mit, Fräulein Kühn«, sagt er und tritt tatsächlich zurück, um mich einzulassen. »Sein Büro ist im ersten Stock.«

Ich folge ihm durch lange dunkle Gänge und steige schließlich eine Treppe nach oben, auf der er mir den Vortritt lässt. Als ich ihn hinter mir heftiger atmen höre, weiß ich auch, warum. Obwohl der Kostümstoff stabil ist und der Rock die Kniekehlen verhüllt, spüre ich seine Blicke auf meinem Hinterteil und den Beinen. Seine Taxierung geht weiter, und was er sieht, scheint ihm zu gefallen.

Ich bin heilfroh, als wir angekommen sind.

Wagner klopft kurz und drückt nach einem knappen »Herein« die Klinke runter.

»Besuch für Sie.« Nach diesen Worten verzieht er sich endlich.

Arthur Hellmer war auffallend blass und hatte dunkle Schatten unter den Augen. Heute sah man ihm an, dass er Mitte fünfzig war, während er in der fröhlichen Runde gestern Abend um einiges jünger gewirkt hatte.

»Jetzt sind Sie ja da, Fräulein Kühn«, sagte er. »Willkommen im Theater an der Wien! Ich wünschte allerdings, ich hätte Ihnen unser schönes Haus an einem anderen Tag zeigen können.«

»Sie hatten Ärger?«, fragte Luzie vorsichtig.

»Ärger ist gar kein Ausdruck! Ich werde Menschen niemals verstehen, die nur Befriedigung darin finden, anderen mutwillig Steine in den Weg zu räumen. Aber lassen wir das. Sonst bekomme ich gleich wieder schlechte Laune.«

Er bot ihr Platz an auf einem der dunkelgrünen Sessel, die neben seinem Schreibtisch standen. Dann setzte er sich neben sie.

»Sind Sie mutig, Luzie Kühn?«, fragte er zu ihrer Überraschung. »Denn das müssten Sie schon sein, wenn Sie bei uns an Bord gehen wollen.«

»Ja«, sagte sie, ohne lange überlegen zu müssen. »Ich hoffe es zumindest.«

»Dann könnten Sie gar nicht in bessere Gesellschaft kommen.« Er hatte sich im Sitzen vorgebeugt und begann beim Reden, lebhaft zu gestikulieren. »Wir sind lauter Emigranten, die Hitler-Deutschland aus den unterschiedlichsten Gründen verlassen haben. Max Hansen, unsere männliche Hauptrolle, hat sich beim Führer mit einem Spottlied auf dessen angebliche Homosexualität unbeliebt gemacht. Paul Morgan, der den Filmboss spielt, gründete 1924 das Kadeko in Berlin und ist ein früher Gegner der Nazis. Ralph Benatzky, aus Mähren stammend, der Schöpfer des Welterfolgs *Im Weißen Rössl* und unzähliger anderer Operetten, hat Deutschland wegen seiner jüdischen Ehefrau verlassen. Und schließlich ich selbst: Mein wunderbares literarisches Frankfurter Theater, das so viele moderne Stücke mit großem Erfolg aufgeführt hat, wurde letztes Jahr von den Nazis von einem Tag auf den anderen zugesperrt und wegen meiner ›nicht arischen‹ Leitung als ›kulturschädigend‹ erklärt. Es hat mir fast das Herz gebrochen, aber was sollte ich tun? Ohne ein Theater kann und will ich nicht leben. Und Deutsch wird immer meine Muttersprache bleiben. So bin ich schließlich wieder in meiner Geburtsstadt Wien gelandet.«

Luzie hatte ihm atemlos zugehört. In welche Schicksale die Nazis Juden zwangten! Diesem Mann konnte und wollte sie nicht die Arierin vormachen.

Er musterte sie besorgt.

»Sie sehen ja auf einmal ganz elend aus, Fräulein Kühn. Wollen Sie es sich vielleicht lieber noch einmal überlegen?«

Sie atmete tief aus.

»Das ist es nicht«, sagte sie. »Ganz im Gegenteil. Es gibt nichts, was ich lieber möchte, als mit Ihnen zu arbeiten. Ich bin nur gerade dabei, ein feierliches Versprechen zu brechen. Aber es muss sein. Und Ihnen vertraue ich.«

Sie sah ihn eindringlich an.

»Meine jüdische Mutter starb zusammen mit meinem Vater bei einem Schiffsunglück, als ich ein kleines Mädchen war. Marie ist die Schwester meines Vaters. Sie hat mich damals adoptiert – und ist seitdem auf dem Papier meine Mutter. Ich musste Berlin vor einigen Wochen verlassen, weil Goebbels mir nachgestellt hat. Dass er tiefer in meiner Biografie zu graben beginnt, konnte ich nicht riskieren. Sonst wäre er vielleicht auf meine jüdischen Großeltern gestoßen, die in Charlottenburg leben und mir alles bedeuten.«

Seine schmale Hand mit den gepflegten Fingernägeln legte sich behutsam auf ihre.

»Ja, Sie *haben* Mut, Luzie Kühn«, sagte er. »Das weiß ich jetzt. Ich danke Ihnen für Ihr Geheimnis, das in meinem Herzen sicher aufgehoben ist.« Er stand auf und holte sich die Zigarettenpackung vom Schreibtisch.

»Sie rauchen?«, fragte er.

»Nein. Ist nicht gut für die Stimme – und schmeckt mir auch nicht«, antwortete sie wahrheitsgemäß.

»Leider kann ich von diesem Laster nicht lassen.« Er inhalierte gierig. »Ich habe Sie gestern Abend beobachtet – wie Sie sich bewegen, wie Sie sprechen, und dann Ihr Gesang …«

»Ich kann es viel besser, ehrlich. Ich war nur so wahnsinnig aufgeregt.«

»Das war doch ganz in Ordnung. Dieses Junge, Frische, Unkomplizierte, ein wenig Naive passt fantastisch für die Rolle der Jessie Leyland. Wir spielen *Axel an der Himmelstür* jetzt bereits seit September – und haben Abend für Abend ein volles Haus.«

»Aber dann ist die Rolle doch schon besetzt …« Luzies Euphorie sank.

»Ja, aber Lisl Kinast, die die Jessie spielt, zieht es zum Film. Ebenso wie Frau Leander, die mit ihrer Gage unzufrieden ist und endlich Geld sehen will – sehr viel Geld. Zudem plagt sie die Sehnsucht nach ihrem Terrier und den Kindern, die alle zusammen in Schweden sitzen. Sie wird demnächst hier in Wien drehen, und gleich anschließend für die UFA, und hat folglich ihren Vertrag mit mir nicht verlängert. Es gibt also gleich nach Weihnachten eine große Umbesetzung, und wenn Sie wollen, sind Sie mit dabei.«

»Wenn ich will?«, stammelte Luzie. »Wie können Sie so etwas überhaupt fragen? Und ob ich will, Herr Hellmer!«

Sie sprang auf und fiel ihm um den Hals.

»Beruhigen Sie sich«, sagte er leicht verlegen, als sie sich wieder vom ihm löste, schien aber doch gerührt. »Das bedeutet vor allem viel Arbeit, Fräulein Kühn, und das in sehr kurzer Zeit. Sie müssen absolut textsicher sein, die Melodien beherrschen und sich so nahtlos in die Inszenierung einfügen, als seien Sie von Anfang mit dabei gewesen. Trauen Sie sich das zu?«

Luzie kam mit dem Nicken gar nicht mehr hinterher.

»Und wenn ich Tag und Nacht ackern muss – ich werde Sie nicht enttäuschen, versprochen!«

»Gut.« Er stand auf und ging zum Schreibtisch. »Hier ist das Textbuch. Lesen Sie bitte alles erst einmal am Stück durch, bevor Sie sich mit Ihrer Rolle beschäftigen. Am besten kommen Sie ab morgen mindestens für eine Woche jeden Abend in die Vorstellung. So lernt man am schnellsten. Wenn Sie mögen, geben ich Ihnen auch zwei Karten für die charmante Frau Mama« – ihre Blicke trafen sich – »und den verehrten Herrn Stiefpapa mit. Dann kann die ganze Familie Matusek die Operette zusammen genießen. Über die Höhe des Honorars reden wir, sobald wir beide ganz sicher sind, einverstanden? Wir können hier natürlich keine Filmgagen bezahlen, aber Sie sind ja in der Berggasse bestens untergebracht, nicht wahr?«

Luzie war ebenfalls aufgestanden.

»Natürlich«, sagte sie. »Lassen Sie mich jetzt gar nicht mehr vorsingen?«

»Erst, wenn Sie schon tiefer in der Rolle drin sind. Legen Sie sie ruhig ein ganzes Stück kesser an. Lisl Kinast sieht niedlich aus, aber kommt für meinen Geschmack schon arg brav herüber. Und wir brauchen Schwung, um die Menschen anzuziehen! Dass es kein Shakespeare ist, den wir hier aufführen, weiß niemand besser als ich. Doch Abend für Abend niveauvolle Unterhaltung zu liefern, ist manchmal fast noch schwieriger.«

Und so sitze ich nun Abend für Abend im Theater an der Wien und werde Zeugin eines Wunders, das sich Zarah Leander nennt. Ihre Stimme reicht bis in den letzten Winkel des Zuschauerraums. In den ersten Minuten herrscht jedes Mal noch eine gewisse Unruhe im Theater, wenn sie zu singen beginnt. Dann erhebt sich ein Raunen, das allerdings schnell erlischt und tiefem Staunen Platz macht.

Sie hat sie einfach alle im Sack.

Max Hansen, der Publikumsliebling, hat es richtig schwer neben ihr, von den anderen Darstellern ganz zu schweigen. Gegen diesen Reiz des Exotischen – markantes Profil, tizianrote Haare, eine Bühnenpräsenz, wie ich sie noch nie zuvor erlebt habe –, fallen alle unweigerlich ab. Manchmal klingt sie fast wie ein Kerl, so tief, ja, grollend ist ihre Stimme, aber das Publikum scheint es zu lieben und applaudiert, als gäbe es kein Morgen.

Neben ihr scheint Lisl Kinast fast zu verschwinden. Sie spielt die Jessie so unaufdringlich, dass man sie schier vergisst. Mit ihrer Gretchenfrisur gefällt sie mir ganz und gar nicht. Kurz entschlossen habe ich deshalb meine blondierten Locken auf Kinnlänge stutzen lassen, was meinen schlanken Hals freigibt und sehr modern aussieht. Inzwischen singe ich im Parkett all ihre Lieder stumm mit, und meine Lippen bewegen sich jedes Mal lautlos, sobald sie Text hat.

Nein, ihre Rolle werde ich ganz anders angehen, vielschichtiger, sichtbarer, musikalisch interessanter!

Daheim übe ich jeden Tag viele, viele Stunden, und bei den Proben im Theater habe ich mich schon ganz gut bewährt. Doch was soll aus der ganzen Aufführung werden, wenn die Leander das Theater an der Wien verlässt und im Neuen Jahr Valerie von Hatvany die Hauptrolle übernimmt? Sie ist groß, schlank, hat lange dunkle Haare und ist strahlend schön. Aber ihr Sopran klingt dünn gegen Zarahs unvergleichlichen Alt, und sie wirkt längst nicht so intensiv auf das Publikum, das weiß ich schon jetzt.

Wird unser musikalisches Lustspiel dann mangels Interesse vielleicht bald abgesetzt?

Ich schnuppere an Belas weißen Rosen, die auf meinem Schminktisch stehen, während draußen der Regen rauscht. Alle zwei Tage wird ein frischer Strauß zu uns in die Wohnung geliefert. Niemals zuvor hat mir ein Mann auf diese Weise den Hof gemacht. Er schickt mir kleine Billets mit Gedichten, er ruft an und lädt mich ein – zum Essen, in die Oper, zu den Lipizzanern, obwohl ich ihn wegen meiner Proberei sehr oft vertrösten muss. Er hat mir sogar ein eigenes Lied geschrieben, das ich manchmal singe, wenn ich allein bin.

Er ist so in mich verliebt, dass er nicht mehr schlafen kann, wie er sagt.

Ich mag ihn auch, sehr sogar: seine kultivierte Erscheinung, die tiefe Stimme, seine wunderbaren Augen, die ganze Art, die so warm, so zugewandt ist.

Ich wäre nicht abgeneigt, ganz und gar nicht – gäbe es da nicht auch noch Richard Denk, der immer wieder »rein zufällig« bei uns hereinschneit. Alles nur meinetwegen, so behauptet zumindest Leo, der den begabten jungen Künstler sehr schätzt, aber ich bin mir nicht sicher.

Gut – da gibt es durchaus gewisse Blicke, die man so deuten könnte. Und vielleicht versucht Richard ganz besonders witzig zu sein, wenn ich mit im Zimmer bin. Ich finde ihn ungemein attraktiv, dazu spritzig, klug, aber unberechenbar. Und ich fürchte mich ein wenig vor seiner Schlagfertigkeit, weil er so scharf, so pointiert reagieren kann und mich dann jedes Mal verlegen macht.

Die beiden Männer könnten unterschiedlicher nicht sein: Der eine charmant und jovial, ein angesehener Librettist, dessen Lieder ein breites Publikum finden; der andere ein unruhiger, kritischer Geist, der auf der Bühne des Simpl politische Missstände anprangert.

Was bei Bela die Blumen und die Einladungen sind, sind bei Richard scheinbare Kleinigkeiten, die er mir schenkt, an denen ich mich aber sehr erfreue: eine schillernde Vogelfeder, ein paar bunte Glasmurmeln.

Ein Tütchen frische Maroni.

Eine Schneekugel mit dem Wiener Riesenrad aus dem Wurstelprater, mit der er mir die allergrößte Freude macht. Auf der Unterseite hat die Kugel ein kleines Geviert, ein Geheimfach, wie er mir zugeraunt hat.

Falls ich einmal etwas ganz Wichtiges verstecken möchte.

Ich bewege sie langsam hin und her, lasse es schneien und beginne dabei zu träumen, während draußen der Regen nach und nach immer mehr in Schnee übergeht.

4

Wien, Mai 2018

Paulina fröstelte. Es war drei Uhr in der Nacht, und sie saß immer noch auf dem kleinen Balkon. Ihre Wasserflasche war schon lange leer. Außerdem sollte sie endlich schlafen. Aber wie könnte sie das nach dieser aufregenden Lektüre? Sie liebte Luzie Kühn schon jetzt, deren Großeltern sowieso, und mit dem wunderbaren Manni, von dem sie bislang nur den Vornamen kannte, wäre sie nur allzu gern um die Häuser gezogen.

Sie baute ihre kleine Lese-Installation auf dem Balkon ab und zog sich in ihr Zimmer zurück. Mondlicht fiel auf die alte Schneekugel neben dem Futon und schien sie magisch zu illuminieren.

Paulina nahm sie in die Hand und bewegte sie sanft.

Schneeflocken fielen auf das Riesenrad, genauso, wie Luzie es beschrieben hatte.

War es Zufall, dass exakt eine solche Schneekugel wie ihr geliebter Talisman auch im Tagebuch vorkam?

Wahrscheinlich war dieses Wiener Wahrzeichen in unzähligen Ausführungen als Schneekugel in der ganzen Welt verbreitet. Aber ein wenig seltsam erschien es ihr dennoch.

Inzwischen klebte Paulina die Zunge regelrecht am

Gaumen. Lena hatte sie aufgefordert, sich ungeniert am Kühlschrank zu bedienen, falls sie Hunger oder Durst verspürte. Also schlich sie sich auf Zehenspitzen in die Küche, um sich noch etwas zu trinken zu holen.

Dort saß Moritz rauchend im Dunkeln am Tisch, neben sich ein Glas.

»Noch eine Schlafwandlerin?«, sagte er. »Wir werden immer mehr. Das gefällt mir.«

»Nein, nur sehr durstig«, erwiderte Paulina. »Hab bis gerade eben im Tagebuch gelesen.«

»Es lässt einen nicht mehr los, nicht wahr? Das hat die Mami auch gesagt. Bei uns gab es tagelang nichts Anständiges zu essen, weil sie immer in der Vergangenheit klebte.« Er war aufgestanden. »Was darf ich dir anbieten? Cola? Bier? Wein? Oder lieber etwas Stärkeres? Ich genieße gerade einen ausgezeichneten Single Malt Whisky. Wenn du also möchtest …«

»Für mich nicht, danke. Aber ein Wasser wäre wunderbar, danke.«

Er holte die Flasche aus dem Kühlschrank, stellte ihr ein Glas hin und schenkte ein.

»Magst du mir noch einen Augenblick Gesellschaft leisten?«, fragte er.

»Gern. Ich kann ohnehin noch nicht schlafen.« Paulina setzte sich auf den Stuhl gegenüber.

»Was bist du eigentlich für eine?«, sagte er plötzlich.

»Seltsame Frage. Was genau willst du denn von mir wissen?«, gab sie zurück.

»Kommst einfach so aus Berlin dahergestiefelt, machst auf urcool und schmeichelst meinem Vater, dass er auf einmal wieder ganz jung aussieht. Aber von dir selbst gibst du so gut wie nichts preis.«

»Sei froh, dass du noch einen Vater hast. Meiner ist seit fast zwanzig Jahren tot. Herzinfarkt. Ging ganz schnell. Und tat mir damals furchtbar weh.«

»So lange ist das schon her? Dann warst du ja noch ziemlich klein …«

»Elf, um genau zu sein. Sein Tod hat vieles verändert. Wir konnten uns die große Wohnung nicht mehr leisten, meine Mutter musste ganztags arbeiten, und ich war plötzlich viel allein. Papa war selbstständiger Übersetzer für Englisch und Russisch. Also war ich es gewohnt, dass immer jemand zu Hause war.«

»Das mit deinem Vater tut mir sehr leid. Aber allein zu Hause zu sein, hätte ich mit elf sicherlich toll gefunden«, sagte Moritz. »Endlich nur noch das zu machen, was ich will.«

»Und das sagt jemand, der mit Ende zwanzig noch bei den Eltern wohnt?«

»Wieder, meine Liebe, wieder. Mein letztes Filmprojekt hat gute Kritiken abgeräumt, war finanziell aber leider eine Katastrophe. Danach bin ich ins heimische Nest zurückgekrochen, um mein Ego zu heilen und auf neue Inspiration zu warten. Ehrlich gesagt, warte ich noch immer …«

Er hörte sich so wund an, dass Paulina ihre flapsige Bemerkung bereute.

»Ich bin als Kind eigentlich ganz gut mit dem Alleinsein zurechtgekommen«, fuhr sie fort. »Wenngleich nicht sofort. Freiheit will erst gelernt werden, das weiß ich seitdem. Anfangs hab ich mich schrecklich einsam gefühlt. Doch dann fand ich heraus, wie man aus Wenigem viel machen kann – *alles* eigentlich –, und das hat mich eine ganze Weile beschäftigt. Heute lebe ich sogar davon. Wie das Schicksal eben so spielt.«

»Du liebst es eher kryptisch, könnte das sein?«, sagte Moritz.

»Schon möglich.« Paulina lachte. »Geheimnisse haben ihren ganz eigenen Reiz, findest du nicht?«

»Durchaus. Aber sie können einen auch ordentlich nervös machen.« Er leerte sein Glas. »Hast du eigentlich einen Freund, Paulina?«

»Ui, jetzt auf einmal so direkt!«

»Hast du?«

»Ja – und nein. Beziehungspause nennt man das wohl, worin wir beide gerade stecken. Fühlt sich irgendwie seltsam an nach vier gemeinsam verbrachten Jahren. Und du?«

»Ganz ähnlich. On – off. Schon einige Male. Allerdings verschleißt man sich und den anderen dabei. Im Moment ist wieder einmal ›off‹ angesagt, was ich, ganz unter uns, eher entspannend finde.«

»Liebst du deine Freundin noch?«

Er zuckte die Achseln.

»Wenn Liebe bedeutet, dass mich andere Frauen nicht interessieren, dann wohl eher nicht. Aber ich hänge an ihr. Sehr sogar. Menschen lassen sich eben nicht wechseln wie ein Gewand. Gemeinsame Erlebnisse und Erinnerungen verbinden, ob man das nun will oder nicht.«

»Das hast du jetzt sehr schön gesagt. Fast schon philosophisch.« Paulina stand auf. »Darf ich die Flasche mitnehmen? Euer Gulasch war einfach zu feurig.«

»Bitte sehr, die Dame.« Jetzt nuschelte er wieder wie einst Hans Moser.

»Du kannst gern den Kasperl machen, Moritz«, sagte sie, bereits an der Tür. »Aber meinetwegen musst du es nicht. Könnte mir vorstellen, dass es auf Dauer ganz schön anstrengend ist. Träum schön!«

Der Schlaf überrollte sie wie eine warme dunkle Welle, und da niemand Paulina weckte, wachte sie erst am Vormittag wieder auf. Sie ging nach nebenan ins kleine Bad, duschte sich, wusch ihre Haare, cremte sich ein und legte ihr übliches Mini-Make-up auf: Mascara, Kajal, Lipgloss.

Weil die Sonne so warm und freundlich ins Zimmer schien, schlüpfte sie in ein blaues Shirt und abgeschnittene Jeans und zog ihre weißen Chucks dazu an.

Lena lächelte, als Paulina ins Wohnzimmer kam.

»Guten Morgen«, sagte sie. »Ausgeschlafen?«

»Sehr späten guten Morgen, sorry«, erwiderte Paulina. »Ich bin sonst nicht so ein Murmeltier. Aber ich musste gestern lesen, bis ich nicht mehr konnte. Arbeiten Sie heute gar nicht?«

»Die Ruhe haben Sie sich wirklich verdient. Nein, ich habe mir den Tag freigenommen. Mein Chef ist ein alter Freund. Da geht das problemlos – außer natürlich im Weihnachtsgeschäft. Was darf ich Ihnen zum Frühstück anbieten?«

»Sie müssen sich wirklich nicht bemühen, liebe Frau Brunner. Reicht doch schon, dass ich hier bei Ihnen wohnen darf. Ich kann ebenso gut …«

»Das will ich nicht mehr hören, Frau Wilke«, sagte Lena streng. »Sie sind doch unser Gast – aber wollen wir nicht lieber Du sagen?«

»Sehr gerne.«

»Also, ich bin die Lena und freue mich, Paulina. Du bist unser Gast, und Gäste werden bei den Brunners verwöhnt. Das war schon immer so. Also?«

»Gut, dann würde ich mich sehr über eine Wiener Melange und zwei weiche Eier freuen. Aber nur, wenn es wirklich nicht zu viele Umstände macht …«

»Wird umgehend serviert. Wenn du magst, kannst du einstweilen einen Blick in die Zeitungen werfen, lauter Publikationen, die Ferdi abonniert hat. Er liebt eben den weiten Überblick. Findest du alles im Korb neben dem Sofa …«

Paulina setzte sich und ließ als Erstes den Gesamteindruck auf sich wirken, für sie eine Sache von wenigen Momenten, da es ja ihr Beruf war, Räume und Stimmungen zu erschaffen. Das Zimmer war groß, luftig und hell, mit sicherer – höchstwahrscheinlich weiblicher – Hand gekonnt zwischen Moderne und Tradition möbliert. Auf dem alten Eichenparkett kam der rote Gabbeh-Teppich bestens zur Wirkung und harmonierte mit der hellgrauen Sofalandschaft ebenso wie mit den weiß gebeizten Regalwänden. Ein paar kühne Siebdrucke, geschickt im Raum aufgehängt, schmückten die Wände. Das Lichtkonzept mit wie zufällig angebrachten LED-Leuchten war unaufdringlich und sicherlich nicht ganz preiswert gewesen, dafür hatte sie ein Auge.

Unter dem rechten Fenster stand ein altes Klavier.

Etwa jenes, auf dem Marie Matusek mit Luzie Kühn vor mehr als achtzig Jahren geübt hatte?

Der Biedermeiersekretär auf der anderen Seite des Zimmers jedenfalls war definitiv eine Antiquität und bestens erhalten oder liebevoll restauriert.

Eigentlich hatte sie Toni gleich anrufen wollen, aber sie war inzwischen so hungrig, dass sie es bis nach dem Frühstück verschob. Paulina nahm die oben liegende Zeitung aus dem Korb und begann eher lustlos darin zu blättern, als Moritz ins Zimmer trat.

»Ach, schenk dir doch *Die Presse*, diesen konservativen Bullshit! Ich hab es meinem Vater schon hundert Mal gesagt, aber er hört einfach nicht auf mich. Lies lieber was Anständiges.« Er drückte ihr einen kleinen Stoß in die Hand. »*Falter* oder das Multi-Kulti-Magazin *Biber*, für das jeder zahlen kann, so viel er mag. Ich wette, so etwas gibt es nicht einmal in Berlin.«

»Ich hab dir auch gleich eine Portion Eier mit gemacht«, sagte Lena zu ihrem Sohn, während sie mit einem vollen Tablett aus der Küche kam. »Und frische Semmeln gekauft. Damit du wenigstens am Morgen etwas Vernünftiges im Magen hast.«

»Einmal Kind, immer Kind, so ist das hier in dieser Familie«, kommentierte Moritz süffisant, schnüffelte aber doch in Richtung Esstisch. »Dann wollen wir mal, Paulina.«

Sie erhob sich, ging am Regal vorbei, das die ganze Wand zwischen den beiden Fenstern einnahm – und stutzte plötzlich. Eine Glaskugel mit dem Wiener Riesenrad!

Das war ihr jetzt doch eindeutig zu viel des Zufalls …

»Was hast du denn, Paulina?«, fragte Lena besorgt. »Du siehst aus, als sei dir gerade ein Geist erschienen.«

Schweigend drehte Paulina sich um und verließ das Zimmer, um kurz darauf mit ihrer eigenen Schneekugel zurückzukommen.

Sie stellte sie auf den Couchtisch, der ebenfalls aus Glas war.

Lena holte ihre aus dem Regal und stellte sie daneben.

»Zwillinge«, sagte sie verblüfft. »Sogar die Vergoldung der Gondeln ist gleich.«

»Meine stammt von 1936 und ist mein heiß geliebter Talisman«, erklärte Paulina und drehte sie um. »Jedenfalls ist diese Zahl hier unten eingraviert. Meine Mutter hat sie mir geschenkt, als ich ein kleines Mädchen war.«

»Unsere stammt fast aus der gleichen Zeit.« Lenas Finger tippte auf die Ziffern. »1938 – ein Jahr, bevor der Zweite Weltkrieg ausbrach.«

»Moment einmal! Ich sehe aber noch einen weiteren Unterschied«, mischte sich Moritz ein. »Paulinas Schneekugel hat in der Mitte des Unterbodens ein kleines Geviert. Unsere dagegen ist ganz glatt. Ist dir das noch nie aufgefallen, Paulina?«

»Schon«, sagte sie. »Aber ich dachte, das gehört dazu. Ein Fach für Batterien vielleicht?«

»Für eine Schneekugel? Das wär doch glatter Unsinn, oder nicht?« Moritz kam immer mehr in Fahrt. »Aber ein Versteck für irgendwas könnte es sein.« Plötzlich hörte er sich an wie ein aufgeregter Junge. »Soll ich mal Werkzeug holen? Und es ganz vorsichtig aufstemmen?«

»Und wenn du es dabei kaputt machst, Moritz? Paulina hängt doch sehr an ihrem Talisman!«

Er zwinkerte ihr zu.

»Wie du weißt, liebste Mami, bin ich technisch nicht ganz deppert. Natürlich gehe ich die Sache nur urvorsichtig an.« Jetzt sah er Paulina an. »Darf ich?«

Sie nickte. »Mach ruhig. Jetzt will ich es auch wissen.«

Moritz ging hinaus und kam mit einer kleinen Nagelfeile zurück, die am Ende zugespitzt war. Und noch etwas hatte er mitgebracht – seine Videokamera, die er Lena in die Hand drückte.

»Darf ich?«, fragte er. »Mit dem Film geschieht nichts, was du nicht auch willst, versprochen.«

Paulina nickte.

»Meinetwegen. Wenn du glaubst, das lohnt sich.«

»Dann halt drauf, Mami«, sagte er. »Man weiß ja nie …«

Wie einen Hebel setzte er die Feile an, behutsam, mal links, dann wieder rechts.

»Ganz schön hartnäckig«, stöhnte er. »Entweder eingerostet oder festgeklebt. Aber so schnell geben wir natürlich nicht auf.«

Mit der Spitze fuhr er immer wieder am Geviert entlang – und auf einmal hob es sich leicht auf einer Seite.

»Ladies first«, sagte Moritz, nachdem er es ganz geöffnet hatte. »Hältst du auch immer noch drauf, Mami?«

»Und ob«, versicherte diese.

»Wisst ihr was? Ich komme mir gerade vor wie Indiana Jones auf Schatzsuche«, erklärte er.

»Ein Schlüssel«, sagte Paulina verblüfft, als sie in den

nun geöffneten Boden der Schneekugel blickte. »An dem ein kleiner Zettel hängt.« Sie nahm beides heraus.

Mutter und Sohn tauschten einen schnellen Blick.

»Denkst du das, was ich auch denke?«, sagte Lena und filmte weiter.

»Natürlich«, sagte Moritz. *»426 Schlüssel gegen das Vergessen* – ist mir sofort eingefallen. Das müssen wir Paulina unbedingt zeigen!«

»Ich verstehe kein Wort.« Paulina schaute fragend von einem zum anderen.

»Es geht um ein Mahnmal hier bei uns im Alsergrund«, erklärte Moritz. »Julia Schulz hat es entworfen, eine junge Wiener Künstlerin. Lauter Schlüssel mit Namen – lauter Juden, die 1938 von den Nazis aus ihren Wohnungen vertrieben wurden. Kannst du entziffern, was da steht, Paulina?«

»Die Schrift ist kaum noch lesbar. Servi…gas… und eine 8, glaube ich zumindest. Aber was soll das heißen?«

Wieder schauten sich Lena und Moritz an.

»Das könnte Servitengasse 8 bedeuten«, sagte Lena. »Und wäre damit fast bei uns ums Eck, da, wo das Mahnmal ist. Stand diese Anschrift nicht irgendwo in Luzies Tagebuch? Ich kann mich nicht mehr genau erinnern. Am besten, wir sehen direkt vor Ort nach, auch wenn wir natürlich nicht wissen, wozu der Schlüssel gehört …«

»Worauf warten wir dann noch?« Moritz war aufgesprungen. »Los – und zwar sofort!«

»Erst wird noch gefrühstückt«, befahl Lena. »Gerade Schatzsucher brauchen viel Energie.«

Nach ein paar Minuten brachen sie gemeinsam auf. Es

war ein Frühsommertag vom Allerfeinsten: Der Himmel war blau mit wenigen weißen Federwölkchen, die Temperatur schon angenehm warm. Aus dem Französischen Lycée, an dem sie vorbeigingen, drang vom Pausenhof lautes Kinderlachen.

»Meine alte Schui«, kommentierte Moritz flapsig. »Französisch schon in der Grundschule, damit der Bub beizeiten was lernt. Ein Macron ist trotzdem nicht aus mir geworden.«

»Weil du zwar begabt bist, aber leider stinkfaul«, erwiderte Lena. »Und das dermaßen ausgelebt hast, dass der Papa und ich eines Tages beschlossen haben, das teure Schulgeld lieber anderweitig zu verprassen. Aber die Matura hast du dann ja auf einem anderen Gymnasium trotzdem geschafft.«

»Ich war auch nicht gut in der Schule«, gestand Paulina. »Wieso stundenlang in einem stickigen Zimmer hocken, wo es draußen doch um so vieles spannender ist? Das hat mir niemals richtig eingeleuchtet.«

»Und was hast du stattdessen angestellt?«, wollte Moritz wissen.

»Privatstudien«, sagte Paulina. »Das trifft es wohl am besten.«

Von der Liechtensteinstraße aus bogen sie nach links in die Thurngasse ein. Paulina, die ihr Defizit mit der Orientierungslosigkeit nicht gleich offenbaren wollte, prägte sich alle Straßennamen genau ein, darin hatte sie Übung. Noch waren sie ja nicht weit von der Harmoniegasse entfernt. Aber mit jedem Schritt wurde es schwieriger für sie. Ihr Lächeln fühlte sich schon leicht eingerostet an.

Schließlich ging es nach rechts in die Porzellangasse.

»Noch einmal links«, sagte Lena, »dann sind wir am Ziel – in der wunderschönen Servitengasse. Wir gehen ganz durch bis zum Kirchenvorplatz.«

Vorwiegend Jahrhundertwendefassaden, die meisten renoviert, viele mit Erkern und Gesimsen verziert. Im Erdgeschoss der Häuser befanden sich kleine Läden, Restaurants, Cafés, Bars.

An der Ecke Servitengasse/Grünentorgasse befand sich ein mit Eisenstangen eingezäuntes, leicht abgesenktes Rechteck, über dem eine grünliche Glasplatte lag.

»Das ist es?«, frage Paulina, die plötzlich einen Kloß im Hals spürte.

»Ganz genau«, sagte Lena. »Lass dir Zeit, aber unterschätz es nicht. Mich hat es beim ersten Mal erst nach einer Weile angesprungen, dafür jedoch umso heftiger.«

Ein Wirbel von altmodischen Schlüsseln – und Namen –, das war das Erste, was Paulina dachte.

Je ein Schlüssel und ein Namenskärtchen für einen Menschen. Einfach. Schlicht. Zutiefst eindrucksvoll.

Sie begann zu lesen, hielt inne, las an anderer Stelle weiter.

Albertine Baumgarten, Felice Bruckner, Taube Finkel, Gisela Igel, Robert Fürstenthal, Klara Blau, Franz Lothar Glück, Olga Deutsch, Benjamin Dornstrauch, Edith Herschan, Anna Nagler, Max Weisz, Leo Jurmann, Brucha Dawner, Ilse Gansel, Alice Elias, Markus Salter, Ignaz Löwy, Antonie Frankl, Moses Feiden, Helena Friedmann, Nelly Stein, Robert Nussbaum, Chaim Weingarten und viele, viele mehr.

Alle vertrieben. Viele von ihnen tot. Andere im letzten Moment emigriert …

Ihr wurde leicht schwindelig. Vor ihren Augen begann es, sich zu drehen. Ja, die Schlüssel mit den altmodischen Namen, von denen viele jetzt wieder in Mode kamen, hatten auch sie gepackt.

»Gehört Luzie Kühn auch dazu?«, fragte sie Lena. Erst jetzt fiel ihr auf, dass Moritz sie die ganze Zeit über filmte.

»Ich hab sie nirgendwo gefunden. Aber das heißt leider nichts. Die Wohnung ist nicht auf ihren Namen gelaufen, sondern hat wohl Król gehört.«

»Sie kommen also zusammen?«, fragte Paulina aufgeregt. »Luzie und Bela?«

Lena nickte.

»Du musst es im Tagebuch lesen«, sagte sie. »Aber ich warne dich: Es nimmt einen ganz schön mit.«

»Wollen wir dann mal unser Glück mit dem Fundstück probieren?«, warf Moritz ein. »Servitengasse 8 – bis dahin sind es nur ein paar Schritte.«

Zögernd löste Luzie sich von dem Mahnmal. Sie würde wiederkommen und alles in Ruhe betrachten, das nahm sie sich vor.

Nummer 8 war ein imposantes fünfstöckiges Gebäude aus dem Jahr 1907, wie eine Jahreszahl über der Tür verriet. Das gelb gestrichene Doppelhaus hob sich durch seine Wandverzierungen und den markanten Fliesendekor von den Nachbargebäuden ab und schien erst jüngst renoviert worden zu sein. Ebenerdig befanden sich ein italienisches Restaurant, ein Blumengeschäft und eine Art Trödelladen.

»Und jetzt?« Paulina klang ratlos. »Bei allen Parteien läuten und fragen, ob wir bitte mal unseren Schlüssel ausprobieren dürfen? Halte ich für keine besonders gute Idee.«

»Recht hat sie«, sagte Lena. »Die Bewohner könnten uns für Betrüger halten, die Einbruchmöglichkeiten ausspionieren wollen. Aber was dann?«

»Mit den Leuten reden müssen wir«, erklärte Moritz. »Jetzt seid doch nicht gleich so mutlos! Einer weiß immer irgendetwas oder kennt zumindest einen, der etwas gehört hat, so ist das doch hier in Wien – auch wenn achtzig Jahre verstrichen sind. Ich schlage vor, wir fangen unten an und arbeiten uns dann weiter nach oben. Blumen, Restaurant, Trödel. In dieser Reihenfolge. Einverstanden?«

Die ältere Besitzerin des Blumenladens verriet ihnen, dass hier früher Modewaren verkauft worden waren. Den Schlüssel betrachtete sie interessiert, aber schulterzuckend. Ähnlich erging es ihnen im Restaurant, in dem vor dem Zweiten Weltkrieg eine florierende chemische Reinigung gewesen war.

Jetzt blieb nur noch der Trödel.

Ein Glöckchen bimmelte, als sie den Laden betraten – und sich augenblicklich in einer anderen Welt wiederfanden. Als sei die Zeit vor Jahrzehnten stehen geblieben, türmten sich Puppen, Fächer, alte Kinderwagen, Briefwaagen, Pfauenfedern, Hebammenköfferchen, Brillenetuis in dunklen Holzfächern, die alle offenbar schon sehr lange kein Staubtuch mehr gesehen hatten. Dazwischen stand eine ältere Frau, an der alles rund war: der graue Haarturm, der üppige Busen, die ausladenden Hüften. Ihr gestreiftes

Kleid war so eng, dass man die Nähte förmlich knacken hörte. An jedem ihrer kräftigen Finger saß ein Ring.

»Der Wahnsinn!«, rief Moritz entzückt. »Sie haben doch sicherlich nichts dagegen, dass ich ein wenig hier bei Ihnen filme, Frau Blau – wenn ich draußen richtig gelesen habe?«

»Moment!« Der Bass der voluminösen Dame war beeindruckend. »Blau, ja das ist richtig. Emmy Blau, um präzise zu sein. Wozu, wenn ich fragen darf?«

»Rein privat natürlich«, versicherte er rasch. »Wir befinden uns hier gewissermaßen auf einer kleinen Schatzsuche. Den Schlüssel haben wir schon. Nun müssen wir nur noch herausbekommen, zu welchem Türchen er uns führt.«

»Und da suchen Sie ausgerechnet bei mir?« Ihre Stimme klang wie eine sich langsam drehende Schiffsschraube.

»Servitengasse 8«, übernahm Paulina die Gesprächsführung. »Und eigentlich ist er zu zierlich für eine Wohnung. Sieht eher aus wie …«

»Moment!«, trompetete es wieder. »Warten Sie, warten Sie. Ich darf doch mal?« Schon hatte Frau Blau Paulina den Schlüssel abgenommen, schob sich erstaunlich behände durch den Laden, um kurz darauf mit ihm sowie einem zweiten Schlüssel zurückzukehren.

Sie legte beide nebeneinander auf die Verkaufstheke.

»Aber die sind ja identisch!«, staunte Paulina.

»Ganz genau. Hab ich gerade ausprobiert! Hinten gibt es noch einen weiteren Raum, mein Separee, so nenn ich es spaßeshalber, und das ist offenbar der Zweitschlüssel dazu. Dort steht alter Kram, Glumpert, wie wir in Wien sagen. Wenn mir das Wegwerfen nur nicht ganz so schwerfallen würd …« Sie stockte plötzlich. »Wo haben Sie den Schlüssel eigentlich her, wenn ich fragen darf?«

»Der war im Boden einer alten Schneekugel von 1936, die meine Mutter mir vor vielen Jahren geschenkt hat«, erklärte Paulina. »Ich hab sie mit nach Wien genommen und hier zum ersten Mal nachgeschaut.«

»Ein Versteck?« Emmy Blaus Augen begannen zu funkeln. »Das klingt ja aufregend!«

»Dürften wir Ihr Separee vielleicht mal ganz kurz besichtigen und dabei drehen?« Wenn er wollte, konnte Moritz richtig treuherzig dreinschauen.

»Also, ich weiß nicht so recht …«

»Bitte, Frau Blau«, sagte Paulina. »Wenn ich doch schon einmal in Wien bin …«

»Also gut, meinetwegen. Dann kommen Sie. Aber ich warne Sie: Es wird eng.«

Lena blieb freiwillig vor der Tür stehen, ebenso wie Emmy Blau, die Paulina mit deren Schlüssel aufsperren ließ. Aber auch Moritz mit seiner Kamera und Paulina konnten sich kaum umdrehen, als sie schließlich in dem winzigen Kämmerchen standen. Was vorn im Laden als Chaos noch gewissen Charme besaß, schien hier einfach wahllos durcheinandergestapelt – bis auf einen Paravent in Pfauenfarben, der Paulina sofort auffiel. Er war abgeschlagen und ein wenig windschief, ließ aber vor ihrem inneren Auge sofort einen Film ablaufen.

»Wäre der Paravent zu verkaufen?«, rief sie in Richtung Tür.

»Den wollt ich eh schon lange wegwerfen. Bis der wieder

halbwegs aussieht – diese Investition lohnt sich nicht. Nehmen Sie ihn mit!«

»Im Ernst?«, fragte Paulina strahlend zurück. »Ist ja wunderbar!«

»Ja, weg mit ihm!«

Leichter gesagt als getan, denn der Paravent ließ sich nicht bewegen. Etwas hinter ihm klemmte.

»Hilf mir mal, Moritz. Allein krieg ich das nicht hin.«

Er legte die Kamera vorsichtig in einer zerschlissenen Hutschachtel ab und wühlte sich zu ihr durch.

»Ich versuch mal, dahinter zu fassen«, sagte er. »Meine Arme sind zum Glück ja ein ganzes Stück länger als deine.«

Moritz reckte und streckte sich – und zerrte plötzlich einen Koffer hervor, auf dem eine dicke Staubschicht lag.

Er wischte ein Eckchen frei.

»Leder«, sagte er. »Hellbraun. Was sicherlich einmal nicht ganz billig …«

LK – Luzie Kühn – der Großpapa hatte ihr Monogramm eigens in das hellbraune Schweinsleder prägen lassen. »Leute mit Stil reisen mit Monogramm«, hatte er sie liebevoll geneckt. »Meine Enkelin gehört selbstredend dazu …«

Paulina konnte die Worte förmlich hören. So ging es ihr manchmal, wenn etwas sie sehr beeindruckte.

»Auf dem Koffer müsste irgendwo ein Monogramm sein«, sagte sie. »LK – schau doch bitte einmal!«

»Gern.« Moritz schob den Koffer in Richtung Tür. »Aber bitte erst draußen.« Er nahm seine Kamera wieder auf. »Und jetzt möchte ich filmen, wie du mit dem Paravent kämpfst …«

Schließlich hatte es auch der Paravent aus dem Separee

nach draußen geschafft. Bei besserer Beleuchtung sah er noch mitgenommener aus.

»Wie willst du dieses Unikum denn nach Berlin bekommen?«, fragte Lena stirnrunzelnd. »Mit der Bahn doch wohl kaum.«

»Wozu gibt es Speditionen? Ich habe ein neues Projekt, das heißt SPUREN. Und dafür ist er genau das Richtige.« Sie wischte den Staub vom Koffer. »Da – seht ihr? Aber das gibt es doch eigentlich gar nicht …«

»LK«, las Lena. »Luzie Kühn? Dann wäre das ja …«

»Dürfen wir ihn aufmachen? Bitte!«, drängte Paulina.

»Meinetwegen.« Frau Blau nickte.

Paulinas Herz begann schneller zu schlagen, als sie den Koffer auf den Tresen hievte und das Schloss aufschnappen ließ. Ein zarter Geruch stieg ihr in die Nase, ein Duft nach Freesien, wie sie spontan dachte. Innen lagen Damenkleider, sorgfältig zusammengefaltet, nichts für den Alltag, sondern eine festliche Garderobe für besondere Anlässe. Sie nahm das erste heraus – lavendelblaue Seide mit plissiertem Rock und zarten Trägern – und hielt es sich an.

»Sie muss in etwa deine Maße gehabt haben«, sagte Moritz. »Und deine Farben. Du würdest umwerfend darin aussehen!«

Darunter entdeckte sie weitere Cocktailkleider in Rosé, Petrolgrün und Schwarz, einen dunkelblauen Kimono mit japanischen Blüten, einen alten Fuchspelz, etwas Wäsche, Strumpfbänder, zwei weiße Negligés, ein paar Ansteckblumen, einen silberdurchwirkten hellen Schal und drei Hüte, die allerdings ziemlich ramponiert wirkten.

»Aber wieso hat sie diese Kostbarkeiten nur zurückgelassen?«, überlegte Paulina kopfschüttelnd.

»Vielleicht, weil sie keine Verwendung mehr dafür hatte, dort, wohin sie gehen musste.« Lena klang bedrückt. »Luzies Tagebuch hat mich schon mitgenommen, aber das hier zu sehen, ist noch einmal eine ganz andere Dimension.«

Weil Frau Blaus Augen immer noch größer und immer noch neugieriger wurden, gab Lena ihr eine kurze Zusammenfassung vom Vermächtnis ihres Vaters, der Suche nach Toni und schließlich der Anwesenheit von Paulina, die als Stellvertreterin für die alte Dame die Reise nach Wien angetreten hatte.

»Ich schenk Ihnen den Koffer«, erklärte Emmy Blau, nachdem Lena geendet hatte. »Die jüdische Familie Blau hat früher auch in der Servitengasse gewohnt, bevor die Eltern abtransportiert wurden und später im KZ umgekommen sind.

»Klara Blau«, flüsterte Paulina. »Einer der Namen des Mahnmals.«

»Richtig. Und Siegfried Blau, das war ihr Mann. Deren einziger Sohn Simon hat nur überlebt, weil er mit einem Kindertransport nach England gekommen ist. Das war der Vater meines Mannes. Mein David wurde in London geboren und ist erst in den Siebzigern nach Wien zurückgekehrt. Lange konnte er die Stadt allerdings nicht genießen. Sein Todestag jährt sich im September schon zum dreißigsten Mal. Seitdem führe ich das Geschäft – in seinem Angedenken.«

Paulina hatte die Frau spontan umarmt, Moritz alles

gefilmt, und als sie wieder draußen waren, brachte zunächst keiner der drei ein Wort heraus.

»Also, ich brauch jetzt dringend einen Kaffee.« Lena fand als erste die Sprache wieder.

»Ich auch«, echote Paulina.

»Gut, dann am besten gleich dort drüben in der Konditorei Bürger, da gibt's auch ganz herrliche Torten. Schlage vor, wir sitzen draußen – mit unserem halben Hausstand.«

Moritz vertilgte ein Stück Malakofftorte sowie ein Stück Apfelstrudel mit Schlagobers, während sich Lena und Paulina an Mokka beziehungsweise Wiener Melange labten.

Danach griff Paulina zum Telefon und rief Tonis Nummer auf.

Das Gleiche wie gestern. Niemand hob ab.

»Jetzt mache ich mir langsam Sorgen«, sagte Paulina. »Toni ist spontan – aber gleich so spontan? Und ausgerechnet jetzt ist meine Mutter nicht vor Ort, sondern wandert in Italien. Die kann ich also auch nicht fragen, was los ist.«

»Italien ist doch nicht aus der Welt«, sagte Moritz verblüfft, während er sich eine Zigarette ansteckte.

»Aber meine Mamasi schon, wenigstens für diese Woche. Sie wandelt nämlich auf den Spuren des heiligen Franziskus und möchte ihre absolute Ruhe – und die soll sie auch haben.«

Paulina trank den letzten Schluck ihres Kaffees. »Vielleicht sollte ich mich nicht verrückt machen. Toni wird sich schon bei mir melden, wenn sie mich braucht. Ich würde nämlich zu gern noch ein bisschen bei euch hier in Wien bleiben, wenn ich darf …«

»Unbedingt!«, riefen Mutter und Sohn wie aus einem Mund.

Später, allein in ihrem Zimmer, schlüpfte Paulina als Erstes in den Kimono. Der Stoff lag leicht auf ihrer Haut und fühlte sich an wie eine zärtliche Berührung. Auch die Länge – bis zum Knöchel – passte.

Als Nächstes war das lavendelblaue Kleid an der Reihe, das sie zunächst vorsichtig untersuchte. Trotz der jahrzehntelangen Lagerung schien es unversehrt; allerdings fühlte sich die Seide schon leicht brüchig an und wirkte an manchen Stellen ein wenig verblichen, was den Reiz des Gewands jedoch eher noch unterstrich. Der seitlich eingenähte Reißverschluss ächzte, als sie ihn hochzog, und war so filigran, dass sie Angst hatte, er würde gleich reißen. Paulina stand hinter dem Paravent, der sich ins Gästezimmer einfügte, als habe er seit jeher dort gestanden. Sie hatte ihn genauer untersucht und festgestellt, dass nur wenig Aufwand nötig sein würde, um ihn perfekt zu restaurieren. Eigentlich hätte er ja Teil ihrer neuen Berliner Installation werden sollen, aber er würde sich in erneuerter Pracht natürlich auch als Geschenk für ihre liebenswürdige Gastgeberfamilie eignen.

Mal sehen. Meistens fiel ihr das Richtige ein …

Sie betrachtete sich im Spiegel.

Am Ausschnitt war das Kleid etwas zu weit; Luzie Kühn musste mehr Busen gehabt haben, doch an Taille und Hüfte saß es wie angegossen. Die plissierten Falten schwangen auf, als Paulina sich tänzelnd bewegte.

Eine schicke Dame aus den Dreißigerjahren.

Nun fehlten bloß noch die Schuhe. Paulina hatte die Wahl zwischen schwarzen Lackpumps, knöchelhohen Stiefelchen in Dunkelrot mit kleinen Lederknöpfchen oder silbernen Spangenschuhen, die fast wie neu wirkten. Leider passte sie in kein einziges Paar hinein. Alle waren sie in 38, während sie selbst mit 40 auf wesentlich größerem Fuß lebte.

Also gleich barfüßig …

Und der moderne Haarschnitt störte. Paulina setzte einen der Hüte auf – ein hellgraues, auf den ersten Blick ziemlich unförmiges Etwas, das deutlich mehr Pfiff bekam, nachdem sie seitlich eine blaue Stoffblüte angesteckt hatte.

Jetzt war die Verwandlung perfekt.

Paulina kniff die Augen zusammen. Leicht verschwommen wirkte sie sogar noch überzeugender.

Bei welcher Gelegenheit hatte Luzie dieses Kleid getragen? Wie hatte sie sich darin gefühlt?

Und war sein Verlust hart für sie gewesen?

Fragen über Fragen, die nur eine weitere Lektüre des Tagebuchs beantworten konnten.

Sie schlüpfte aus dem Kleid, hängte es zu den anderen aus dem Koffer, die bereits auf Bügeln gelandet waren, und wickelte sich erneut in den Kimono, in dem sie sich so wohlfühlte.

Jetzt einfach nur noch bequem herumlungern …

Allerdings wollten Moritz und Tamás ihr heute Abend unbedingt ein paar angesagte Wiener Clubs zeigen. Inzwischen bereute sie ihre spontane Zusage fast schon wieder, denn der Sog der vielen eng beschriebenen Seiten, die noch auf sie warteten, war stark.

Aber sie wollte keine Spielverderberin sein.

Moritz war ein amüsanter Kerl mit vielen Facetten, und die Aussicht, seinen schweigsamen ungarischen Freund wiederzusehen, besaß durchaus ihren Reiz.

Das Foto der uralten Hände an der Wand gegenüber stammte von Tamás, das hatte Lena ihr auf ihre Nachfrage hin erzählt. Wer so sensibel mit Kamera und Motiv umgehen konnte, verhieß weitere Überraschungen – in mehr als einer Hinsicht.

Also würde sie mit den beiden losziehen, aber nicht sofort.

Paulina lümmelte sich bäuchlings auf den Futon, schlug das Tagebuch auf und begann zu lesen.

5

Pissignano, Mai 2018

»Kannst du schlafen?«, flüsterte Simone.

»Nein. Du?«, flüsterte Heike zurück. »Nicht einmal nach der schlimmsten Zumba-Stunde hatte ich solchen Muskelkater. Meine Waden sind knallhart. Ich weiß gar nicht, ob ich morgen überhaupt noch aus dem Bett komme!«

»Ich denke, das sind nur Anfangsschwierigkeiten«, erwiderte Simone. »Wenn unsere Körper sich erst einmal an die Bewegung gewöhnt haben, läuft es wie von selbst, wirst schon sehen. Wieso flüstern wir eigentlich? Hört uns doch keiner.«

»Erzähl das mal meiner Blase an der linken Ferse! Die beschwert sich morgen garantiert wieder lautstark – trotz zweifachen Blasenpflasters.«

»Sag jetzt aber nicht, dass du es bereust!« Simones Stimme war lauter geworden.

»Tu ich doch gar nicht.« War das gerade ein Schniefen gewesen? »Vielleicht hätten wir nur ein wenig mehr trainieren sollen. Ein paarmal im Tiergarten auf und ab laufen reicht da vielleicht nicht. Wie viele Kilometer liegen eigentlich noch vor uns?«

»An die zweihundertfünfzig. Aber wir brauchen doch nur so weit gehen, wie wir wollen.«

»Jetzt hörst du dich enttäuscht an, Simone. Das wollte ich nicht. Hör zu, ich geb mein Bestes, Hand drauf. Aber ich bin einfach nicht so fit und wendig wie du. Tag für Tag hocke ich in der Kanzlei am Schreibtisch, während du in deiner *Tollen Wolle* von früh bis spät hin und her flitzt. Natürlich will ich diesen Weg mit dir machen! Bin ehrlich gesagt ganz froh, mal von zu Hause rauszukommen. Meine Herren Söhne können manchmal ganz schön nervig sein. Vom Gatten ganz zu schweigen!«

»Rainer hat mich nie genervt«, sagte Simone. »Und soll ich dir was verraten? Meine Paulina vermisse ich bereits jetzt. Dabei sind wir gerade mal ein paar Tage unterwegs.«

»Deine Pauli und du«, sagte Heike mit einem kleinen Lachen. »Ihr seid mir vielleicht ein Gespann!«

»Pauli ist das Beste, was mir im Leben passiert ist«, sagte Simone zärtlich. »Mein Kind – mein Wunder. Anders könnte ich es gar nicht beschreiben. Als ich sie bekam, wurde meine Welt hell, und sie ist es bis zum heutigen Tag geblieben.« Sie stöhnte. »Sag mal, ist deine Matratze eigentlich auch so eine Katastrophe?«

»Ist sie«, brummte Heike. »Total durchgelegen. Fühlt sich eher an wie ein uralter Cocktailsessel. Aber was soll's? Das stehen wir durch. Wir haben gemeinsam doch schon ganz andere Dinge gemeistert, oder?«

»Allerdings.« Das kam aus tiefster Seele. »Und das werde ich auch niemals vergessen«, sagte Simone.

Heikes Atemzüge wurden ruhiger und tiefer.

War sie schon im Reich der Träume?

Simone versuchte, sich möglichst leise auf der Matratze zu bewegen. Jetzt, vor dem Einschlafen, wurde die Versuchung, ihrer Tochter eine kurze WhatsApp zu schicken, fast übermächtig.

Aber hatte sie nicht selbst darum gebeten, auf diesem besonderen Weg erst einmal in Ruhe gelassen zu werden?

Irgendetwas war los mit Paulina.

Sie spürte es, so wie sie es immer schon gespürt hatte. Vielleicht weil ihre Kleine anfangs so winzig gewesen war, so zart, so unendlich schutzbedürftig. Manchmal hatte Simone sich gewünscht, wie eine Vogelmama ein wärmendes Federkleid über sie breiten zu können. Noch immer traten ihr die Tränen in die Augen, wenn sie irgendwo Schwäne sah, die ihre Jungen auf dem Rücken trugen, geborgen im Gefieder.

Das sind nur die Hormone, sagten die Leute. Das gibt sich wieder, wenn ein wenig Zeit vergangen ist.

Was wussten die schon?

Es gab eine unsichtbare Verbindung zwischen Paulina und ihr, die vielleicht deshalb so stark war, weil sie zusätzlich von einer anderen großen Liebe gespeist wurde.

Einer Liebe für die Ewigkeit …

Simone hatte vorgestern schon den ganzen Tag an Lille denken müssen, in der Basilika von Assisi, durch die so viele Menschen geströmt waren, dass sie und Heike erst einmal wieder weggegangen waren, um am Tag darauf nach Sonnenaufgang zurückzukommen und die Giotto-Fresken in Ruhe auf sich wirken zu lassen. Noch schlimmer war es geworden, als sie im Kloster San Damiano angekommen waren, das ein Stück außerhalb des Städtchens lag. Hier hatte die heilige Klara gelebt, einst ein verwöhntes Töchterchen, dann eine radikale Anhängerin des heiligen

Franziskus, die alles hinter sich gelassen hatte, um die Art von Leben zu führen, zu der sie sich berufen fühlte.

Im stillen Kreuzgang des Klosters war es ihr, als würde Lille auf einmal wieder neben ihr stehen: die kurzen blonden Haare punkig gestylt, das schmale, blasse Gesicht, die sprechenden Augen, Arme und Beine so dünn wie bei einem Kind.

Ich schenke dir mein Leben, Simone …

Seit Jahren war sie ihr nicht mehr so nah gewesen.

Aber hatte sie sich nicht genau aus diesem Grund auf den Pilgerweg gemacht?

»Wie war sie eigentlich?«, fragte Heike plötzlich. »Du hast immer so wenig von ihr erzählt.«

Sie war also doch noch wach. Konnte sie Gedanken lesen?

»Wenn wir Spoleto erreicht haben«, sagte Simone. »Dort wollte Lille immer mal hin.«

»Versprochen?«, hakte Heike nach. »Ich hab euch immer um diese Freundschaft beneidet, weißt du das?«

»Ja, sie war wirklich einmalig. Ich halte übrigens immer meine Versprechen. Und jetzt lass uns schlafen. Der Anstieg auf den Monteluca, der uns morgen bevorsteht, soll nicht von schlechten Eltern sein …«

6

Wien, Juni 1937

Ich schwebe, ich fliege, kann kaum fassen, dass alles, was gerade passiert, ganz real ist! Aber so oft ich mich auch in den Arm kneife, um aufzuwachen, alles bleibt so wie im schönsten Traum.

Es ist wahr, es ist wahr …

Kein Wunder, dass ich in den vergangenen sechs Monaten gar nicht mehr zum Tagebuchschreiben gekommen bin, musste ich doch leben, singen, tanzen und lieben …

Die Bühne ist jetzt meine Welt und die Rolle der Jessie mir mittlerweile in Fleisch und Blut übergegangen. Trotzdem spiele ich sie noch immer so hingebungsvoll, als sei es das allererste Mal. Arthur Hellmer ist sehr zufrieden mit mir, das sagt er immer wieder, und auch die anderen Kollegen vom Ensemble mögen mich. Keiner von uns vermisst Zarah, den Star. Wir sind eine eingeschworene Gemeinschaft, die perfekt miteinander harmoniert.

Zwischendrin haben wir Neues einstudiert, das Volksstück »Krach im Hinterhaus«, in dem ich nur eine winzige Rolle habe. Von der Kritik – obwohl auf Wienerisch getrimmt – wird es verrissen, aber das Publikum liebt es wegen seiner Derbheit.

Ich bin froh, dass es nicht lange auf dem Spielplan steht, und fühle mich wohler, seit wieder etwas Musikalisches einstudiert wird, die erste Fußballoperette »Roxy und ihr Wunderteam« vom ungarischen Komponisten Paul Abraham. Dass die Hauptdarstellerin Rosy Barsony, die ebenfalls aus Ungarn stammt, aber lange in Deutschland gelebt hat, Jüdin ist, wird von der Kritik noch halbwegs hingenommen. Dass Hellmer aber noch einen großen Schwung ungarischer Musiker eingestellt hat, hat in der Wiener Presse zu einem Eklat geführt.

In diesem Stück bin ich nur Tanzstaffage ohne Text und freue mich, wenn die Vorstellungen vorbei sind und ich wieder meine schöne Rolle als Jessie singen und auch spielen kann. Das Publikum scheint ebenso zu empfinden. Gar nicht selten werden sogar Blumen für mich abgegeben. Zu meinen treuesten Verehrern gehören inzwischen auch ein paar Bühnenarbeiter, die bei den Proben klatschen, sobald ich auftrete, oder mir anerkennend hinterherpfeifen, wenn ich in einem besonders hübschen Kostüm durch die Dekoration flitze.

Auf einen allerdings würde ich nur zu gern verzichten: Hans Wagner, den technischen Leiter, der mir wie ein liebeskranker Kater nachstellt, als hätte ich Baldrian am Rock. Von Anfang an hat er sich total in mich vergafft, obwohl ich ihm niemals auch nur die geringsten Hoffnungen gemacht habe, und er steigert sich immer weiter hinein in seine absurden Liebesfantasien.

Wo das noch hinführen mag? Mir wird ganz schummerig, wenn ich daran denke! Seine Position ist natürlich in nichts mit der von Joseph Goebbels zu vergleichen, aber das Leben schwer machen, das kann auch er. Ich sei die Frau seines

Lebens, hat er erst neulich gestammelt und mir doch tatsächlich das »Du« und den »Hansi« aufdrängen wollen – ich wäre beinahe in Ohnmacht gefallen. Natürlich bin ich eisern auf Distanz und beim »Sie« geblieben!

Mir ist der Kerl unendlich zuwider. Ich hasse seine schleimige Liebenswürdigkeit, die er mir gegenüber zeigt, während er andere ungeniert schikaniert, ebenso wie die plumpe Vertraulichkeit, mit der er mir Dinge offenbart, die ich lieber gar nicht wissen möchte – zum Beispiel, dass er ein glühender Anhänger des Führers ist, auch wenn die NSDAP in Österreich offiziell verboten ist. Seine Nazisprüche sind einfach nur abscheulich, und sein Judenhass hat etwas Fanatisches. Es vergeht kein Tag, an dem er nicht lauthals über dieses »dreckige Pack« schwadroniert, das Wien angeblich schon viel zu lange vergiftet und bis an den Rand des Untergangs getrieben habe.

Welcher Untergang???

Die Stadt blüht, ist prächtig und groß genug, dass alle Platz haben, Juden wie Christen, aber das will er nicht begreifen. Dass er unter einem jüdischen Direktor arbeiten muss, muss für ihn an Körperverletzung grenzen, und ich bewundere, wie kühl Hellmer Wagners verbale Attacken an sich abprallen lässt.

Ich selbst bin weniger routiniert darin und muss mir oft gewaltig auf die Zunge beißen, um nur nichts Falsches zu sagen, weil ich bei Wagners hässlichen Ausbrüchen natürlich sofort an meine tote Mutter und die lieben Großeltern denken muss, für die es in Berlin immer schwieriger wird. Großpapa hat zwar nach wie vor seine tierischen Patienten – er ist eben auch der Beste –, aber meine sensible

Großmama ist schon zweimal beim Einkaufen von SA-Leuten angepöbelt worden, darunter auch von dem mit der Boxerhündin, die Opa Jano im letzten Jahr wieder gesund gemacht hat.

Was für eine kranke Welt!

Am liebsten würde ich Wagner ins Gesicht schreien, dass er sich leider in eine Halbjüdin verguckt hat, die in seinen Augen ja Abschaum ist, aber ich müsste verrückt sein, das zu tun. Schlimm genug, dass er das mit Bela und mir irgendwie mitbekommen hat, auch wenn er zum Glück keine Ahnung von den neuesten Entwicklungen unserer Beziehung hat.

Ein Jude – und ich, seine Angebetete!

Das ist so ziemlich das Schlimmste, was ich Wagner antun konnte. Seitdem schleicht er umher wie angeschossen.

Offiziell wohne ich für ihn wie für alle anderen nach wie vor bei den Matuseks in der Berggasse – dabei hat mein Liebster mir nicht nur sein heißes Herz zu Füßen gelegt, sondern auch eine schnuckelige Wohnung in der Servitengasse 8. Nach außen hin gehört sie Bela, in Wahrheit aber ist sie mein Reich.

Zwei große Zimmer im zweiten Stock, eine gemütliche Wohnküche mit Balkon zum Hof, ein herrliches Badezimmer, Kammer … und alles meins.

MEINS!

Ich tanze durch die Räume, lasse dabei den Plattenspieler laufen – wieder und wieder Richard Taubers unwiderstehliche Arie »Dein ist mein ganzes Herz« –, schlürfe Sekt und fühle mich dabei wie das glücklichste Mädchen von ganz Wien.

Ja, ich liebe und werde geliebt – so, wie ich es mir immer erträumt habe. Bela weiß, wie man eine Frau glücklich macht, und ich tue alles, damit auch er glücklich ist. Er hat unser kleines Nest mit moderner Kunst geschmückt, drei abstrakten Radierungen und einem kleinen Aquarell, das einen blühenden Fliederbusch zeigt. Ergänzt werden sie von zwei alten Stichen, die von seinem verstorbenen Vater stammen. Sind wir hier zu zweit beisammen, vergessen wir den Rest der Welt. Dann gibt es nur noch ihn und mich: seine Stimme, seine schönen Augen, seine zärtlichen, kundigen Berührungen, von denen ich nicht genug bekommen kann. Welch ein wunderbarer Liebhaber, dem die Freude und der Genuss der Frau die heiligsten Anliegen sind!

Meine amourösen Erfahrungen waren bislang nicht gerade grandios, ein paar flüchtige Umarmungen, stets überschattet von der Angst, ungewollt schwanger zu werden. Eher laue Liebschaften, nichts Halbes und nichts Ganzes. Am meisten habe ich noch von Manni gelernt – rein theoretisch natürlich –, der sich mit Männern auskennt wie sonst kaum einer. Wir schreiben uns regelmäßig, und Manni füttert mich eifrig mit weiteren Tipps in Liebesdingen.

Was mag ein Mann?

Was macht ihn wütend?

Wovon träumen sie alle?

Mannis Erfahrungsschatz scheint unerschöpflich …

Doch was ich mit Bela erleben darf, ist tausendmal schöner als jede Theorie. Manchmal allerdings wünsche ich mir, die beiden könnten sich kennenlernen – mein bester Freund und der König meines Herzens. Ich bin fest überzeugt, sie würden sich gut verstehen!

Meine alte Angst ist verflogen, denn ich benütze jetzt ein Pessar. Es ist ein bisschen umständlich zu handhaben, weil man exakt dabei vorgehen muss, wenn es wirken soll. Doch was ist das schon gegen tagelanges Zittern und Bangen, ob die monatlichen Blutungen auch wirklich einsetzen? Am liebsten würde ich es allen Frauen empfehlen, damit sie endlich die Liebe in vollen Zügen genießen können, es sei denn, sie wünschen sich Kinder – was ich mir noch für eine Weile aufheben möchte.

Leider fällt immer wieder ein Schatten auf mein Glück, denn es gibt etwas, das mich innerlich fast zerreißt.

Marie hat überraschend ablehnend auf meinen Auszug reagiert. Ihr gefällt nicht, dass die Wohnung unser Liebesnest ist – und vieles andere mehr.

»Die Leute werden reden. Du kennst die Wiener nicht, Luzie! Hier geht es anders zu als im freizügigeren Berlin. Die Menschen sind viel konservativer. Judenliebchen wird noch das Freundlichste sein, was du zu hören bekommst. Die Menschen mosaischen Glaubens sind alles andere als beliebt in dieser Stadt, auch wenn Zweihunderttausend von ihnen hier leben. Willst du dich dem wirklich aussetzen – und uns dazu?«

»Glaubst du, das macht mir etwas aus? Unsere Liebe ist heilig, weil sie von Herzen kommt. Außerdem hat Bela neulich durchsickern lassen, dass er mir einen Antrag machen will.«

»Du willst ihn heiraten – einen Juden? Ja, hast du jetzt vollkommen den Verstand verloren?«

Ich starre sie an, muss an meine Eltern denken, die so glücklich miteinander waren, und bringe zunächst kein Wort hervor.

Tausend Fragen schießen mir durch den Kopf.

War ihre Sympathie für meine Mutter nur gespielt? Achtet Marie in Wirklichkeit meine jüdischen Großeltern gar nicht so sehr, wie sie stets behauptet hat?

»Oder du hast den Verstand verloren!«, fauche ich schließlich eher hilflos als ärgerlich zurück. »Ich dachte, er ist euer Freund! Schließlich habe ich ihn ja in eurer Wohnung kennengelernt.«

»Ja, Bela ist unser Freund, so wie Arthur Hellmer und andere Juden, aber es ist doch etwas ganz anderes, freundschaftlich verbunden zu sein oder eine Ehe einzugehen – erst recht in diesen Zeiten. In Deutschland ist das sogar seit zwei Jahren per Gesetz verboten, wie du weißt. Und Liebschaften zwischen Juden und Ariern sind es auch.«

»Aber hier in Österreich ist das doch anders! Und in mir fließt schließlich auch jüdisches Blut«, trumpfe ich auf. »Wenn ich Bela also sage, dass meine Mutter …«

»So gehst du mit deinem Versprechen um, Luzie? Ich setze meine Existenz und die meiner Liebsten aufs Spiel, du aber glaubst, dich nicht an unsere Abmachungen halten zu müssen? Jetzt hör mir mal ganz genau zu, liebes Kind: Du bist keine Halbjüdin, sondern meine Tochter – und Schluss! Ich habe sogar dafür gesorgt, dass du nun durch die entsprechenden Papiere eine katholische Österreicherin geworden bist. Wir können nicht mehr zurück, das wirst du doch einsehen.«

So scharf hat Marie noch nie zuvor mit mir geredet. Ihre Wangen sind gerötet, so aufgebracht ist sie. Natürlich verrate ich mit keinem Wort, dass ich Arthur Hellmer bereits alles gestanden habe – was sie garantiert vollkommen zum Ausrasten bringen würde. Sie besteht darauf, dass ich meinem Liebsten gegenüber schweigen muss und Bela unter keinen Umständen verraten darf, wer ich wirklich bin.

Aber wie könnte ich das, wo er mir doch gerade sein ganzes Herz öffnet?

Er erzählt mir von seinen frühen Kindertagen in der Tschechoslowakei, damals noch Teil der k.u.k. Monarchie, dem Umzug der jüdischen Kaufmannsfamilie nach Wien, als er ein fünfjähriger Stöpsel war, von seiner Zeit am Landstraßer Gymnasium im 3. Bezirk, seinen ersten Gedichten und Liedertexten, schließlich dem Studium der Juristerei, das er mit Auszeichnung beendet hat – um sich danach mit großem Erfolg der leichten Muse zu widmen.

Ich höre ihm zu, nicke, bin aufmerksam bei unseren Spaziergängen durch den einstigen Friedhof St. Marx im 3. Bezirk, der jetzt ein Park geworden ist, auch wenn dort der üppige Flieder über dem Mozartgrab inzwischen längst verblüht ist. So geschickt wie nur irgend möglich lenke ich ihn jedes Mal ab, sobald die Rede auf meine Kindheit kommt, in der Hoffnung, Bela möge irgendwann die Lust am Fragen verlieren. Doch ab und zu trifft mich sein grüblerischer Blick, der sich tief in mein Innerstes bohrt und mich ganz aus dem Konzept bringt.

In solchen Momenten fühle ich mich scheußlich – als Verräterin an meiner Familie, wie auch an ihm. Doch wenn ich ihm die Wahrheit offenbarte, würde ich ja Marie und Leo zutiefst enttäuschen, und das will ich ebenso wenig.

Der kleine Peter scheint meine innere Not intuitiv zu spüren und besucht mich, wann immer er kann. Dann spielen wir Mühle, und er gewinnt jedes Mal.

»Du sollst wieder bei uns sein, Luzie«, sagt er plötzlich. »Die Wohnung ist so leer ohne dich. Du bist doch meine große Schwester. Mama hat mir alles erzählt.«

Ich schrecke hoch und muss ihn wohl fassungslos angestarrt haben.

»Musst keine Angst haben«, sagt er gönnerhaft. »Mama war sehr jung und hatte nichts zu essen. Da hat sie dich zu lieben Menschen gebracht, bei denen du aufwachsen konntest. Und später hat sie dann meinen Papa geheiratet und mich bekommen. Aber jetzt bist du doch groß. Jetzt sind wir deine Familie! Zu essen gibt es genug. Und wir haben dich alle so lieb!«

»Natürlich seid ihr das.« Ich streichle seinen blonden Schopf, der nach Sommer und Kamille riecht.

Der Kleine hat ja recht – und wiederum auch nicht. Die Lüge schnürt mir mehr und mehr den Hals zu. Marie habe ich noch einmal hoch und heilig versprechen müssen zu schweigen.

Aber darf ich das, wenn ich Bela nicht verlieren will?

*

Wien, Juli 1937

Von Großpapas großzügiger Spende habe ich mir ein stabiles Damenfahrrad geleistet. Damit ist die Fahrt vom Alsergrund bis zum Theater an der Wien und wieder zurück für mich nur noch eine kurze, äußerst abwechslungsreiche Strecke, die ich jetzt im Sommer besonders abends sehr genieße. Nach der stickigen Luft im Theater wieder kräftig durchzuatmen, das gereinigte Gesicht in den warmen Wind zu halten und dabei tüchtig in die Pedale zu treten: Genuss pur.

Weniger schön daran ist allerdings, dass Wagner mir heimlich folgt, wie ich neulich feststellen musste. Mein Privatleben geht ihn verdammt noch mal nichts an – niemals wird er ein Teil davon werden. Aber er ist gefährlich, sehr gefährlich sogar, und so habe ich getan, als wohnte ich noch in der Berggasse, mein Fahrrad sorgfältig ab- und die Haustür aufgeschlossen und dann im Hausflur gewartet, bis mein Verfolger endlich abgezogen war.

Erst danach hab ich mich in mein neues Zuhause gewagt.

Ob er seine Observierung fortsetzen wird?

Er behält mich im Auge, das steht fest. Bela und ich müssen noch vorsichtiger werden …

Gestern ist Richard zum ersten Mal in der neuen Wohnung erschienen, um dort grüblerisch auf- und abzulaufen. Von Bela weiß ich, dass er wieder mit seiner alten Flamme zusammen ist, Louisa Bettschneider, der Dichterin, die niemals isst. Aber glücklich sieht er nicht aus.

Macht es ihn traurig, dass Bela und ich ein Paar geworden sind? Oder ist es doch eher die politische Lage, die ihn bedrückt?

Im Simpl, den Leo und Marie manchmal besuchen, während ich ja im Theater an der Wien meine Frau stehen muss, wird Richards Gesellschaftskritik immer ätzender. Auch den Antisemitismus nimmt er, obwohl selbst kein Jude, in seinen Sketchen aufs Korn, und zwar so treffend, dass einige der Zuschauer erzürnt aufstehen – Kabarett hin, Kabarett her – und mitten in der Vorstellung den Saal verlassen.

Er ist mutig, dieser Richard Denk, scheut nicht die Konfrontation, erstickt nicht an halbseidenen Kompromissen, redet keinem nach dem Mund.

Ich wünschte, ich hätte nur ein Quäntchen seines Muts!

Das hört sich jetzt fast an, als sei ich heimlich in ihn verschossen. So ist es natürlich nicht, denn ich liebe ja Bela, aber ich kann trotzdem nicht leugnen, dass ich für Richard mehr empfinde, als mir lieb ist. Er zieht mich an, verwirrt mich, stößt mich vor den Kopf – nur um mich schon im nächsten Moment wieder zum Lachen zu bringen. Dieser Mann ist so sprunghaft, so kompliziert, so verwegen und wild, dass man wohl ein ganzes Leben und mehr brauchen würde, um ihn zu verstehen.

Er schmeichelt niemandem, sondern äußert ungeschminkt, was in ihm vorgeht – auch mir gegenüber.

»Ich dachte eigentlich, in dir stecke mehr, als dich von einem reichen Galan aushalten zu lassen …«

»Ich lasse mich keineswegs aushalten. Jeden Abend stehe ich auf der Bühne – genauso wie du!«

»Ach ja? Und dein Honorar am Theater an der Wien finanziert das hier alles?« Seine Hand gleitet über den Vorhang, schwerer rosenholzfarbener Damast, der erst seit ein paar Tagen hängt.

»Die Wohnung gehört Bela. Ich bin allmählich zu alt für ein Mädchenzimmer bei … meinen Eltern.«

Gerade noch einmal die Kurve gekriegt.

»Mein Stiefbruder konnte immer schon großzügig sein, wenn es ihm in den Kram gepasst hat«, fährt er fort.

»Kein allzu großes Problem für ihn, denn er stammt ja schließlich aus dem vermögenderen Teil der Familie.«

Was hat er da gerade gesagt?

Im ersten Moment glaube ich, mich verhört zu haben.

»Stiefbruder?«

»So ist es. Seine verwitwete Mutter Mina hat meinen Vater Ernst geheiratet, der ebenfalls Witwer war. Beide hatten je einen Sohn: Bela, der damals elf war, und mich, den kleinen Richard, damals knapp fünf. War nicht gerade einfach für uns, weder für ihn noch für mich. Eifersüchteleien, Streitereien, Revierkämpfe, was heranwachsende Buben eben alles so anstellen, wenn es plötzlich Konkurrenz innerhalb der eigenen Familie gibt. Heute kommen wir einigermaßen miteinander klar. Zu brüderlichen Gefühlen aber hat es leider nicht mehr ganz gereicht. Dafür hätten sich unsere Eltern vielleicht geschickter anstellen sollen.«

Brüder! Ausgerechnet diese beiden Männer.

Bela hat mir kein Wort davon erzählt. Also hat auch er seine Geheimnisse, die er mir nicht offenbart.

Das muss ich erst einmal in Ruhe verdauen.

*

Wien, August 1937

Bela hat die Sache mit Richard kleingeredet, als ich ihn darauf angesprochen habe.

Stiefbrüder – was heißt das schon? Nur weil verwitwete Eltern sich in einer zweiten Ehe zusammenschließen, selbstredend ohne ihre Kinder zuvor zu fragen …

Irgendwie glaube ich ihm nicht ganz.

Er wird unruhig, sobald Richards Name fällt, als gäbe es da noch immer etwas, das an ihm nagt, und das, obwohl seine Mutter seit Jahren tot ist, ebenso wie Richards Vater. Die beiden beherrschen sich, wenn sie aufeinandertreffen, und doch genügt ein Wort, ein falscher Blick – und der Funke zündet, das kann ich spüren.

Ich will nicht der Anlass dafür sein, das nehme ich mir fest vor. Meinetwegen sollen Bela und Richard niemals in Streit geraten!

Noch immer bin ich ganz zittrig vor Aufregung, denn heute habe ich einen leibhaftigen Filmproduzenten kennengelernt! Er heißt Oskar Glück und ist ein freundlicher, rundlicher Mann mit großen Gesten. Leo, der gute Leo, hat mich ihm ans Herz gelegt. Glück war bei uns in der Vorstellung, ohne dass ich die geringste Ahnung davon hatte. Gut so, denn sonst hätte ich womöglich vor Aufregung meinen ganzen Auftritt vermasselt!

Es soll etwas Lustiges werden, eine beschwingte Komödie, wie das Publikum sie liebt. Carl Lamac, der früher mit Max Schmelings jetziger Ehefrau Anny Ondra verheiratet war, wird Regie führen. Theo Lingen, Paul Hörbiger, Martha Eggerth spielen mit – was für beeindruckende Namen!

Um Glück zu beeindrucken, trage ich also heute Abend mein neues rosa Cocktailkleid mit den kleinen Perlchen am Saum, lache, parliere und versuche, so klug und liebenswürdig zu wirken wie nur irgend möglich. Marie beäugt mich unablässig, als habe sie Angst, ich könne etwas Falsches sagen. Diese Einladung ist ganz und gar nicht nach ihrem

Geschmack, das spüre ich genau, auch wenn sie nach außen hin Haltung bewahrt. Aber ich habe sie in der Küche mit Jarmila streiten hören, was nur vorkommt, wenn sie sehr angespannt ist. Natürlich fällt von ihr den ganzen Abend kein einziges Wort über Bela, und sie hat auch mir eingeschärft, ihn nicht zu erwähnen.

Doch Oskar Glück bringt plötzlich selbst die Sprache darauf.

»Sie sind mit meinem Freund Bela Król liiert?«, fragt er plötzlich beim Dessert. »Er hat es mir neulich freudestrahlend im Demel erzählt. Und jetzt, wo ich Sie näher kennenlernen darf, kann ich ihn nur dazu beglückwünschen.«

Marie zieht ein Gesicht, als habe sie auf Blei gebissen, und ich verschlucke mich beinahe am Kaiserschmarrn, den niemand so gut hinbekommt wie Jarmila. Aber wozu noch lügen, wenn er ohnehin schon alles weiß?

Ich nicke also. »Wir lieben uns«, sage ich einfach.

»Ein wundervoller Librettist! Erst heute habe ich ein paar Liedtexte bei ihm in Auftrag gegeben.«

»Bela schreibt die Schlagertexte für den neuen Film?«

»Nein, die sind natürlich längst fertig. Die Musik stammt von Walter Grothe, der hat seinen eigenen Geschmack. Ich bin schon längst beim übernächsten Projekt«, erklärt er. »Man muss doch an die Zukunft denken, nicht wahr?«

Ich nicke wieder.

»Beim nächsten Film will ich von Anfang an mehr mitgestalten. Und genau für den habe ich Bela angefragt. Ich freu mich schon auf das, was aus seiner Feder fließen wird. Den Charme und den Witz haben die Juden einfach besser *drauf. Darum sind die braunen Herrn in Berlin ja auch so stinksauer auf uns.«*

Ich ersticke schier daran, dass ich nicht ehrlich antworten kann.

»Sind Sie zufällig schon einmal diesem Goebbels persönlich begegnet, Fräulein Kühn?«, fragt er weiter.

»Bin ich«, krächze ich.

»Der ist doch einfach nur zum Speien! Alle denken das. Besonders die Frauen. Nur er weiß es noch nicht ...«

Allgemeines Gelächter, von Marie allerdings reichlich bemüht.

Glück rückt seinen Stuhl näher zu mir heran.

»Wissen Sie eigentlich, wo der 23. Bezirk liegt?«, fragt er plötzlich.

Ich schüttle den Kopf.

»Dann finden Sie es schnell heraus, schönes Kind. Die Probeaufnahmen für ›Immer wenn ich glücklich bin‹ beginnen nämlich nächsten Dienstag. Seien Sie also pünktlich um zehn Uhr in den Rosenhügel-Filmstudios, Wien-Liesing!«

Sie war da, viel zu früh, fast totgelabert von dem redseligen Taxichauffeur, auf dem Bela bestanden hatte, weil er selbst einen anderen Termin hatte. Allein der Anblick der vielen Hallen schüchterte Luzie ein. Als sie schließlich von einem jungen Mann beim Pförtner abgeholt und in eine Art Vorraum geführt wurde, schwitzte sie vor Aufregung.

»Nervös?«, fragte er leichthin.

Sie nickte.

»Das sind sie alle.« Er klang befriedigt. »Jetzt lernen Sie gleich mal das Allerwichtigste beim Film.«

Sie schaute ihn fragend an.

»Warten«, grinste er und deutete auf einen leeren Stuhl. »Sind einige vor Ihnen dran. Könnte also dauern.«

Der Sitz war hart, die Lehne schnitt ihr ins Kreuz. Schon nach kurzer Zeit begann sie, unruhig hin und her zu rutschen. Schließlich äugte sie nach rechts, um ihre Konkurrentinnen zu begutachten.

Lauter bildhübsche junge Frauen, eine fescher als die andere. Luzies Zuversicht sank. Das hatte sie sich allerdings anders vorgestellt.

»Du bist zum ersten Mal hier?«, fragte ihre Nachbarin, die wundervolles kastanienbraunes Haar und eine Wespentaille hatte. »Ich bin die Mimi. Mimi Ott.«

»Sieht man das? Luzie Kühn.«

»A bisserl schon.« Mimi lächelte. »Du schaust nämlich gar so hoffnungsvoll drein. Geh es lieber ohne zu große Erwartungen an. Gute Chancen haben ohnehin nur Kuhgesichter. Das kannst du dir gleich mal merken.«

»Kuhgesichter?«

»Na, breit, große Augen, die schön leer dreinglotzen wie die von der Leander. Das liebt nämlich die Kamera. So in etwa!« Ihre Parodie fiel derart überzeugend aus, dass Luzie laut kichern musste.

Ein paar Köpfe drehten sich zu ihnen herum, dann senkten sie sich sofort wieder auf das Blatt Papier, das jede der jungen Frauen in der Hand hielt.

»Die lesen ja alle«, sagte Luzie erstaunt.

»Natürlich. Wie sonst sollen sie ihren Text lernen?«, fragte Mimi amüsiert.

»Aber ich hab gar kein Blatt bekommen …«

»Hier, du Tschoperl, nimm einstweilen meins. Die paar Zeilen hab ich längst intus.«

Luzie starrte auf das Papier, aber die Zeilen verschwammen vor ihren Augen.

»Ich hab leider meine Brille nicht dabei«, murmelte sie unglücklich.

»Kurzsichtig? Das lässt du sie besser nicht wissen«, erwiderte Mimi. »Also pass auf: Ich les es dir leise vor.«

Luzie wiederholte den Text dreimal flüsternd.

»Sitzt«, sagte sie dann. »Danke, wirklich sehr lieb von dir!«

»Gern geschehen. Unter uns rechne ich ohnehin nicht wirklich mit der Rolle. Man müsste schon jemanden persönlich kennen …«

Die Tür ging auf. Der junge Mann schaute heraus.

»Fräulein Kühn!«, rief er. »Luzie Kühn! Wenn ich dann bitten dürfte …«

Unter den missbilligenden Blicken der anderen stand Luzie auf. Ihre Beine fühlten sich plötzlich ganz schwer an, aber sie trugen sie.

Immerhin.

Im Nebenraum war ein ländlich wirkendes Zimmer aufgebaut. »Ein Gutshof«, wie der junge Mann erklärte, der sich jetzt erst als Regieassistent Wilhelm Sturmfeld vorstellte. »Sie kommen durch die Tür rechts mit Ihrem Korb herein, Frau Eggerth spricht Sie an …«

»Frau Eggerth?«, stammelte Luzie. »Die ist auch hier?«

»Natürlich nicht. Ihren Part übernimmt eine Dame aus der Maske. Also, Sie kommen herein, werden angesprochen, antworten, und danach setzen Sie sich an den Tisch und schauen sehnsuchtsvoll – für die Großaufnahme. Das wäre dann auch schon alles. Haben Sie verstanden?«

Luzie nickte.

»Dann gehen Sie jetzt raus. Sobald Sie das Kommando hören, machen Sie alles wie besprochen.« Er räusperte sich. »Ruhe, bitte! Wir drehen!«

»Ton läuft«, kam es aus dem Dunkeln.

»Kamera läuft«, ertönte es ebenfalls.

»Szene 13, Klappe 1. Luzie Kühn. Und bitte!«

Wie schwer selbst einfaches Gehen auf einmal sein konnte! Aber Luzie setzte beherzt einen Fuß vor den anderen. Unter den gleißenden Studiolichtern wurde ihr heiß.

Außerdem juckte der rechte Nasenflügel.

»Da sind Sie ja endlich, Hanni!«

»Ich war bei den Pferden.« War das wirklich ihre Stimme, so hell und leise? *»Wünschen Sie noch etwas, gnädige Frau?«*

»Das, was ich mir wünsche, können Sie mir leider nicht geben, liebes Kind.«

»Sie denken ans Theater?«

»An nichts anderes. Ich mache einen kleinen Spaziergang. Ich muss eine Weile allein sein.«

Verdammt noch mal – der Stuhl stand zu weit weg!

Luzie zog ihn heran. Hatte sich ihr Gesicht dabei verzerrt? Wenn ja, konnte sie nichts mehr daran ändern. Sie stützte den Ellenbogen leicht auf den Tisch und versuchte, sehnsuchtsvoll zu schauen.

Jetzt bloß nicht an Mimi und ihre Kuhaugen denken, sonst würden die Mundwinkel zu zucken beginnen!

»Und danke!« Das war wieder Sturmfelds Stimme. »Sie

sind dann für heute fertig, Fräulein Kühn. Wir melden uns bei Ihnen.«

Alle starrten sie an, als sie zurück im Vorraum war und an der Reihe der Wartenden entlangging.

»Und?«, fragte Mimi neugierig. »Wie war es?«

»Grauenhaft«, erwiderte Luzie spontan. »Heiß und grell. Ich war gar nicht richtig bei mir. Und ich glaub, das mit den Kuhaugen hab ich gründlich verpatzt.«

Die Absage kam eine Woche später. Marie schaute nicht besonders mitleidig drein, als sie sie ihr überbrachte.

»Oskar Glück hat sich sehr für dich eingesetzt«, sagte sie. »Carl Lamac jedoch, der Regisseur, war offenbar von deinen Nahaufnahmen nicht ganz überzeugt. Er wollte lieber eine Darstellerin mit …

»Kuhaugen«, unterbrach sie Luzie.

»Wieso denn Kuhaugen?«, sagte Marie kopfschüttelnd. »Er hat sich für Lucie Englisch entschieden, die schon einige Filmrollen gespielt hat.«

»Aber die ist doch uralt …«

Die Enttäuschung war riesengroß. Gleich würde sie losweinen. Aber erst, wenn sie allein war.

»Nicht immer gleich so maßlos übertreiben, Luzie! Frau Englisch ist höchstens Mitte dreißig, also im allerbesten Schauspielerinnenalter. Und sie besitzt zudem großes komödiantisches Talent. Das hat Glück auch noch gesagt. Das Publikum lacht gern mit ihr. Das ist sehr viel wert.«

Täuschte sie sich – oder war Marie ganz und gar nicht unglücklich darüber, dass nichts aus ihren Filmplänen geworden war?

Sie täuschte sich nicht.

»Ich persönlich war ja von Anfang nicht dafür«, fuhr Marie fort. »Jeder Film, der in Österreich produziert wird, muss seinen Weg in die deutschen Kinos finden, sonst rentiert er sich nämlich nicht. Und zuvor natürlich vor Goebbels' Augen bestehen. Willst du ihn unbedingt auf dich aufmerksam machen? Dann fällt ihm womöglich wieder ein, wie schnöde er bei dir abgeblitzt ist, er ärgert sich und sinnt auf Rache. Diesen Mann zum Feind zu haben, ist gefährlich.«

Sie zögerte kurz, sprach dann aber weiter.

»Deshalb würde ich an deiner Stelle auch Glücks lieb gemeintes Angebot ablehnen, eine der Tänzerinnen für die Revue zu werden, die im Film aufgeführt wird. Natürlich seid ihr viele im Ballett und tragt alle das gleiche Kostüm. Doch nur eine einzige Großaufnahme – und Goebbels hat dich sofort wieder im Visier. Sag Glück ab, aber mach es freundlich. So, wie man es in unseren Kreisen gewohnt ist.«

»Keine Kuhaugen«, murmelte Luzie beim Hinausgehen. »Keinerlei Erfahrung und nicht genug komödiantisches Talent …«

Sie hielt gerade noch durch, während sie durch die Berggasse lief, doch am Vorplatz der Servitenkirche war es mit ihrer Fassung endgültig vorbei. Die Bank unter den Linden, auf der sie schon einige Male gesessen hatte, war ihr heute zu öffentlich. Unter Tränen öffnete Luzie das Kirchenportal und sank heftig weinend auf eine der hinteren Bänke.

»So verzweifelt an einem so schönen Tag?«, hörte sie nach einer Weile jemanden neben sich sagen.

Verheult schaute Luzie auf.

»Sie?«, fragte sie, als sie den jungen Geistlichen aus dem Zug wiedererkannte, der ihr so sympathisch gewesen war. »Was machen Sie denn hier? Ich weiß nur noch, dass Sie Franz heißen.«

»Und Sie sind Luzie aus Berlin, das Lichtmädchen. Kann ich Sie mit irgendetwas trösten?«

»Können Sie nicht«, nuschelte sie. »Niemand kann das!«

»So schlimm?«

Sie nickte, während er ihr ein Taschentuch reichte, mit dem sie sich ausgiebig schnäuzte.

»Heute sehen Sie aber noch seltsamer aus«, sagte Luzie.

Er schaute an sich hinunter und lachte.

»Das glaube ich gern«, sagte er. »Die Kutte ist schon ziemlich alt. Bei den Serviten wird eben nichts verschwendet.«

»Serviten?«, wiederholte sie. »Was ist das?«

»So heißt der Orden, in dessen Kirche wir uns gerade befinden. Wir Brüder kümmern uns um Arme, Kranke und Notleidende. Ja, in meinem Leben hat sich seit unserer letzten Begegnung so einiges verändert. Ich lebe jetzt als Novize hier im angrenzenden Kloster. Und wenn ich mir mit Gott ganz einig geworden bin, dann hoffentlich bis zum Ende meiner Tage.«

Sein Blick war sehr warm, als er sich neben sie setzte.

»Aber jetzt möchte ich wissen, was Sie so traurig macht, Luzie.«

»Der Film will mich nicht, weil ich kein Kuhgesicht habe«, sprudelte sie hervor. »Und ich hab mich doch so bemüht ...«

»Kein Kuhgesicht?« Er lachte wieder. »Nein, das haben Sie wirklich nicht, sondern ein sehr hübsches.«

»Aber genau das braucht man für Großaufnahmen! Und zu wenig komisches Talent soll ich auch haben. Dabei spiele ich die Jessie im Theater an der Wien gut, das sagen alle. Und andere kleinere Rollen auch.«

»Sie haben dort ein Engagement? Aber das ist doch wunderbar! Ihre Eltern müssen sehr stolz auf Sie sein. Oder sind Sie inzwischen verheiratet und haben selbst eine Familie?«

Meine Eltern sind schon lange tot!, damit wäre sie jetzt beinahe herausgeplatzt, aber das durfte sie ja nicht. Und dass sie mit Bela ohne Trauschein zusammenlebte, würde Franz als Mann der Kirche sicherlich brüskieren.

»Verlobt«, kam über ihre Lippen, noch bevor sie nachgedacht hatte. Und ja, so war es ja beinahe.

»Ich gratuliere! Und was machen Sie hier? Wohnen Sie vielleicht hier im Viertel?«

»Gleich gegenüber«, sagte Luzie. »In dem schönen Haus mit dem Kacheldekor. Ich bin schon manches Mal auf der Bank vor der Kirche gesessen. Aber drinnen war ich noch nie.«

»Sie ist der Heiligen Jungfrau Maria geweiht«, erklärte er nicht ohne Stolz. »Niemand nimmt sich mehr unserer Sorgen und Nöte an als sie. Allein schon ihre Nähe kann Trost spenden. Und es wirkt, Luzie. Sehen Sie, Sie weinen ja gar nicht mehr. Besuchen Sie doch unsere Messe, wenn Sie mögen. Das wird Ihr Herz leichter machen.«

»Mal sehen«, murmelte Luzie, die noch nie im Leben in einer katholischen Messe gewesen war, auch wenn sie auf dem Papier nun als Katholikin galt. Aber das ging ihn schließlich nichts an. »Ich muss jetzt wirklich weiter.«

Sie stand auf.

Er tat es ihr nach.

»Der Herr segne und beschütze Sie«, sagte er. »Und wann immer Sie Rat brauchen – die göttliche Jungfrau hat ein offenes Ohr für uns alle. Denken Sie immer daran, liebe Luzie …«

*

Wien, Mai 2018

Schon wieder festgelesen!

Aber dieses Tagebuch war einfach zu spannend. Paulina spähte nach draußen. Inzwischen war es nach elf und natürlich stockdunkel. Sie musste irgendwann zwischendrin das Licht angeschaltet haben, ohne es zu merken. Ihre Lektüre hatte sie lediglich durch zwei Anrufversuche unterbrochen, aber Toni war noch immer unerreichbar. Morgen würde sie bei der Nachbarin im Nebenhaus durchklingeln, vielleicht wusste die ja was. Paulina wollte sich keine Sorgen machen, aber es bedrückte sie trotzdem. Schließlich war Toni ja nicht mehr die Jüngste …

Und jetzt ausgehen?

Sie stand auf und räkelte sich ausgiebig.

Warum eigentlich nicht?

Tanzen wäre wunderbar nach dem langen Herumfläzen.

Ein Klopfen an ihrer Türe, dann schob sich Moritz' blonder Strubbelkopf durch den Spalt.

»Fertig?«, fragte er. »Tamás ist auch schon da.«

»Gebt mir fünf Minuten, okay?«, bat Paulina. »Dann bin ich bei euch.«

Mit den Fingern durch die Haare, roter Lippenstift, das musste sein. Raus aus dem Kimono und wieder rein in die kurze Jeans. Drüber kamen zwei Tops, eines meergrün, das andere blau, fluoreszierend bei UV-Licht. Chucks. Ein paar Scheine in die Hosentasche gestopft, Jeansjacke über die Schulter geworfen – fertig.

»Gehen wir dann?« Lässig lehnte sie an der Küchentür. »Oder müsst ihr Jungs noch *eyeshadow* auflegen?«

Sie gefiel ihnen, *beiden*, das erkannte sie an den Blicken der jungen Männer – und genoss es. Herrlich! Endlich mal kein Beziehungsstress, keine Vorwürfe, keinerlei Rechtfertigungen.

Hinaus in die Nacht.

»Wir nehmen das Auto?«, fragte sie, als sie Sir Anthony vor dem Haus parken sah. »Ob das bei einem Clubbummel so eine gute Idee ist …«

»Ich trink eh nix«, erklärte Tamás, der wieder das Steuer übernommen hatte. »Hat mit einer dämlichen Wette vor drei Jahren angefangen, und seitdem bin ich dabeigeblieben. Lebt sich ganz gut so, klar und nüchtern. Das findet unsere Polizei übrigens auch, die ständig Betrunkene aus dem Straßenverkehr ziehen muss.«

»Nachts ist Wien am allerschönsten: die Lichter, der dunkle Fluss, überall gnädige Schatten, nicht einmal die schiachen Leit sieht man noch zu genau…«

»Erspar uns deine nervigen Reiseleitersprüche, Moritz!«, sagte Tamás. »Ich mach lieber Musik an.«

Er drehte am Radio.

»Klingt gut«, sagte Paulina, die neben ihm saß. »Was ist das?«

»FM4, ein urgeiler Sender, und die Band heißt Wanda, eine fünfköpfige Rockband hier aus der Stadt, benannt nach Wiens einziger Zuhälterin Wanda Kuchwale, auch bekannt als die ›Wilde Wanda‹. In den Sechzigern und Siebzigern war die Dame, die keine sein wollte, im Rotlichtmilieu im Herrenanzug mit Cowboymascherl, Stiefeln und Schlapphut unterwegs und hat ihre Mädchen anschaffen lassen«, ertönte es von der Rückbank. »Als man sie wegen einer Straftat in den Häfn verfrachtet hat, hat sie dort prompt die Vollzugsbeamtinnen verführt.«

»Du kannst nicht anders, oder?«, raunzte Tamás.

»Weißt du doch, mein Lieber«, säuselte Moritz zurück. »Sei froh, dass ich mir jetzt nicht Conchita Wurst und die Wiener Symphoniker gebe. Apropos Conchita: Hast du das gesehen, Paulina?« Er deutete auf die Ampel. »Schwule Ampelmännchen, Hand in Hand. Gibt es auch mit zwei Weibern und natürlich in hetero. So viel Quote muss sein. Das haben wir Conchita zu verdanken. Weil Wien sich anlässlich des Eurovision Song Contests als besonders weltoffen präsentieren wollte.«

»Und es funktioniert«, pflichtete Tamás ihm bei. »Die Leute stutzen und bleiben viel öfter an der Ampel stehen. Wohin? *Grelle Forelle*?«

»Zwei Doofe, ein Gedanke«, sagte Moritz. »Nirgendwo ist es schweißiger.«

Stroboskoblicht, geile Beats, coole Atmosphäre. Der Club war gut besucht. Sehr junges Publikum, wie Paulina beim Hineingehen festgestellt hatte. Inzwischen dachte sie gar nichts mehr, war nur noch Rhythmus, Bewegung, Ekstase.

Wie gut das tat!

Viel zu lange hatte sie ihren Körper nicht mehr so intensiv gespürt. Keiner ihrer beiden Begleiter versuchte, ihr eine Unterhaltung aufzudrängen, was angesichts der Lautstärke auch ziemlich sinnlos gewesen wäre. Moritz tanzte wild, während Támas' Bewegungen etwas Geschmeidiges hatten.

Trotzdem war die ganze Zeit Luzies Geschichte bei ihr.

In ihr.

Seitdem Paulina ihre Kleider anprobiert hatte, die saßen, als seien sie für sie gemacht, fühlte sie sich der Unbekannten aus der Vergangenheit noch näher.

Jetzt Mamasi anrufen und ihr alles erzählen – die würde Augen machen! Aber sie hatte versprochen, sich an die Abmachung zu halten, und das würde sie auch tun.

Irgendwann gossen sie abwechselnd Cola und Wasser in sich hinein, aber der Durst wollte nicht vergehen, auch nicht nach der dritten Flasche. Moritz wechselte über zu Whiskey Sour, doch Paulina war auch heute nicht danach. Inzwischen war es im Club so voll geworden, dass man ständig von allen Seiten angerempelt wurde.

»Zeit zum Abflug«, sagte Moritz und drängte die beiden anderen zum Ausgang. »Wir könnten noch in das alte U4 fahren. Da würdest du wenigstens was von der Stadt sehen, Paulina.«

»Dort kann man es allerdings nur dienstags einigermaßen aushalten«, kam von Tamás. »Schon vergessen?«

»Stimmt«, räumte Moritz ein.

»Wohin jetzt dann?«, fragte Paulina.

»*Flex*«, sagten Moritz und Tamás wie aus einem Mund.

»Ich hab dort erst vor ein paar Wochen eine spannende Fotoreihe geschossen«, setzte Tamás hinzu.

»Dann nichts wie hin!«

Sir Anthony brachte sie bis ans andere Ufer des Donaukanals. Noch immer waren erstaunlich viele Leute unterwegs, was Paulina verblüffte.

»Ich dachte, so ist es nur bei uns in Berlin«, sagte sie, als sie die Treppe zum Kanal hinunterstiegen.

»Ihr seid nicht die einzige Großstadt«, konterte Moritz.

Außen leuchteten grelle Lichter. Drinnen war es noch voller als im Club zuvor. Paulina warf sich entschlossen ins Geschehen und begann zu tanzen. Doch nach einer Weile spürte sie, wie sie immer müder wurde.

Und hungrig war sie inzwischen auch.

»Ich könnte einen halben Bär verspeisen«, schrie sie Moritz zu. »Mindestens.«

»Frag mich mal!«, schrie er zurück. »Aber keine Angst, das Beste kommt noch – ich sage nur: Nudeln des Himmels! Doch dazu müssen wir zurück zum Schwedenplatz.«

Und so standen sie kurz darauf an einem der kleinen Stehtische und aßen Nudeln mit süßsaurem Hühnerfleisch aus einem bunten Pappkarton.

»Hier, bei *Happy Noodles*, landen sie über kurz oder lang alle«, sagte Tamás. »Jedenfalls die mit Geschmack.«

»Hat was«, sagte Paulina versonnen, deren Schälchen schon fast leer war. »Glückliche Nudeln um drei Uhr morgens. Könnte ich mir gut vorstellen, als Idee für ein Projekt zum Thema Glück, denn das wünscht sich doch eigentlich jeder …«

»Und jetzt will ich endlich wissen, was du machst«, verlangte Moritz.

»Träume«, antwortete Paulina. »Damit verdiene ich mein Geld.«

»Träume?«, wiederholte er verdutzt.

»Träume«, bestätigte sie. »Kaufhäuser buchen mich, Veranstalter der verschiedensten Sparten, Messebauer, die etwas auf sich halten und was Besonderes wollen; immer mehr Festivalveranstalter kommen auf mich zu. Neulich hatte ich sogar ein alternatives Circusprojekt. Das hat ganz besonders viel Spaß gemacht. Sie nennen mir ein Motto – SOMMER – KINDHEIT – LIEBE – GLÜCK, um nur einige zu nennen, die ich bereits ausgestaltet habe. Oder eben SPUREN, das wird das nächste sein, an das ich mich wage, sobald ich wieder zurück in Berlin bin. Und ich gehe in mich, denke nach, imaginiere und ersinne danach Räume beziehungsweise erstelle Installationen, die dieses Motto widerspiegeln. Manchmal sind es ganze Schaufenstergeschichten, die ich auf diese Weise erzähle. Aber es können auch nur ein Stuhl und eine Trompete sein – und die Story beginnt.«

»Und wie kommt man dazu?«, fragte Tamás. »Hast du Kunst studiert?«

»Nein, sondern ganz bieder mit einer Lehre als Schauwerbegestalterin beim KaDeWe angefangen. Frühlingsmode, Sommerschlussverkauf, Winterklamotten – öde, öde, öde. Wurde mir alles schnell viel zu langweilig, und das hat mein Chef zum Glück gemerkt. Ich war schon total auf dem Absprung, wie früher in der Schule, da hat er mich angespornt, dabeizubleiben und mehr zu machen. ›Aber nur, wenn Sie Vertrauen haben und mich auch machen lassen‹, habe ich ihm damals gesagt.«

»Und hatte er?«, wollte Moritz wissen.

Paulina lachte.

»Ja, er hatte. Und ganz schön mutig war er auch. Er hat mir und einem anderen Lehrling die Vorweihnachtsdeko anvertraut. Und so haben wir in fünf Schaufenstern statt Nikolaus, bunten Kugeln und Rentieren das Märchen vom Mädchen mit den Streichhölzern erzählt. Ganz ruhig, sehr realistisch, absolut kitschfrei. Mehr *Kinder vom Bahnhof Zoo* als Nostalgie à la Andersen. Es war mein Lieblingsmärchen, immer schon, weil man sich danach freuen konnte, wie warm man es zu Hause hat. Und bei den Kunden war es ein Riesenerfolg. Die Lehre habe ich abgeschlossen. Das war seine Bedingung. Seitdem ist eins zum anderen gekommen. Genau betrachtet, bilde ich mich jeden Tag weiter …«

Sie berührte Támas' Arm.

Er zuckte leicht zusammen, was ihr gefiel. Plötzlich wirkten seine Augen noch dunkler

Er spürte es also auch.

»Fahren wir dann?«, bat sie. »Ich hab jetzt neue Energie getankt und muss einfach weiterlesen!«

Sie hatte es sich gerade bäuchlings im Bett gemütlich gemacht, das Tagebuch vor sich auf dem Kissen, als ein zartes *Bling!* ertönte.

Mamasi, dachte Paulina und griff nach ihrem Smartphone.

> Ich denk an dich, aber du bist gerade so weit weg. Hier in den schwarzen Bergen sieht vieles anders aus. Gib uns nicht auf. Noch nicht. Wär schade drum. Kuss Bruno

7

Wien, Dezember 1937

Es ist kalt geworden in Wien, und damit meine ich nicht nur das Wetter. Der leichtfüßige Sommer ist einem windigen Herbst und schließlich diesem nassen, unfreundlichen Winter gewichen, der viele frösteln lässt.

Aus Berlin erreichen mich lauter beunruhigende Nachrichten. Manni hat sein Engagement verloren, weil das Kabarett, in dem er jahrelang aufgetreten ist, seine Pforten für immer schließen musste. Bye bye Spangenpumps Größe 44, frivole Spitzenwäsche und rosa Glitter! Weil er nach der Volksschule aufgrund elterlichen Drucks eine Fleischerlehre absolvieren musste, haben sie ihn jetzt als Hilfsarbeiter im Schlachthof angestellt. Ich könnte weinen, wenn ich daran denke: mein sensibler Freund inmitten blutiger Schweine- und Rinderhälften!

»Ich leide wie ein Tier«, schreibt er mir. »Bin schon um acht Pfund leichter, weil mir angesichts dieser Umgebung jeglicher Appetit vergeht. Und natürlich haben die Kollegen längst heraus, dass ich keiner von ihnen bin, sondern eben anders. Sie hänseln und demütigen mich. Ich bin ihr Blitzableiter und verantwortlich für jedes Missgeschick, das beim Schlachten passiert. Tag für Tag träume ich mich weg an einen anderen Ort. Aber was soll ich tun, liebste Luzie? Ich muss doch essen, und wohnen muss ich schließlich auch irgendwo. Mit den Liebschaften ist es natürlich ebenfalls vorbei. Wer will schon von einem geküsst werden, der nach Tod stinkt – und das kriegst du nicht mehr weg, so fanatisch du dich auch schrubbst. Vielleicht ist mein unfreiwilliges Asketentum auf der anderen Seite aber gar nicht so schlecht, denn du kannst dir nicht vorstellen, meine Süße, welch Schwulenhetze die SA veranstaltet! Wen immer die brutalen Braunhemden als verdächtig im Visier haben, der wird gejagt und zusammengeschlagen – wenn nicht noch mehr. Einer wie ich ist in Berlin seines Lebens nicht mehr sicher. Doch wo sonst sollte ich hin, kannst du mir das mal verraten? Eine alternde Diva wie mich ohne Kohle, die nicht einmal gescheit Englisch spricht, will doch niemand haben …«

Leider ist Manni nicht meine einzige Sorge.

Auch die Briefe der Großeltern klingen bedrückt. Von offizieller Stelle wurde ihr Telefonanschluss gekappt. Angeblich wegen technischen Versagens, doch sie wie ich kennen sie den wahren Grund: pure Schikane, weil sie Juden sind. Die Menschen suchen mit ihren kranken Tieren nach wie vor Großpapa Jano auf, dem sie seit vielen Jahren vertrauen. Da aber ihre Arztbesuche ohne Telefon nicht mehr so gut koordiniert werden können, kommt es zu langen Wartezeiten, und daran sind sie nicht gewöhnt und meckern. Einige haben sich mit ihren Viecherln vor dem Haus rumgedrückt, weil im kleinen Wartezimmer nicht genügend Platz war. Was zu Beschwerden der Mitmieter geführt hat, gefolgt von einer Rüge des Veterinäramts und einer saftigen Ordnungsstrafe.

»Mach dir keine Sorgen, liebste Luzie«, schreibt er in seiner schwungvollen Arztschrift, mit der er schon früher meine schlechten Noten unterzeichnet hat. »Deine Großmutter und ich versuchen trotzdem, den Kopf oben zu halten. Binnen Kurzem machen sie uns ohnehin in der Praxis das Licht ganz aus. Nicht nur alle nicht arischen Mediziner verlieren die Approbation; auch uns Veterinären geht es an den Kragen: *untragbar für den arischen Volkskörper*. Das muss man sich erst einmal in aller Ruhe auf der Zunge zergehen lassen ...

Das Blöde daran: Ich darf meine Praxis mitsamt dem beachtlichen Patientenstamm, der über Jahrzehnte gediehen ist, nicht mehr an den Höchstbietenden verkaufen, sondern muss nun abwarten, bis mir irgend so ein ›reinrassiger‹ Arier ein Angebot macht. Und wie das ausfallen wird, können wir uns schon jetzt lebhaft vorstellen ...«

Keine Sorgen – von wegen!

Sogar unendliche Sorgen mache ich mir um diese beiden Schätze, die im ganzen Leben niemandem auch nur das Geringste angetan haben. Ich sollte bei ihnen sein, für sie sorgen, ihnen Mut machen und sie beschützen – und vermag doch nichts davon.

Mein Schlaf ist so flüchtig geworden, dass Bela mich schon zum Arzt schicken wollte, und alle Kostüme sind auf einmal zu weit, weil mir ebenfalls immer mehr die Lust am Essen vergeht. Doch auch mein Liebster hat Sorgen, und ich kann ihn nur trösten, ihm aber leider nicht helfen. Über Jahre war Bela ein Star der leichten Muse: Angesagte Komponisten rissen sich um seine Texte, Plattenproduzenten standen Schlange bei ihm. Nun aber weht ihm mit einem Mal ein kalter Wind entgegen, denn das Hakenkreuz wirft seinen hässlichen Schatten bis nach Österreich. Wer nicht in der Reichskulturkammer ist, darf nichts in Deutschland veröffentlichen – und natürlich sind Juden von dieser Mitgliedschaft ausgeschlossen. Was konkret bedeutet, dass seine Lieder und unzähligen Schlager nicht mehr im Deutschen Reich gespielt werden dürfen. Die Tantiemen brechen ein, und obwohl Bela einiges zur Seite gelegt hat, wie er mir erzählt, spürt auch er auf einmal den finanziellen Druck. Unauffällig steuere ich schon seit einer Weile für das tägliche Leben aus dem Vorrat zu, den ich vom Großpapa habe. Doch die Vorstellung, dass meine eiserne Reserve immer mehr schrumpft, macht mir zu schaffen.

Was, wenn echte Notzeiten anbrechen? Werde ich dann ohne einen Heller dastehen?

Einer Bank mag ich mein Geld nicht anvertrauen, obwohl Leo mir angeboten hat, es bei seiner Hausbank sicher für mich anzulegen. Ich will es bei mir haben, jederzeit greifbar, und so verwahre ich es in einem Lederbeutelchen, versteckt unter meinen Strümpfen.

Das Auto hat Bela bereits verkauft. In Wien geht es auch sehr gut ohne. Die alte Familienwohnung im 2. Bezirk, in der auch sein schöner Flügel steht, behält er weiterhin. Er sagt, er brauche sie zum Komponieren und Musizieren, aber vielleicht braucht er sie ja auch, um – trotz aller Verliebtheit – seine Ruhe von mir zu haben, das denke ich manchmal. Bei jeder Ausgabe, die auf uns zukommt, spüre ich nun sein Zaudern. Es macht Bela zu schaffen, dass er nicht mehr wie bisher unbekümmert aus dem Vollen schöpfen kann. Ich versuche ihn zu beruhigen und ihm Mut zu machen, aber es gelingt mir nur bedingt. Zu schwarz ist der Vogel Melancholie, der nun immer öfter um ihn kreist; zu düster sieht Bela die Zukunft. Manchmal fühle ich mich selbst so niedergeschlagen, dass ich Mühe habe, meine heiteren Theaterrollen weiterhin überzeugend zu spielen.

Hinzu kommt, dass Wagners frühere Vernarrtheit in mich mittlerweile in offene Feindseligkeit umgeschlagen ist. Er hasst mich, weil ich ihn nicht erhört habe und mich stattdessen an einen Juden verschwende, mit dem ich »Rassenschande treibe«, wie er sich ausdrückt. Wann immer er mir schaden kann, ist er dabei. Requisiten, die ich anfasse, zerbrechen; Gegenstände fallen scheinbar wie von selbst herunter, sobald ich die Bühne betrete. Vor ein paar Tagen hätte mich beinahe ein großer Wäschekorb am Kopf getroffen, der zu unserer Aufführung der Oper »Madame Sans-Gêne«, gehört, der Geschichte einer tapferen Wäscherin, die es unter Napoleon bis zur Adeligen bringt. Ich singe darin den Part der Prinzessin Elisa, einer der Schwestern des kleinen Korsen. Eine hübsche, allerdings recht kleine Rolle, die ich liebe, wenngleich ich mich anstrengen muss, die hohen Töne zu halten, die sie von mir erfordert.

Mein Kostüm ist leuchtend blau und steht mir ganz wunderbar. Es musste allerdings ein zweites Mal angefertigt werden, denn das erste war leider mit einem Mal auf mysteriöse Weise verschwunden, um dann fleckig und eingerissen in irgendeinem Winkel wieder aufzutauchen.

Als ob ich so schlampig wäre!

Genauso soll es aber aussehen. Natürlich steckt Wagner dahinter, ich bin mir ganz sicher. Will gar nicht wissen, was der Widerling damit angestellt hat ...

Hinter der Bühne hat er mich erst neulich gepackt und mit dem Rücken hart gegen die Kulissen gedrückt. Wie in einem Schraubstock hat es sich angefühlt.

»Die Zeiten ändern sich, das wirst du sehen, Luzie Kühn, und sie ändern sich radikal.« Seine dicke Zunge war ganz nah vor meinem Gesicht. »Dann ist endgültig Schluss mit eurem jüdischen Lustig-Lustig. Und ich werde dir zeigen, wer hier das Sagen hat!«

Ich spüre seine Spucke auf meiner Wange. Da überwältigt mich der Ekel. Ich hole aus und jage ihm mein Knie in den Schritt. Er lässt mich brüllend los. Das war nicht besonders schlau und ziemlich gefährlich dazu, wie ich inzwischen weiß. Denn nun kennt sein Hass auf mich keine Grenzen mehr.

Offiziell sind die Nazis in Österreich noch immer verboten, doch sie halten überall ihre Versammlungen ab und geben sich nicht einmal mehr besondere Mühe, das im Geheimen zu tun.

Und was macht die Regierung?

Schaut einfach zu!

Das illegale Hauptquartier der österreichischen NSDAP befindet sich in der Teinfaltstraße im 1. Bezirk, das weiß ich von Leo. Unweit von Kanzleramt und Burgtheater. Von dort gehen alle Aktionen aus, dort laufen alle Fäden zusammen. Überall in Wien liegt seit einigen Wochen ihr Propagandamaterial mehr oder weniger offen herum. Ich kann die hohlen Sätze nicht lesen, ohne dass mir speiübel wird. Geld und personelle Unterstützung aus Deutschland erhalten sie reichlich. Denn jenseits der Grenze scheint Hitler sich sicherer zu fühlen denn je. Italien ist dem Antikominternpakt beigetreten, den Deutschland und Japan geschlossen haben. Vor einem Monat hat der Führer in Berlin den englischen Außenminister Halifax empfangen, und die Presse sprach von »freundlichen Verhandlungen«.

Immer mehr Stimmen werden laut, dass Deutschland früher oder später Österreich überfallen und sich einverleiben wird.

Aber das kann, das **darf** einfach nicht geschehen!

In meiner inneren Not bin ich in die Kirche zur Heiligen Jungfrau geschlichen. Wenn wahr ist, was Bruder Franz behauptet, und sie sich den Sorgen aller Menschen annimmt, erhört sie vielleicht ja auch mein inbrünstiges Flehen …

*

Wien, Weihnachten 1937

Ein mehr als gedämpfter Heiliger Abend bei den Matuseks, den nicht einmal der festliche Baum und die liebevoll verpackten Geschenke retten können. Zu Hause bei den Großeltern haben wir immer Chanukka gefeiert; am christlichen Weihnachtsfest gab es in meiner Kindheit nur ein paar Kleinigkeiten, damit ich die anderen Mitschülerinnen nicht beneiden musste.

Jarmila hat für uns den traditionellen Karpfen im Wurzelsud vorbereitet, weil sie an den Feiertagen beim alten Geheimrat kocht. So muss Marie das Gericht nur noch wieder warm machen und anschließend das Äpfel-Birnen-Kompott mit Schlagobers auf den Tisch bringen.

Unsere Gespräche sind zäh und kommen zwischendurch immer wieder zum Erliegen. Zu viel Ungesagtes steht zwischen uns im Raum. Ich nehme Marie übel, dass sie beinahe froh über mein Versagen bei den Probeaufnahmen ist. Sie kommt nicht hinweg über meine Liebe zu Bela, von dem ich nicht lassen will. Leo versucht zuerst noch, zwischen uns zu vermitteln; schließlich zieht er sich mit einer Pfeife in seinen Lieblingssessel zurück.

Sie haben mir einen prächtigen dunkelroten Wintermantel mit Biberkragen und kleinen Fellstulpen geschenkt. Dagegen sehen meine Bücher- und Schallplattenpräsente ziemlich mickrig aus. Zum Glück habe ich für Peter eine Armbanduhr besorgt, über die er sich riesig freut, aber ich bin doch unendlich erleichtert, als wir Erwachsenen Peters zittriges Blockflötensolo überstanden haben, alle Weihnachtslieder gesungen sind und die Bescherung endlich beendet ist.

»Und du kommst wirklich nicht mit zur Christmette?«, lautet Maries Frage, da bin ich schon an der Tür. »Die Servitenbrüder schmücken die Kirche jedes Jahr an Weihnachten so schön! Würde dir gut anstehen und so manchen hier im Viertel möglicherweise zum Schweigen bringen ...«

»Nächstes Jahr vielleicht«, sage ich, packe meinen neuen Mantel und laufe los.

Es schneit in dichten, dünnen Flocken, die nicht auf dem Boden liegen bleiben. Kein pudriges Weiß, keine Spur von romantischer Weihnachtsstimmung; Wiens Straßen bleiben dunkel und nass. Die Glocken der Servitenkirche läuten so durchdringend, als wollten sie mich zu sich rufen, doch ich will nur noch nach Hause, endlich bei Bela sein.

Er ist nicht da, als ich aufschließe. Die Wohnung empfängt mich dunkel und kühl. Ich lege tüchtig Kohlen nach, ziehe mein steifes graues Kleid aus, sobald es wärmer geworden ist, und hülle mich in den weichen blauen Kimono mit den japanischen Blüten, den er mir Anfang Dezember zum Geburtstag geschenkt hat.

Vierundzwanzig Jahre.

Das Verfallsdatum für Tingeltangelmädchen läuft rasend schnell ab …

Veras rauchiger Alt, den ich schon so lange nicht mehr gehört habe, dröhnt plötzlich in meinen Ohren, und etwas Eisiges kriecht mir über den Rücken, gegen das auch der wärmste Ofen und der samtigste Rotwein machtlos sind.

Ich bin kein Mitglied des Ensembles geworden, wie ich es mir erhofft hatte, sondern erhalte für jede Produktion einen neuen, leider immer schlechter bezahlten Vertrag. Denn meine Rollen schrumpfen, auch das ist nicht zu übersehen. Ohne Bela wäre ich wohl aufgeschmissen und müsste zurück zu den Matuseks, worauf sie wahrscheinlich insgeheim sogar hoffen. Es liegt nicht an meinem Talent. Arthur Hellmer schätzt mich nach wie vor, das hat er mir versichert, doch seine eigenen Probleme werden von Monat zu Monat größer.

Nimmt er noch die richtigen Stücke ins Programm? Kann er weiterhin jüdische Schauspieler und Musiker engagieren, die aus Deutschland geflohen sind? Gewinnt er auf Dauer den Kampf um die Gunst der Zuschauer? Und wie lange wird er, der Wiener Jude, sich überhaupt noch in dieser Stadt halten können, in der der Antisemitismus buchstäblich aus jeder Ritze zu kriechen scheint?

Als es läutet, springe ich auf und eile zur Tür.

Mein Liebster wird wieder den Schlüssel vergessen haben, wie es ihm in letzter Zeit schon so manches Mal passiert ist.

Doch nicht Bela steht vor mir, als ich öffne, sondern Richard.

Vollkommen verdutzt lasse ich ihn herein.

Er scheint nicht sonderlich überrascht, dass ich allein bin, will seinen Mantel nicht an der Garderobe aufhängen, sondern wirft ihn achtlos über einen Stuhl. Eine dunkle Locke fällt ihm in die Stirn; den Besuch beim Friseur scheint er schon länger aufgeschoben zu haben. Das Glas Rotwein, das ich ihm anbiete, nimmt er an, nippt aber nur daran.

Wie er mich ansieht – durchdringend. Beinahe brennend. Plötzlich fühle mich fast nackt in meinem dünnen Seidenkimono.

»Ich hab da was für dich.« In der Schneekugel, die plötzlich auf dem Tisch steht, tanzt eine zierliche Ballerina ganz in Rosa. »Ich dachte, dein Riesenrad braucht vielleicht ein wenig weibliche Unterstützung.«

Ich bedanke mich, schüttele die Kugel, lasse es tüchtig schneien.

»Sind übrigens nette Leute, diese Perzys«, sagt er unvermittelt. »Und sogar um ein paar Ecken mit mir verwandt. Ihre Schneekugelmanufaktur in der Schumanngasse hat Tradition. Wenn du magst, nehme ich dich dort gern einmal mit hin. Dann kannst du mit eigenen Augen sehen, wie diese hübschen Dinge entstehen.«

Ich nicke, eher höflich als wirklich interessiert.

»Riesenrad fahren im Winter würde ich noch lieber«, antworte ich. »Im großen Prater-Riesenrad. Und mit echtem Schnee. Wien von oben und ganz in Weiß – das stelle ich mir fantastisch vor.«

»Auf was für verrückte Ideen du nur immer kommst!«

Wenn er so lächelt wie jetzt, sieht er aus wie ein verschmitzter Lausbub.

»Es ist doch nichts mit Bela?«, frage ich, weil plötzlich Angst in mir hochkriecht. »Weil du gar so plötzlich hier auftauchst. Das würdest du mir doch sagen, oder?«

»Nein«, erwidert er langsam, während er aufsteht und seinen Mantel wieder anzieht, ihn aber nicht zuknöpft. »Mit Bela ist nichts.«

Ein Aber steht so laut im Raum, dass ich es aussprechen muss.

»Aber …«

Er zieht mich ganz nah zu sich heran. Richard ist ein paar Zentimeter kleiner und um einiges schlanker als Bela. Ich spüre seinen muskulösen, straffen Männerkörper, und es fühlt sich großartig an.

»Weißt du das nicht, Luzie?«

Seine Lippen sind plötzlich an meinem Hals, und ich kann kaum noch atmen. Etwas Seltsames geschieht, als wir uns berühren, eine Art alchimische Hochzeit, gegen die ich machtlos bin. Mein Körper wird so willenlos und weich, als hätte ich keine Knochen mehr. Wahrscheinlich werde ich gleich ohnmächtig und krache auf den Boden, aber das kann ich ja nicht, weil Richard mich so fest umschlungen hält.

»Doch, du weißt es«, murmelt er.

Wie heiß er ist!

Ich schmelze und fließe, unfähig zu reden. Nur einen winzigen Ton bringe ich hervor, fast ein tierisches Fiepen, und ich schäme mich dafür.

Nur nicht loslassen, denke ich fieberhaft, bitte, nie wieder loslassen …

Das Geräusch eines Schlüssels, der sich im Schloss dreht, dann steht Bela im Flur. Der weite braune Mantel und die dicke Fellmütze machen ihn noch wuchtiger. Wie ein nasser Bär kommt er mir vor, ein nasser Bär mit glasigen Augen.

Hat er getrunken?

Für einen Moment habe ich fast Angst vor ihm.

Richard und ich haben uns abrupt voneinander gelöst, gerade noch rechtzeitig, wie ich nur hoffen kann, aber wie wird es für Bela aussehen?

Ich im Kimono, die Haare zerzaust, Richard fiebrig, die Wangen gerötet …

»Auf den Friedhöfen war ich – Bruder. Wie jedes Jahr an diesem Tag. Erst auf dem jüdischen Friedhof in der Rossau, wo mein Vater liegt, danach auf dem Zentralfriedhof, wo meine Mutter unter einem Kreuz ihre letzte Ruhe finden musste. Sogar nach ihrem Tod hat dein Vater, ihr genialer Gatte Nummer zwei, alles getan, um jede jüdische Spur zu verwischen.«

Er zieht sich die Mütze vom Kopf.

»Ein durchaus vorausschauender Mann, wirst du jetzt vielleicht sagen. Denn die Zeiten für Juden sind denkbar schlecht. Du bleibst noch auf ein Glas, Richard?«

»Danke, nein. Ich wollte ohnehin gerade gehen. Hatte Luzie nur etwas vorbeigebracht.«

Ein kurzer Blick in meine Richtung, ein letztes kleines Winken, dann sind wir beide allein.

Der Rest des Abends verläuft mühsam und ungewohnt einsilbig. Bela leert die ganze Flasche und macht sogar noch eine zweite auf. Ich spiele nur mit meinem Glas, bin unglücklich und verwirrt.

Was war das eben mit Richard und mir? Wie konnte ich mich so gehen lassen?

Ich liebe doch Bela, Bela, nur Bela!

»Mein ganzes Leben war ich stolz darauf, Jude zu sein«, sagt er irgendwann. »Jetzt fange ich langsam an, meine Herkunft zu bereuen.«

»Aber das darfst du nicht«, widerspreche ich heftig und denke dabei an meine Großeltern und meine Mutter. »So viele Juden sind doch wunderbare Menschen ...«

»Und weshalb heiratest du mich nicht, Herzallerliebste? Soll ich dich noch einmal bitten, meine Frau zu werden – auf Knien vielleicht, damit du auch wirklich Ja sagst?«

Ich kann nicht, denke ich verzweifelt. Nicht, ohne dir mein Geheimnis anzuvertrauen. Aber das darf ich nicht. Ich habe es Marie schwören müssen.

»Wir haben doch noch so viel Zeit«, weiche ich stattdessen aus, setze ein gequältes Lächeln auf und schäme mich im gleichen Moment für meine abgrundtiefe Feigheit.

Belas Blick ist voller Zweifel.

»Zeit?«, wiederholt er langsam, als sei ihm das Wort vollkommen fremd. »Du vielleicht, Luzie. Meine läuft definitiv ab.«

*

Wien, Januar 1938

Seit jenem Weihnachtsabend knirschte es zwischen ihnen, obwohl Luzie wie auch Bela versuchten, es sich nicht anmerken zu lassen. Er verhielt sich ihr gegenüber liebevoll wie immer, war vielleicht sogar noch eine Spur aufmerksamer; sie versuchte, ihm jeden Wunsch von den Augen abzulesen. Doch in ihr einst so unbeschwertes Zusammensein hatte sich etwas Fremdes eingeschlichen, das nicht mehr weichen wollte.

Und er trank um einiges mehr, als ihm guttat, wurde weinerlich danach, manchmal auch ungewohnt laut.

An Silvester dann eskalierte die Situation. Bela hatte auf einer Einladung bei ihnen in der Servitengasse bestanden, die Luzie im Vorfeld in größte Aufregung versetzt hatte, weil sie in der Küche eine Niete war. Dank Jarmilas tatkräftiger Unterstützung standen schließlich doch einige kalte Platten bereit, die sehr ansehnlich geworden waren; nach dem Donauwalzer um Mitternacht sollte dann die kräftige Gulaschsuppe serviert werden, die in der Küche wartete.

Von dem Dutzend eingeladener Gäste erschienen allerdings nur vier: Oskar Glück mit einer aufgedonnerten Blondine, die kaum etwas sagte, sowie Liesl Hüllner, eine junge Kollegin von Luzie, mit der sie sich ein wenig angefreundet hatte. Sie stammte aus dem Burgenland und hatte ihren Freund Rudi mitgebracht, einen echten Wiener. Bela schaffte es gerade noch, halbwegs Haltung zu bewahren, bis man auf das neue Jahr anstieß. Die Mitternachtssuppe mochte keiner mehr probieren, so schnell waren die Gäste wieder verschwunden.

»Sie meiden mich«, sagte er niedergeschlagen. »Von all den alten Freunden und Wegbegleitern ist bis auf Oskar niemand gekommen. Sogar deine Familie führt sich auf, als sei ich auf einmal ein Aussätziger. Leo habe ich schon seit Wochen nicht mehr gesprochen. Dabei haben wir früher regelmäßig zusammen Schach gespielt.«

»Das bildest du dir nur ein«, versuchte Luzie ihn zu trösten, doch innerlich wusste sie, dass er recht hatte.

»Lüg mich nicht an!« Bela war heftig geworden. »Wahrscheinlich planst auch du heimlich bereits den Abflug. Streust mir mit deinem freundlichen Gesäusel Sand in die Augen, dabei spüre ich doch, dass du mit deinen Gefühlen längst woanders bist. Was hast du vor, Luzie? Ein neues Leben an der Seite meines Stiefbruders, ohne jeglichen jüdischen Hautgout? Das werde ich nicht zulassen – niemals!«

Er packte ihre Arme und hielt sie fest.

Für einen fürchterlichen Augenblick musste sie daran denken, wie Wagner sie rücksichtslos hinter der Bühne gegen die Kulissen gedrängt hatte.

»Du bist ja verrückt!« Vergeblich versuchte sie, sich frei zu machen. »In Frieden hier mit dir leben, das will ich. Den ganzen Abend habe ich die Gäste charmiert, damit sie nicht noch früher gehen. Ich mag es nicht, wenn du so viel trinkst, das weißt du ganz genau, denn es ist deiner nicht würdig. Und jetzt lass mich gefälligst los!«

Er drängte sie weiter grob ins Zimmer, als habe er sie nicht gehört.

»Mit mir leben?«, schnaubte er. »Als Bruder und Schwester vielleicht? Ich merke doch, wie du dich mir immer mehr entziehst! Sogar im Bett bist du inzwischen ganz kalt.«

»Natürlich nicht«, versicherte Luzie und versuchte krampfhaft, jeden Gedanken an Richard aus ihrem Kopf zu verdrängen. »Und ich bin überhaupt nicht kalt. Was faselst du denn da?«

»Nein? Dann beweis mir, dass du mich noch immer begehrst – und zwar jetzt!«

Wie von Sinnen zerrte er an ihrem Kleid. Die ersten Knöpfe sprangen ab, sie spürte, wie die zarte Seide riss.

Jetzt bekam Luzie Angst.

»Hör auf!«, schrie sie. »Ich will dich ja – aber doch nicht so …«

Bela ließ so abrupt von ihr ab, dass sie taumelte und rücklings auf das Sofa fiel. Erst waren seine schweren Schritte noch im Flur zu hören. Dann fiel die Tür schwer ins Schloss.

Stille.

Bela kehrte erst gute vierundzwanzig Stunden später in die Wohnung zurück. Er schlüpfte nackt zu ihr ins Bett und übersäte sie von oben bis unten mit zärtlichen Küssen. Schlaftrunken nahm sie ihn in sich auf, glücklich, dass der hässliche Zwist vorüber war.

Die Schachtel mit dem unbenützten Pessar fiel ihr erst am anderen Morgen auf.

Holy shit – das hatte Arthur aus Fräulein Gräulichs Pension immer gesagt, wenn etwas ganz furchtbar schiefgelaufen war.

Wie es ihm in Manchester wohl ergehen mochte?

Gut drei Wochen später, am 25. Januar, erlebte Wien ein außerordentliches Naturspektakel. Zwischen zwanzig Uhr und Mitternacht flammte Nordlicht auf und erhellte das ganze Firmament mit roten, gelben und grünen Bändern. Die Feuerwehr, von erschrockenen Bürgern gerufen, fuhr zahlreiche Einsätze, aber zu löschen fand sie nichts.

In alten Zeiten habe das Nordlicht als Ankündigung großen Unheils gegolten, unkten manche.

Aber wer gab denn heute noch etwas auf solchen Aberglauben?

Allerdings vermeinten wieder andere, in Wien zum gleichen Zeitpunkt den Pestvogel gesehen zu haben, einen Albino-Sperling mit fahlen Tupfen und Flecken im Gefieder, dessen Anblick eine furchtbare Seuche verheiße.

Ein paar Stunden zuvor war im Theater in der Josefstadt eine Matinee unter dem Motto »Österreich im Gedicht« gezeigt worden. Schauspieler trugen Gedichte von Nikolaus Lenau, Rainer Maria Rilke, Hugo von Hofmannsthal, Hermann Broch, Franz Werfel, Stefan Zweig und Franz Grillparzer vor – und das Publikum schäumte vor Begeisterung. Auch Bundeskanzler Kurt Schuschnigg war anwesend und applaudierte nach Grillparzers Versen »Sie sollen ihn nicht haben, den grünen Donaustrand« stehend in seiner Loge.

Alle glaubten plötzlich wieder an Österreich.

Auch Bela, der zu seiner Überraschung ebenfalls unter den geladenen Gästen gewesen war, schöpfte plötzlich neuen Mut.

»Schuschnigg will nun offenbar mit aller Entschiedenheit gegen die Nazis vorgehen«, erzählte er Luzie. »Spät zwar, aber hoffentlich nicht zu spät. ›Ein völliger Abgrund trennt Österreich vom Nazismus‹, hat er in einer englischen Zeitung erklärt. ›Wir schätzen keine Willkürmacht.‹«

Er nahm sie zärtlich in den Arm.

»Vielleicht haben wir ja doch eine Zukunft, mein Engel«, sagte er leise. »Ich wünsche es mir so sehr.«

Wenig später fand im »braunen Haus« in der Teinfaltstraße eine Razzia statt. Die Polizei beschlagnahmte einen geheimen Aktionsplan für das Jahr 1938: Ab April sollten die Nazis alle Verbote der Regierung ignorieren, das Hakenkreuz offen am Revers tragen, den Hitlergruß zeigen, überall Hakenkreuzfahnen aufziehen. Genügend Beamte der österreichischen Polizei seien insgeheim Mitglieder der SS, auf deren Unterstützung man bauen könne. Provokationen sollten so weit getrieben werden, dass Schuschnigg entweder zurücktreten müsse oder das Bundesheer einsetze, was Hitler den Vorwand zum Einmarsch gäbe. Der Aktionsplan war abgezeichnet mit den Initialen »R. H.«, was nur Rudolf Heß bedeuten konnte. Die österreichische Regierung spielte die Gefahr herunter, bemüht, jeglichen Bezug auf Deutschland zu vermeiden. Das Haus wurde geschlossen, der Plan von den Nazis flugs in »Tavs-Plan« unbenannt, nach dem nationalsozialistischen Anwalt Dr. Leopold Tavs, der eine Anklage befürchtete und im Vorfeld seinen Kollegen Leo Matusek um Rechtsbeistand ersuchte.

Leo lehnte ab.

Die Anklage gegen Rechtsanwalt Tavs wurde niemals erhoben.

Luzie weinte, als Leo ihr davon berichtete.

*

Wien, Februar 1938

Alles ist anders geworden in Wien. Plötzlich hängen Hakenkreuzfahnen von den Gebäuden, man sieht immer öfter den »deutschen Gruß« auf der Straße, und an so manchem Revers wird stolz das Hakenkreuz getragen. Hans Wagner ist natürlich einer der Ersten. Aufgeplustert rennt er durch das Theater und gibt schroffe Anweisungen.

Man weiß nichts Genaues, und die, die es wissen könnten, verraten nichts, was alles nur noch schlimmer macht. Aber es müssen sich schreckliche Szenen abgespielt haben, als der Führer am 12. des Monats Bundeskanzler Schuschnigg auf den Berghof nach Berchtesgaden zitiert hat. Halb verdurstet soll er dort sein, wurde daran gehindert, zur Zigarette zu greifen, um ihn, den starken Raucher, mürbe zu machen, schließlich erniedrigt und bedroht. Hitler verlangte bedingungslose Unterwerfung und drohte anderenfalls mit Einmarsch der Wehrmacht in Österreich und mit Blutvergießen.

Bela und ich sind seitdem wie gelähmt.

Er kann nicht mehr arbeiten, und auch mir fällt der Auftritt im Theater von Tag zu Tag schwerer.

»Du musst Österreich verlassen«, beschwört Richard seinen Bruder. »Pack deine sieben Sachen, und setz dich nach Prag ab – oder besser noch nach Paris. Die Hunnen kommen, so viel ist gewiss. Und dann geht es dir an den Kragen.«

»Prag. Paris. Und was soll ich dort? Vielleicht schwungvolle Songtexte auf Tschechisch oder Französisch verfassen, die mir natürlich prompt aus den Händen gerissen werden?«

»Du bist doch im tschechischen Teil des ehemaligen Habsburgerreichs geboren«, kontert Richard. »Außerdem kann man Texte übersetzen …«

»Ich war gerade mal fünf, als wir von zu Hause fort sind, und hab inzwischen fast alles vergessen. Ich kann nur auf Deutsch reimen. Das ist meine Muttersprache – auch wenn dieses braune Pack es anders sieht.«

»Dann arbeite als Musiker, Bela! Jemand, der so gut Klavier spielt wie du, findet immer sein Auskommen. Oder du verdienst deine Brötchen eben mit der Juristerei. Und ja, ich weiß, das Recht ist überall verschieden, dann musst du eben nachsitzen, bis du vor Ort genügend weißt. Aber geh! Ich bitte dich inständig darum!«

»Ich soll das Feld räumen, damit du freie Bahn bei Luzie hast? So hattest du dir das also vorgestellt. Aber so leicht werdet ihr mich nicht los«, poltert Bela.

Meine Wangen brennen, als ich das höre, denn ich bin eine heimliche Lauscherin. Sie reden so laut, dass ich im Badezimmer jedes Wort verstehe, in das ich schnell beim Heimkommen geschlüpft bin, als ich sie schon im Flur streiten hörte.

»Das will doch niemand …«

»Und ich glaube dir nicht, hörst du! Außerdem könnte für dich der Boden in Wien auch ziemlich heiß werden, wenn die Nazis einfallen, und das, obwohl du kein Jude bist. Die Braunen halten so gar nichts davon, wenn man sie auf »jüdisch versifften« Kleinkunstbrettern, wie sie es nennen, allabendlich durch den Kakao zieht, so wie ihr es im Simpl veranstaltet – und ihre Spitzel sitzen überall. In Berlin kennt man euch, davon kannst du ausgehen.«

»Das weiß ich doch.« Richard klingt bedrückt. »Aber Grünbaum und Farkas stehen als geniales Duo noch mehr in der Schusslinie als ich. Ich habe die beiden mit Händen und Füßen beschworen zu gehen.«

»Und? Gehen sie?«

»Natürlich nicht. Sie sind genauso sture Esel wie du. Mindestens.«

Es bleibt eine Weile ruhig.

»Hör zu«, fängt Richard wieder an. »Falls es um Geld für die Emigration geht: Ich kann dir nicht viel anbieten, aber etwas habe ich natürlich beiseite …«

»Behalt dein Geld. Ich brauche keine Almosen. Noch nicht.«

»Zum Teufel noch mal: Sei doch nicht so verdammt dickköpfig, Bela. Das ist ja nicht zum Aushalten!«

»Und du nicht so verdammt mildtätig. Das ist noch unerträglicher!«

Sie senken ihre Stimmen, reden leiser weiter, sodass ich nichts mehr verstehen kann. Ich nutze die Gelegenheit, um auf Zehenspitzen zur Wohnungstür zu schleichen und leise hinauszuschlüpfen, um dann umso geräuschvoller wieder hereinzukommen.

»Hallo! Besuch?«, sage ich betont munter. »Servus, Richard. Bleibst du zum Essen?«

Die beiden starren mich an, als sei ich vom Mars.

»Nein, nein«, antwortet er rasch. »Natürlich nicht. Ich wollte nur mit Bela … aber das hat heute wohl nur wenig Sinn. Ich komme wieder, Bruderherz, versprochen! So lange, bis du endlich Vernunft annimmst.«

Richard drängt sich an mir vorbei.

Ganz kurz spüre ich seine Wärme, rieche den leichten Duft nach grünen Gräsern, den er stets verströmt, und wieder werden meine Knie butterweich.

»Und du?«, sagt er zu mir. »Wolltest du nicht einmal Wien in Weiß vom Riesenrad aus bewundern? Jetzt wäre Gelegenheit dazu. So viel Schnee lag schon lange nicht mehr in der Stadt. Wer weiß, wie lange noch?«

Komm mit mir, glaube ich hinter diesen Worten zu hören. Lass uns ungestört zusammen sein – wenigstens dieses eine Mal!

Die Versuchung ist fast übermächtig, aber ich kann nicht.

Ich darf nicht!

»War nur so eine Schnapsidee«, sage ich schnell, weil Belas Miene sich erneut verdüstert hat. »Wahrscheinlich friert man sich in den Gondeln eh alles ab.«

»Man könnte ebenso gut hinauf auf den Steffel steigen«, sagt Bela rau. »Wenn man schon unbedingt eine Stadt braucht, die einem zu Füßen liegt. Von da oben sind wenigstens auch die Fahnen mit dem Hakenkreuz winzig klein.«

Richard geht – und ich muss den ganzen Abend an ihn denken. Und die Nacht darauf ebenso.

Am nächsten Morgen geistert er mir noch immer im Kopf herum. Mir ist ein wenig blümerant, was ich so gar nicht kenne und auf die Käsekrainer schiebe, die ich gestern Abend nach dem Theater ausgehungert an einem Würstelstand verschlungen habe.

Zu fett?

Zu spät?

Wahrscheinlich beides zusammen.

Jetzt kommt mir plötzlich sogar die Wiener Melange wieder hoch, die ich immer zum Frühstück trinke, und auch das frische Buttersemmerl schmeckt auf einmal wie Staub. In meinen Därmen gluckst es seltsam.

Ich werd mir doch nichts eingefangen haben?

Zum Glück muss ich heute erst abends im Theater sein. Bela verlässt die Wohnung schon sehr früh, um Besorgungen zu machen, wie er sagt, also kann ich in Ruhe herumfläzen.

Ich schalte den Plattenspieler an und wieder aus, blättere in Modejournalen, die mich schnell langweilen.

Irgendwann nehme ich den lange vernachlässigten Shakespeareband zur Hand und muss dabei natürlich sofort wieder an Manni denken. Ich schlage die Seiten um bis zur Mitte und lande bei *Othello* – als mir etwas Ätzendes aus dem Magen hochschießt.

Ich renne ins Bad, schaffe es gerade noch bis zur Toilettenschüssel und erbreche mich.

Nachdem mein Magen sich vollkommen entleert hat, bleibe ich noch eine Weile erschöpft auf dem kalten Boden sitzen. Dann beginne ich zu rechnen.

Kalter Schweiß steht auf meiner Stirn.

Holy shit – das darf doch nicht wahr sein!

Aber so oft ich auch nachzähle, ich komme zu keinem anderen Ergebnis.

Ich bin schwanger. Ausgerechnet jetzt.

Und was nun?

Ich sag es vorerst niemandem, nicht einmal Bela. In den letzten Wochen bin ich eh so dünn geworden, dass ein paar Pfund mehr so schnell kaum auffallen werden.

Natürlich will ich das Kind behalten, keine Frage.

In Wien eine Engelmacherin aufzutreiben, dürfte zwar so schwierig nicht sein. Aber ich habe in Berlin bei einer von Mannis Kolleginnen hautnah miterleben müssen, welch schreckliche Folgen so ein illegaler Abort haben kann. Gestorben ist das Mädel nicht daran, doch viel hätte nicht mehr gefehlt. Und mit dem Kinderkriegen war es danach aus, und zwar für immer.

Außerdem liebe ich das winzige Würmchen in meinem Bauch schon jetzt, auch wenn es mir weiterhin grässliche Übelkeit beschert.

Wir gehören zusammen. Und es wird es gut haben bei mir.

Kinder werden immer groß, selbst in den schlimmsten Zeiten, das sage ich mir, wenn Panikanfälle mich zu überfallen drohen.

Eine ganze Weile werde ich noch auftreten können. Und wenn der Bauch zu dick wird, muss ich eben pausieren – und einstweilen vom Ersparten leben. Sobald das Kleine dann auf der Welt ist, mache ich eine strenge Diät und kann dann bestimmt bald wieder zurück auf die Bühne.

Und Bela?

Wie wird Bela reagieren?

Bestimmt fängt er wieder vom Heiraten an. Dabei verbindet uns ein gemeinsames Kind doch viel mehr als ein offizielles Blatt Papier.

Wir bekommen ein Kind.

Ein jüdisches Kind.

Meine Großeltern werden außer sich vor Freude sein, sobald sie es erfahren.

Doch welche Zukunft wird es haben?

Das Säbelrasseln jenseits der Grenze versetzt mich mehr und mehr in Angst. Aber auch in Österreich werden die Nazis immer dreister. Nach einer Rede Hitlers im Deutschen Reichstag, von der österreichischen Rundfunkanstalt übertragen, in der er von der langen gemeinsamen Geschichte und der gleichen Kultur sprach, die das Reich und Deutsch-Österreich verbinde, ist es im ganzen Land zu Demonstrationen der Nationalsozialisten gekommen. Denn er hat hinzugefügt, dass es für die Deutschen in Österreich und der Tschechoslowakei ein rassisches Selbstbestimmungsrecht geben müsse. In den Provinzstädten ist die Rede über Lautsprecher auf den größten Plätzen zu hören. Auch in Wien mobilisiert sie Tausende von Hitler-Anhängern zum Marsch durch die Stadt.

Noch tragen sie Zivilkleidung.

Aber ihre »Sieg Heil«-Rufe gellen unheilvoll durch die eisige Februarnacht …

Ich bin allein in unserer Wohnung.

Ich friere, obwohl der Ofen bullert, und lege beide Hände schützend auf meinen Bauch.

Ich fürchte mich.

Zusammen mit Bela klebe ich förmlich am Radio, als im Rundfunk Schuschniggs Replikrede auf Hitler gesendet wird.

»Maßgebend muss bleiben der feste Wille des österreichischen Volkes und die unabänderliche Überzeugung seiner verantwortlichen Führung, dass unser Österreich Österreich bleiben muss.«

Die Stimme des Bundeskanzlers klingt kultiviert, aber leider nicht besonders entschlossen, vor allem, wenn man das durchdringende Hitler-Gebrüll noch im Ohr hat.

»Wir sind ein deutscher Staat, wir sind ein freier Staat, und jeder in diesem Lande ist gleichberechtigt vor dem Gesetz.«

Bela nimmt meine Hand und drückt sie fest.

Das war eine Garantie für die österreichischen Juden, ohne sie explizit zu nennen.

Ich sehe Tränen in seinen Augen.

In diesem Moment bin ich fest entschlossen, ihm alles zu sagen: dass ich Halbjüdin bin, dass ich sein Kind erwarte, dass ich seine Frau werden will – aber ich bringe es nicht über die Lippen. Denn ich muss an Richard denken, mit dem ich nicht im Riesenrad war und es doch so gern gewesen wäre.

An seine Stimme, seine Berührungen, seinen Geruch.

Gewiss wird er sich ganz von mir abwenden, sobald er von meiner Schwangerschaft erfährt. Bela könnte übrigens ähnlich reagieren, wenn ich zu lange warte.

Ob er nicht ohnehin auf die wahnsinnige Idee verfällt, das Kind sei nicht von ihm?

Ich beobachte ihn, während er weiter den Worten Schuschniggs lauscht, der sein Gottvertrauen bekundet.

Müde sieht Bela aus, total übernächtigt. Auch ihm ist die Lust an feinen Speisen vergangen, und er muss seit Neuestem Hosenträger tragen. Leider hat der Alkohol sein Gesicht aufgeschwemmt, und die schönen Augen, die mich so in ihren Bann gezogen haben, sind jetzt ständig gerötet. Außerdem leidet er seit Kurzem an Diabetes, muss sich sogar *selbst spritzen. Alles kein Problem, sagt sein Arzt, wenn er vernünftig essen und nur mäßig, am besten gar nichts Hochprozentiges mehr trinken würde – aber tut er das auch?*

Ich hab da meine Zweifel …

»… Doch der Herrgott hilft nur denjenigen, die selbst bis zum Äußersten und Letzten, zum Einsatz aller ihrer Kräfte und zur Zusammenballung ihres gesamten Willens entschlossen sind. Und weil wir entschlossen sind, darum steht der Sieg außer Zweifel. Darum, Kameraden: bis in den Tod rot-weiß-rot!«

Bela springt vom Sessel auf, zieht mich hoch und macht ein paar übermütige Tanzschritte mit mir durch den Raum.

»Bis in den Tod rot-weiß-rot!«, singt er dabei. »Wie schön er das gerade gesagt hat!«

Ich mache mich los und beginne erneut, zu frieren.

Bis in den Tod?

Nein, leben wollen wir, leben …

*

Wien, Mai 2018

Paulinas Augen brannten. Wenn sie jetzt nicht endlich schlief, würden sie bald womöglich ganz verklebt sein.

Das Tagebuch ließ sie kaum noch los. Eine Katastrophe bahnte sich an. Das spürte sie mit jeder Zeile.

Hätte sie doch früher in Geschichte nur besser aufgepasst!

Aber der Unterricht war meist so gähnend langweilig gewesen, dass ihr die Gedanken weggeflogen waren.

Kriege, Friedensschlüsse, die endlosen Namen irgendwelcher Könige oder Politiker – was für eine staubtrockene, unendlich öde Angelegenheit!

Geschichte dagegen hautnah zu erleben, durch Luzies Augen, war vollkommen anders: spannend, berührend, aufregend.

Jetzt war das Mädchen aus Berlin auch noch schwanger.

Welches Schicksal wohl ihr und dem Ungeborenen bevorstand? Und: Was würde aus Bela werden?

Paulina linste nach draußen. Die Sonne ging gerade über Wien auf; ein paar freche Spatzen tschilpten im Hof.

Sie stand auf und ging ganz leise in die Küche, um keinen der Familie Brunner aufzuwecken. Alles blitzte, war perfekt aufgeräumt, so gut hielt Lena die Wohnung in Schuss, trotz ihrer Berufstätigkeit und eines unordentlichen Sohns, der gern alles irgendwo stehen und liegen ließ.

Paulina braute sich eine große Kanne grünen Tee, die sie zusammen mit einer Schachtel Kekse mit in ihr Zimmer nahm.

Je mehr sie gelesen hatte, desto mehr würde sie Toni zu erzählen haben.

Sie freute sich schon jetzt darauf, endlich mit ihr zu sprechen.

8

Wien, März 1938

Schuschnigg scheint Wort zu halten, und Bela bleibt optimistisch. Am 13. März soll eine Volksbefragung im Land zur Unabhängigkeit Österreichs durchgeführt werden, das verkündet der Kanzler in seiner nächsten Rundfunkansprache.

Man kommt derzeit von diesem Teufelsapparat ja kaum noch weg!

»Jetzt will und muss ich wissen, ob das Volk von Österreich dieses freie und deutsche, unabhängige und soziale, christliche und einige Vaterland will.«

Hitler erwähnt er mit keinem Wort – klug von ihm, wie Bela kommentiert, der sich einen bösen Schnupfen eingefangen hat und vor lauter Schniefen und Schnäuzen kaum noch ein und aus weiß. Trotzdem scheint er höchstzufrieden und fängt sogar zu lachen an, als der Bundeskanzler seine Rede mit den berühmten Worten des Tiroler Rebellen Andreas Hofer enden lässt: »Mander, 's isch Zeit!«

Ganz Wien scheint aufzuatmen, auch die Israelitische Kultusgemeinde, in der Bela früher nie sonderlich aktiv war. Seit ein paar Wochen jedoch hält er engeren Kontakt mit Dr. Desider Friedmann, dem Präsidenten. Und natürlich trägt auch Bela seinen Teil zu den insgesamt 800.000 Schilling bei, die Friedmann Schuschnigg als Unterstützung für die Volksbefragung überreicht, gespendet von jüdischen Industriellen und Personen des kulturellen Lebens.

In einem Zeitungsartikel betont Friedmann, dass jeder Jude in Österreich seine patriotische Pflicht erfüllen werde.

Die Hakenkreuze am Revers werden wieder weniger; dafür kann man jetzt öfters drei Pfeile bewundern, das bislang verbotene Parteisymbol der Sozialdemokraten. Sogar die »Revolutionären Sozialisten«, seit 1934 nur noch im Untergrund agierend, wie Richard mir erklärt, fordern ihre Anhänger auf, bei der Abstimmung das »Ja« für die Unabhängigkeit Österreichs anzukreuzen, da die Alternative der Hitlerfaschismus sei.

Ach, Richard.

Richard!!!

Natürlich steige ich schließlich doch mit ihm in die Pratergondel. Die Anspannung der letzten Wochen war einfach zu viel für mich. Raus will ich - und ungestört mit ihm zusammen sein.

Es ist wie im Traum, als die Gondel immer höher schwebt. In der Nacht hat es frisch geschneit, als ob der scheidende Winter Wien einen letzten Gruß erweisen wollte. Wie feinster weißer Puderzucker liegt der Schnee auf den Dächern, und die Luft ist frisch und klar. Ein strahlend blauer Himmel, nicht eine einzige Wolke.

Richards Blick ruht auf mir, das spüre ich, obwohl ich es nicht wage, ihm in die Augen zu sehen.

Wir sitzen uns gegenüber; unsere Knie berühren sich leicht.

Dann nimmt er meine Hand.

»Ich will ihm nicht wehtun«, sagt Richard. »Aber auf dich verzichten, das kann ich auch nicht.«

Jetzt muss ich ihm das mit dem Kind sagen.

Aber ich bringe nicht einen Ton heraus.

»Ich mag alles an dir: wie du gehst, wie du lachst, wie du singst. Du bist die Frau meiner Träume, Luzie Kühn. Und ich schwöre bei allem, was mir heilig ist: Das habe ich zuvor noch zu keinem weiblichen Wesen gesagt.«

»Und Louisa?«, flüstere ich.

»Sie will nicht essen, das macht mir Sorgen. Eines Tages wird sie sich womöglich noch ganz verhungern lassen. Aber ich fürchte, daran kann niemand sie hindern. Auch ich nicht.«

»Bela hat gesagt, ihr zwei seid wieder zusammen …«

»Hat er das?« Richard lacht kurz auf. »Kämpft mit allen Waffen, mein großer Bruder. Respekt! Aber er hat dich angelogen. Das mit Louisa und mir ist schon lange vorbei.«

Wir sehen uns an.

Draußen schwebt die weiße Winterwelt an uns vorbei, doch hier drinnen fühlt es sich ganz warm an, trotz der kleinen Wölkchen, die unser beider Atem in der Gondel bildet.

Ich sehne mich so sehr nach ihm, dass es fast wehtut. Dabei ist er mir doch ganz nah.

»Richard«, sage ich leise. »Richard …«

»Ja, Luzie?

»Ich will … ich möchte … wir sollten …«

»Warum tun wir es dann nicht endlich?«, sagt er rau.

Wir verlassen die Gondel, kaum dass sie wieder unten angelangt ist, und laufen Hand in Hand aus dem Prater hinaus auf die Straße. Richard winkt ein vorbeifahrendes

Taxi herbei, das uns in die Servitengasse bringt. Ich kann nur beten, dass Bela heute in seiner Wohnung bleibt, wie angekündigt, um die Erkältung endlich auszukurieren.

Mir ist schon ganz übel, so sehr plagen mich die Schuldgefühle. Doch wenn ich jetzt kneife, werde ich es womöglich ein Leben lang bereuen.

Vor der Servitenkirche springen wir aus dem Auto.

Mir fällt der schlanke Mann in der Kutte zunächst gar nicht auf, der gerade mit einem Korb über dem Arm aus dem Gotteshaus kommt, so beschäftigt bin ich mit meinem eigenen inneren Chaos.

Doch er winkt mir zu und spricht mich schließlich an.

»Fräulein Kühn, was für eine Freude! Und das ist sicherlich Ihr Verlobter, Herr …

»Denk«, sagt Richard.

»Herr Denk, sehr angenehm. Ich bin Bruder Franz, Novize im hiesigen Kloster, und habe Ihre bezaubernde Verlobte im Zug nach Wien kennengelernt.«

Seine Augen fliegen von Richard zu mir und wieder zurück, während mir trotz der Kälte glühend heiß wird.

»Gibt es denn schon konkrete Hochzeitspläne, wenn ich so neugierig sein darf? Die Servitenkirche ist ein begehrter Ort für Trauungen. Viele Brautpaare holen sich hier den göttlichen Segen für ihre Ehe.«

»Noch nicht«, sage ich, unendlich verlegen.

»Dann müssen Sie mir aber unbedingt Bescheid geben, sobald es so weit ist!«

»Machen wir«, murmele ich und wäre am liebsten auf der Stelle im Erdboden versunken. »Aber jetzt sollten wir wirklich …«

»Dann will ich Sie beide nicht länger aufhalten. So ein schönes Paar, das muss ich aber doch noch anfügen. Der Herr segne und behüte Sie. Ich hoffe auf ein baldiges Wiedersehen.«

»Wusste gar nicht, dass du so fromm bist«, neckt mich Richard, während wir die Treppe hinaufstürmen. »Scheint ja ein netter Kerl zu sein, dieser junge Mönch.«

Ich bleibe stumm, während ich mit zittrigen Händen die Wohnung aufschließe. Keine Spur von Bela. Er scheint seine Ankündigung wahrzumachen und sich in der alten Familienwohnung gesund zu schlafen.

Richard steht ganz nah hinter mir, streift mir den Mantel ab und ich ihm den seinen. Dann fangen wir an, uns die Kleider vom Leib zu reißen.

Bis ins Schlafzimmer schaffen wir es nicht mehr. Der Teppich im Wohnzimmer kratzt ein wenig, als wir halb nackt auf ihn fallen, die Kleidung um die Füße gewickelt, aber das ist jetzt alles ganz egal.

Endlose Küsse.

Haut an Haut.

Atemloses Begehren.

Unser Liebesspiel ist halb Tanz, halb Kampf. Ich werde fast ohnmächtig vor Lust und Glück, als ich ihn endlich in mir spüre.

»Präser?«, stößt Richard zwischendurch hervor und hält eine Sekunde lang inne.

»Nicht nötig.« Meine heißen Küsse animieren ihn zum Weitermachen. »Es kann nichts passieren.«

Irgendwann stöhnt er laut auf und sinkt dann erschöpft auf mir zusammen.

»Ich liebe dich«, sagt er, als er wieder Atem hat. Ich habe das karierte Plaid von der Couch gezogen und um uns gewickelt, denn der Ofen ist ausgegangen. »Vom allerersten Moment an.«

»Ich dich auch«, flüstere ich. »Ich habe mich lange dagegen gewehrt, aber nun habe ich keine Kraft mehr dazu. Du bist für mich wie der Frühlingssturm, der Schnee und Eis schmelzen lässt. Manchmal muss man sich allerdings gut festhalten, damit du einen nicht umbläst.«

»Und du bringst jeden Raum zum Leuchten, mein strahlendes Mädchen.«

»Dein strahlendes Mädchen bekommt ein Kind.«

War das gerade meine Stimme, so leise und klein?

Aber jetzt ist es raus.

Endlich!

»So etwas in der Art habe ich mir fast schon gedacht«, sagt er nach einer kleinen Pause. »Dein Gesicht ist irgendwie verändert. So weich und lieblich ist es geworden. Wie von innen her erleuchtet.«

»Belas Kind, Richard.«

»Dann liebe ich eben euch alle beide«, sagte er leise. »Kinder gehören doch ohnehin niemandem, sondern sind nur kostbare Leihgaben auf Zeit. Weiß Bela schon davon?«

Ich will gerade den Kopf schütteln, als ich plötzlich erstarre.

Als Erstes fällt mir die kleine Pfütze auf dem Parkett ins Auge. Geschmolzener Schnee rund um ein Paar feste schwarze Stiefel, die ich erst vor Tagen vom Besohlen beim Schuster abgeholt habe.

»Nein, Bela weiß erst jetzt davon.« Seine wohlklingende

Stimme ist plötzlich eine ganze Oktave tiefer gerutscht. Mindestens. »Ihr habt vor, mir mit aller Macht den Todesstoß zu versetzen? Dann Gratulation. Ihr seid auf dem allerbesten Weg dazu.«

Er stampft hinaus.

Ich will ihm hinterher, ohne an meine Nacktheit zu denken. Doch ich habe beim Aufspringen das lästige Kleid vergessen, das meine Füße fesselt, und stürze der Länge nach hin.

Ich stöhne leise, mehr vor Schreck als vor Schmerz.

Richard ist sofort neben mir, berührt mich zart.

»Alles in Ordnung?«, fragt er besorgt. »Tut es dir irgendwo weh?«

Ich nicke und deute auf mein Herz.

»Hier«, sage ich. »Wie eine offene Wunde fühlt es sich an. Das hätten wir niemals tun dürfen, Richard! Dass er uns so finden musste …«

»Natürlich durften wir«, widerspricht er. »Du hattest dich für den Verkehrten entschieden, Luzie. Aber jetzt weißt du endlich, wohin du gehörst. Bela hatte schon immer eine dramatische Ader. Wahrscheinlich kann er deshalb so schöne Texte schreiben. Der beruhigt sich wieder, wirst schon sehen.«

»Ausgerechnet jetzt! In diesen schwierigen Zeiten, wo Juden …«

»Danach fragt die Liebe nicht. Du packst jetzt das Allernotwendigste zusammen und kommst mit zu mir. Den Rest können wir später abholen. So viel Luxus wie hier kann ich dir zwar nicht bieten, aber zum Leben reicht es. Man kann auch bescheidener sehr glücklich sein. Meine kleine

Wohnung in der Laimgrubengasse, ganz nah beim Naschmarkt, wird dir gefallen.«

»Aber mein Zuhause ist doch hier…«

»Mein großer Bruder kann sehr unbeherrscht sein, wenn ihn die Wut packt. Das hab ich als Junge mehrfach erleben müssen. Willst du euch dem wirklich aussetzen?«

Das Würmchen und ich.

Ich trage jetzt ja Verantwortung für zwei. Aber ich kann und will Bela nicht noch mehr verletzen. So nehme ich Haltung an, so gut ich das in meiner Nacktheit vermag.

»Ich werde kommen, Richard«, sage ich. »Aber nicht sofort. Mich einfach aus dem Staub zu machen, das hat Bela nicht verdient. Ich will versuchen, ihm alles zu erklären. Außerdem muss ich bald ins Theater. Und ein bisschen herrichten sollte ich mich zuvor auch noch. Die Vorstellung wartet nicht auf eine kleine Soubrette. Aber die kann sofort fliegen, wenn sie zu spät kommt.«

Sein Gesichtsausdruck verrät mir, dass er zutiefst enttäuscht ist. Schweigend kleidet er sich an, ohne mich auch nur eines Blickes zu würdigen.

Glaubt er etwa, ich mache einen Rückzieher?

»Du kannst dich auf mich verlassen«, versuche ich noch einmal, ihn zu erreichen.

»Kann ich das?«, fragt er gereizt. »Dann beweis es mir, indem du mit mir kommst!«

»Ja, Richard, ja doch, ganz sicher. Aber nicht sofort.«

Mit hochgezogenen Schultern verlässt er die Wohnung. Ich bleibe wie betäubt zurück.

In diesem Brüderzwist kann ich nur verlieren.

An diesem Abend singe ich wie in Trance und funktioniere nur noch wie eine Marionette. Nach der Vorstellung ist mir so schwindelig, dass ich taumle. Zum Glück ist Leo mit einem älteren Bekannten im Theater, den das Stück begeistert hat, und die beiden suchen mich anschließend in der Garderobe auf, um mir zu gratulieren. Ohne wissen zu können, was an diesem Tag passiert ist, umreißt Leo auf einen Blick, wie mies es mir geht, lässt ein Taxi rufen und bringt mich in die Berggasse.

Inzwischen zittere ich am ganzen Körper, und mein Kopf ist glühend heiß.

»Du bleibst hier«, beschließt Marie rigoros, während Peters Gesicht vor Freude ganz hell wird, als er sich prompt ins Wohnzimmer stiehlt, nachdem er meine Stimme gehört hat.

»Aber ich muss doch ...«, protestiere ich matt.

»... nur eins: und zwar sofort ins Bett.«

Und so liege ich schwitzend und fiebernd in meinem alten Zimmer. Marie macht mir kalte Wadenwickel, zwingt löffelweise Hühnersuppe in mich hinein und misst immer wieder meine Temperatur, die einfach nicht sinken will.

40,2.

»Wenn das Fieber nicht bald runtergeht, holen wir Dr. Fuchs«, sagt Leo. »Sonst muss sie heute noch ins Spital.«

Irgendwann döse ich vor Erschöpfung ein, und als ich wieder wach werde, dämmert es bereits. Marie liegt schlafend mit dem Kopf auf meinen Knien, einen mittlerweile getrockneten Wickel noch immer in der Hand.

»37,5«, sagt sie, nachdem sie aufs Neue gemessen hat, und es hört sich an wie ein Triumph. »Und damit fast

Normaltemperatur. Mutterliebe kann Fieber eben doch besiegen.«

In diesem Moment fühle ich mich ihr sehr nah.

Was hat sie nicht alles für mich getan – und ich war schrecklich selbstsüchtig und ganz schön ungerecht zu ihr. Sie ist so ordentlich und strukturiert, während in mir alles brodelt.

Wie wird Marie reagieren, wenn sie von dem Kind erfährt – Belas Kind?

Unwillkürlich fliegen meine Hände unter der Decke zu meinem Bauch, doch da fühlt sich alles an wie bisher.

Und was, wenn ich ihr auch noch gestehe, dass ich nun mit Richard zusammen bin?

Aber bin ich das denn überhaupt?

Vor allem bin ich ausgehungert wie selten zuvor in meinem Leben. Ich klettere aus dem Bett, noch ein wenig wacklig auf den Beinen, setze mich an den Esszimmertisch und schlinge in mich hinein, was immer in meine Nähe kommt: Semmeln, Schinken, Käse, Rührei, Briochekipferl und Topfengolatschen. Der Kaffee schmeckt mir immer noch nicht, wohl aber der dickflüssige Kakao, den Marie mir gekocht hat.

Auch ihr ist heute wehmütig zumute, das sehe ich ihr an. Sie wirkt aufgelöst, die sonst stets makellose Frisur ist derangiert, die hellblaue Bluse verkehrt zugeknöpft, und schuld daran ist nicht nur die nahezu schlaflose Nacht, die sie an meinem Bett verbracht hat. Die Vorstellung, dass ich bald wieder fortgehen werde, setzt Marie zu, auch wenn sie versucht, tapfer zu sein. Leo ist schon in die Kanzlei aufgebrochen, und so frühstücken wir hier gemütlich zu dritt zusammen wie in meinen ersten Wiener Wochen.

Sie fragt nicht, ob ich noch länger dableiben will, was ich ihr hoch anrechne. Ich hätte ohnehin verneinen müssen, denn heute ist mein Termin beim Frauenarzt, und den will ich keinesfalls absagen. Doch Peter, der heute ausnahmsweise erst zur dritten Stunde in die Schule muss, schöpft prompt neue Hoffnung.

»Wohnst du jetzt wieder bei uns?«, fragt er mit leuchtenden Augen. »Ach, wäre das schön!«

Für einen Moment muss ich ganz genau überlegen. Mich hierherzuflüchten, wäre eine bequeme Lösung für mein momentanes Schlamassel, aber auch eine ziemlich feige. Nein, ich will und werde mich dem stellen, was ich angerichtet habe!

»Das geht leider nicht, Peter. Ich hab doch mein eigenes Leben.« Ich streichle über seinen blonden Schopf. Ob mein Würmchen eines Tages auch so weiches Haar haben wird? »Aber wir sehen uns ganz bald wieder, versprochen!«

»Nicht ganz einfach, wenn die Kinder aus dem Haus gehen«, sagt Marie. »Auch nicht die großen. Irgendwie gewöhnt man sich niemals daran.«

Ich nehme ihre Hand und drücke sie, dankbar für das Friedensangebot.

»Aber sie kommen ja wieder«, sage ich lächelnd. »Und sie kommen ausgesprochen gern.«

Ich bin gerade aus der Wohnungstür, da höre ich schwere Schritte. Die Tauberts kommen von oben heruntergestapft, jeder einen großen Koffer in der Hand. Herr Taubert hat sich zusätzlich einen Rucksack umgeschnallt.

»Ade, Fräulein Matusek«, sagt er mit leicht brüchiger Stimme. »Sie besuchen die Eltern. Wie schön!«

So haben sie mich vom ersten Tag an genannt.

»Es geht auf Urlaub?« Ich bemühe mich um Heiterkeit, obwohl ihre Mienen betrübt sind.

»Wir ziehen nach Brünn, zu entfernten Verwandten«, antwortet seine Frau. »Die nehmen uns in ihrem Haus auf. Der Möbelwagen ist bereits unterwegs. Jetzt bekommt Parteigenosse Klausner endlich, worauf er seit jeher scharf war: unsere schöne, große Wohnung.«

»Er ist bei der NS...«, frage ich nach.

»Pssst, nicht zu laut!« Herr Taubert legt einen Finger auf seine Lippen. »Ja, ist er«, flüstert er weiter. »Und er hat es uns spüren lassen, das kann ich Ihnen verraten! Ein judenfreies Haus muss das hier werden, so seine Worte. Lentner oben unter dem Dach musste auch das Weite suchen. Meines Wissens ist er ab nach Italien.«

»Pützi und Schnupsi, unsere Kanarienvögel, haben wir einem Mädchen aus der Nachbarschaft geschenkt«, berichtet Frau Taubert mit feuchten Augen. »Sie wird gut für sie sorgen. Das hat sie uns versprochen. Erst wollten wir unsere kleinen Lieblinge ja in die Freiheit entlassen – wenigstens sie –, aber das würden sie bei dieser Kälte ja nicht überleben. Und jetzt komm, Theo. Sonst verpassen wir noch unseren Zug.«

»Ich wünsche Ihnen alles Gute«, sage ich, innerlich tief bewegt.

»Alles Gute auch für Sie, Fräulein Matusek. Und weiterhin viel Erfolg auf der Bühne!«

Sie gehen nach unten, und ich folge ihnen.

Als ich auf die Straße trete, noch immer benommen, traue ich meinen Augen kaum. Das Trottoir ist mit Kreideparolen bemalt: »rot-weiß-rot«. Beim Weitergehen erkenne ich sogar ein paar mehr oder minder geglückte Schuschnigg-porträts, die auf Pflaster und Hauswände gepinselt wurden. Überall liegen Flugblätter mit der Aufforderung, mit einem »Ja für Österreich« zu stimmen.

Aus einigen Fenstern, die nur angelehnt sind, dudelt »O du mein Österreich.«

Die Praxis von Dr. Gänsler liegt am Schottenring, also brauche ich nur ein paar Minuten für die kurze Strecke. Ich mag den bärtigen Mann mit den modernen Ansichten, der mir das Pessar empfohlen hat, und ich mag auch seine zierliche dunkelhaarige Frau, die um einiges jünger ist und ihm als Sprechstundenhilfe zur Hand geht. Heute allerdings wirkt sie bedrückt und verschwindet rasch in einem der Nebenräume, anstatt wie sonst mit mir ein wenig zu ratschen.

Auf dem gynäkologischen Stuhl untersucht Dr. Gänsler mich ruhig und sorgfältig.

»Sie sind Anfang des dritten Monats, Fräulein Kühn«, sagte er schließlich, als er zum Waschbecken geht, um sich die Hände zu reinigen. »Sie haben das Pessar nicht konsequent benutzt, nehme ich an?«

»Nein«, gestehe ich. »Nicht ganz. Ist denn so weit alles in Ordnung?«

»Sie sind jung und gesund; im allerbesten Gebäralter, wie man so schön sagt, nur ein bisschen mehr Fleisch dürften Sie auf den Rippen haben, aber das kommt im Lauf der nächsten Monate ganz von alleine. Wenn Sie die nächsten Wochen keine allzu wilden Verrenkungen aufführen, dürfte die Schwangerschaft problemlos verlaufen. Darf man gratulieren? Oder sind Sie eher verzweifelt? Ich werd aus Ihrem Gesichtsausdruck nämlich nicht ganz schlau.« Er sieht mich mit seinen warmen Augen an. »Im zweiten Fall kann eine rasche Heirat manchmal äußerst hilfreich sein.«

»Beides, um ehrlich zu sein«, erwidere ich wahrheitsgemäß. Zwar kenne ich Dr. Gänsler eigentlich nicht sonderlich gut, aber sein väterlicher Habitus lässt plötzlich alles aus mir heraussprudeln. »Und mit einer Heirat ist es leider nicht ganz einfach. Dem werdenden Vater fühle ich mich nach wie vor tief verbunden, aber dummerweise habe ich mich unsterblich in einen anderen Mann verliebt.«

»So etwas kommt vor.« Dr. Gänsler sitzt an seinem Schreibtisch, als ich angezogen hinter dem Paravent hervortrete. »Übrigens häufiger, als man denkt. Schwangerschaftshormone können die merkwürdigsten Verhaltensweisen auslösen: Die einen Frauen werden ein bisschen verrückt, die anderen plötzlich fast verdächtig vernünftig.«

Ich lächle ihn an.

»Dann gehöre ich definitiv zur ersten Kategorie. Ja, mein Leben ist zurzeit ein ziemliches Chaos. Doch solange Sie mir während der Schwangerschaft beistehen …«

Er schüttelt den Kopf.

»Das wird leider nicht möglich sein, Fräulein Kühn. Meine Frau und ich verlassen Wien schon in wenigen Tagen. Die Praxis ist verkauft. Aber ich bin sicher, mein Nachfolger Dr. Kraft wird Sie ebenso gut betreuen.«

Vollkommen perplex starre ich ihn an.

»Wir sind Juden, Fräulein Kühn«, setzt Dr. Gänsler hinzu. »Und Wien zeigt seinen Juden immer öfter eine lange Nase. Dazu diese schlimmen Nachrichten aus Deutschland. Wir wollen nicht abwarten, bis es auch hier vielleicht noch ärger wird. Das verstehen Sie doch sicherlich.«

»Wohin gehen Sie?«, stammle ich.

»Nach London. Alice spricht fließend Englisch, und ich werde es auch lernen, das hoffe ich zumindest. Zum Glück kommen Kinder überall auf die gleiche Weise zur Welt, und davon verstehe ich ja so einiges. Die jüdische Gemeinde hat uns eine kleine Wohnung besorgt, das ist schon einmal ein Anfang. Vielleicht brauchen wir bald eine größere, denn meine Frau ist ebenfalls guter Hoffnung.« Er lächelt. »Dann zeigen wir unserem Kind anstatt Hofburg und Wurstelprater eben den Buckingham Palace und Big Ben.«

Wie vor den Kopf geschlagen fühle ich mich nach diesem Gespräch, trotz seiner freundlichen Miene. *Sie gehen, denke ich. Jeder, der irgendwie kann, verlässt das Land.*

Auch Bela sollte längst fort sein.

Richards Warnungen hat er in den Wind geschlagen, und mich wird er nach allem, was passiert ist, vermutlich nicht einmal anhören, aber ich muss dennoch zu ihm.

Ich laufe durch die Straßen und Gassen des Viertels und halte dabei stumme Zwiesprache mit meinem Würmchen.

Dir wird nichts geschehen, das verspreche ich dir. Du wächst jetzt erst einmal in aller Ruhe in meinem Bauch, und danach sehen wir weiter. Ich weiß nicht, ob du jemals nach Berlin, London oder Paris kommst, aber Wien zeige ich dir, sobald du auf der Welt bist: die Donau, das Riesenrad, die Lipizzaner, den Stephansdom und im Frühling den blühenden Fliederbusch vom St. Marxer Friedhof. Dort stell ich dich dann Herrn Mozart vor ...

Ziemlich außer Atem erreiche ich die Servitengasse 8. Die Tür zum Trödelladen der Blaus im Erdgeschoss steht ein wenig offen; den Inhaber höre ich hinten herumkruscheln, seine Frau putzt gerade die Schaufensterscheibe.

»Da braut sich was zusammen«, sagt sie zu mir mit düsterer Miene. »Unseren Simon hab ich in der Schule krank gemeldet. Das Kind geht mir heute nicht mehr aus dem Haus!« Sie kommt näher und senkt die Stimme. »Was soll nur aus uns werden, wenn die Deutschen kommen?«

»Aber zuerst wird doch noch am Sonntag abgestimmt.« Ich denke an mein Würmchen und lege alle Zuversicht in meine Stimme. »Und die meisten hier im Land werden für ein unabhängiges Österreich plädieren.«

»Glauben Sie?« Frau Blau klingt unendlich skeptisch. »Die deutsche Wehrmacht soll schon schwerbewaffnet an der Grenze stehen. Das hab ich von Frau Herschan aus der Nr. 11. Und die hat Verwandte in Mühldorf. Die haben die Soldaten und ihre Panzer gesehen.«

»Hitler droht«, sage ich. »Ist ja nichts Neues. Aber ein Einmarsch in Österreich? Da haben die anderen europäischen Länder schließlich auch noch ein Wörtchen mitzureden!«

Ich plappere nach, was ich von Leo weiß. Sonderlich überzeugen kann ich sie damit allerdings nicht.

»Klug ist, immer mit dem Schlimmsten zu rechnen.« Jetzt ist auch Herr Blau zu uns gestoßen. Müde sieht er aus, grau und viel faltiger, als ich ihn in Erinnerung habe. Sein einstmals rundliches Gesicht ist ganz schmal geworden. »Mit dieser Haltung lagen unsere Vorfahren über Jahrhunderte leider oft richtig.«

Er klingt so nachdrücklich, dass mir auf die Schnelle nichts Tröstliches einfallen will. Die Blaus sind Juden wie so viele hier in der Servitengasse, was mir nach meinem Einzug erst nach und nach aufgefallen ist. Ich liebe die vielen kleinen Läden und Handwerksbetriebe, die es hier gibt.

Ob Bela deshalb diese Wohnung gekauft hat?

»Herrn Król haben Sie gerade verpasst«, sagt Frau Blau, als könne sie meine Gedanken lesen. »Er ist mit zwei großen Taschen aus dem Haus gerannt, als wäre ein wilder Bienenstock hinter ihm her.«

»Danke«, sage ich mechanisch und steige mit Magengrummeln die Stufen hinauf.

Grabesstille empfing Luzie, nachdem sie aufgeschlossen hatte, als hätte die Wohnung auf einmal ihre Seele verloren. Als sie mit bangem Herzen weiterging, sah sie auch, weshalb. Im Wohnzimmer waren alle Bilder von den Wänden verschwunden, die Radierungen, das kleine Aquarell, die beiden alten Stiche, all das, was den Raum so individuell und wohnlich gemacht hatte.

Die helleren Flecke an der Wand mit den verwaisten Nägeln schienen sie anzustarren und dabei höhnisch zu rufen: »Alles deine Schuld …«

Unwillkürlich griff Luzie nach der Schneekugel mit dem Riesenrad, die auf dem Tisch stand, und umklammerte sie fest.

Er ist weg, für immer weg …

Wie ein wildes Stakkato hämmerte es in ihr.

Im Schlafzimmer standen die Schranktüren offen. Ein paar seiner Sachen hingen noch auf den Bügeln. Alles, was ihr gehörte, war herausgerissen worden und lag in einem wüsten Haufen auf dem Bett.

Eindeutiger hätte Bela es nicht sagen können.

Weinend reckte Luzie sich nach ihrem Lederkoffer, den sie auf dem Schrank verstaut hatte. Beim Zurücktreten knirschte es unter ihren Schuhen.

Sie linste auf den Boden. Zerbrochenes Glas – die Schneekugel mit der kleinen Ballerina! Wutentbrannt musste Bela sie in unzählige Scherben und Splitter zertrümmert haben.

Als sie sich bückte und aufhob, was noch übrig geblieben war, flossen ihr ungehemmt die Tränen über die Wange. Es war nur eine zerbeulte kleine rosa Figur, doch für Luzie war mit ihr sehr viel mehr kaputtgegangen. Sie durchforstete die ganze Wohnung nach einem Brief von Bela, nach ein paar Zeilen, wenigstens einer winzigen Botschaft auf einem Zettel, aber sie fand nichts, so sehr sie auch suchte.

Er, der Mann der Worte, hatte kein einziges Wort mehr für sie.

So abgrundtief hatte sie ihn verletzt.

»Allet knorke, wie man bei uns in Berlin sagt. Wir lassen uns nüscht unterkriegen, wir zwee beede«, flüsterte sie dem Würmchen in ihrem Bauch beruhigend zu. »Auch wenn es gerade sehr, sehr wehtut. Dein Vater Bela hat eine große Seele. Er lässt mit sich reden, wirst schon sehen. Vielleicht nicht gleich, aber irgendwann sicherlich. Wir zwei versuchen es einfach immer wieder. Denn wer könnte ein besseres Argument sein als du, mein kleiner Schatz?«

Jetzt hatte sie es laut ausgesprochen, zum allerletzten Mal, und Luzie fühlte sich danach sofort besser.

»›Die einen Frauen werden ein bisschen verrückt, die anderen plötzlich fast verdächtig vernünftig‹, hat Dr. Gänsler gesagt«, fuhr sie lauter fort. »Und weißt du, was? Ab sofort zählt deine Mutter zu den Vernünftigen!«

Sie wischte die Tränen weg und machte sich beherzt ans Sortieren. Die Abendkleider, die teuren Dessous und der Kimono wanderten in den Lederkoffer, zusammen mit den feinen Schuhen, in denen sie allerdings nicht lange gehen konnte, so unbequem waren sie.

Lauter Dinge, die sie liebte, aber nicht unbedingt brauchte.

Beim zweiten Stoß wurde es schwieriger, weil sie auch hier an vielem hing, doch Luzie war beim Aussortieren ungewohnt streng mit sich.

»Nur das Allernotwendigste«, flüsterte sie. »Und reiß dich gefälligst zusammen, Fräulein Übermut! Für Eitelkeit ist jetzt wirklich nicht der richtige Zeitpunkt.«

Zum Schluss blieb so wenig an Kleidung und Schuhwerk übrig, dass es sich problemlos in der alten schwarzen Reisetasche aus Kunstleder unterbringen ließ, die Bela schon hatte wegwerfen wollen. Sie war fleckig und zerstoßen, hatte jedoch gerade die richtige Größe, um sie hinten auf dem Fahrrad in den Gepäckträger zu klemmen. Bevor Luzie den Reißverschluss schloss, legte sie noch die Schneekugel mit dem Riesenrad hinein, gegen Bruch sorgfältig in ein Paar Socken eingewickelt. Als Letztes zog sie unter den restlichen Strümpfen den Lederbeutel hervor und hängte ihn sich um den Hals.

Das Klingeln des Telefons ließ sie zusammenzucken.

Richard, der sich entschuldigen möchte, dachte sie im ersten Moment.

Bela, der doch nicht so wortlos fortgehen kann, im zweiten.

»Ja?« Hoffnung schwang in ihrer Stimme.

»Luzie? Gott sei Dank erreich ich dich«, hörte sie Marie sagen. »Hör zu, Liebes, du kommst am besten sofort zu uns. Leo hat gerade aus der Kanzlei angerufen. Er hat Nachrichten aus dem Präsidentenpalast, Nachrichten zum Fürchten, sag ich dir!«

»Aber woher denn ? Von wem …«

»Das ist jetzt ganz egal, Leo hat eben seine Verbindungen. Frag nicht lang, lauf einfach schnell her. Den Rest erzähl ich dir dann. Ist Bela bei dir?«

»Nein.« Luzie stockte kurz. »Und ich weiß auch nicht, wo er sich gerade aufhält. Warum fragst du?«

Jetzt sprudelte Marie geradezu.

»Weil die für den 13. März angesagte Volksabstimmung abgesagt ist und Schuschnigg zurücktritt. Weil der neue Bundeskanzler Seyß-Inquart heißt, ein Nazi ist, die NSDAP erlaubt und ein dementsprechendes Parlament bilden soll. Weil die Presse nicht mehr frei arbeiten darf und vieles andere auch. Ach, Luzie, unser schönes Österreich geht gerade mit Pauken und Trompeten unter!« Sie schluchzte kurz auf. »Es könnte zu Ausschreitungen kommen, sobald dies alles öffentlich bekannt wird, verstehst du, vielleicht sogar zum Bürgerkrieg. Und da will ich dich in Sicherheit wissen. Also bitte beeil dich!«

»Sind die Deutschen schon über die Grenze?«

»Die Deutschen? Meines Wissens nein. Vom wem hast du das denn?«

»Eine Bekannte von Frau Blau hat gesagt, dass die Wehrmacht einmarschbereit an der Grenze stehe. Das war allerdings schon vor Stunden.«

»O Gott, o Gott! Dann musst du dich erst recht beeilen. Komm, Luzie, sonst habe ich keine ruhige Minute mehr.«

»Später vielleicht«, sagte Luzie, die keinesfalls vorhatte, mit Sack und Pack bei den Matuseks zu erscheinen. Sie musste Bela warnen. Und sie brauchte eine neue Unterkunft. Keinesfalls würde sie auf der Stelle bei Richard einziehen, das hatte sie heute Morgen noch einmal aufs Neue für sich beschlossen.

Doch wohin dann?

Ihr Kopf arbeitete fieberhaft.

»Aber du musst …«, verstärkte Marie noch einmal den Druck.

»Hör zu, ich melde mich, versprochen! Doch jetzt habe ich erst einmal ein paar unaufschiebbare Dinge zu erledigen. Baba, Marie. Bis bald.«

Sie legte auf und nahm den Hörer nicht mehr ab, obwohl es minutenlang unablässig klingelte. Endlich wurde es still.

Luzie atmete auf.

Jetzt fiel ihr auch eine Lösung für ihr Problem ein: Liesl hatte von einem freien Zimmer in ihrer kleinen Wohnung erzählt, für das sie eine neue Mitbewohnerin suchte, um die Mietlast nicht allein tragen zu müssen. Natürlich konnte sie ihre Kollegin auch heute Abend im Theater fragen, denn dass sie dort hingehen würde – Politik hin oder her –, stand für Luzie außer Frage. Doch dann könnte Wagner ihr ungewöhnliches Gepäck mitbekommen und womöglich seine Schlüsse daraus ziehen, was keinesfalls in ihrem Sinn war.

Erst Bela, dann Liesl, so lautete ihr Plan.

Sie wählte Belas Anschluss in der Josefstadt, ließ das Telefon lange läuten, doch niemand ging dran. Er stellte sich tot, das hatte sie sich fast schon gedacht. Oder er war gar nicht zu Hause.

Egal, dann musste sie eben zu ihm fahren.

Sie packte Koffer und Tasche, schloss die Wohnung ab und trug beides hinunter. Unten angelangt, hievte sie die Tasche auf den Gepäckträger und band sie mit einem alten Gürtel fest.

Doch wohin mit dem Koffer?

An der Lenkstange baumelnd, zog er das Rad schwer nach links. So würde sie nicht weit kommen und vielleicht sogar stürzen.

Leise fluchte Luzie vor sich hin.

»Können wir Ihnen vielleicht helfen, Fräulein Kühn?«, fragte Frau Blau, die aus der Ladentür spitzte. Simon, seiner Mutter wie aus dem Gesicht geschnitten, schmiegte sich eng an ihre Seite. Der Rotschopf ging mit Peter in die Klasse, erinnerte sich Luzie, war aber einen halben Kopf kleiner als er.

»Ja«, sagte Luzie. »Vielleicht können Sie das wirklich. Dürfte ich meinen Koffer vielleicht für eine Weile bei Ihnen unterstellen? Sind meine feinen Kleider drin. Die brauche ich vorerst wohl nicht. Sobald sich alles hier etwas beruhigt hat, hole ich ihn wieder ab.«

»Warum nicht? Er kommt einstweilen in unseren Abstellraum, da steht er unbehelligt. Bringen Sie ihn ruhig her!«

Luzie trug den Koffer zum Laden. Es fühlte sich irgendwie seltsam an, sich von ihm zu trennen, trotz allem. Vielleicht, weil er sie auf dem langen Weg von Berlin bis ins Wiener Servitenviertel begleitet hatte.

Frau Blau schien ihr Zögern zu spüren.

»Schönes Stück«, sagte sie anerkennend. »Sie brauchen keine Angst zu haben, Fräulein Kühn. Bei uns sind Ihre Sachen in guten Händen. Sehen Sie?« Sie nestelte an dem dicken Schlüsselbund, den sie aus ihrer Rocktasche holte. »Das ist der Zweitschlüssel zu unserer Abstellkammer.« Sie zog einen kleinen Schlüssel ab und gab ihn Luzie. »Verwahren Sie ihn gut. Vertrauen gegen Vertrauen, einverstanden?«

»Einverstanden!« Luzie rang sich ein Lächeln ab. »Und falls Sie meinetwegen irgendwelche Ausgaben haben sollten …«

»Unsinn!«, unterbrach sie Frau Blau. »So gehört sich das doch in der Nachbarschaft.« Ihr Gesicht wurde weich. »Und passen Sie mir gut auf Ihr Kleines auf! Kinder sind das Salz der Erde. Niemandem ist das mehr bewusst als uns Juden.«

»Aber woher wissen Sie denn, dass ich …«

»Die Augen«, sagte Frau Blau. »Daran erkenne ich es immer zuerst. Meine Mutter war viele Jahre als Hebamme tätig. Die hat mir das beigebracht.«

Vollkommen erschöpft erreichte Luzie zwei Stunden später die Fleischmanngasse im 4. Bezirk, Hinterhaus, erste

Stiege links. Dass sie Bela nicht angetroffen hatte, beunruhigte sie zutiefst. Ihr Rad nahm sie vorsichtshalber mit in den Hof und schloss es ab; sie war jetzt dringender darauf angewiesen denn je. Hätte sie ihre Kollegin nicht schon früher einmal hierherbegleitet, sie wäre aufgeschmissen gewesen. Kein Namensschild nirgendwo, nicht einmal ein Stück beschriftete Pappe. Noch versteckter konnte man kaum hausen. Statt einer Klingel gab es nur einen uralten Türklopfer, der von einer Schnur baumelte. Den betätigte sie, inständig hoffend, dass Liesl zu Hause war. Aus dem Abort auf der Etage, den offenbar mehrere Parteien benutzten, roch es streng, sogar durch die geschlossene Tür. Die paradiesischen Zeiten eines luxuriösen Badezimmers waren vorläufig wohl vorbei.

Die Tür ging auf, und Liesls schwarzer Schopf lugte hervor.

»Luzie«, sagte sie verblüfft und öffnete die Tür ein Stück weiter. Dann fiel ihr Blick auf die Tasche, die nebendran stand. »Du hast offenbar vor, länger zu bleiben?«

»Wenn ich darf – gerne. Ach Liesl, du glaubst ja gar nicht, was alles passiert ist!«

»Dann komm erst mal rein«, sagte Liesl. »Ich hab mir gerade einen Reiseintopf mit Gemüse gekocht. Und du siehst mir ganz so aus, als könntest du eine tüchtige Portion davon vertragen!«

Nach dem ersten Teller vertilgte Luzie einen zweiten. Dabei redete sie ohne Unterlass, als seien mit einem Mal alle Dämme gebrochen. Alles sprudelte aus ihr heraus – der Tod der Eltern, die Adoption, der Bock von Babelsberg, dem sie entflohen war, Bela und Richard und schließlich das Würmchen, das in ihr wuchs. Zwischendrin flog die Angst sie an, ob sie gerade einen Riesenfehler begehe, aber etwas in ihr sagte ihr, dass es schon richtig so war, Liesl alles zu erzählen, und außerdem wäre es jetzt ohnehin zu spät gewesen, einen Rückzieher zu machen.

Liesl hörte schweigend zu, schöpfte Suppe nach und füllte Luzies Glas mit frischem Wasser.

»Da bist du ja genau bei der Richtigen gelandet«, sagte sie schließlich.

»Was meinst du damit?«, fragte Luzie verdutzt.

»Liesl Hüllner aus dem Burgenland, so kennen mich alle. Aber mein Vater war ein Roma – a Ziganer, wie die Wiener sagen –, der meiner Mutter mit seiner Teufelsgeige den Kopf verdreht hat. Selina hat sie das Kind mit den rabenschwarzen Haaren genannt, das er ihr gemacht hat, bevor er auf und davon ist, zu neuen Orten und neuen Frauen. Dass das ein Fehler war, hat sie spätestens gemerkt, als der kreuzbrave Winzer Franz Hüllner sich in sie verguckt hat. Der hat sie dann schließlich auch geheiratet und drei semmelblonde Buben mit ihr gezeugt. Dem Bankert hat er nach einigem Bauchgrimmen seinen ehrlichen Nachnamen gegeben, so anständig war er. Aus Selina konnte man problemlos Liesl machen – doch der rabenschwarze Schopf schrie die frühe Schande weiterhin hinaus in das Dorf, und gemocht hat er mich niemals.«

Sie stieß einen tiefer Seufzer aus.

»Mit sechzehn bin ich von daheim weggelaufen, hab mich irgendwie durchgeschlagen, weil ich wohl das musikalische Talent meines Vaters geerbt habe und gut singen kann, und bin schließlich beim Theater gelandet. Nur Hellmer weiß davon – und jetzt du.«

»Von mir weiß er auch«, sagte Luzie. »Nur das mit dem Kind habe ich noch für mich behalten. Danke für dein Vertrauen. Alles ist bei mir bestens aufgehoben, das schwöre ich.«

»Deine Beichte ist es ebenso.« Sie zog eine Zigarette aus einer verknüllten Packung und zündete sie an. »Du auch?«

»Danke, nein. Hat mir noch nie geschmeckt. Und seit ich schwanger bin, sind meine Innereien noch empfindlicher geworden.«

Liesl genoss den ersten Zug. »Bela hat nicht aufgemacht, sagst du?«

»Nein«, erwiderte Luzie. »Und das war schrecklich für mich. Einen Schlüssel für seine elterliche Wohnung in der Josefstadt habe ich nicht. Ich habe immer wieder bei ihm geklingelt und an die Tür gepocht. Und ich habe eine ganze Weile im Treppenhaus gewartet, falls er es sich doch noch anders überlegt. Wenn er sich nur nichts angetan hat!«

»Bela mag eine gewisse Schwermut haben, das ja. Wahrscheinlich schreibt er gerade deswegen so bewegende Lieder. Und natürlich hast du ihn sehr verletzt – etwas mit seinem Bruder anzufangen, das ist schon ein ganz schön starkes Stück …«

»Stiefbruder«, korrigierte Luzie.

»Gut, dann eben Stiefbruder. So etwas sitzt tief. Aber sich deswegen umbringen? Das glaube ich nicht.«

»Ich hoffe so sehr, dass du recht hast«, murmelte Luzie. »Hoffentlich nimmt er seine Medikamente. Er kann so unvernünftig sein!«

»Bestimmt«, beruhigte Liesl sie. »Und natürlich darfst du bei mir wohnen, wenn es dir hier nicht zu einfach ist. Ich kann jede Krone gebrauchen, denn wie schlecht sie uns beim Theater bezahlen, brauche ich dir ja nicht zu erzählen. Rudi, mein Freund, hat selbst kaum Geld.« Sie zögerte, dann sprach sie weiter. »Außerdem sind wir eigentlich nicht mehr zusammen.«

»Das wusste ich ja gar nicht«, sagte Luzie.

»Ich habe es nicht an die große Glocke gehängt«, sagte Liesl. »Und so soll es auch bleiben. Ein fester Freund, das klingt doch besser als mehrere Männer, wenn du verstehst, was ich meine.«

»Noch nicht so ganz …«

»Nun, ich empfange hier bisweilen … Herrenbesuch. Das bessert die Kasse auf und macht manchmal sogar richtig Spaß. Handelt sich um eine Art festen Kundenkreis, wenn du so willst. Rudi war davon nicht sonderlich begeistert, als er es mitbekommen hat. Und falls es dich stören sollte, wird es wohl eher schwierig werden mit unserem Zusammenwohnen.« Sie räusperte sich. »In der Regel sind sie alle sehr dezent. Und manche sogar äußerst spendabel …«

»Deine Sache, Liesl. Solange ich nicht dabei mitmachen muss, ist es für mich in Ordnung«, sagte Luzie.

»Natürlich nicht«, sagte Liesl. »Wär ja noch schöner! Dein Zimmer ist dein eigenes Reich. Und solltest du einem meiner luftiger bekleideten Kavaliere mal auf dem Flur oder in der Küche begegnen, wirst du ja sicherlich nicht gleich in Ohnmacht fallen, oder?«

»Werd ich nicht. Garantiert.«

»Schön. Glück gehabt hast du übrigens auch noch. Meine Wohnung ist nämlich die einzige auf der Etage mit eigenem Klo. Na, was sagst du jetzt?

»Knorke«, erwiderte Luzie.

»Knorke?«, wiederholte Liesl verdutzt.

»Das sagen wir Berliner, wenn wir ganz von der Rolle sind.«

Sie kamen nacheinander am Theater an der Wien an, das hatten Luzie und Liesl so vereinbart. Niemand musste wissen, dass sie sich nun eine Wohnung teilten, schon gar nicht Wagner, der wie ein Habicht am Bühneneingang lauerte, als Luzie eintraf.

»Bisschen spät dran, das werte Fräulein Kühn«, sagte er höhnisch. »War wohl allzu schön im Bett mit ihrem Juden.«

Luzie schob sich stumm an ihm vorbei. Am liebsten hätte sie ihm in den Wanst getreten, aber das ließ sie besser sein.

»Axel an der Himmelstür« stand für heute wieder einmal auf dem Spielplan – ein Ensemble, das bestens aufeinander eingestimmt war, eine Produktion, bei der alles eigentlich wie am Schnürchen laufen sollte. Doch hinter der Bühne und in der Maske waren alle in heller Aufregung.

»Habt ihr die Naziaufmärsche gesehen?«

»Im Rundfunk haben sie die Absage der Volksabstimmung gebracht!«

»Schuschnigg ist bereits zurückgetreten!«

»Bundespräsident Miklas will ihn nicht entlassen!«

»Seyß-Inquart ist der neue Kanzler!«

»Ich gehe nach Prag, wenn die Deutschen einmarschieren!«

»Sie sollen die Grenze bereits überschritten haben!«

»Ist doch alles nur Nazipropaganda …«

»Meine lieben Kolleginnen und Kollegen – ich bitte um Ruhe!« Arthur Hellmer brachte mit einer Geste sein aufgebrachtes Ensemble zum Schweigen. Aller Augen waren nun auf ihn gerichtet. Er deutete auf das Radiogerät, das auf einem Tisch aufgestellt worden war. Es stand leicht kippelig, denn die Schnur reichte kaum bis zur nächsten Steckdose.

»Schuschnigg spricht zur österreichischen Nation.«

Jetzt hörten alle gespannt zu.

Die ersten Worte waren so leise, das man sie kaum verstehen konnte. Eine technische Störung? Oder musste der gestürzte Kanzler derart um Fassung ringen?

Schließlich klang seine Stimme fester, aber unendlich bedrückt.

»Die deutsche Reichsregierung hat dem Herrn Bundespräsidenten ein befristetes Ultimatum gestellt, nach welchem der Herr Bundespräsident einen ihm vorgeschlagenen Kandidaten zum Bundeskanzler zu ernennen und die Regierung nach den Vorschlägen der deutschen Reichsregierung zu bestellen hätte, widrigenfalls der Einmarsch deutscher Truppen für diese Stunde in Aussicht genommen würde.

Ich stelle fest vor der Welt, dass die Nachrichten, die in Österreich verbreitet wurden, dass Arbeiterunruhen gewesen seien, dass Ströme von Blut geflossen seien, dass die Regierung nicht Herrin der Lage wäre und aus eigenem Vermögen nicht hätte Ordnung machen können, von A bis Z erfunden sind!

Der Herr Bundespräsident beauftragt mich, dem österreichischen Volk mitzuteilen, dass wir der Gewalt weichen. Wir haben, weil wir um keinen Preis – auch in dieser ernsten Stunde nicht – deutsches Blut zu vergießen gesonnen sind, unserer Wehrmacht den Auftrag gegeben, für den Fall, dass der Einmarsch durchgeführt wird, ohne wesentlichen Widerstand – ohne Widerstand – sich zurückzuziehen und die Entscheidung der nächsten Stunden abzuwarten.

So verabschiede ich mich in dieser Stunde von dem österreichischen Volke mit einem deutschen Wort und einem Herzenswunsch: Gott schütze Österreich!«

9

Spoleto, Mai 2018

»Wie habt ihr euch eigentlich kennengelernt, Lille und du?« Heike spielte mit ihrem Weinglas.

Die kleine Trattoria nahe des Doms, die schon von außen so verheißungsvoll ausgesehen hatte, hatte ihre Erwartungen kulinarisch sogar noch übertroffen. Ruccola-Tomaten-Parmesansalat, Linguine mit Meeresfrüchten und eine Flasche Weißwein hatten die Pilger-Beine zwar entspannt, aber eher noch müder gemacht. Morgen wollten sie sich einen ganzen Tag in der geschichtsträchtigen Stadt gönnen, um danach weiter ins Rietital aufzubrechen, einem der Höhepunkte ihres Weges auf den Spuren des heiligen Franziskus.

»Ganz klassisch bei der Arbeit«, erzählte Simone. »Berlin Charlottenburg 1987, eine junge Agentur im Aufwind. Hektisch, chaotisch, chronisch unterbesetzt, so hip, wie man in den späten Achtzigern nur sein konnte. Laute Musik, Schulterpolster, grelle Farben. Jung sein als oberstes Gebot; keiner von uns war schon dreißig. Alles machbar, warum auch nicht? Jeder war irgendwie für alles zuständig, so die Devise von Mark, unserem Boss, der sich selbst am liebsten den *leader* nannte. Nur zum Spaß natürlich. Lille ist mir gleich aufgefallen, noch bevor sie den Mund aufgemacht hat. Sie war als Grafikerin angestellt, aber eigentlich konnte sie alles: Layout, fotografieren – das sogar besonders gut –, auch Texten fiel ihr leicht. Dass sie ursprünglich aus dem Osten stammte, habe ich erst nach einer Weile herausgefunden. Sie mochte es nicht, wenn man sie darauf ansprach. Offene Wunde, hab ich mir gedacht, und es dann lieber erst mal bleiben lassen.«

»Lille hat nie etwas von ihrer Familie erzählt?«

»Erst kurz, bevor sie starb. Ab und zu gab es Andeutungen, winzige, scheinbar unzusammenhängende Puzzleteilchen, die man sich nach eigenem Belieben zusammensetzen konnte. Eine große Enttäuschung, ein endgültiger Bruch, eine waghalsige Flucht, *Tabula rasa*. So hat sie selbst es immer genannt. Trotzdem hat es sie nach zwei Jahren, die sie in Westdeutschland verbracht hatte, offenbar wieder zurück nach Berlin getrieben. Weil sie der früheren Heimat doch wieder näher sein wollte? Zurück konnte sie als junge Frau mit Mitte zwanzig nicht mehr, denn es gab ja die Mauer. Die DDR war nach ihrer Republikflucht für sie unbetretbar – noch auf Jahre hin. Wer hätte damals schon an so etwas wie Wiedervereinigung gedacht? Auch ich war mir sicher, die beiden Deutschlands würden weiterexistieren bis zum Ende aller Zeiten.«

Simone fächelte sich mit der Serviette Luft zu.

»Wenn sie nicht wollte, konnte Lille eine Festung sein. Aber wenn sie sich öffnete, dann ging die Sonne auf. Sie besaß etwas, das sich nur schwer fassen lässt. Nenn es Ausstrahlung oder Aura, ganz wie du willst. Jedenfalls hat ihre Anwesenheit jeden Raum verändert. Und wenn sie wieder hinausging, fühlte es sich gleich kälter und ärmer an. Das hat sogar in Teilen noch funktioniert, als sie schon sehr krank war. Eigentlich bis ganz zum Schluss. Ein älterer Arzt wollte Lille unbedingt noch adoptieren. ›Lieb von Ihnen, aber das macht jetzt ganz bald der liebe Gott‹, hat sie ihm geantwortet und dabei so bezaubernd gelächelt, dass alle weinen mussten, die ganze Palliativstation, die damals noch nicht einmal so hieß, so lange ist das alles schon her.«

»So schön war sie?« Heike griff nach der Speisekarte. »Ich glaub, ich brauch jetzt doch noch dieses megageile Limoncello-Eis. Laufen wir ja ohnehin alles bald wieder runter. Dann bestell ich für uns also zwei Portionen?«

»Für mich nicht«, sagte Simone. »Aber gerne einen Espresso.«

Sie trank einen Schluck Wein.

»Schön trifft es nicht ganz. Aufregend war sie. Originell. Ganz und gar einzigartig. Lille ragte aus der Masse, optisch sowieso mit ihren verrückten Haaren, deren Farbe immer wieder wechselte, und den Klamotten, die sie immer selbst genäht oder so aufgepimpt hat, dass sie wie Unikate aussahen. Aber auch mit allem, was sie sagte oder tat. Männer konnte sie im Nu um den Verstand bringen, darin war sie eine wahre Meisterin. Dabei hat sie es nicht einmal darauf angelegt. Es passierte einfach so.« Simone schnalzte mit der Zunge. »Zack – und schon war es um den nächsten Kerl geschehen.«

»Aber wie war das alles denn für dich?« Heike hatte bestellt, und nun warteten sie auf Dessert und Kaffee. »So nah bei ihr und doch immer nur in der zweiten Reihe?

Warst du denn niemals eifersüchtig? Ich an deiner Stelle wäre es garantiert gewesen, erst recht als junge Frau!«

»Ich war eher amüsiert«, sagte Simone. »Und erleichtert, dass mir dieses ganze Liebeskuddelmuddel erspart blieb. In der zweiten Reihe habe ich mich sehr wohl gefühlt. Ich war ja bereits mit Rainer zusammen und wusste, mit dem könnte es hinhauen bis zum Rest meines Lebens. Zunächst wollte ich ihn ja nicht mal heiraten, so sicher war ich mir. Wozu noch ein Trauschein, wenn man sich ohnehin von Herzen liebt?«

»Aber dann habt ihr euch doch für die Ehe entschieden.«

»Haben wir«, bekräftigte Simone. »Für die Kinder ist es besser so, darin waren wir uns einig. Heute mag es anders sein, aber vor dreißig Jahren gab es noch so manche Schwierigkeiten, wenn die Eltern nicht verheiratet waren.«

»Aber es kamen keine Kinder …«

»Das stimmt so nicht ganz. Ich bin schwanger geworden, mehrmals hintereinander in relativ kurzen Abständen, aber nach ein paar Wochen war alles wieder vorbei. Lille hat wunderbar reagiert, als sie das mitbekommen hat, die Einzige übrigens aus der Agentur, die Bescheid wusste. Den anderen hab ich etwas von Bandscheibenvorfällen vorgefaselt. Manche Kollegen haben mich sicherlich schon für eine Art Jammerlappen gehalten, aber das war mir egal. Ich habe ja ohnehin nur als Teilzeitkraft gearbeitet und wusste, dass ich bald ganz weg sein würde. Sollten sie doch alle denken, was sie wollten! Auch das habe ich mir von Lille abgeschaut.«

Simone begann, ihre Finger zu kneten.

»›Du bist die geborene Mutter‹, hat sie zu mir gesagt, als ich schon total resignieren wollte. ›Gib bloß nicht auf! Dein Kind wartet schon auf dich, das kann ich spüren. Was du brauchst, ist nur noch ein bisschen Geduld, dann …‹« Sie brach ab, trank.

Der Espresso war schwarz und bitter.

Als Lille wegen der Medikamente keinen Zucker mehr essen durfte, hatte auch Simone damit aufgehört, und seitdem mochte sie es gar nicht mehr anders.

»Wir wurden beide schwanger«, sagte sie. »Innerhalb weniger Tage, das war das Verrückte daran, fast wie abgesprochen. Lille zum ersten Mal und ganz aus Versehen, bei mir war es schon der fünfte Versuch, und Rainer und ich hatten kräftig geübt. Wie glücklich wir beide damals waren! Und was wir den winzigen Wesen in unseren Bäuchen nicht alles versprochen haben! *Best buddies* sollten sie natürlich werden, unzertrennlich für das ganze Leben, genauso wie wir. Als Erstes beschlossen wir, ihnen den Süden zu zeigen, solange sie noch nicht geboren waren. Damit sie ihn später gleich wiedererkennen und lieben würden, so wie ihre Mütter. Doch leider ist es dann anders gekommen …«

Simone erhob sich abrupt.

»Ich muss jetzt ein bisschen allein sein«, sagte sie. »Das verstehst du doch sicherlich.«

Heike nickte.

»Ich hätte nicht so nachbohren sollen«, sagte sie besorgt. »Tut mir leid, Simone. Jetzt hab ich dir den schönen Abend verdorben.«

»Schon gut. Ist ja alles passiert, und vom Wegdrängen wird der Schmerz auch nicht besser. Bis morgen dann.«

Auf nicht mehr ganz sicheren Beinen legte Simone den Weg zum Hotel zurück. Der *Palazzo Dragoni*, als »Romantic Hotel« ausgewiesen, hatte seine besten Zeiten offenbar schon eine Weile hinter sich und überzeugte eher durch originelle Notlösungen als durch echten Komfort. Die Elektroleitungen schaute man besser gar nicht erst an, und im Badezimmer war so gut wie alles angeschlagen: Fliesen, Waschbecken, Wanne. Ganz zu schweigen von dem leicht rostigen Wasser, das aus den Wasserhähnen floss …

Dafür hatte das Einzelzimmer, um das Simone heute mehr als froh war, mit einer Sensation aufzuwarten: einer riesigen Fensterfront von der Decke bis zum Boden, durch die sie auf die nächtliche Stadt und ihre Lichter schauen konnte. Sie setzte sich in den kleinen Sessel am Fenster und blickte hinaus.

Jetzt holte die Erinnerung sie endgültig ein.

In einer anderen Stadt war sie mit Lille vor mehr als dreißig Jahren an einem ähnlichen Fenster gestanden. Hinter ihnen lagen ein paar sonnige Tage in Rom, die sie selbst als fröhlich und unbeschwert empfunden hatte. Gut, die Freundin war stiller gewesen, ein wenig mehr in sich gekehrt als sonst, das war ihr schon aufgefallen. Aber sie hatte nichts Schlimmes darin gesehen und es auf die neue Situation geschoben.

Doch was sie verändert hatte, *war* schlimm, so schlimm, wie es nur sein konnte.

»Ich sterbe, wenn ich dieses Kind bekomme, Simone.

Es auszutragen bedeutet meinen Tod.« Lilles Stimme war nur noch ein Wispern. »Aber ich kann es doch nicht umbringen – niemals könnte ich das! Was soll ich nur tun? Sag du es mir, ich bitte dich von ganzem Herzen darum …«

10

Wien, Mai 2018

Paulina hatte von Toni geträumt, die mit erhobenen Armen an einem Flussufer stand und nach ihr rief. Das Wasser, das sie beide trennte, war nicht sonderlich breit, aber tief, und es floss sehr schnell. Wenn man sich hineinwagte, würde man rasch abgetrieben werden, das wusste Paulina, obwohl sie noch nie zuvor an diesem Fluss gewesen war.

Und wie Toni überhaupt aussah!

Niemals im Leben würde sie so das Haus verlassen. Sie trug ein langes weißes Kleid – sie, die Weiß gar nicht mochte –, schmückte sich mit keiner einzigen ihrer üblichen Ketten und war barfuß. Wie eine mittelalterliche Büßerin – oder wie jemand im Krankenhaus …

Paulina war schlagartig hellwach.

Die gelben Vorhänge bewegten sich leicht, die Balkontür hatte wohl die ganze Zeit offen gestanden, und sie war nicht allein.

Lena kauerte neben dem Futon.

»Ich hatte schon angefangen, mir Sorgen zu machen«, sagte sie. »Weil man über Stunden so gar nichts von dir gehört hat. Deshalb bin ich in der Mittagspause schnell nach Hause gekommen, um nachzuschauen. Alles in Ordnung, Paulina?«

»Ja«, sagte die, noch immer ziemlich schlaftrunken. »Nur sehr viel Vergangenheit. *Aufwühlende* Vergangenheit. Tut mir leid, dass ich dich beunruhigt habe. Aber Luzies Tagebuch ist für mich wie eine Droge. Je mehr ich erfahre, desto mehr muss ich davon haben.«

»Ging mir ganz ähnlich«, sagte Lena. »Aber übernimm dich trotzdem nicht, versprochen? Man muss es zwischendrin auch mal sacken lassen. Sonst überrennt es einen förmlich. Wie weit bist du?«

»11. März 1938. Als sie zu Liesl alias Selina zieht. Die mit dem wechselnden Herrenbesuch. Bin schon sehr gespannt, was da noch alles kommt! Sag mal, Hand aufs Herz: Würde es euch stören, wenn ich noch ein paar Tage bei euch bliebe? Ich habe das Gefühl, ich sollte das Tagebuch hier zu Ende lesen.«

»Oh«, sagte Lena. »Da kommt noch so einiges, das kann ich dir garantieren. Am 12. März 1938, dem darauffolgenden Tag, ist Hitler nach Österreich gekommen, und am 15. März hat er zu den Wienern am Heldenplatz vom Balkon der Hofburg aus gesprochen. Binnen dreier Tage hatte Österreich aufgehört zu existieren. Ab da gab es nur noch die Ostmark des Deutschen Reiches. Wappne dich also schon mal innerlich, denn dann wird es richtig heftig, und du wirst Dinge lesen, die du vielleicht kaum glauben magst. War alles andere als einfach für mich, die Stadt, die ich liebe, so beschrieben zu lesen. Du musst wissen, hier bei uns in Österreich hat sich bis in die Neunzigerjahre der Mythos gehalten, wir seien das erste Opfer Nazideutschlands gewesen. Natürlich mussten selbst die Hartleibigsten im Land inzwischen einräumen, dass dem nicht so war.

Aber wissen und fühlen sind zwei Paar Schuhe. So mancher hier kaut bis heute bitter daran. Und der widerliche Rechtsruck, den ganz Europa derzeit erleben muss, tut sicherlich sein Übriges dazu. Die ersten Molche wagen sich ja bereits wieder aus dem Schlamm …«

Sie fuhr sich mit der Hand über das Gesicht, als wolle sie etwas wegwischen.

»Und nun zu deiner Frage: Natürlich kannst du bei uns bleiben. Sehr gern sogar. Wir alle freuen uns über deine Anwesenheit, allen voran mein lieber Sohnemann …«

Paulinas Smartphone vibrierte.

»Ich lass dich jetzt in Ruhe telefonieren.« Lena stand auf. »Nimm dir aus dem Kühlschrank, was immer du magst. Ich muss schleunigst zurück in die Buchhandlung. Auch der toleranteste Chef hat schließlich seine Grenzen.«

»Toni – endlich!«, sagte Paulina, nachdem sie den Anruf angenommen hatte. »Ich hab gerade so intensiv von dir geträumt. Wo steckst du denn die ganze Zeit? Sorgen hab ich mir um dich gemacht, und das nicht zu knapp.«

»Ich strahle, mein Schätzchen.«

»Du tust – was?«

»Strahlen, du hast mich schon ganz richtig verstanden. Es ging mir nämlich nicht sonderlich gut, nachdem du abgereist warst: Kurzatmigkeit, verdammt hoher Puls, Herzrasen, wieder die ganze blöde Geschichte. Der Notarzt hat mich ins hiesige Krankenhaus gebracht, weißt schon, Ernst von Bergmann Klinik, wo ich schon mehrmals war. Das Vorhofflimmern hatten sie schnell wieder im Griff. Aber dieses Mal war einer der Ärzte clever genug, eine Verlegung in die Charité anzuordnen, und dort wurden dann zusätzliche Untersuchungen angestellt.«

Effektvolle Pause, darin war die alte Dame eine wahre Meisterin.

»Jetzt mach es doch nicht ganz so spannend, Toni«, drängte Paulina. »Dich kann man ja wirklich keine drei Tage alleine lassen!«

»Kann man durchaus. Muss man jetzt sogar.« Ihr berühmtes Koboldlachen. Sie schien sich wohlzufühlen, wo immer sie auch sein mochte. »Sie haben meine Schilddrüse untersucht. Szintigramm nennen das die Mediziner, die haben ja für alles ihren lateinischen Geheimcode. Die Schilddrüse ist bei mir nicht nur vergrößert, deshalb schlackern mir in letzter Zeit die Kleider am Leib, sondern hat auch noch kleine Gewebeinselchen gebildet. Heiße Knoten, so heißt das in der Medizin.«

»Hoffentlich nichts Schlimmes?« Paulina atmete nur noch ganz flach.

»Eigentlich nein. Nur kann dieses Struma Nodosa – du siehst, mein alter Kopf funktioniert noch ganz gut – eben immer wieder neues Vorhofflimmern auslösen. Doch damit soll jetzt Schluss sein. Ich habe eine Radiojodtherapie begonnen, stell dir vor, eine einzige Tablette genügt angeblich. Jetzt sitze ich gewissermaßen im Bunker beziehungsweise in einer speziellen Station ohne Besucherzugang und muss abwarten, bis ich ausgestrahlt habe und man mich wieder auf die Menschheit loslassen kann.«

Sie lachte wieder.

»Bis dahin bin ich bestens versorgt, mach dir keine Sorgen: Hörspiele, jede Menge Lesestoff, reichlich Papier und

Buntstifte, nicht einmal über das Essen hier lässt sich meckern. Außerdem weißt du doch: Ich langweile mich nie. Und du, mein Herz: Was macht Wien?«

»Ach, Toni!« Nach all dem soeben Gehörten fühlte Paulina sich ganz schwindelig. Aber Toni war in medizinischer Obhut, sie klang fröhlich, und es ging ihr nach eigenen Aussagen gut. Und wenn sich auf diese Weise das beängstigende Vorhofflimmern reduzieren oder gar abstellen ließ, sollte es ihr nur recht sein. »Ich weiß gar nicht, wo ich anfangen soll! Aber warte, ich versuche es mal …«

Im Schnelldurchgang gab sie Toni eine Zusammenfassung: Luzies Tagebuch und die wichtigsten Stationen, die sie darin schon zurückgelegt hatte, der Trödel von Frau Blau und der Kofferfund. Die Nacht mit Moritz und Támas. Und natürlich Wien.

Wien!

»Muss eine wunderschöne Stadt sein«, sagte Toni. »Ja, da wollte ich auch immer mal wieder hin …« Sie klang verträumt.

Hatte sie gerade *wieder* gesagt?

Weil du dort zur Welt gekommen bist?

Die Frage lag Paulina schon auf der Zunge, aber aus einem Grund, den sie selbst nicht genau benennen konnte, sprach sie sie nicht aus.

»… aber jetzt bist du ja für mich dort. Und eine bessere Botschafterin könnte ich mir gar nicht wünschen«, fuhr Toni fort.

»Ja, und ich würde gern noch länger bleiben«, sagte Paulina. »Die Brunners haben schon eingewilligt. Ich fühle mich Luzie am nächsten, wenn ich ihr Tagebuch an Ort und Stelle lese. Kannst du das verstehen?«

»Sehr gut sogar. Außerdem dürftest du mich ja ohnehin nicht besuchen. Und telefonieren kann ich problemlos vom Bunker aus. Ich geb dir mal meine Nummer durch.«

Paulina notierte.

»Ich sage Bescheid, wenn sich was Neues ergibt«, versprach sie. »Jetzt geh ich erst mal kurz an die Luft. Aber das Tagebuch kommt im Rucksack mit. Vielleicht kann ich ja unterwegs in einem schönen Wiener Caféhaus weiterlesen.«

»Du magst diese Luzie?«, fragte Toni. Ihre Stimme klang brüchiger als sonst. Wahrscheinlich waren die letzten Tage doch anstrengender für sie gewesen, als sie zugeben mochte.

»Und ob!«, versicherte Paulina. »Ganz nah fühle ich mich ihr inzwischen, so wie einer sehr guten Freundin. Dir wird sie auch liegen, das weiß ich.«

»Eine von uns also?«, fragte Toni.

»Ganz genau. Eine von uns!«

Nicht ganz einfach, Moritz abzuwimmeln, der sofort neugierig aus seinem Zimmer kam, als er sie in der Küche hantieren hörte, aber Paulina stellte sich schwerhörig, als er ihr anbot, sie in die Innenstadt zu begleiten. Dabei wusste sie sehr genau, was sie sich mit dieser Ablehnung antat. Zum Glück hatte sie seiner Wegbeschreibung zugehört, doch wie so oft, wenn es um das Thema Orientierung ging, leider nur halbwegs konzentriert.

Zum nah gelegenen Bauernfeldplatz ging sie zu Fuß und stieg dort in den D-Wagen ein. Sie solle in den 1er wechseln, das hatte Moritz ihr eingeschärft, aber wo noch einmal ganz genau?

Um keinen Fehler zu machen, stieg sie schon nach zwei Stationen wieder aus. *Börse* stand an der Haltestelle.

Börse – und wie nun weiter?

Ihr Plan für die Innenstadt reichte nicht bis hierher, das hatte sie schon leicht hektisch überprüft. Prompt stieg wie ein drohendes Gespenst das miese, leider nur allzu vertraute Gefühl von Verlassenheit in ihr auf. Um ihm möglichst wenig Raum zu gewähren, sprach Paulina den nächsten Passanten an, der ihr allerdings in so breitem Wienerisch antwortete, dass sie sich anstrengen musste, um ihn überhaupt zu verstehen.

Einfahrender 1er, pickte sie sich aus seiner wortreichen Erklärung heraus. *Aussteigen am Schwedenplatz.*

Der Platz mit den glücklichen Nudeln, den kannte sie.

Paulina atmete tief durch und fühlte sich plötzlich wieder eins mit der Welt.

Am Schwedenplatz angelangt, ging sie nach kurzer Rückversicherung durch eine ältere Dame weiter in Richtung Zentrum und gönnte sich beim Eis-Greissler, einer entzückenden Eisdiele, vor der eine beachtliche Schlange anstand, eine große Waffel Bioeis. Butterkeks, Karamell mit Salzbrezeln und Topfenholunderbeere schleckte sie genüsslich im Gehen. Die Stadt wirkte frühsommerlich heiter. Überall waren Tische und Stühle im Freien aufgestellt und bestens besucht. Die Frauen zeigten sich in Kleidern, Röcken und ausgeschnittenen Shirts, viele Männer hatten ihre Jacken ausgezogen und liefen hemdsärmelig umher. Auch Paulina trug zu ihrer zerrissenen Jeans nur ein luftiges, in der Taille geknotetes weißblaues Streifenhemd, das einst ihrem Vater gehört hatte.

Schneller als erwartet, stand sie auf einmal vor der beeindruckenden Fassade des Stephansdoms. Sie trat ein paar Schritte zurück, um den Bau in Gänze auf sich wirken zu lassen.

»Heiliger Boden«, hörte sie eine spröde Frauenstimme neben sich. »Aber das haben die Leut natürlich längst vergessen und trampeln einfach darauf herum. Dabei haben hier über Jahrhunderte die Toten geruht.«

Die Frau war faltig, ging leicht gebückt und war schäbig, fast zerlumpt gekleidet. Ein halb aufgelöster weißer Zopf hing ihr über die Schulter. Doch ihre hellen Augen wirkten ungemein lebendig.

»Aber schon lange nicht mehr, oder?«, erwiderte Paulina.

»Da haben Sie recht. Sie sind nicht von hier?«

»Gut erkannt. Ich bin aus Berlin, eine waschechte Piefke. So nennen Sie uns doch hier. Stand so jedenfalls in meinem Reiseführer. Und Sie?«

»Ich bin das Nannerl vom Steffl. So haben mich die Leut getauft, weil ich doch jeden Tag hier bin. Dann kommen Sie mal mit, junge Frau aus Berlin. Ganz so heilig war es hier nämlich dann doch nicht. Jedenfalls nicht überall.«

Sie packte Paulinas Arm und zerrte sie ein Stück vom Dom weg. Im ersten Moment wollte Paulina, die nicht gern von wildfremden Leuten berührt wurde, sich wehren, doch dann ließ sie es ausnahmsweise geschehen.

»Eigentlich sollten wir da oben sitzen, im obersten Stockwerk des Hotel-Cafés.« Nannerl deutete in die Höhe. »Von dort aus sieht man es nämlich noch viel besser. Aber da ist jetzt schon zu. Mitten am Nachmittag, wo die Leut doch Lust auf Kaffee und Kuchen haben, wer macht denn so was? Aber egal, schließlich geht es auch von unten. Jetzt schauen Sie mal nach rechts, dann nach links. Und schön langsam bitte. Was sehen Sie auf den beiden Säulen des Heidentors?«

»Oben links, das sieht aus wie ein – Phallus«, sagte Paulina verblüfft. »Und rechts …« Sie schüttelte den Kopf, weil sie es zunächst nicht glauben konnte.

»… sitzt obendrauf eine Vulva. Männlich und weiblich eben, so wie das Leben. Jetzt staunen Sie, hab ich recht?«

Paulina nickte.

»Die meisten laufen vorbei, ohne es überhaupt wahrzunehmen. Aber Sie gehören jetzt zu den Sehenden.«

»Hört sich gut an«, sagte Paulina.

Nannerl grinste zufrieden.

»Und nun? Hinauf auf den Südturm zur Pummerin, wie unsere berühmteste Glocke heißt? Sie läutet an Silvester für ganz Österreich das neue Jahr ein. Dahin bringt Sie für eine Handvoll Euro sehr komfortabel ein Aufzug. Oder doch lieber auf den Nordturm, ins Türmerstübchen? Zu dem müssten Sie allerdings laufen. Viele, viele Stufen. Aber Wien einmal ganz von oben – das hat schon was.«

»Ich glaub, das schau ich mir lieber ein anderes Mal vom Riesenrad aus an«, sagte Paulina, die dabei an Luzie und Richard denken musste. »Aber danke für die guten Tipps. Ich möchte jetzt in den Dom.«

»Soll ich draußen auf Sie warten?«

»Danke, nein.« Paulina drückte ihr einen kleinen Schein in die Hand, der blitzschnell verschwand. »Ich muss ein bisschen für mich sein. Das verstehen Sie doch sicherlich.«

Nannerl nickte.

»Wenn Sie es eher besinnlich mögen, könnt ich Ihnen noch die Kapuzinergruft ans Herz legen«, fuhr sie fort. »Dort liegen sie nämlich begraben, die toten Habsburger. Ist gar nicht weit von hier.« Sie deutete vage nach rechts. »Der Sarkophag von der Sissi bekommt übrigens noch immer frische Blumen. So viele Fans, obwohl sie doch schon so lang tot ist. Aber ich glaube fast, die meisten meinen eher die verstorbene Romy Schneider …«

Vor sich hinplappernd ging sie weiter, dann blieb sie plötzlich stehen und kehrte noch einmal zurück.

»Da ist noch was, das ich Ihnen unbedingt zeigen sollte«, sagte sie. »Etwas, das keinesfalls vergessen werden darf. Folgen Sie mir!«

Beim Gehen mussten sie ein paar Ersatz-Mozarts in grellen Rokokokostümen mit weiß gepuderten Perücken ausweichen, die ihnen Konzertkarten aufdrängen wollten.

»Lästiges Pack«, kommentierte Nannerl abfällig. »Und täglich werden es mehr. Dagegen sollte der Magistrat mal vorgehen. Aber jetzt Achtung: Sehen Sie, was ich meine?«

»O5« war neben dem Eingangstor des Doms in die Fassade eingeritzt.

»Was ist das?«, frage Paulina, die unwillkürlich Gänsehaut bekommen hatte.

»Früher war es in weißer Farbe aufgemalt«, erklärte Nannerl. »Als es im Lauf der Jahre dann verblasste, hat man es in den Stein eingeritzt: das Zeichen des Widerstands. 5 steht für den fünften Buchstaben im Alphabet – also E. Zusammengesetzt bedeutet das Kürzel OE und steht für Österreich. Anfangs waren es vor allem Großbürger und Adelige, die gegen die Nazis opponiert haben, später gab es auch Kontakte zu Sozis und Kommunisten. Sie wurden immer mehr. Und sie alle wollten ein freies Österreich. Doch was musste alles passieren, bis es endlich wieder so weit war!«

Sie schob den Zopf nach hinten.

»Mein Vater war einer von ihnen«, sagte sie. »Ein bettelarmer Sozi, aber ein tapferer Mann. Als ich auf die Welt kam, hatten sie ihn bereits hingerichtet.«

»Das tut mir sehr leid«, sagte Paulina. Ob sie auch bei Luzie etwas darüber finden würde?

»Und mir erst! Hätt ihn zumindest gern kennengelernt. Aber was soll man machen? Die Zeit zurückdrehen kann keiner.«

Sie blieb plötzlich stehen. Weil sie auf weiteres Trinkgeld wartete?

Paulina befand, dass es genug gewesen war.

»Und jetzt genießen Sie Ihren Tag!« Nannerl hatte offenbar kapiert, dass im Augenblick nichts nachkommen würde, und nahm bereits die nächste Touristin ins Visier.

Paulina öffnete das Portal und betrat den Dom.

Was für ein gigantisches Bauwerk!

Ganz klein kam sie sich darin vor.

Sie setzte sich auf eine der Bänke und ließ den barocken Innenraum auf sich wirken. Orgelmusik setzte ein. Es klang nach Mozart, ein Stück, das Paulina nicht kannte. Trotzdem tat die schwebende Musik der massiven Architektur gut, machte sie heiterer und lichter.

Nach einer Weile stand sie auf und strebte dem Ausgang zu, nicht ohne zuvor am Opferstock drei Kerzen angezündet zu haben: je eine für Mamasi, Toni und für sich selbst.

Unsere kleine Familie, wie Paulina plötzlich gerührt dachte. *Was können wir froh sein, in anderen Zeiten leben zu dürfen!*

Bald würden sie alle wieder zusammen sein.

Zu erzählen gab es ja jede Menge …

Noch ganz unter dem Eindruck des düsteren Pomps der Kapuzinergruft, in der sie nachdenklich von Sarkophag zu Sarkophag gegangen war, landete Paulina schließlich nach einigen Umwegen vor dem Café Demel am Kohlmarkt. »K.u.K. Hofzuckerbäckerei« stand in Goldbuchstaben auf dem schwarzen Schild, was kaiserlich und königlich bedeutete, wie Moritz ihr erklärt hatte. Sie war so durstig und ausgehungert, dass sie sich am liebsten sofort auf eines der eisernen Stühlchen gestürzt hätte, die davor standen, aber die waren alle besetzt, und so ging sie hinein.

Linkerhand empfing sie eine verschwenderisch mit Torten, Kuchen und Gebäck dekorierte Vitrine, der verführerische Gerüche entströmten. Auf Anhieb verliebte sie sich in eine schokobraune Torte namens Döry, bestellte sich ein Stück davon und bekam ein Zettelchen in die Hand gedrückt. Rechts öffnete sich ein kleiner Nebenraum, in dem abgepackte Spezialitäten des Hauses zur Mitnahme angeboten wurden. Paulina aber strebte geradeaus, bis sie recht bald ans Ende einer Warteschlange stieß, und begriff, dass man keineswegs eigenmächtig einen der kleinen Tische auswählen durfte, sondern abwarten musste, bis man »gesetzt« wurde.

Die Schlange löste sich langsam auf, und schließlich kam eine der schwarz gewandeten Damen, deren strenge Tracht durch ein kokettes weißes Schürzchen aufgelockert wurde, auf sie zu und brachte sie zu einem freien Platz. Paulina studierte die Getränkekarte, bestellte sich Mineralwasser sowie einen Kaffee namens Kapuziner, weil sie doch gerade aus der gleichnamigen Gruft kam, und wurde ihr Zettelchen für die Vitrine los. Kaum wurden der Mokka mit flüssiger Sahne, ihr Wasser und die Torte serviert, begann sie auch schon, zu essen.

Torte Döry zerging auf der Zunge, und Paulina fühlte sich wie im Paradies. Links hatte sie die beste Aussicht auf die überdachte Backstube im Hof, von der sie nur eine Glaswand trennte. Eine Handvoll Konditoren waren emsig am Werkeln. Von zweien wurde gerade ein riesiger Strudelteig ausgewalkt, auf einem langen Tisch mit Mohn gefüllt und anschließend eingeschlagen, bevor er geteilt und auf eines der Backbleche manövriert wurde.

Genau das sollte ihr zweiter Gang werden, beschloss Paulina in diesem Moment. Aber zuvor musste sie unbedingt noch ein paar Seiten in Luzies Tagebuch lesen.

Sie holte es aus dem Rucksack und schlug es auf.

Wien, Mai 1938, stand auf der nächsten Seite.

Mai? Wieso Mai?

Der vorherige Eintrag hatte mit dem 11. März geendet.

Am Tag darauf, dem 12. März, war Hitler nach Wien gekommen, das hatte Lena ihr vorhin erzählt. Seine berühmte Rede hatte er am 15. des Monats gehalten.

Doch Luzies Aufzeichnungen setzten erst im Mai wieder ein. Dafür musste es Gründe geben …

»Frau Wilke? Ich glaub es ja nicht!«

Sie schlug das Tagebuch zu und schaute auf.

Der nette Anwalt aus dem Zug! Wie hatte er noch gleich mal geheißen?

Irgendetwas mit Ba …

»Bárány«, sagte er, als spürte er ihre Unsicherheit. »Viktor Bárány. Sie sind meiner Empfehlung also gefolgt? Freut mich sehr, und lassen Sie es sich bitte schmecken!«

»Wollen Sie sich nicht zu mir setzen?«, schlug Paulina vor.

»Wenn ich darf, sehr gern.« Er nahm auf dem Stuhl gegenüber Platz. »Aber ich habe Sie gerade beim Lesen unterbrochen …«

»Wenn schon, dann eher beim Nachdenken«, erklärte Paulina. »Ich bin da an ein erstaunliches Zeitdokument geraten, das mir schlaflose Nächte bereitet, seitdem ich in Wien bin – im wahrsten Sinn des Wortes.«

»Klingt spannend«, sagte er, nachdem er sich einen doppelten Espresso bestellt und sein Kuchenzettelchen an die Bedienung weitergereicht hatte. »Mögen Sie mir mehr davon erzählen?«

»Es handelt sich um das Tagebuch einer jungen Berliner Sängerin, die 1936 nach Wien gekommen ist. Sie war teilweise jüdischer Abstammung, darum könnte man es auch als Flucht bezeichnen. Außerdem war Goebbels hinter ihr her. Sie schildert ihr Leben und damit die Zeit vor dem Anschluss im März 1938 …«

»Nur ein paar Meter von uns liegt der Heldenplatz«, unterbrach Bárány sie. »Dort sind sie gestanden, die Wiener, haben Hitler zu Abertausenden zugejubelt und den rechten Arm hochgerissen.«

»Das klingt ja fast, als seien Sie selbst dabei gewesen«, sagte Paulina.

Er nahm von der Bedienung Espresso und Sachertorte plus Schlagobers in Empfang.

»Mein Großvater war es«, sagte er. »Als achtjähriger Junge. Er hat mir später immer wieder davon erzählt – was nicht möglich gewesen wäre, hätten die Briten nicht ab Winter 1938 damit begonnen, jüdische Kinder in ihr Land zu holen. So konnte Aaron Bárány überleben, was den meisten anderen Mitgliedern unserer Familie leider nicht vergönnt war. Ari, wie er sich später nannte, hat damals viel geweint, weil er unter maßlosem Heimweh litt. Zu jener Zeit durften Jungs allerdings noch nicht weinen, und so hat er sich bitter dafür geschämt.«

Paulina musterte ihn ernst. »Man hat natürlich davon gehört, und hat doch keine Ahnung, wie es wirklich war«, sagte sie. »Wenn plötzlich ein menschliches Einzelschicksal vor einem lebendig wird, triff es einen sehr viel tiefer.«

»An die 200 000 Juden haben 1938 in Wien gelebt«, erwiderte Bárány. »Nach 1945 waren es dann keine 6 000 mehr. Ein Teil konnte emigrieren. Mehr als 65 000 wurden deportiert und ermordet – Männer, Frauen und Kinder. Das sind verdammt viele menschliche Einzelschicksale.«

Seine Torte hatte er bislang noch nicht angerührt.

»Ich hoffe so sehr, Luzie Kühn konnte entkommen«, sagte Paulina. »So heißt nämlich die Sängerin, deren Aufzeichnungen ich gerade lese. Das mag jetzt vielleicht seltsam für Sie klingen, weil ich sie ja nur aus dem Tagebuch kenne, aber dennoch ist sie mir inzwischen ungeheuer nah. Ich mache das übrigens stellvertretend für eine alte Dame, die in Potsdam lebt und aus gesundheitlichen Gründen nicht mehr reisen darf. Genau genommen ist es das Vermächtnis eines Wieners an sie. Er hat das Tagebuch über all die Zeit gerettet. Damals war er ein kleiner Junge, ungefähr im gleichen Alter wie Ihr Großvater. Sie könnten sich sogar gekannt oder zusammen die Schulbank gedrückt haben.

»Schöne Idee, aber doch eher ziemlich unwahrscheinlich«, sagte er mit einem kleinen Lächeln. »Wien hat an die zwei Millionen Einwohner, damals wie heute. Da kennt nicht jeder jeden.«

Er nahm seine Gabel und probierte.

»Geht doch nichts über die Sachertorte hier«, sagte er. »An besonders harten Tagen in der Kanzlei gönne ich sie mir. Nach der waren übrigens auch Baldur von Schirach und seine Gattin ganz verrückt. Von Hitlers Gnaden vom Reichsjugendführer zum Gauleiter der Ostmark arriviert, stellte er den *Demel* unter seinen besonderen Schutz. Es gab Zuteilungen gastronomischer Produkte aus dem Ausland, um in Zeiten von Markenzuteilung und Kriegswirtschaft weiter bestehen zu können. Was die beiden allerdings nicht wussten: Während sie im Gastraum köstliche Torten verzehrten, versorgten die Demelinerinnen – so werden die reizenden Damen in Schwarz-Weiß genannt – in einem

Gang zwischen Küche und Toilette politisch Verfolgte. Zudem konnte man ab 1939 hier illegale Radiosender hören und sich somit über den tatsächlichen Kriegsverlauf auf dem Laufenden halten.«

»Krass«, sagte Paulina. »Dabei sieht alles hier so harmlos plüschig aus …«

»Wenn Sie noch mehr darüber wissen wollen, kann ich Ihnen das Jüdische Museum ans Herz legen«, sagte Bárány. »Oder Sie gehen zum Judenplatz, gar nicht weit von hier. Dort steht das Mahnmal der britischen Bildhauerin Rachel Whiteread, eine nach außen gestülpte Bibliothek mit verschlossenen Türen, die Buchrücken nach innen gekehrt, Symbol für den unwiederbringlichen Verlust der jüdischen Shoah-Opfer des Naziregimes. Auf den Stufen finden Sie all die Namen der 45 Orte, wo diese Verbrechen durchgeführt wurden. Als Kunstwerk geglückt, wenn Sie mich fragen: schlicht, aber äußerst eindrucksvoll.«

»Danke«, sagte Paulina, »das werde ich mir ganz bestimmt ansehen. Ich bleibe nämlich ein paar weitere Tage in Wien. Und zu lesen«, sie tippte auf das blaue Buch, »gibt es ohnehin noch jede Menge.«

Sie hielt kurz inne. Sein Teller war inzwischen leer, die Tasse ebenso.

»Frage an Sie«, fuhr sie fort. »Wenn der Heldenplatz schon so nah ist, würden Sie mich vielleicht kurz dorthin begleiten?«

Jetzt war der weite Platz leer, bis auf ein paar asiatische Touristen, die eifrig Handyfotos schossen. Die Nachmittagssonne brannte herunter, als sei es bereits mitten im

Hochsommer, und obwohl sie gerade erst getrunken hatte, war Paulina schon wieder durstig.

»Acht Grad, wolkiges Wetter. Die Menschen stehen Schulter an Schulter. In fieberhafter Spannung haben die Massen Burgring und Heldenplatz gefüllt.« Bárány hörte sich an wie ein Sportreporter aus den Dreißigerjahren. »Für die Absperrungen sorgen die Wiener Polizei und Polizeieinheiten aus anderen deutschen Standorten, Teile der SS und der SA. Mächtige Hakenkreuzfahnen wehen vor der Fassade des äußeren Tors der Hofburg, während zu beiden Seiten der Durchfahrten aus den Pylonen die Opferflammen emporlodern. Das äußere Burgtor säumen Ehrenkompanien der geeinten großdeutschen Wehrmacht …«

Er hielt inne.

»Sehen Sie es vor sich?«, fragte er Paulina.

»Ja«, erwiderte sie, gebannt von seiner eindrücklichen Beschreibung. »Ich kann es wirklich sehen.«

»Dabei war der Einmarsch der Deutschen nach Österreich – trotz Blumenkorsos – zunächst ein einziges Fiasko. Nichts klappte, überall wurde gepfuscht. Auch ohne den Widerstand der österreichischen Soldaten verzögerte sich die Marschkolonne. Die geltende Linksfahrordnung verwirrte die deutschen Lkw-Fahrer; zwei Dutzend deutsche Soldaten starben bei Unfällen, sieben weitere ertranken. In Passau stauten sich die Truppen; Panzer und Spähwagen blieben am Wegrand liegen, 665 Pferde verendeten – und das alles, obwohl kein einziger Schuss fiel.«

Sein Lachen war kurz und klang bitter.

»Erstaunlich eigentlich, dass Hitlers Truppen Wien überhaupt erreicht haben. Zum Glück für ihn waren bereits Himmler und fünfzig seiner Männer vor Ort, begleitet von Reinhard Heydrich, dem späteren ›Architekten der Endlösung‹, wie er sich selbst gern nannte. Alle Akten der Kriminalpolizei wurden aus dem Stand heraus beschlagnahmt. Der Terror gegen Andersdenkende startete – und vor allem der gegen die Juden. Leider stachelte sich der Wiener Pöbel zu hinterfotziger Gemeinheit auf. Juden sowie Politiker des Ständestaates, die gerade noch im Amt gewesen waren, wurden zu sogenannten ›Reibpartien‹ getrieben. Unter johlender Begeisterung der Umstehenden zwang man sie, mit Zahnbürsten oder sogar bloßen Händen die Slogans für ein ›Ja zu Österreich‹, die nur wenige Tage zuvor in euphorischer Stimmung angebracht worden waren, mit ätzender Lauge von Pflaster und Hauswänden zu entfernen. Leute drangen gewaltsam in jüdische Wohnungen ein, vertrieben die Mieter, stahlen, raubten und zerstörten, was immer ihnen in den Sinn kam. Es kam zu den ersten Selbstmorden Verzweifelter, darunter auch des jüdischen Autors und Kabarettisten Egon Friedell, Verfasser eines meiner Lieblingswerke *Kulturgeschichte der Neuzeit*. Schon mal was davon gehört?«

»Leider nein«, musste Paulina einräumen.

»Sollten Sie unbedingt nachholen! Brillant, kenntnisreich, unterhaltsam dazu, für mich einfach unübertroffen. Eines der Bücher, die man immer wieder lesen kann. Friedell ist aus dem Fenster gesprungen, als sie ihn holen kamen. Nicht ohne zuvor die Passanten auf dem Gehsteig gewarnt zu haben, sie sollten bitte zur Seite treten. Er war nämlich ein ziemlicher Koloss, müssen Sie wissen, ein Koloss mit scharfem Verstand und großem Herzen.«

Bárány fuhr sich mit der Hand über die Stirn.

»*Wilde Arisierungen*, so wurden diese Umtriebigkeiten später genannt, und sie waren offenbar selbst den Berliner Obernazis zu viel. Die SS griff ein, allerdings erst nach drei Tagen. Denn sie wollte sich natürlich lieber selbst ordentlich bereichern, anstatt all diese Schätze unkontrolliert einem wütenden Mob zu überlassen. Solange hatte das braune Gesindel in Wien freie Hand – und das wurde weidlich ausgenutzt.«

Und du, Luzie, dachte Paulina erschrocken. *Wo warst du, als das alles passierte?*

Ihr Smartphone gab ein *Pling!* von sich. Sie holte es aus der Hosentasche und warf einen schnellen Blick darauf. Es war Bruno, und er störte gerade gewaltig – aber vielleicht war ihm ja etwas zugestoßen?

> Bin gerade am Strand und muss beim Meerrauschen ständig an dich denken. Portugal damals, weißt du noch, Pauli? Nur du und ich in dieser einsamen kleinen Bucht … Wir sollten noch einmal ganz von vorn anfangen, was meinst du? Oder hast du mich für immer abgeschrieben? Bitte melde dich! Ich warte. Kuss Bruno

»Etwas Unangenehmes?«, fragte der Anwalt, weil sie offenbar beim Lesen unwillkürlich das Gesicht verzogen hatte.

Paulina zuckte die Achseln.

»Ja und nein«, sagte sie. »Vergangenheit eben. Aber noch nicht ganz so lange her.«

»Sollen wir noch mal zurück zum 15. März 1938?«, fragte Bárány.

»Ja«, sagte Paulina. »Denn der schaurige Hauptdarsteller fehlt ja noch.«

»Hitler hatte seinen Standort für die Rede, den Balkon der Hofburg, den er mit souveräner Siegergeste betrat, strategisch gut gewählt. Unten johlten und jubelten die Menschen – bis zu einer Viertelmillion sollen es gewesen sein. Betriebe waren geschlossen worden, Schulstunden fielen aus, damit auch alle in Wien den Führer reden hören konnten. Ich bin weder willens noch in der Lage, den Nazischwachsinn in Gänze herunterzubeten, den er damals von sich gegeben hat. Doch ein paar Sätze hab ich mir gemerkt.«

Bárány stellte sich in Positur.

»›Ich kann somit dem deutschen Volk die größte Vollzugsmeldung meines Lebens abstatten. Als Führer und Kanzler der deutschen Nation und des Reiches melde ich vor der deutschen Geschichte nunmehr den Eintritt meiner Heimat in das Deutsche Reich.‹«

Paulina atmete hörbar aus.

»Es kommt noch besser, warten Sie«, sagte er und fuhr fort: »›Dieses Land ist deutsch, es hat seine Mission begriffen, es wird diese erfüllen, und es soll an Treue zur großen deutschen Volksgemeinschaft von niemandem jemals überboten werden.‹«

Báránys Blick bekam etwas Zwingendes. »Ist Ihnen klar, was damit gemeint war?«, fragte er.

»Dass Deutschland und Österreich ab jetzt eins sein sollten …«

»Die Aufforderung, den Nationalsozialismus mit allen Mitteln durchzusetzen – koste es, was es wolle.«

Bárány zeigte ein Lächeln, das er sich allerdings abzuringen schien.

»Für heute genug von Wiens brauner Vergangenheit«, sagte er. »Die Arbeit in der Kanzlei ruft, und ich will Sie ja wieder in Ruhe durchatmen lassen. Melden Sie sich, wenn Sie mehr erfahren wollen. Sie haben ja meine Karte und wissen, wo Sie mich finden.«

Er verabschiedete sich, und Paulina blieb ein wenig benommen zurück. Sie musste unbedingt weiterlesen, nichts anderes hatte sie jetzt im Kopf.

Aber wo?

Zurück ins plüschige Demel wollte sie nicht.

Bei den Brunners würde sie womöglich auf Moritz treffen, und nach Small Talk war ihr jetzt ebenfalls nicht zumute.

Plötzlich wusste Paulina, wo der richtige Ort war.

Sie kramte im Rucksack nach dem Innenstadtplan und studierte ihn eingehend. Schien zum Glück ja ziemlich nah zu sein.

Sie ging einfach los.

Und erreichte nach ein paar Minuten tatsächlich ihr Ziel, ohne sich ein einziges Mal zu verlaufen – wie gut sich das anfühlte!

Der Judenplatz war an allen Seiten von Gebäuden umschlossen und trug seinen Namen bereits seit dem 15. Jahrhundert. Fünf Straßenzüge mündeten hier. An diesem Platz, so der Stadtführer, hatte einst auch die mittelalterliche Synagoge gestanden sowie eine der bedeutendsten

Judenschulen des deutschsprachigen Raums. Hier hatte sich im Mittelalter Schreckliches abgespielt: die Wiener Gesera, eines der größten und blutigsten Pogrome des Landes. Nach der Vertreibung aus »Stadt und Land« durch Herzog Albrecht V. hatten sich einige noch in Freiheit befindliche Juden hier in der Synagoge verbarrikadiert, wo sie schließlich kollektiven Selbstmord begingen, um der Zwangstaufe zu entkommen. Die restlichen etwa zweihundert Überlebenden fanden den Tod auf dem Scheiterhaufen.

Paulina schauderte. Was für grausame Zeiten!

Was vor so vielen Jahrhunderten geschehen war, ließ sich heute vielleicht mit Unwissenheit, Aberglaube und religiösem Fanatismus erklären. Die geschlossene Bibliothek von Rachel Whiteread, die als Mahnmal für die jüdische Shoah hier errichtet worden war, erinnerte jedoch daran, dass das scheinbar moderne 20. Jahrhundert mit der millionenfachen Vernichtung menschlichen Lebens aufgrund einer rassistischen Ideologie noch viel grausamer gewesen war.

Paulina suchte Schutz unter der Pergola des Restaurants, das es hier zum Glück gab. In die Betrachtung des Mahnmals würde sie sich anschließend ganz in Ruhe vertiefen.

Sobald sie endlich wusste, was mit Luzie passiert war.

11

Wien, Mai 1938

Der Flieder auf dem St. Marxer Friedhof ist bereits verblüht, so warm ist dieser Frühling. Bereits im April muss er hier am Mozartgrab und anderswo seine üppige Pracht in Weiß und Lila entfaltet haben. Jetzt rieche ich nichts mehr davon, und ich kann auch nichts mehr fühlen – außer grenzenloser Angst.

Habe ich Bela verraten?

Bin ich schuld an seinem Schicksal?

Den Makel, der mich verunstaltet, habe ich hingenommen. Doch die Narbe auf meiner rechten Wange ist nichts gegen die offene Wunde in meinem Herzen. Alles habe ich verloren – meinen Mann, mein Kind, meine Arbeit. Gehen kann ich nur noch langsam und wundere mich bei jedem Schritt, dass meine Beine mich überhaupt wieder tragen. Dürr wie verholzte Stecken sind sie geworden, nahezu muskellos. Keine geschmeidige Drehung würden sie mehr zustande bringen, von graziösen Figuren oder kraftvollen Sprüngen ganz zu schweigen. Aber ich werde ohnehin nicht mehr tanzen, denn die Nazis haben das Theater an der Wien zugesperrt.

Vor meinem inneren Auge sehe ich noch immer Arthur Hellmer, den großen Theatermann, am Boden knien, eine lächerliche Zahnbürste in der Hand, mit der seine Bühnenarbeiter ihn zwingen, ihre verdreckten Schuhe zu reinigen. Auf seinem Rücken thront der derbe Stiefel Wagners, der das Braunhemd trägt und so breit grinst, als habe er auf der Großwildjagd soeben ein seltenes Tier erlegt.

Hellmers Blick ist wie erloschen.

Feixend und johlend die Männer hinter ihm …

Das alles wollte ich vergessen, aber ich kann es nicht. Die Bilder kommen zurück, springen mich an in meinen Träumen und senken sich plötzlich während des Tages bleischwer auf meine Brust. Nein, vergessen geht nicht! Ich muss mich erinnern, das habe ich inzwischen verstanden, sonst gehe ich noch zugrunde. Also habe ich mein blaues Buch nach Monaten wieder aus seinem Versteck geholt und schreibe nun an gegen das seelische Sterben.

Leider jedoch will mir die korrekte Abfolge jener schrecklichen Geschehnisse trotz aller Anstrengung nicht mehr ganz gelingen. Vielleicht haben Wagners Fäuste sie ja aus mir herausgeprügelt. Ich spüre noch immer, wie der Bildernagel meine Haut aufreißt, als er mich gegen die Wand schlägt. Dann folgen seine Tritte in den Bauch, und es wird schwarz vor meinen Augen. Aufgewacht bin ich erst viel später auf dem Kirchplatz, ein wimmerndes, blutiges Bündel. Wären Franz und seine Mitbrüder nicht zur Stelle gewesen, ich hätte mit großer Wahrscheinlichkeit nicht überlebt.

Die Servitenbrüder haben nicht lange gefackelt und mich behutsam in ihre Krankenstation getragen, wo Bruder Martin, der Arzt war, bevor er für immer dem Ruf Gottes folgte, sich meiner annahm. Dass es das Würmchen nicht mehr gab, hat er mir erst Tage später offenbart. Eigentlich ahnte ich es da bereits, doch die schlimme Wahrheit ausgesprochen zu hören, hat mir noch einmal das Herz gebrochen.

Schuldig fühle ich mich, unendlich schuldig.

Ich habe nicht gut genug aufgepasst, obwohl ich es ihm versprochen hatte. Wie sollte ein ungeborenes Wesen bei einer Mutter bleiben, die sich nicht einmal selbst schützen kann?

So viel habe ich geweint in diesen vergangenen Wochen, dass ich keine Tränen mehr habe. Rissig wie ein leeres Flussbett im Sommer, so komme ich mir vor. Doch der Kummer wird nicht geringer, wenn die Augen trocken bleiben, auch das habe ich inzwischen gelernt. Er wühlt und sticht und bohrt weiter.

Womöglich bis zum Ende aller Tage?

Langsam, Luzie, langsam. Eins nach dem anderen, so ermahne ich mich, weil die Gedanken mir so schnell davonspringen, dass die Worte kaum noch hinterherkommen. Du willst doch Zeugnis ablegen, wie alles gekommen ist!

Und so gehe ich noch einmal zurück zu jenem unseligen 11. März, an dem Schuschnigg zum österreichischen Volk spricht …

»Gott schütze Österreich ….«

Es folgen die Haydn-Variationen der Melodie des alten österreichischen Kaiserliedes.

Viele von uns summen mit.

Wir weinen fast alle.

Wie sollen wir auftreten nach diesen Worten, nach dieser herzergreifenden Musik?

Aber das Theater an der Wien ist erstaunlich gut besucht, also wischen wir die Tränen fort, bessern die Schminke nach und spielen unsere fröhliche Operette. Zwar fühlt sich mein Mund beim Singen an, als sei er mit Watte gefüllt, und meine Glieder könnten ebenso einer Gummipuppe gehören, doch gelernt ist eben gelernt, und so funktionieren wir alle.

Der Applaus ist freundlich, allerdings ungewohnt kurz, denn es gibt im Zuschauerraum wohl so gut wie keinen, den es jetzt nicht nach Hause drängt. Liesl beschwört mich, mit ihr zu kommen, obwohl ich unbedingt noch einmal in die Servitengasse fahren will, um nach Bela zu suchen. Von Richard keine Spur, er scheint noch immer zu schmollen. Das tut mir verdammt weh und verwundert mich angesichts dessen, was uns allen wohl bevorsteht.

War seine Liebe nichts als ein Strohfeuer?

Und sollte mein ungestümes Herz doch die verkehrte Entscheidung getroffen haben?

Mit einem technischen Problem lenkt Liesl Wagner ab, der sich bereits am Bühnenausgang postiert hatte, um mich abzupassen. Widerwillig muss er ihr noch einmal hinter die Kulissen folgen. Ich nutze die Chance, um blitzschnell das Theater zu verlassen, und fahre mit dem Rad durch die kühle Märznacht.

Ich komme nicht sehr weit.

Grölendes Gebrüll, Fackeln, Männer, Gewehre.

»Ein Volk, ein Reich, ein Führer!«, brüllen sie. »Deutschland erwache, Juda verrecke!«

Voller Entsetzen muss ich mit ansehen, wie einzelne Trupps in die umliegenden Häuser stürmen. Lichter gehen an, ich höre poltern, schlagen.

Entsetzte Schreie.

In mir wird es eiskalt, und ich beginne zu zittern.

Wenn sie hier schon derart wüten, wie wird es dann erst in der Josefstadt und im Servitenviertel sein, wo viele Juden wohnen?

Bela, mein Bela, wo bist du nur?

Eigentlich müsste ich jetzt hinlaufen und versuchen, ihnen Einhalt zu gebieten, aber wie könnte ich das? Eine einzelne, unbewaffnete Frau – und schwanger noch dazu?

Ja, ich trage in mir mein Würmchen, das es zu schützen gilt, deshalb steige ich ab und schiebe mein Fahrrad durch stille Nebengassen, bis ich auf Umwegen endlich vor meinem neuen Zuhause angelangt bin. Dessen Schäbigkeit springt mich an, so empfindlich bin ich gerade, beinahe, als hätte mich jemand gehäutet.

Ich bringe das Rad in den verwahrlosten Hinterhof und nehme mich zusammen, so gut ich nur kann, doch als ich endlich die Treppen erklommen habe und die Wohnungstür hinter mir ins Schloss fällt, breche ich im Flur zusammen.

So findet mich Liesl, die kurz nach mir hereinschießt. Sie klaubt mich auf, bringt mich in die Küche, kocht für uns einen großen Pott Kakao und ruht nicht eher, als bis ich zwei Becher davon getrunken habe.

»Leben sollt ihr, dein Kleines und du«, wiederholt sie mehrfach. »Du musst jetzt an die Zukunft denken, Luzie! So schlimm kann es hier doch gar nicht werden. Die Österreicher gehorchen nicht gern. Das bekommt auch ein Herr Hitler noch zu spüren. Und jetzt wird geschlafen, und zwar ohne Widerrede!«

Das kann ich nicht, denke ich – und falle schließlich doch

in einen tiefen, traumlosen Schlummer, aus dem ich wie zerschlagen erst gegen Mittag des nächsten Tages erwache. Und übel ist mir auch, so übel wie schon lange nicht mehr. Eine halbe Ewigkeit hänge ich würgend über der Kloschüssel, während Liesl ins Theater fährt, um mit bedrückenden Nachrichten zurückzukehren: Gespielt werden darf nur noch für fünf Tage, danach wird alles verriegelt und verrammelt.

»Und Hellmer?«, keuche ich, bevor der nächste Gallestrahl mich erneut über die Schüssel zwingt.

»Der bekommt endlich sein Fett ab«, sagt sie grimmig. »Genauso hat Wagner es gesagt, dieses Nazischwein, inzwischen übrigens wie nicht anders zu erwarten in kompletter SA-Kluft.«

»Wir müssen Hellmer warnen«, sage ich. »Wagner bringt ihn sonst noch um. Ich weiß, dass er dazu fähig wäre!«

»Aber wie? Ich hab ja nicht einmal Ahnung, wo der Direktor wohnt.« Liesl zuckt die Achseln. »Vielleicht ist Hellmer längst über alle Berge …«

»Aber ich weiß es.«

Ich rapple mich auf und spüle mir den Mund sauber. Im Spiegel blickt mir ein grünlich-graues Gesicht entgegen, das ich kaum wiedererkenne, so elend sieht es aus, aber darauf kommt es jetzt nicht an.

Ich stülpe einen Hut über meine wilden Haare, und wir fahren los.

Hat ganz Wien über Nacht den Verstand verloren?

Die Gassen und Straßen sind voll von Menschen. Hakenkreuzfahnen, wohin das Auge blickt. Kaum jemand ist unterwegs ohne das Naziemblem am Arm oder am Revers. Woher kommen die alle auf einmal?

Seit Wochen gehortet und jetzt bereit für den Einsatz?

Der Horror der Nacht zeigt auch bei Tag seine hässliche Fratze – und erschüttert mich tiefer als schon im Dunkeln.

Sind das noch Menschen?

Und was machen sie eigentlich mit jenen, die vor ihnen auf dem Boden knien?

»Juden, Kommunisten und alle, die den Nazis nicht genehm sind, müssen nun die Parolen für Schuschniggs Volksabstimmung wegschrubben«, zischt Liesl mir zu, als wir ganz kurz nebeneinanderfahren. »In der ganzen Stadt treiben sie es so und nennen es ›Reibpartien‹. Ich fürchte allerdings, das wird bei Weitem nicht das Schlimmste sein, was den armen Leuten bevorsteht …«

Dann hören wir beide das Geräusch.

Menschen im Gleichschritt. Viele, sehr viele.

Wir radeln gegen unsere Angst an, so schnell wir können. Vor dem dreistöckigen Wohnhaus in der Mariahilfer Straße springe ich ab und klingle wie verrückt bei Hellmer.

Doch niemand macht auf.

»Wohin jetzt?«, fragt Liesl.

»Zum Theater, was sonst?«, rufe ich, bereits wieder im Sattel. »Vielleicht erwischen wir ihn ja noch unterwegs …«

Doch wir kommen zu spät.

Wir haben gerade die Lehárgasse erreicht, auf die der Bühnenausgang führt, da sehen und hören wir schon die grölende Menge. Ich steige ab, bevor Liesl mich daran hindern kann, dränge mich durch – und werde Zeugin eben jenes erniedrigenden Schauspiels, das ich seitdem nicht mehr aus dem Kopf bekomme: Hellmer auf dem Boden, Wagner mit seinem Stiefel obenauf.

Dessen Blick begegnet meinem.

Blanker Hass.

Ich bin wie betäubt, als Liesl mich von hinten packt und zurück zu den Rädern zieht. Zum ersten Mal ist sie richtig böse auf mich.

»Bring ihn doch nicht noch mehr in Rage!«, rügt sie mich. »Du legst es ja geradezu darauf an, dass Wagner dir etwas antut. Aber das darfst du nicht. Du musst an das Kind in deinem Bauch denken. Du bist jetzt eine werdende Mutter, Luzie, eine Mutter …«

Mutter – Mutter – Mutter … höre ich, während unsere Reifen über das Pflaster jagen. Wir fahren in den Volkspark und lassen uns dort erschöpft auf eine Bank fallen. Pragmatisch wie immer, hat Liesl ein belegtes Brot mit dabei, das sie mit mir teilen will, doch ich lehne ab.

»Wir sollten heimfahren und für heute in der Wohnung bleiben«, sagt sie. »Für nachmittags hatte sich eigentlich einer meiner Kavaliere angekündigt, doch dem sage ich noch ab. Heute gibt es keine freie Liebe. Heute bleibt jeder am besten dort, wo er hingehört.«

Mutter … hallt es noch immer in mir nach. Mutter …

Marie, Leo und Peter hatte ich in all der Aufregung ganz vergessen. Sie werden sich schreckliche Sorgen um mich machen. Ich muss versuchen, sie anzurufen, oder ich schaue am besten selbst bei ihnen vorbei.

»Ich muss noch einmal los«, sage ich und stehe auf.

»Luzie!« Sie legt alle Empörung der Welt in meinen Namen.

»Bloß kurz zu Marie, das bin ich ihr schuldig.«

»Die ganze Stadt ist voller Nazis, Menschenhorden sind

wie entfesselt, und die Deutschen kommen…« Sie bricht erschöpft ab. »Es hat keinen Sinn, oder? Du lässt dich ohnehin nicht davon abbringen.«

»Gut erkannt.« Ich ringe mir ein Grinsen ab, das eher kläglich ausfällt, denn innendrin habe ich sehr wohl Angst.

Ich fahre also los, versuche die großen Straßen zu meiden und erreiche irgendwann die Berggasse. Vor dem Haus des großen alten Seelendoktors Sigmund Freud steht ein SA-Trupp; das verstärkt meine Angst. Ich fahre weiter bis zu der Hausnummer, wo die Matuseks wohnen – und weiß plötzlich: Ich darf da jetzt nicht reingehen. Marie wird mit aller Macht versuchen, mich zum Dableiben zu bewegen, notfalls sogar mit Gewalt. Das kann ich nicht riskieren.

Nicht, wenn ich Bela retten will.

Ich steige wieder auf und fahre über einen Umweg zur Strudlhofstiege, auf deren steinernen Stufen ich mein heißes Herz zu kühlen versuche.

Dann bin ich bereit und fahre weiter in die Servitengasse.

Doch welch ein Anblick!

Die Schaufenster der kleinen Läden sind mit hässlichen Parolen verschmiert, zerbrochenes Glas liegt überall auf dem Pflaster. Die Blaus haben die Rollos hinuntergelassen. Auf mein Klopfen und Rufen hin bleibt drinnen alles still.

Weil sie sich hinten im Laden verschanzt haben?

Oder hat man sie verschleppt?

Ganz kurz streift mich der Gedanke, dass mein Koffer mit den guten Kleidern ja noch bei ihnen steht, aber was bedeuten schon Klamotten, wo es jetzt doch um Menschen in Not geht?

Mit weichen Knien steige ich schließlich die Treppen hinauf. Der Schlüssel dreht sich nur einmal im Schloss – die Tür war nur zugezogen.

Er ist da! Er muss da sein ...

»Bela«, rufe ich, als ich den Flur betrete. »Lieber, lieber Bela, da bist du endlich. Es tut mir alles ja so unendlich leid. Aber jetzt ...«

Ein großer, wuchtiger Mann tritt mir entgegen, aber es ist nicht Bela.

»Willkommen, elende Judenschlampe«, sagt Wagner rau. »Auf diesen Tag musste ich viel zu lange warten. Zieh dich ruhig schon mal aus. Denn wir beide werden jetzt genau da weitermachen, wo du mit diesem Dreckskerl aufgehört hast!«

Natürlich tue ich nichts davon. Ich hätte mich ohnehin nicht rühren können, so starr und steif vor Schreck stehe ich ihm gegenüber.

»Du willst nicht?« Wagners Gesicht beginnt, sich zu röten. »Auch dafür gibt es eine Lösung!« Er dreht sich um in Richtung Schlafzimmer. »Otmar, Georg – her mit euch beiden! Die Schlampe wünscht die Sonderbehandlung.«

Zwei weitere Braunhemden kommen ins Wohnzimmer, einer davon hat ebenfalls unter Hellmer Kulissen geschoben.

»Ihr könnt sie haben, wenn ich mit ihr fertig bin.« Zu meinem maßlosen Entsetzen beginnt Wagner, an seiner Koppel zu nesteln. »Das wird sie lehren, mit wem sich eine deutsche Frau einzulassen hat – und mit wem nicht.«

»Wo ist Bela Król?«, krächze ich. »Was habt ihr mit ihm gemacht?«

»Genau das wollen wir eigentlich von dir erfahren.« Wagner schlägt mir so hart ins Gesicht, dass ich Angst bekomme, mein Kopf platzt. »Du kannst es uns gleich sagen oder später, ganz wie du willst. Denn ausspucken wirst du es, das garantiere ich dir.«

Reden, denke ich voller Angst, du musst reden. Dein Würmchen braucht dich …

»Ich weiß es nicht«, stammle ich. »Ich habe ihn seit Tagen nicht gesehen …«

Die nächste Ohrfeige. Blut rinnt aus meiner Nase und läuft mir in den Mund.

»Ich mag es nicht, wenn man mich für dumm verkaufen will. Du bist seit Monaten seine Metze, lebst hier mit ihm zusammen. Und du willst nicht wissen, was dein Isidor treibt?«

»Ich weiß es wirklich nicht«, erwidere ich noch zittriger. »Wir haben uns gestritten. Bela ist weg, ohne mir zu sagen, wohin. Ich weiß es wirklich nicht …«

»Haltet sie fest, Männer.« Wagners Stimme droht zu kippen. »Sie will es nicht anders.«

Wagners Kumpane packen mich von links und rechts. Jetzt bin ich seinen Attacken vollkommen ausgeliefert. In meinen Gedärmen beginnt es, unheilvoll zu gurgeln. Was, wenn ich mir vor lauter Panik in die Hose mache?

»Lasst mich los«, keuche ich, weil mir plötzlich etwas durch den Kopf schießt, von dem ich nur hoffen kann, dass es mich retten könnte. »Ich will ja alles sagen, was ich weiß …«

»Loslassen!«, bellt Wagner. »Nun? Ich höre.«

»Die Familie Król hat ein Wochenendhäuschen in Grinzing. Himmelstraße. Ich glaube, es war die Nr. 80. Vielleicht ist er ja dort.«

Ich habe es mit Bela nur einziges Mal kurz besichtigt. Das Häuschen ist alt und muffig, die Außenwände von wildem Wein überwuchert, innen nichts als Spinnweben und Mäusedreck. Seit Jahren benutzt es keiner mehr. Bela wird doch sicherlich nicht ausgerechnet jetzt auf die Idee kommen, sich dort aufzuhalten ...

»Männer? Worauf wartet ihr noch? Schnappt euch den Juden, bevor er sich mit seinem Vermögen aus dem Staub machen kann!«

»Und du?«, fragt der eine.

»Ich komme nach. Ab mit euch.«

Sie trampeln hinaus. Wagner mustert mich wie die Schlange die Maus, bevor sie sie verschlingt.

»Jetzt sind wir also nur noch zu zweit. Wenn du mich allerdings gerade getäuscht hast, ist es dein Todesurteil, ich hoffe, das weißt du.« Er kommt näher. »Für mein Entgegenkommen solltest dich ein wenig erkenntlich zeigen, meinst du nicht auch?«

Ich starre ihn schweigend an.

»Auf die Knie mit dir«, befiehlt er.

Ich rühre mich nicht, während er seine Hose öffnet.

»Auf die Knie, hab ich gesagt! Wird's bald?«

Ich schüttle den Kopf, da schlägt er wieder zu, dieses Mal so voller Wut, dass ich gegen die Wand fliege. Ein scharfer Schmerz durchzuckt mich, als der Nagel meine Haut aufschlitzt. Im nächsten Moment spüre ich seine Fäuste, die in meinen Brustkorb boxen.

Will er mir alle Rippen brechen?

»Du machst mich nicht länger verrückt, du verfluchtes Miststück! Lehren werde ich dich, wer hier das Sagen hat ...«

Tritte – voll in meinen Bauch.

Ich krümme mich zusammen, um mich zu schützen, doch er hört einfach nicht auf.

Irgendwann wird es schwarz vor meinen Augen.

Marie und Liesl waren die Einzigen, die Luzie nach einigen Tagen zu benachrichtigen wagte. Marie erfuhr im Beichtstuhl, in den Bruder Franz sie mit einer Nachricht gelockt hatte, wo sie steckte; zu Liesl war er durch die halbe Stadt gefahren, um sie zu informieren. Sie trafen beide gemeinsam an ihrem Krankenbett ein, Marie tadellos gekleidet wie immer in Weiß und Marineblau, als ginge es geradewegs in die Sommerfrische, Liesl in einem alten geblümten Sommerkleid, die Finger ganz zerstochen.

»Hab mein fast schon vergessenes Modistinnenhandwerk wieder aufgenommen«, sagte sie fast schamhaft. »Das hatte ich vor Jahren an den Nagel gehängt, weil es die Hände so mitnimmt. Die alte Gerhild lässt mich aushilfsweise Hüte sticheln, lausig bezahlt natürlich, aber was soll man machen? Für die Nazis mag ich nicht singen oder tanzen. Und die anständigen Bühnen spielen ja nicht mehr. Wie geht es dir, Luzie? Alles in Ordnung mit dem Würmchen?«

Luzie schüttelte den Kopf und begann sofort, zu weinen, und jetzt weinte auch Marie, die rasch verstand, worum es hier ging.

»Warum hast du mir denn nichts gesagt, Luzie?«, fragte sie unter Tränen. »Warum nur bist du nicht zu uns gekommen? Wir hätten doch euch beide schützen können!«

Wütend fuhr Liesl zu ihr herum.

»Weil Luzie Sie und Ihre Familie schützen wollte«, fuhr sie Marie an. »Darum! Machen Sie sich doch nichts vor: Wagner hätte Luzie auch bei Ihnen gestellt, so blind vor Hass, wie der ist. Dann wäre Ihre Wohnung jetzt ebenso ein Trümmerhaufen wie die in der Servitengasse. Sie sind nur ganz knapp noch einmal davongekommen!«

»Und jetzt?«, fragte Marie verzagt. »Du müsstest doch ganz dringend zu einem anständigen Arzt. Du möchtest doch sicherlich später noch Kinder bekommen …«

»Einen besseren als Bruder Martin finde ich nirgendwo«, widersprach Luzie. »Ich genieße hier Klosterasyl, bis ich wieder auf den Beinen bin. Und danach …

»… kommst du sofort zu uns, zu deiner Familie«, vollendete Marie an ihrer Stelle den Satz.

»Das wird sie keinesfalls«, übernahm Liesl nun die Regie. »Wagner wird Sie ganz genau im Auge behalten, davon können Sie ausgehen. Aber wo ich wohne, das weiß er nicht. Ich bin ja polizeilich nicht einmal gemeldet, sondern lediglich Untermieterin. Wien ist groß genug, damit er uns nicht findet.«

»Und wenn doch?« Marie war sehr blass geworden. »Es gibt die dümmsten Zufälle …«

»Auf ein bisschen Glück muss man schon vertrauen. Und einen Damenhut wird er sich ja wohl kaum anfertigen lassen, oder?« Liesl legte den Kopf leicht schräg. »Aber falls Sie uns in anderer Hinsicht ein wenig unter die Arme greifen wollen, Frau Matusek, so haben Luzie und ich natürlich nichts dagegen.«

Dass Richard ihr gar nicht zu Hilfe kommen konnte, weil er unter einen Fiaker geraten war, erfuhr Luzie erst Wochen später. Die lauten Aufmärsche hatten zwei nervöse Stuten auf der Kärntner Straße zum Durchgehen veranlasst. Beim Überqueren der Fahrbahn war er gestolpert, gestürzt und von der Kutsche samt Rössern überrollt worden. Gehirnerschütterung, Armbruch, diverse Rippenquetschungen waren die Folge. Als er wieder aus dem Spital entlassen wurde, war Luzie bereits wie vom Erdboden verschwunden.

Richard wandte sich an die Matuseks, die allerdings nicht mit der Sprache herausrücken wollten. In seiner Not passte er Peter auf dem Schulweg ab und erpresste ihn mittels einer Schneekugel mit dem Prater-Riesenrad zum Reden.

Luzie, die ersten Tage zurück in Liesls Wohnung, humpelte zur Tür, als es klopfte.

»Wer ist da?«, flüsterte sie.

»Richard.«

»Geh wieder. Ich will dich nicht sehen!«

»Mach auf, Luzie, bitte.«

»Hau ab!«

»Ich schrei das ganze Haus zusammen, wenn du nicht …«

Sie ließ ihn rein, humpelte voran und legte sich sofort wieder ins Bett.

»Hast du jetzt genug gesehen?«, fuhr sie ihn an. »Hässlich bin ich, entstellt, ganz am Ende. Wo warst du, als ich dich gebraucht hätte? Ich dachte, du liebst mich! Mönche mussten mich retten, sonst wäre ich jetzt tot …«

»Das tue ich doch auch«, versicherte er. »Ich lag im Spital. Mehr als ein paar Tage. Immer wieder habe ich bei dir anrufen lassen, aber niemand ist ans Telefon gegangen.«

»Da hättest du glatt mit Hans Wagner sprechen können«, sagte sie. »Der hat sich dort nämlich alles unter den Nagel gerissen – aber erst, nachdem er mich brutal zusammengeschlagen hat. Ich habe mein Kind verloren, Richard. *Alles* habe ich verloren!«

»Nicht alles, Luzie.« Er nahm ihre Hand. »Ich bin doch da, schau. Wir beide können doch …«

»Gar nichts können wir! Wir haben Bela das Herz gebrochen, und das ist nun die Strafe dafür.«

»Liebe ist keine Sünde, Luzie. Niemals!«

»Manchmal eben doch«, beharrte sie. »Wenn sie jemand anderen nicht nur traurig macht, sondern schier umbringt. Du machst es dir zu einfach, Richard, viel zu einfach. Wir beide haben Schuld auf uns geladen. Das zu verleugnen macht alles nur noch schlimmer.«

Wie traurig er sie ansah.

Und doch irgendwie bedeutungsvoll. Als ob er noch etwas Wichtiges auf dem Herzen hätte, aber das wollte sie heute nicht hören.

»Bitte, geh. Ich möchte allein sein«, forderte sie. »Und lass mich in Frieden. Mit der Liebe habe ich für immer abgeschlossen.«

Wie ein geprügelter Hund schlich Richard davon. Jetzt hätte sie ihn gern zurückgeholt, aber es war zu spät.

Die traurige Wahrheit über Bela erfuhr sie erst, als er bereits im KZ Dachau interniert war. Er hatte keine Zuflucht in Grinzing gesucht, sondern hatte sich bei seinem Freund, dem Filmproduzenten Oskar Glück, aufgehalten, der eine Villa in Sievering besaß. Beide waren dort verhaftet worden, Glück jedoch nach ein paar Tagen gegen die Zahlung einer stattlichen Kaution wieder freigelassen worden.

Ihm gelang wenig später die Flucht nach Paris.

Bela hatte weniger Glück, obwohl er seinen Häschern ebenfalls Geld für seine Freilassung anbot, denn sein Name stand auf einer ganz besonderen Liste. Er saß weiterhin im Gefangenenhaus an der Elisabethpromenade und wurde mit rund 150 anderen Gefangenen am 1. April zum Westbahnhof gebracht. Dort übernahmen SS-Wachen aus Dachau den Transport Nummer 1, auch genannt Prominententransport. Künstler, Gewerkschaftler und Politiker, unter anderem der Wiener Bürgermeister Richard Schmitz, waren darunter.

»›Wir hörten auf, Menschen zu sein‹«, stand in dem ersten Brief, den Luzie von Bela aus Dachau erhielt. Auf welchen Wegen mochte er ihn hinausgeschmuggelt haben? Denn die Zensur hätte so ein Schreiben niemals passiert. »›Man trat uns mit genagelten Stiefeln, stieß uns Gewehrkolben in die Rippen, schlug uns mit Fäusten mitten ins Gesicht. Wir hockten Mann an Mann im Abteil und mussten nach dem Kommando der SS-Männer wahllos exerzieren. Dann befahlen sie uns, unser Gegenüber zu ohrfeigen oder ihm ins Gesicht zu spucken. Unsere Peiniger besoffen sich dabei. Und je besoffener sie wurden, desto toller amüsierten sie sich daran, uns Wehrlose zu quälen.

Ach, Luzie, wie dumm und klein war meine enge Eifersucht!

Jetzt habe ich Richard und dich auf einmal verloren, die Menschen, die ich am meisten auf dieser Welt liebe. Verzeih mir, meine über alles Geliebte, verzeih mir und schenk all die Liebe, die du hast, dem kleinen Wesen in dir …«

Wenn sie doch nur noch Tränen gehabt hätte!

So musste sie trockenen Auges weinen, bis der Morgen kam. Sie hatte ihn nicht an Wagner verraten, das hätte Luzie eigentlich trösten müssen, aber was machte das jetzt noch für einen Unterschied?

Bela, der keine Ahnung hatte, dass sein Kind nicht mehr lebte, war auf dem tiefsten Grund der Hölle angekommen.

Und nichts, rein gar nichts konnte ihn wieder daraus befreien.

Am 11. April ließ Hitler in der Ostmark öffentlich unter massivem Druck und intensivster Propaganda über den Anschluss Österreichs an Deutschland abstimmen, um eine hohe Zustimmung zu erzwingen, die mit 99,73 Prozent Ja-Stimmen auch erreicht wurde. Rund acht Prozent der Bevölkerung – Juden, inhaftierte politische Gegner – waren von der Abstimmung ausgeschlossen. In Deutschland wurde ebenfalls über den Anschluss abgestimmt und eine Zustimmung von 99,01 Prozent erzielt.

*

Wien, Mai 2018

»Wir schließen heute früher, gnädige Frau. Geschlossene Gesellschaft.«

Vollkommen irritiert schaute Paulina von ihrer Lektüre hoch und wusste im ersten Moment gar nicht, wo sie war.

»Natürlich«, sagte sie automatisch. »Bitte zahlen.«

Die Rechnung hielt der Ober bereits in der Hand. Zwei Cola hatte sie getrunken, ohne es zu merken. Jetzt fror sie, denn an eine Jacke hatte sie am Morgen beim Hinausgehen nicht gedacht. Sie trat hinaus auf den Platz und sah sich um. Wo würde sie wohl am besten ein Taxi herbekommen? Im Lokal danach zu fragen, hatte sie vergessen.

Aber zuerst wollte sie noch einmal das Mahnmal in seiner ganzen Wucht auf sich wirken lassen.

Jetzt, im schwindenden Abendlicht, wirkte die steinerne Bibliothek mit den nach hinten gekehrten Buchrücken und den verschlossenen Türen fast metallisch.

Eine Festung aus Leid.

Eine Festung menschlicher Erinnerung, die nie mehr erlöschen durfte.

Spuren, dachte Paulina, während sie alles in sich aufnahm und anschließend ein paar Handyfotos schoss. *Ich muss mein Projekt ganz anders angehen, als bislang geplant …*

»Pulli gefällig?«, hörte sie eine frische Männerstimme neben sich. »Ich hab mit Tamás gewettet, dass wir dich hier finden würden.«

Während Támas nickte, zog Paulina liebend gern den Wollpullover über, den Moritz ihr reichte.

»Seid ihr zwei jetzt auch noch unter die Hellseher gegangen?«, fragte Paulina.

»Nicht ganz. Aber das da ist Lenas Lieblingscafé«, erwiderte Tamás. »Also, eine gute Chance, dich ebenfalls hier zu finden. Hunger?«

»Und wie!«, versicherte Paulina.

»Dann komm. Jetzt wird es israelisch – und saulecker!«

Das Miznon in der Schulerstraße direkt hinter dem Stephansdom, in dem sie schließlich landeten, war winzig, laut und voll. Man schrie den Köchen hinter dem Tresen seine Bestellung zu und bekam nach einiger Zeit eine Fladentasche mit scharf gewürztem Fleisch, gebratenen Karfiol und Sauercreme in die Hand gedrückt, was einfach nur köstlich schmeckte.

»Wie im Himmel!«, sagte Paulina mit vollem Mund, während die beiden Männer ihr ebenfalls kauend zunickten. »Die Lektüre hatte mich gerade total geschwächt …«

Sie aßen und tranken dazu Bier beziehungsweise Limonade.

»Und jetzt?«, fragte Paulina.

»Jetzt suchen wir uns einen Ort, wo wir ungestört reden können.« Támas' Augen leuchteten. »Moritz und ich haben uns durch dich nämlich zu einer ganz besonderen Idee anregen lassen. Jetzt müssen wir nur noch herausfinden, ob auch du damit einverstanden bist.«

12

Im Tal von Rieti, Mai 2018

Der Abend legte sich auf Poggio Bustone, während Simone und Heike auf der Suche nach etwas zu essen durch den kleinen Ort humpelten.

»Was sind wir beide nur für lausige Pilger«, versuchte Simone zu scherzen. »Du läufst dir die gesamte Haut an den Fersen ab – und ich falle über einen Stecken und verstauche mir prompt den Fuß!«

»Ist doch kein Wettbewerb, sondern Vergnügen«, widersprach Heike. »Ich finde gar nichts dabei, dass wir uns morgen ins Tal von Rieti kutschieren lassen – mehr als Birkenstockschlappen sind bei mir derzeit nämlich nicht drin. Damit komme ich im unwegsamen Gelände allerdings nicht sehr weit. Und du musst deinen Fuß auch immer wieder hochlegen, sonst wird das nämlich nichts mehr mit dem Weiterlaufen.«

Simone nickte grimmig. »So kleine Malaisen«, sagte sie. »Und schon sind wir beide außer Gefecht gesetzt. Was sollen da erst Menschen sagen, die wirklich schlimme Krankheiten haben?«

Heike deutete auf eine kleine Trattoria.

»Hier vielleicht?«, schlug sie vor. »Dann ist der Rückweg in die Herberge auch nicht weit.«

»Gerne.«

Sie setzten sich an einen der blanken Holztische. Eine gedruckte Speisekarte gab es nicht, aber die Wirtin hatte ein paar Gerichte auf eine Schiefertafel gekritzelt.

»Nehmen wir«, sagte Heike, nachdem sich die italienische Kommunikation als nicht ganz einfach erwies. »Am besten alles zusammen. *Tutto – grande fame e sete* – Durst!«

Die Wirtin lachte, ging zum Tresen und kam mit einer Karaffe Rotwein und einer Flasche Mineralwasser zurück. Und noch etwas legte sie auf den Tisch: ein Blatt Papier mit dem Buchstaben T.

»Was ist das?«, fragte Heike.

»Ein Tau«, sagte Simone, die plötzlich unter ihren Sommersprossen ganz blass geworden war. »Lille hat dieses Zeichen in ihren letzten Wochen immer bei sich getragen. Ihres war auf ein Stück Leder gemalt. ›Das ist mein Talisman‹, hat sie gesagt. Und sie wollte es nicht einmal hergeben, wenn sie ins CT musste.«

»San Francesco«, nickte die Wirtin, als habe sie alles verstanden, obwohl sie kein Wort Deutsch konnte. »*Pace e bene*.«

»Lille hatte Krebs?«, fragte Heike.

»Brustkrebs. Die allerschlimmste Form: schnell wachsend, gesteigerte Zellteilungsaktivität, bereits in den Lymphknoten angesiedelt – und leider auch in der Leber.« Sie leerte ihr Wasserglas. »Lass uns nach dem Essen weiterreden«, bat sie. »Der Gedanke daran bringt mich noch immer um den Appetit. Sogar nach mehr als dreißig Jahren.«

Sie wechselten das Thema, besprachen die nächsten beiden Tage, für die Luigi versprochen hatte, sie ins *valle santa* zu fahren, das Tal von Rieti, in dem gleich vier Einsiedeleien des Heiligen angesiedelt waren.

»Wie zwei alte Schildkröten werden wir dort herumkriechen«, sagte Simone, während ihnen *Stracciatella in Brodo*, eine helle Einlaufsuppe, serviert wurde. »Hatte ich mir eigentlich alles ganz anders vorgestellt – und damit meine ich nicht die Suppe.«

»Frag mich mal«, sagte Heike. »Aber es schmeckt verblüffend gut, so simpel wie es zunächst ausgeschaut hat, findest du nicht? Und ich meine durchaus die Suppe!«

Simone nickte und löffelte.

Ihr Nicken fiel noch eine Spur begeisterter aus, nachdem als nächster Gang *Porchetta* mit Wildkräutersalat auf den Tisch kam. Das Schweinchen vom Rost war üppig mit Rosmarin, Thymian sowie Fenchelsamen gewürzt und unter der Kruste so zart, dass das Fleisch auf der Gabel zerfiel. Zum Dessert gab es *Copeta*, eine lokale Honig-Nuss-Spezialität, serviert auf Lorbeerblättern, zu der sie beide Espresso tranken.

»Eigentlich hatte Lille mit Religion nichts am Hut«, begann Simone schließlich wieder. »So lautete jedenfalls meine Überzeugung. Geboren und aufgewachsen im Osten, war sie so gut wie nicht mit christlichen Werten in Kontakt gekommen. Doch das änderte sich, als sie schwanger und krank wurde, was beides bei ihr ja leider zusammenfiel. Plötzlich begann sie, über Gott zu reden. Und irgendwann fiel ihr dann eine Biografie über Franziskus in die Hände. Ab da wurde er zu einer Art Idol für sie.«

»Also sind wir eigentlich wegen Lille hier?«, hakte Heike nach. »Und nicht wegen der Kondition oder zum Ausspannen.«

»Diese Frau hat mein Leben total auf den Kopf gestellt«, sagte Simone. »Glaubst du vielleicht, ich könnte sie auch nur einen Tag vergessen, solange ich atme?«

Sie schwiegen.

»Die Ärzte haben sie beschworen, das Kind abzutreiben, um ihr eigenes Leben zu retten«, fuhr Simone schließlich fort. »Anschließend Brustamputation, Chemo, Strahlentherapie sowie Hormonblocker, um sie in künstliche Wechseljahre zu versetzen – das volle Programm eben. Damals waren die Therapiemethoden ja lange nicht so präzise wie heute. Man schoss in der Krebstherapie mit Kanonen auf Spatzen, obwohl dieser Vergleich natürlich hinkt. Aber je mehr, desto besser, so lautete die Devise.«

»Arme, arme Lille«, sagte Heike leise. »Was für eine entsetzliche Entscheidung!«

»Für sie gab es nicht einen Moment des Zögerns. Lille hatte sich ebenso schnell wie umfassend informiert, was 1987 – noch ohne Internet – gar nicht so einfach war. ›Meine vier Neins‹ – so hat sie es genannt: nein zur Amputation, nein zur Chemo, erst recht nein zur Strahlenbehandlung und natürlich ein Obernein zu Hormonblockern.«

»Sie hat sich für das Leben des Kleinen entschieden«, sagte Heike.

»Und damit für ihren eigenen Tod«, setzte Simone hinzu.

»Aber sie ist nicht gleich gestorben …«

»Nein«, sagte Simone. »Es gab sogar noch eine Zeitspanne der Hoffnung, die nicht einmal so kurz war. Lille hatte aus den USA ein Medikament auf Mistelbasis aufgetrieben, das in bestimmten Kreisen als eine Art Geheimtipp galt. Es war teuer und natürlich äußerst umstritten, doch ihr bekam es erstaunlich gut. Sie fühlte sich stärker, und – oh Wunder! – der Tumor in ihrer Brust schrumpfte zwar nicht, aber er stagnierte zumindest. Leider war es nur ein Scheinsieg, und als ihr Zustand sich irgendwann fast von einem Tag auf den anderen wieder verschlechterte, war die Fallhöhe umso tiefer.«

»Und ihre Eltern?«, fragte Heike. »Lille war doch noch ziemlich jung …«

»Beide lebten im Osten, waren also in jenen Tagen unzugänglich. Zwei Jahre später wäre alles ganz anders gewesen … Sie hatten sich scheiden lassen, als Lille noch ganz klein war. Der Kontakt zum Vater war abgebrochen, der hatte längst ein neues Leben. Und mit der Mutter? Nichts als Zoff, weil die ihr zu streng und zu linientreu war. Jedenfalls hat Lille das immer steif und fest behauptet. Damals wusste ich ja noch nicht, wie raffiniert sie die Wahrheit beugen konnte – und habe ihr jedes Wort geglaubt. Ich war auf diese Mutter, die ihr das Leben so schwer gemacht hatte, ebenso sauer wie sie.«

»Sie stand also scheinbar ganz allein da.«

»Richtig«, bekräftigte Simone.

»Aber du warst für sie da …«

»Ja, das war ich. Alles hätte ich getan, um die beiden zu retten. Doch dann musste ich ja selbst ins Krankenhaus.« Simone holte ein Taschentuch aus der Hosentasche. »Ich erzähl dir bei der nächsten Etappe weiter, einverstanden? Es nimmt mich bis heute noch immer ungeheuer mit.«

»Und das sagt die Frau, die in der *Tollen Wolle* zur Lebensberaterin eines ganzen Viertels geworden ist?« Heike streichelte den Arm der Freundin.

»Klar«, erwiderte Simone. »Ist doch eigentlich typisch: Über jeden anderen kann ich reden, über mich selbst jedoch fällt es mir so schwer.«

Luigi, der schwarz gelockte Sohn ihrer Herbergsmutter, weckte sie schon bei Sonnenaufgang und verfrachtete die beiden Berlinerinnen samt Tagesproviant in ein Auto, das so klapprig war, dass man Angst bekommen konnte, es würde bei der nächsten Biegung in all seine Einzelteile zerfallen. Doch er legte mit der scheppernden kleinen Kiste unbekannter Marke ein beachtliches Tempo vor.

Die Straßen wurden schmaler, je näher sie dem *valle santa* kamen. Anfangs waren ihnen noch ein paar andere Fahrzeuge begegnet, doch inzwischen waren sie allein auf dem holprigen Weg, der die geteerte Fahrbahn längst abgelöst hatte.

»*Arrivato*«, sagte er, hielt an und deutete nach rechts auf ein unscheinbares Kirchlein. »*Allora – alle cinque?*«

»Angekommen«, dolmetschte Heike unaufgefordert. »Um fünf holt er uns wieder ab.«

»Das habe ich auch verstanden, stell dir vor.« Grummelnd schob Simone sich aus dem Auto. »Sag ihm, er soll lieber schon um vier kommen, nein besser noch um drei. Sonst verrotten wir hier noch.«

Der junge Italiener ratterte davon; die beiden Freundinnen blieben zurück.

Es war morgendlich frisch; überall auf dem Grün ringsherum glitzerten Tautropfen. Ein paar Singvogelstimmen, ein Mäusebussard, der hoch über ihnen seine weiten Bahnen zog – nichts als Ruhe und Stille, nichts als Harmonie und Düfte. Wenn Bruder Franziskus, der die Armut so sehr geliebt hatte, eine Kunst beherrschte, dann die Auswahl atemberaubend schöner Orte für seine diversen Einsiedeleien.

»Magst du vielleicht was essen? Wir haben heute ja noch nicht einmal gefrühstückt …«

»Danke dir, später vielleicht. Vorerst reicht mir ein Tee.« Simone griff nach der Thermoskanne. »Ich humple dann mal so ein Stück vor mich hin …«

Es ging schlechter als gedacht, *viel* schlechter sogar, wenn sie ehrlich zu sich war. Da hatte sie monatelang auf diese Reise hingefiebert und sich nun durch eigene Unachtsamkeit außer Gefecht gesetzt. Auf den wackligen Trattoriastühlen und in den durchgelegenen Betten, die sie hier in der Regel vorfanden, würde sich der Knöchel langsamer erholen als zu Hause.

Hätte er außerdem nicht geröntgt gehört?

In Gedanken hörte sie Paulina schon grummeln, die es gar nicht schätzte, wenn ihre Mamasi in Gesundheitsfragen unvernünftig war.

Paulina.

Die Sehnsucht nach ihrer Tochter überfiel Simone ohne Vorwarnung. Manche ihrer Freunde hatten bereits gemeckert, weil sie Simones Verbindung zu Paulina viel zu eng fanden. Nur Toni zeigte Verständnis.

Doch wie könnte das anders sein, nach allem, was sie beide verband?

Wenn die Kleine jetzt bei ihr wäre – so nannte sie Paulina nämlich heimlich noch immer –, wie einfach wäre dann alles …

Simone hatte endlich den Eingang der bescheidenen Kapelle erreicht. Drinnen war es fensterlos und daher ziemlich düster; ihre Augen mussten den Lichtausgleich erst bewerkstelligen. Doch dann sah sie es an der Wand, das schlichte, rot gefasste T – Francescos Tau.

Lilles Talisman.

Um es gegen Vandalismus und allzu eifrige Anhänger zu schützen, war es seit einigen Jahren von schützendem Glas umschlossen, aber es wirkte so lebendig und frisch, als habe er es erst gestern an die Wand geschrieben.

Tau – das Zeichen derer, die leben wollen.

Mit einem Schlag war alles wieder präsent: der Kreissaal, die Lichter, grüne Ärztekittel, das angestrengte Gesicht Lilles, die abgedeckt bis auf ein kleines Stück Haut auf der OP-Liege lag.

Und schließlich das empörte Krähen eines winzig kleinen Säuglings …

13

Wien, Mai 2018

Es war die erste Nacht in Wien, in der Paulina zu halbwegs vernünftiger Zeit ins Bett gekommen war. Und ja, sie hatte der Versuchung tatsächlich widerstanden, erneut Luzies Tagebuch aufzuschlagen, um weiterzulesen. Jetzt, am Morgen, fühlte sie sich so frisch und ausgeruht wie schon lange nicht mehr. Trotzdem sprang sie nicht sofort aus dem Bett, sondern blieb liegen, um den vergangenen Abend noch einmal in Ruhe vor sich passieren zu lassen.

»Wir wollen einen Film machen, Paulina. Einen Film über Luzies Geschichte. SPUREN soll er heißen, so wie das Projekt, das du uns gegenüber angedeutet hast. Und wir wünschen uns, Tamás und ich, dass du dich daran beteiligst.« Moritz hatte vor lauter Aufregung sehr laut gesprochen.

»Und wie stellt ihr euch das konkret vor? Wien und Berlin trennen jede Menge Kilometer. Und arbeiten muss ich schließlich auch wieder!«

»Wir nutzen die Tage, die du noch hier bist.« Tamás hatte eher bittend als fordernd geklungen. »Einiges haben wir ja bereits, weil Moritz dich in der Wohnung, beim Mahnmal und im Trödelladen aufgenommen hat, als du auf Luzies Fundstücke gestoßen bist. Kann natürlich sein, dass noch einmal nachgedreht werden muss. Eine Liste weiterer geeigneter Schauplätze haben wir bereits zusammengestellt. Bitte schau!«

Das Blatt lag neben ihrem Futon. Paulina griff danach und überflog es noch einmal.

Franz-Josefs-Bahnhof, Berggasse, Theater an der Wien, Kabarett Simpl, Servitenviertel mit Kirche und ehemaligem Kloster, Mahnmal, Laden Blau, Wohnung Liesl, Prater, Café Demel, Wiener Werkel, Steinhof, Schneekugelmanufaktur …

Über einige der Begriffe war sie beim ersten Lesen bereits gestolpert, weil sie ihr nichts sagten.

»Das kommt daher, weil du in der Lektüre noch nicht ganz so weit bist«, hatte Moritz auf ihre Nachfrage hin erklärt. »Da kommt noch so einiges!«

»Du kennst es also auch?«

»Ja«, hatte er eingeräumt. »Mami hatte im Copyshop eine Kopie anfertigen lassen, um das Original zu schonen. Ich wollte eigentlich nur mal kurz reinblättern, aber dann hat es mich nicht mehr losgelassen. Wollte doch wissen, was mein Opa da so sorgfältig gehortet hat.«

Ein Film.

SPUREN.

Der gleiche Name, der schon so lange in ihr wuchs.

Je mehr Paulina darüber nachdachte, desto besser gefiel ihr die Idee.

Sie würde nach Wien zurückkommen, auch das eine Vorstellung, die sie beflügelte. Vielleicht konnte sie ja noch mehr Wiener Elemente in ihr eigenes Projekt einbauen. Vielleicht ließ sich sogar eine ganze Menge miteinander verschmelzen, um schließlich ein Ergebnis zu erzielen, von dem sie bislang noch nicht einmal geträumt hatte …

Ihr Auftraggeber war das Vintage in Schöneberg, ein ungewöhnliches Möbelhaus, das erst im August seine Pforten öffnen wollte und sich etwas Sensationelles gewünscht hatte, um zahlungsstarke Kunden anzulocken. Niemals zuvor hatte Paulina ein so hohes Honorar verlangt, niemals derartige Freiheit in Gestaltung und Ausführung beansprucht. Manchmal war ihr bei ihren Forderungen selbst leicht schwindelig geworden, so wie beim Balancieren auf einem Seil über einem tiefen Abgrund, doch sie hatte die unsichere Partie schließlich mit Bravour gemeistert.

»Ich will Sie. Nur Sie.« Beat Lovings schmale Augen hatten geglänzt. Der schweigsame Schweizer war der Kopf eines Designerteams, das die Nationalitäten Schweiz, Italien, Korea, Japan und Kanada in sich vereinte. »Bringen Sie die Leute zum Staunen. Meinethalben auch um den Verstand – so, wie Sie es auch mit mir getan haben. Ich bin nicht auf billige Effekte aus. Was ich mir wünsche, ist ein Pfeil mitten ins Herz.«

»Damit die Leute kaufen?«, hatte Paulina geantwortet.

»Damit sie berührt sind – *touché*, wie man in unserem genussfreudigen Nachbarland so schön sagt. Ich weiß, dass Sie das können. Ich erlebe es ja gerade am eigenen Leib. Und wann gehen Sie jetzt endlich mit mir aus, Paulina Wilke?«

Sie war gar nicht so abgeneigt gewesen – eigentlich.

Dieser smarte Lebenskünstler mit der Silbermähne strahlte so viel mehr Souveränität aus als die meisten Männer ihrer eigenen Altersklasse. Außerdem rauchte er Pfeife, genau wie ihr verstorbener Vater – das hatte sie zudem für ihn eingenommen. Und je nerviger sich die Zusammenkünfte mit Bruno gestalteten, desto lieber war sie in sein elegantes Büro in der Schöneberger Ahornstraße geflohen, wo Meetings auch gerne mal bis in den Abend dauern konnten. Loving ließ Sushi kommen, bestellte Köstlichkeiten vom Libanesen oder scharfes indisches Essen, zu dem man jede Menge trinken musste, alles immer stilvollendet.

»Sie sind keine Frau, die in die Masse gehört«, hatte er unvermittelt beim letzten Treffen gesagt. »Hören Sie endlich auf, sich anzupassen oder windige Kompromisse einzugehen! Für mich sind Sie ein Solitär, Paulina, dem nur noch die allerletzte Politur fehlt. Aber die kommt, da bin ich mir ganz sicher. Und zwar nicht von außen, sondern durch eigene Kraft. Dann wird nichts mehr Ihr Brillieren aufhalten können …«

Dass er sie mehr als anziehend fand, war nicht zu übersehen.

Und sie ihn?

Eigentlich war Paulina diese Auszeit in Wien ganz gelegen gekommen, um in Ruhe über ihre Gefühle für ihn nachzudenken – bis gestern Tamás im Vorbeigehen wie zufällig mit zwei Fingern über ihren Rücken gestrichen hatte.

Ein Gefühl, das Paulina durch und durch gegangen war.

Magisch. Aufregend. Richtiggehend elektrisch.

Ab da hatte sie den wortkargen jungen Ungarn, der ihr von Anfang an gefallen hatte, noch einmal mit ganz anderen Augen betrachtet. Moritz war ein reizendes, ungezogenes Kind, Tamás jedoch, obwohl nur ein paar Jahre älter, wirkte um einiges reifer.

Und nun also ein Filmprojekt mit ihm und Moritz, der offenbar gerade dabei war, sich heftig in sie zu verknallen?

Was für ein Kuddelmuddel!

Da lebte sie jahrelang monogam, und auf einmal wimmelte es in ihrem Leben geradezu von Männern!

Bruno – Beat – Tamás – Moritz …

Paulina hatte sich bei den beiden Freunden bis zum Abend Bedenkzeit ausbedungen, obwohl sie eigentlich schon wusste, wie ihre Antwort ausfallen würde. Jetzt wäre es trotzdem ziemlich hilfreich gewesen, alles kurz mit Mamasi durchzukauen, die sich bei geschäftlichen Vorhaben schon mehrfach als kluge Beraterin erwiesen hatte. Sollte sie das mütterliche Veto missachten und ihr doch eine Nachricht schreiben?

Simone war anders als viele Mütter, unkonventionell, kreativ, das Gegenteil von spießig. Ihrer einzigen Tochter hatte sie Liebe pur geschenkt, sie dabei jedoch stets als vollwertigen Menschen, niemals als unmündiges Kind behandelt. Das Leben hatte sie schon mehrmals zu abrupten Richtungswechseln gezwungen, wie damals gleich nach Paulinas Geburt, als sie monatelang um die Kleine hatte bangen müssen. Und natürlich später, als Rainer, ihr geliebter Mann, viel zu früh gestorben war. Schlecht versorgt war sie damals dagestanden, hatte die Wohnung räumen, auf einmal ganztägig in einem ungeliebten Job arbeiten müssen. Doch anstatt zu klagen, wie andere Frauen in ihrer Situation, hatte sie lieber die Ärmel aufgekrempelt, dem Schicksal die Stirn geboten und mit ihrer *Tollen Wolle* schließlich etwas ganz Neues geschaffen; diese Stärke liebte Paulina ganz besonders an ihr.

Eigentlich kannte sie nur noch eine einzige ältere Frau, die ganz ähnlich war, obwohl nur Freundschaft die beiden verband und keine verwandtschaftliche Beziehung: Toni.

Unwillkürlich hatte Paulina deren eingespeicherte Nummer im Krankenhaus angetippt.

»Ja, bitte?«

»Paulina hier …«

»Wie schön, von dir zu hören!« Das Koboldlachen, das die Welt heller machte. »Alles so weit gut in Wien, mein Mädchen?«

»Vielleicht sogar zu gut«, sagte Paulina. »Vor lauter Angeboten weiß ich nämlich nicht mehr, wie ich mich nun entscheiden soll. Das heißt, eigentlich weiß ich es schon, aber …«

»Dann mal schön der Reihe nach«, sagte Toni. »Mir haben sie hier gerade so einen grässlichen Fencheltee gebracht. Als ob ich so etwas trinken würde! Ich werde also wieder die junge Schwesternhelferin bestechen müssen, damit sie mir einen Cappuccino in mein verstrahltes Kämmerchen schmuggelt.« Sie lachte wieder. »Sobald ich ihn genossen habe, rufe ich sofort zurück. Und dann erzählst du mir alles, einverstanden?«

»Einverstanden«, sagte Paulina lächelnd. »Du bist und bleibst die Beste!«

Nach ihrem Telefonat mit Toni beschloss sie, den Großteil des sonnigen Tages an der frischen Luft zu verbringen. Natürlich hätten Paulina der Prater und das Riesenrad gereizt, aber bis dorthin war es ziemlich weit, und außerdem störte sie die Vorstellung, im Grünen mit Menschenmassen konfrontiert zu werden. Lena und Ferdi, mit denen sie heute frühstückte, empfahlen ihr als Alternative die Donaulände.

»Dort findest du immer lauschige Plätze«, versicherte Ferdi. »Und falls es dich hungert oder dürstet, gibt es jede Menge Cafés und Restaurants, um deine leiblichen Bedürfnisse zu befriedigen. Zudem gewinnst du vielleicht interessante Einblicke über den Freizeit-Wiener und sein Granteln in der Öffentlichkeit. Könnte also spannend werden!«

So war sie also losgezogen, heilfroh, den Weg zum Schwedenplatz bereits zu kennen. Von dort aus war es nicht weit bis zum Kanal, zu dem sie über eine steinerne Treppe hinunterstieg. Lena hatte ihr eine kleine Decke aufgedrängt, die Paulina zusammen mit Luzies Tagebuch im Rucksack trug. Doch gleich das erste Café, das sie erreichte, mit schönstem Wasserblick, war so einladend leer, dass sie gleich den hintersten Tisch in Beschlag nahm. Sie vertiefte sich in die Speisekarte des *Summerstage*, wie das Café hieß, und bestellte Ingwerlimonade und ein Stück Cremeschnitte, das eine blutjunge Bedienung rasch servierte.

Beides sah frisch und einladend aus, doch Paulina kostete nicht sofort davon, weil sie noch immer Tonis kluge Sätze in sich nachklingen ließ.

»Zwei clevere Spitzbuben in eigener Schaffenskrise haben also Feuer gefangen und wollen jetzt von deinen genialen Ideen profitieren? Warum auch nicht, Pauli? Dein Reservoir ist so groß, daran kannst du ruhig auch andere teilhaben lassen, aber nur solange es dir Spaß bereitet. Also bleib auf der Hut, und stell vor allen Dingen von Anfang an eines klar: Unterbuttern lässt du dich nicht! Da sind Männer in kreativen Prozessen nämlich manchmal ganz schön fix …«

Wie recht sie doch hatte!

Sie würde mitspielen, aber nur zu ihren Bedingungen.

Paulina trank einen Schluck Limonade und schlug dann das Tagebuch auf.

Wien, November 1938 …

Selbst jemand wie sie, die im Geschichtsunterricht häufig geträumt hatte, überkamen anlässlich dieses Datums augenblicklich hässliche Assoziationen: Schaufenster, die zu Bruch gehen, brennende Synagogen, Juden, die für die Verwüstungen ihres Eigentums von den Nazis zur Kasse gebeten werden …

Eines scheußlicher als das andere.

Doch wenn sie wissen wollte, was aus Luzie geworden war – und nichts anderes wollte sie – blieb nur eins: weiterlesen.

*

Wien, November 1938

Die Nachrichten aus Berlin klingen immer deprimierender. Bereits im Juni wurde Manni von einer Gruppe Schlachthofkollegen zusammengeschlagen, weil sie mit einer »schwulen Sau« nicht länger arbeiten wollten. Dabei kam es zu einem komplizierten Bruch seines rechten Arms, der zu spät geschient wurde und schief zusammengewachsen ist. Er kann ihn wieder halbwegs bewegen, doch mit dem Schleppen schwerer Lasten ist es ein für alle Mal vorbei, und auch die Feinmotorik lässt zu wünschen übrig. Durch die Fürsprache eines ehemaligen Liebhabers hat ihn die Stadtverwaltung als Straßenkehrer angestellt, probeweise, versteht sich. Die kleinste Nachlässigkeit oder Beschwerde – und er fliegt. Dann wäre es sogar aus mit der kleinen Wäschekammer bei Fräulein Gräulich, in die er nun umziehen musste, weil er sich sein früheres Zimmer nicht mehr leisten kann.

Ach, mein schöner, stolzer Paradiesvogel, wie sehr dauert mich dein Abstieg in die graue Asche! Ich hoffe, du kannst dich eines Tages wie ein Phönix wieder daraus erheben, deine glitzernden Flügel ausbreiten und in ein Leben schweben, das so viel besser zu dir passt.

Und erst die Großeltern, meine lieben, lieben Großeltern – ich kann kein einziges Mal an sie denken, ohne dass mich rabenschwarze Traurigkeit überkommt. Sie schreiben mir nur noch postlagernd, nachdem ich wochenlang gezögert habe, sie über meine veränderten Lebensumstände aufzuklären. Natürlich wollen sie wissen, was mit mir ist, aber wie könnte ich sie noch zusätzlich belasten, wo ihnen die eigenen Probleme doch ohnehin über den Kopf wachsen?

In ihren Reisepässen prangt jetzt ein fettes »J«, das den Inhaber als Juden kennzeichnet. Damit können sie bei jedem Grenzübertritt sofort identifiziert werden, beziehungsweise man verweigert ihnen die Einreise. In die Schweiz kommen deutsche Juden ohne Schweizer Visum gar nicht mehr – eine Hoffnung weniger für Großpapa Jano, der seit Jugendtagen Kontakt mit einem Freund im Aargau gehalten hat, den er von einer Sommerfrische her kannte, immer in der Hoffnung, dies sei vielleicht ein Ausweg in allerletzter Minute.

Dass Großmama jetzt ein »Sara« hinter ihr heiß geliebtes Ida stellen muss und Großpapa ein »Israel« hinter sein Jakob, so wie alle Juden im Reich, macht ihr schwerer zu schaffen als ihm. Er vergeht halb vor Sorge um seine geliebte Arche, die er nicht mehr halten kann, wenn sie aus der Wohnung müssen, wie der Hausverwalter ihnen angekündigt hat, der alle von ihm betreuten Mietshäuser »judenfrei« bekommen will. Eine bezahlbare Wohnung in Charlottenburg zu finden, ist momentan für sie so gut wie unmöglich, selbst wenn sie sich noch so sehr einschränken. Ich habe meinem Großvater schon angeboten, seine Gabe zurückzuerstatten beziehungsweise das, was davon noch übrig ist, aber natürlich will er nichts davon wissen.

»Deine Großmutter und ich sind alte Leute«, schreibt er mir. »Und alte Leute müssen ohnehin reduzieren. Von allem etwas weniger, das ist eine bekannte Regel. Eigentlich sollten wir froh sein, dass der Staat das jetzt für uns übernimmt.«

Hinter seiner vertrauten Ironie lese ich großen Kummer. Tieren in Not zu helfen, war und ist sein Lebensinhalt; wenn er sie schon nicht mehr offiziell behandeln darf, will er sie wenigstens beschützen. Ein paar seiner Schützlinge scheint er schon in andere gute Hände gegeben zu haben, doch die Mehrzahl hockt noch immer in der Wohnung und den Ställen und ist ebenso obdachlos, wenn nicht bald ein Wunder geschieht.

Doch Großvater ist kein Mann, der so schnell aufgibt.

»Jetzt kommen wir ja doch noch irgendwo unter«, schreibt er im letzten Brief, der viel kürzer ist als gewöhnlich. »Die Lewis aus der Auguststraße 40, die ihre epileptische Hündin Rosa immer durch die halbe Stadt zu mir gekarrt haben, weil sie sich von mir als Einzigem spritzen ließ, haben uns die Wohnung hinter ihrem Geschäft angeboten, Delikatessen aus aller Welt, du erinnerst dich sicherlich. Nirgendwo gab es bessere Spreewaldgurken! Deine Mama hätt sich glatt gleich ins Fass setzen können, als sie mit dir schwanger war, so scharf war sie damals darauf! Liegt mitten im Scheunenviertel – dort, wo so viele orthodoxe Juden leben. Da werden wir zwee beede eher wie bunte Paradiesvögel wirken, fürchte ich. Aber was soll's? Sind gerade keine Zeiten, um große Ansprüche zu stellen. Also wird eben genommen, was wir kriegen können. Die Wohnung ist klein, ziemlich dunkel, aber immerhin Parterre. Für Ida, meine Wenigkeit, Senta, unsere liebe alte Hündin, und Pips, den frechen Papagei, wird es schon reichen. Dahinter schließt sich ein winziger Hof an. Hab schon alles abgemessen, acht bis zehn Ställchen lassen sich unterbringen. Zum 1. November sind wir da drin …«

Wie tapfer er ist, wie mutig, wie wunderbar!

Ihm gegenüber fühle ich mich richtig schäbig in meiner Verzagtheit, meiner Trauer, meinem allumfassenden Weltschmerz.

So vieles gibt es zu beklagen …

Das strahlende goldene Wien meiner ersten Wochen, das mich damals schier taumelig vor Entzücken gemacht hat, gibt es nicht mehr. An seine Stelle ist eine andere Stadt getreten: härter, dunkler, gefährlicher. Du kannst deinem

Nachbarn nicht mehr trauen, musst vorsichtig sein bei jedem Wort, das du äußerst – denn immer bespitzelt dich jemand.

Und immer mehr Menschen werden inhaftiert.

Alles Witzige, Moderne, das so herrlich Larmoyante, das Wien ausmacht, ist wie von Geisterhand verschwunden, die Kleinkunstszene bis auf wenige Ausnahmen vollständig zum Erliegen gekommen. Im einst berühmten Kabarett Simpl reißt man nun billige Possen vor einem Publikum, das zur Mehrzahl aus Uniformierten besteht. Auf den Bühnen der großen Theater werden nur noch Klassiker und nazikonforme Stücke gegeben, gespielt von berühmten Wiener Schauspielern, die sich zum Teil frenetisch begeistert über den Anschluss geäußert haben sollen – vielleicht aus Angst, anderenfalls ihr Engagement zu verlieren?

Für Liesl und mich ist nirgendwo mehr Platz.

Sie hat immer mehr Angst, dass ihre wirkliche Identität auffliegt, und mir geht es nicht viel anders. Außerdem ist da ja auch noch meine Furcht vor Wagner, die mit jeder Woche weiter wächst.

Er sucht mich, das spüre ich.

Und er wird nicht ruhen, bis er mich endlich gefunden hat, dessen bin ich mir bewusst. Wagner durchkämmt Wien, um meiner erneut habhaft zu werden, denn dieses Scheusal ist noch lange nicht mit mir fertig.

Marie und Leo hat er schon mehrmals heftig bedrängt, doch die bleiben eisern, rattern das Sprüchlein von der verlorenen, ach so undankbaren Tochter herunter, das wir gemeinsam eingeübt haben, und versichern scheinbar treuherzig, dass sie ihm sofort Bescheid geben würden, sollte ich mich melden. Beide sind starke Charaktere und hassen die Nazis so sehr, dass ich sicher bin, sie werden durchhalten.

Was aber, wenn man sie bedroht oder gar foltert – werden sie auch dann noch schweigen können?

Dazu bin ich viel zu unwichtig, versuche ich mich bei solchen Gedanken selbst zu beruhigen. Aber es gelingt mir nur bedingt. Wagner ist ein Monstrum, voller Hass – das habe ich in seinen Augen gesehen. Und es gibt da eine bedenkliche Schwachstelle, über die wir alle drei Bescheid wissen, auch wenn wir nicht wagen, es laut auszusprechen – Peter.

Er vermisst mich so sehr, dass er beinahe jeden Abend vor dem Einschlafen nach mir fragt. Richard hat er ja bereits einmal meine Adresse preisgegeben, verführt von der Schönheit einer Schneekugel.

Was, wenn Wagner auf ähnliche Ideen verfällt?

Ein Spielzeuggewehr, Feuerwerk, irgendein aufregendes Abenteuer, das er ihm in Aussicht stellt?

Buben in Peters Alter sind so leicht zu verführen ...

Marie und Leo haben sogar schon daran gedacht, ihren Sohn in ein Internat zu geben. Aber für die Wiener Sängerknaben reicht es nicht ganz, obwohl er einen hübschen Sopran hat und sehr musikalisch ist. Und kirchliche Einrichtungen sind so streng, dass Peter dort seelisch zugrunde gehen würde. So beißt Marie in den sauren Apfel, bringt ihn jeden Tag morgens zur Schule und holt ihn mittags dort auch wieder ab – um Wagners Zugriff zu verhindern. Der Junge hasst sie dafür, fühlt sich in seinen Augen zu Unrecht bevormundet und schämt sich vor den Klassenkameraden, aber sie lässt sich nicht davon abbringen.

»Dich habe ich doch schon so gut wie verloren«, gesteht sie mir unter Tränen in der hintersten Ecke des Café Demel, in dem wir uns ab und zu heimlich treffen. »Wenigstens eines meiner Kinder muss mir bleiben!«

Ich bin so gerührt, dass ich ebenfalls in meine köstliche Malakofftorte schluchze. Meine Tränen sind zurückgekehrt, den Gram in meinem Herzen können sie allerdings nicht mindern. Normalerweise verschlinge ich hier, was ich auf dem Teller habe, weil ich nur noch selten an solche Köstlichkeiten komme. Heute aber fühlt es sich an, als stecke mir eine Gabel quer im Hals.

Dabei bin ich kaum noch zu erkennen.

Mein Körper hat sich verändert, ist rundlicher geworden, aber gleichzeitig auch steifer, da ich nach Wagners Attacke nicht mehr trainiert habe. Ich habe nun einen kleinen Bauch, der nicht mehr verschwinden will, als wolle er mich an das erinnern, was ich verloren habe. Mein Gesicht durchschneidet auf der rechten Wange eine Narbe, die manchmal der gepunktete Schleier eines Hütchens verdeckt, manchmal aber auch nicht. Die Haare sind kürzer, krauser und nicht mehr blondiert, weil ich mir das Geld für den Friseur sparen will und generell nicht mehr gern vor einem Spiegel sitze. Meine Hände sind vom Nähen derart mitgenommen – denn leider bin ich längst nicht so geschickt mit Filz und Faden wie Liesl –, dass ich meistens Handschuhe trage, sobald ich das Haus verlasse.

Ob Wagner überhaupt wüsste, wer vor ihm steht, sollte er mich ausfindig machen?

»Du siehst jetzt immer mehr aus wie Leonie«, sagt Marie. »Die wollte früher auch immer die passenden Handschuhe zum Kleid. Dabei dachte ich eigentlich, du gerätst ganz nach uns Kühns.«

Also jüdisch sehe ich aus? Bloß nicht!, denke ich und schäme mich im gleichen Moment in Grund und Boden, denn für meinen Vater wie für mich war meine Mutter die schönste Frau überhaupt gewesen.

Doch ganz so falsch ist dieser Gedanke gar nicht, denn eine gebogene Nase, ein auffallender Name oder die verkehrte Kleidung kann jemanden dieser Tage bereits in Gefahr bringen. Am meisten bedroht sind die Juden mit Geld; für die sind wahrlich schwere Zeiten angebrochen. Unter fadenscheinigen Gründen werden sie verhaftet, ins Gefängnis oder gar ins KZ geworfen, und nur wieder entlassen, wenn Angehörige sie mit überteuerten Schiffstickets auslösen. Über 8000 Österreicher sollen inzwischen allein schon in Dachau unter erbärmlichen Bedingungen ihr Leben fristen. Genaue Zahlen weiß natürlich keiner; alles wird nur von Mund zu Mund weitergeflüstert.

Es gibt keine Juden mehr im Bundesheer, das ganz aufgelöst und in die Wehrmacht integriert wurde. Ebenso sind alle jüdischen Richter und Staatsanwälte ihres Dienstes enthoben worden. Juden dürfen nicht länger als Rechtsanwalt arbeiten. Leo verliert den Großteil seiner am meisten geschätzten Kollegen.

Wer als Jude noch freiwillig gehen kann, der macht, dass er fortkommt, so geschehen bei Oskar Glück, dem Filmproduzenten, beim Theatermann Arthur Hellmer und vielen Weiteren, die ihr Leben retten können, allerdings ausnahmslos ihr Vermögen zurücklassen müssen. Viele andere haben weniger Glück, werden an den Grenzen abgewiesen, zurück in die Ostmark geschickt und dort nach Strich und Faden ausgeplündert.

Von Bela kommt nach diesem ersten geschmuggelten Brief nur noch eine seltsame Karte mit wenigen Zeilen:

> Ich lebe. Ich arbeite. Habe ein Lagerlied komponiert. O5. Einige singen es. Grüße an den Steffl. Ewig der Deine

Das klingt verquer, fast schon geschwollen und so gar nicht nach ihm, aber die Handschrift erscheint mir halbwegs vertraut.

Mittendrin das O und eine Fünf.

Oder ist es eine Null und eine 5?

Grüße an den Steffl, was zum Teufel soll das denn bedeuten?

Eine versteckte Botschaft?

Etwas, das ich für ihn erledigen soll – aber was?

Ich habe leider nicht die geringste Ahnung, und auch Marie, die die Karte an mich weitergibt, schüttelt bedauernd den Kopf.

»Meinst du denn, er bekommt wenigstens unsere Pakete?«, frage ich beklommen und sehr, sehr leise.

Warme Unterwäsche haben wir ihm nach Dachau geschickt, zwei Strickjacken, Lebkuchen, Orangen, Zahnpasta, Rasierschaum und vieles andere. Der Winter verspricht, eisig zu werden. Wahrscheinlich sind sie unterernährt und bibbern sich in den ungeheizten Unterkünften schon jetzt halb zu Tode.

»Keine Ahnung«, antwortet sie ehrlich und noch um

einiges leiser. »Wenn er kann, teilt er sicherlich mit anderen. So war er immer. Aber vielleicht fangen die Wachleute die Pakete vorher ja ab. Wir machen trotzdem weiter. Unbedingt!«

»Und sein Diabetes?«, flüstere ich.

Marie zuckt die Achseln.

»Ich denke, er muss froh sein, wenn er überlebt.« Ich kann sie kaum noch verstehen, muss von ihren Lippen ablesen. »Um den Rest können wir uns dann später kümmern …«

Sie rührt wie wild in ihrem Mokka, dabei ist der doch schon fast leer.

»Hast du das von dem jungen Juden in Paris gehört, der gestern in der deutschen Botschaft auf einen Legationssekretär namens Rath geschossen haben soll?«, fährt sie fort.

Ich schüttle den Kopf.

Für Zeitungen fehlt mir das Geld, und im Radio hören Liesl und ich vorwiegend Unterhaltungsmusik.

»Grynszpan heißt er.« Marie tut sich schwer, den Namen auszusprechen. »Herschel Grynszpan. Seine Eltern und Geschwister wurden in das Niemandsland zwischen Polen und Deutschland abgeschoben, da hat der Hitzkopf zur Waffe gegriffen und gut gezielt. Es heißt, Rath ringe mit dem Tode. Weißt du, was passieren wird, falls Rath stirbt?«

Ich zucke die Achseln.

»›Sie werden es die Juden büßen lassen‹, sagt Leo.« Noch nie habe ich Marie so düster gehört. »Alle.«

Bedrückt besteige ich mein Rad und fahre nach Hause. Der Abend ist feucht und kalt. Wieder muss ich an Bela denken und an seine Karte, die er mir geschrieben hat.

Was will er mir damit sagen?

Marie hatte keine Ahnung. Wen sonst noch könnte ich fragen?

Die ganze Stadt ist voller Unruhe; ungewöhnlich viele Autos fahren umher, keine mehr, die Juden gehören, denn die mussten sie alle längst schon abgeben. Auch die Gehsteige sind stark bevölkert; weniger Uniformen als sonst, das fällt mir auf.

Als ich die Wohnung erreiche, dringt aus Liesls Zimmer Kichern und Keuchen: Herrenbesuch.

Jetzt fällt mir alles wieder ein. Es ist Mittwoch, da wechseln sich meist Schani und Rudolf ab, andere Namen kenne ich nicht von ihnen. In der Küche ist der Aschenbecher voller Kippen; eine halb volle Flasche Burgunder, zwei leere Bierflaschen und ein fettiges Wurstpapier zeigen, dass sie sich bereits gestärkt haben – was eher auf Rudolf hindeutet, der mehr verträgt als der dünne Schani.

In der Regel macht es mir nichts aus, wenn sie ihre »Kavaliere« empfängt, um zum mageren Modistinnenlohn ein wenig dazuzuverdienen, heute aber stört es mich. Ich ziehe mich in mein Zimmer zurück, lege mich aufs Bett und beginne in meinem Shakespeare zu lesen, der schon leicht zerfleddert aussieht. Inzwischen bin ich bei Macbeth angelangt, dessen dunkle Brutalität gut zu dem passt, was wir alle in Wien seit Monaten erleben müssen. Trotz der aufregenden Lektüre werde ich beim Lesen langsam ruhiger. Normalerweise hätte ich mich längst ausgezogen und wäre in meinen abgeschabten Bademantel geschlüpft, der den geliebten Kimono, der noch im Koffer bei den Blaus steht, natürlich bei Weitem nicht ersetzen kann. Aber ich muss *ganz sicher noch einmal aufs Klo und kann es nicht leiden, wenn Liesls Kavaliere mich leicht bekleidet im Flur sehen. Sonst denken sie am Ende noch, sie könnten ihr Vergnügen im Zimmer nebenan gleich mit der Nächsten fortsetzen …*

Irgendwann höre ich jemanden hektisch an die Wohnungstür hämmern.

Schani, der nicht mitbekommen hat, dass er erst nächsten Mittwoch dran ist?

Noch ein weiterer Liebeshungriger?

Jetzt wird es langsam zu viel. Gleich morgen muss ich mit Liesl ein ernstes Wort reden!

Ich gehe zur Tür, reiße sie schwungvoll auf und erstarre …

»Richard?«, fragte Luzie. »Was willst du denn hier?«

»Lass mich rein«, sagte er keuchend. »Bitte! Ich bin so schnell gerannt …«

Unwillkürlich trat sie einen Schritt zurück, und er stürzte in den Flur.

»Sie haben alles angezündet …« Die Haare hingen ihm wirr in die Stirn, sein Gesicht war wachsbleich. »Die halbe Josefstadt brennt, und auch im Servitenviertel ist die Hölle los. Häuser, Geschäfte, alles kaputt, und die Synagogen stehen überall in Flammen …«

»Wer?«, unterbrach ihn Luzie angstvoll, obwohl sie die Antwort bereits ahnte.

»SA und SS, Hunderte! Und viele weitere, die sich als Zivilisten getarnt haben. Sie zerschlagen die Scheiben der Läden, zerren die Juden raus, prügeln sie halb oder ganz zu Tode, vernichten alles …«

Er hielt inne.

»Hast du vielleicht einen Schluck für mich?«, krächzte er. »Ich bin am Verdursten.«

Luzie schob ihn weiter in die Küche und nahm ein Bier aus dem Kasten neben der Kredenz, den Liesl für ihre Kavaliere bereithielt.

Richard setzte die Flasche an und leerte sie fast bis zur Neige.

»Ein Inferno«, sagte er, als er wieder halbwegs reden konnte. »Und nicht nur hier in Wien, sondern überall, im ganzen Reich. Sie nennen es Volkszorn, aber ich sage dir: Das ist alles geplant! Keine Polizei greift ein, nirgendwo, die stehen daneben und gaffen oder schauen weg …«

»Auch in Berlin?«, flüsterte sie. »Aber bestimmt doch nicht in Berlin …«

»In Berlin erst recht, was glaubst du denn, Luzie? In ihrer geliebten Hauptstadt exerzieren diese Berserker garantiert das größte aller Fanale. Wahrscheinlich fackeln sie ganze Viertel ab, die, in denen die meisten Juden zu Hause sind …«

Das Scheunenviertel!

Da, wo Großmama und Großpapa gerade mal seit neun Tagen wohnten, direkt hinter dem Laden der Lewis …

»Aber das dürfen sie nicht!«, begann Luzie zu schreien. »Das dürfen sie doch nicht – nicht da, wohin meine Großeltern jetzt umziehen mussten …«

Aus Liesls Tür schauten zwei Köpfe heraus, ihr schwarzer und ein spärlich behaarter Männerschädel, der eindeutig Rudi gehörte.

»Was ist denn hier los?«, schnaubte er verärgert. »So ein

grässlicher Tumult! Jetzt ist meine ganze schöne Erektion im Arsch …«

»Sie hat sich bloß erschrocken«, sagte Richard, der die Lage sofort umrissen hatte. »Komm Luzie, alles wird gut!«

Er zog sie aus der Küche und schaute sie fragend an.

»Da …«, stammelte Luzie schwach. »Da … mein Zimmer.«

Richard schloss die Tür. Sie war auf ihr Bett gesunken.

»Ich muss zu ihnen«, sagte sie verzweifelt. »Oder sie zumindest anrufen, um zu wissen, ob es ihnen gut geht. Aber sie haben ja gar kein Telefon mehr. Man hat es ihnen weggenommen, so wie die Wohnung, weil sie …«

»… Juden sind?«, beendete er den Satz. »Du hast jüdische Großeltern, Luzie? Bist du also doch nicht Maries Jugendsünde aus dem verruchten Berlin, wie sie immer behauptet?«

Sie hob den Kopf, sah ihn an.

»Marie ist meine Tante und hat mich adoptiert, als ich acht Jahre alt war«, sagte sie. »Nachdem meine Eltern bei einem Schiffsunglück ums Leben kamen. Die Jüdin und der Christ – sie haben sich so sehr geliebt. Danach haben mich Mamas Eltern aufgezogen. Ihnen darf einfach nichts zugestoßen sein, diesen allerliebsten Menschen der ganzen Welt!«

»Ein Waisenkind! Und das alles trägst du die ganze Zeit mit dir herum?« Seine Stimme war auf einmal ganz weich. »Tapfere Luzie! Jetzt verstehe ich vieles besser.«

»Schwöre«, verlangte sie. »Schwöre, dass du das keinem Menschen jemals verrätst – selbst wenn sie dir die Haut in Fetzen abziehen!«

Richards Blick war klar und fest. Er legte die Hand auf sein Herz.

»Ich schwöre«, sagte er. »Und zwar bei dem, was ich am meisten auf dieser Welt liebe – und das bist nun einmal du, Luzie Kühn.«

Dann nahm er sie in die Arme und hielt sie fest, als wolle er sie nie wieder loslassen.

14

Wien, Mai 2018

Noch immer fühlte es sich für Paulina ein wenig seltsam an, die Wohnungsschlüssel zu benutzen, die Lena ihr anvertraut hatte. Gerade jedoch war sie froh, aufschließen zu können und dann möglichst schnell in ihr Zimmer zu schlüpfen – so stark wirkte das Gelesene noch in ihr nach. Doch daraus wurde nichts, denn die Küchentür stand offen, und ein köstlicher Geruch empfing sie, der sie innehalten ließ.

»Wiener Schnitzel. Extra für dich«, rief Moritz ihr zu, der am Herd stand und das panierte Fleisch gerade behutsam in der Pfanne wendete. »Das hat die Mami mir schon beigebracht, als ich elf war. Ein echter Wiener muss das können, hat sie damals gesagt. Sich immer nur auf Frauen zu verlassen, ist out. Da siehst du mal, wie feministisch ich erzogen wurde.«

»Aber das schwimmt ja im Fett«, sagte Paulina, die entgegen ihrer Absicht neugierig näher gekommen war.

»Muss es, muss es«, bekräftigte er. »Butterschmalz, darauf schwören wir Brunners, sonst garen die Schnitzel nicht gleichmäßig. Und schau nur, wie goldbraun sie schon werden. Das heißt, wir können bald essen.«

»Wir?«, fragte Paulina nach einem raschen Blick auf den

Küchentisch, der einfach, aber liebevoll mit Tellern und Gläsern bestückt war.

Drei Gedecke. Das hieß …

»Die Eltern sind im Kino. Muss auch mal sein, oder? Danach gehen sie garantiert noch zum Griechen, bestellen sich dort ein halb zu Tod gegrilltes Souvlaki und dazu diesen grässlichen Retsina, den ich nicht hinunterbekomme. Sie aber lieben es. Erinnert sie an ihre erste Reise nach Griechenland, sagen sie immer.«

Er lachte frech.

»Umso besser, dann sind Tamás, du und ich ganz für uns. Ich hab gleich hier gedeckt, in der Küche. Weil es doch vor allem um magere Zeiten geht, die wir im Film zeigen wollen …«

»Scheinst dir ja ziemlich sicher zu sein, dass ich mit im Boot bin«, sagte Paulina, während sie auf einen der Stühle zusteuerte und sich setzte.

»Du nicht?« Sein Tonfall klang selbstbewusst, der schnelle Blick dagegen, den er ihr über die Schulter zuwarf, war es ganz und gar nicht. »Komm schon – das kannst du uns doch nicht antun, liebste Paulina!« Er hörte sich an wie ein Schaukelbursche vom Rummel. »Wir zählen so auf dich.«

Sie blieb stumm und spielte mit dem Wasserglas, das neben dem Teller stand.

Moritz hatte ihr wieder den Rücken zugewandt.

»Vier Millimeter dünne und stark geklopfte Kalbsschnitzel werden leicht gesalzen, in Mehl, gequirltem Ei und schließlich in Semmelbröseln gewendet. Brunnerscher Familiengeheimtipp: ein bisschen Vanille in der Panade –

himmlisch! Die Brösel dürfen keinesfalls gedrückt werden, damit die Panierung trocken bleibt und soufflieren kann, also das Schnitzel nach dem Backen umhüllt …«

Paulina war aufgestanden und stellte sich neben ihn. Ihre Nähe schien ihn zu irritieren, denn nun starrte Moritz noch angespannter in seine Pfanne.

»Erst der Fremdenführer, dann der Jahrmarktschreier und schließlich der Fernsehkoch – welche Rolle hast du als Nächstes in petto? Dabei würd ich so gern mal den Original-Moritz hören. Eigentlich nur den«, sagte sie leise.

»Was aber, wenn der originale Moritz ganz furchtbar öd und langweilig wäre?«, fragte er ebenso leise zurück.

»Kann ich mir nicht vorstellen.«

»Und wenn doch?«

»Dann würde ich das glatt aushalten«, entgegnete Paulina. »Also?«

Moritz öffnete eine Flasche Sekt und goss zwei Gläser voll.

»Und mit so einem Langweiler auch noch zusammenarbeiten?« Er prostete ihr zu. »Auf alles, was wir lieben!«

»Auf das Echte und Wahrhaftige«, prostete sie zurück. »Was willst du mir eigentlich sagen, Moritz?«

Bis auf das Brutzeln der Schnitzel war es für einen Moment ganz still in der Küche, dann ertönte der melodische Dreiklang der Türklingel.

»Wie immer im verkehrtesten Moment«, kommentierte Moritz. »Dafür hat er definitiv den Riecher. Machst du Tamás bitte auf? Währenddessen kann ich den Schnitzeln sozusagen den Rest geben …«

Tamás' Begrüßungslächeln ließ Paulina kleine Schauer

über die Haut rieseln, so warm und gleichzeitig geheimnisvoll war es. Nicht zum ersten Mal kam es ihr vor, als stamme dieser junge Ungar eigentlich aus einer anderen Zeit. Das Schnelle, Schrille, Moderne haftete ihm nur an wie ein dünner Film. Löste man den ab, kam etwas anderes darunter zum Vorschein, das tief war, um vieles älter – und das sie magisch anzog.

»Wie geht es dir, Paulina?«, fragte er, während sie zusammen in die Küche gingen. »Schönen Tag gehabt?«

»Ja und nein«, sagte sie. »Eure Donaulände ist ein Traum, getrunken und gegessen habe ich vorzüglich, und später die grantelnden Wiener mit ihren verwöhnten Blagen bei der Jause zu beobachten, war auch herrlich. Doch Luzies Tagebuch macht mir ordentlich zu schaffen. Ich bin jetzt im November '38 angelangt …«

»Wird noch heftiger«, sagte Moritz, der gerade die Teller anrichtete. »Jedenfalls für Luzie. Jetzt kommst du leider an ein Kapitel der deutsch-österreichischen Geschichte, das schwärzer kaum sein könnte …«

»Die Shoah?«, fragte Paulina. »Luzie wird doch nicht etwa …«

»Die Auslöschung der Juden beginnt ab 1942 im großen Ausmaß«, erklärte Tamás. »Ein Teil meiner Familie hat sie leider auch nicht überlebt.«

»Du hast jüdische Vorfahren?«, fragte Paulina. Davon hörte sie gerade zum allerersten Mal.

Er nickte.

»Väterlicherseits«, sagte er. »Im Nebenzweig sozusagen. Großtante Vera, die jüngere Schwester meines Großvaters, hat in Budapest in die jüdische Familie Kaminer eingeheiratet: gebildet, bürgerlich, wohlhabend, ganz und gar assimiliert. Gabor und sie müssen ein aufregendes Paar gewesen sein, zumindest sehen sie so auf den wenigen Fotos aus, die noch von ihnen existieren. Religion war für keinen der Kaminers ein Thema. Ich glaube nicht, dass einer von ihnen jemals den Fuß in eine Synagoge gesetzt hat.«

»Aber das war den Nazis ganz egal«, warf Moritz ein. »Jude war für sie Jude – nicht einmal die christliche Taufe hat etwas genützt.«

»Bis zum Jahr 1944 hatte Ungarn, obwohl eines der am meisten antisemitischen Länder Europas, dem deutschen Druck widerstanden, seine jüdische Bevölkerung in die Vernichtungslager auszuliefern«, fuhr Tamás fort. »Im März rückten dann Einheiten der Wehrmacht in Ungarn ein, begleitet von SS-Männern. In ihrem Gefolge war auch ein Stab von rund 200 Mann unter der Leitung von Adolf Eichmann. Umstritten ist bis heute, inwieweit die ungarische Marionettenregierung zum Judenmord gedrängt oder aus eigenem Rassenhass tätig wurde. Auf jeden Fall unterstützte die ungarische Verwaltung die Deutschen mindestens ebenso sehr wie die Vichy-Regierung in Frankreich – auch wenn ein gewisser Herr Orbán das heute nicht wahrhaben möchte.«

Er nahm einen Schluck, bevor er weitersprach.

»Ab da änderte sich die Lage für die ungarischen Juden dramatisch. Von Mitte Mai an rollte, von Eichmann perfekt organisiert, Zug um Zug in Richtung Auschwitz. In nicht einmal zwei Monaten kamen 430 000 Menschen in die Vernichtungslager; insgesamt waren es bis Kriegsende noch gut 120 000 mehr. Die Budapester Juden traf es zuletzt, aber es traf auch sie. Drei meiner Großonkel waren darunter, Gabor, ein Arzt, seine Brüder János und Endre, Schuldirektor und Anwalt. Nur ein Einziger aus diesem Familienzweig hat überlebt. Bis dahin war er von den anderen stets als schwarzes Schaf abgestempelt worden: Schule abgebrochen, keinen ordentlichen Beruf erlernt, ein Musiker, Spieler, eine Art Vagabund, den es quer durch halb Europa getrieben hat – aber er ist sehr alt geworden.«

»Die Hände«, sagte Paulina, die plötzlich verstand. »Es sind seine Hände, die im Gästezimmer hängen?«

Tamás nickte. Seine Augen strahlten.

Vor jedem stand inzwischen ein Teller mit einem goldbraunen Wiener Schnitzel und Erdäpfelsalat, doch keiner rührte das Essen an.

»Na, bravo!«, sagte Moritz leicht resigniert. »Hätte das alles nicht noch ein bisschen warten können …«

»Du hast wunderbar gekocht«, sagte Tamás. »Und Onkel Milán hat ja überlebt, sonst hätte ich ihn nicht fotografieren können. Wir können also ruhig essen.«

»Da hast du dich ja sehr intensiv mit diesem Thema beschäftigt«, sagte Paulina.

»Ja, weil es mich irgendwann einfach nicht mehr losgelassen hat«, erklärte Tamás. »Mein Großonkel kam mit der ganzen Geschichte erst kurz vor seinem Tod heraus. Bis dahin hatte ich so gut wie keine Ahnung. Nur das allgemeine Schul-Blabla. Und das ist, wie wir alle wissen, nicht gerade viel.«

»Das Schnitzel schmeckt übrigens himmlisch, Moritz«, sagte Paulina.

Er nickte zerstreut.

»Mit solch einer historischen Wucht kann ich leider nicht dienen.« Moritz deutete auf das kleine Beistelltischchen, auf das er einige alte Fotografien gelegt hatte. »Ich habe nur meinen Opa zu bieten. Peter Leopold Raimund Matusek, der kleine Peter, der Luzie Kühn vergötterte – auch wenn er ihr ungewollt so großen Schaden zugefügt hat.«

»Darf ich?« Paulina legte das Besteck zur Seite und beugte sich über die Bilder. »Aber der sieht ja aus wie du!«

»Das sagen sie alle.« Moritz lächelte. »Und ich mag es sehr, wenn sie es sagen.« Er räusperte sich. »Weißt du, was ich mir ausgedacht habe? Aber das funktioniert nur, falls dir Luzies Kleider passen.«

»Tun sie«, bestätigte Paulina. »Jedenfalls so, dass man damit arbeiten könnte. Und weiter?«

»Wir könnten einige Szenen in Originalkostümen drehen, du in ihren Kleidern, ich in einem Männer-Outfit der Zeit, und dabei abwechselnd Passagen aus dem Tagebuch lesen. Würde alles noch authentischer machen.«

»Schöne Idee«, sagte Paulina. »Ich bin dabei.«

»Bei allem?« Jetzt waren gleich zwei Augenpaare gespannt auf sie gerichtet.

»Du sagst wirklich Ja?«, setzte Moritz noch hinterher.

»Ja.« Paulina erhob ihr Glas. »Nur mit dem Titel müssen wir uns etwas anderes überlegen. SPUREN ist für mein Schöneberger Möbelhaus-Projekt reserviert. Da will ich nicht dran rühren.«

»Da fällt uns bestimmt noch etwas Geniales ein«, sagte Moritz. »Zum Beispiel: BERLIN–WIEN–BERLIN: SPUREN.

Paulina sah ihn fragend an.

»Was hast du vorhin eigentlich mit dem ›Schaden‹ gemeint? Peter war doch noch ein Kind, als das alles passierte …«

»Du musst einfach weiterlesen«, sagte Moritz. »Dann wirst du es verstehen.«

Also eine weitere Nachtschicht, aber Paulina freute sich darauf. Wie bei ihrer ersten Lektüre richtete sie sich auf dem Balkon ein, Lampe, Wasserflasche, Kekse, falls es wieder spät beziehungsweise sehr früh werden sollte. Sogar ein kariertes Plaid hatte sie aus dem Zimmer mit nach draußen genommen.

Der Nachtwind kühlte ihr erhitztes Gesicht.

Zum Abschied hatte Tamás sie umarmt und auf die Wange geküsst.

»Morgen um zehn an der Strudlhofstiege?«, hatte er dabei gemurmelt. »Würde mich sehr freuen. Sind nur ein paar Schritte von hier.«

»Okay«, hatte sie zurückgemurmelt, so leise, dass Moritz, der ein Stück entfernt stand, garantiert nichts hören konnte.

Warum kam es ihr dann trotzdem so vor, als würde er sie seitdem schärfer beobachten?

Sie hatte Moritz beim Aufräumen der Küche geholfen. Lena und Ferdi sollten nicht gleich in Ohnmacht fallen, wenn sie gutgelaunt nach Hause kamen.

Doch auch als alles sauber war, wollte er sie noch immer nicht gehen lassen, das hatte Paulina genau gemerkt.

Weil er längst spürte, dass es zwischen Tamás und ihr bitzelte?

Wie auch immer – jetzt war erst einmal wieder Luzie an der Reihe.

Paulina wickelte sich in das Plaid und schlug das Tagebuch auf.

*

Wien, August 1939

Mein Trauerjahr ist noch nicht vorüber, doch langsam, langsam erhält mich das Leben in winzigen Raten zurück. Zu schön ist dieser Sommer, zu heiß, zu verlockend, um immer nur bei der alten Modistin Gerhild im Hinterzimmer zu hocken und Filz zu sticheln oder Stroh zu flechten.

Trotzdem kann ich nicht aufhören, an meine Großmama Ida zu denken, die jene Novembernacht, der sie jetzt den schrecklichen Namen »Reichskristallnacht« gegeben haben, nicht überlebt hat. Halb Berlin muss in Scherben gelegen haben, so haben sie gewütet, angeblich »erzürnte Bürger«, die Raths Tod durch die Vernichtung jüdischen Besitzes rächen wollten – in Wirklichkeit jedoch gezielt eingesetzte Nazischlägertrupps und jede Menge SA-Leute, ganz ähnlich wie auch hier in Wien. Manni hat mir darüber geschrieben; seine Kollegen und er hatten lange mit den Aufräumarbeiten zu tun. Bezahlen für all den riesigen Schaden, der ihnen zugefügt wurde, müssen nun allerdings die Juden selbst – große Güte!

In was für einer grausamen Welt leben wir?

Als die Nazis anfingen, die Schaufenster des Delikatessengeschäfts einzuschlagen, hinter dem sie wohnten, war Groß-

mama nicht mehr zu halten. Sie ist nach draußen gelaufen, um den Berserkern Einhalt zu gebieten, Senta wie immer an ihrer Seite, laut kläffend, um ihr geliebtes Frauchen zu verteidigen. Da hat einer der Schläger mit seinem Knüppel wie wild auf das hilflose Tier eingedroschen.

Großmama erlitt einen Herzinfarkt und war auf der Stelle tot.

Seitdem ist Großpapa ganz still geworden, schreibt mir nur noch selten und geht, wie ich von den Lewis erfahren habe, die in größter Sorge um ihn sind, kaum noch aus dem Haus. Er fühle sich selbst wie tot, lese ich in einem seiner raren Briefe, beraubt seiner besseren Hälfte, seiner Stütze, seiner Lebenssonne. Zusammen mit Pips hockt er nun in der kleinen dunklen Wohnung und denkt an frühere Zeiten – und ich kann nicht einmal jetzt bei ihm sein, um Trost zu spenden oder ihn ein wenig aufzumuntern.

Wie weh das tut!

Doch das ist beileibe nicht mein einziger Schmerz.

Bela ist nicht mehr in Dachau und weiter denn je davon entfernt, wieder ein freier Mensch zu sein. Sie haben ihn in ein Lager namens Buchenwald gebracht, in der Nähe von Weimar, zusammen mit fast 10000 anderen Juden aus Österreich. Dort scheinen die Haftbedingungen noch furchtbarer zu sein. Kaum etwas zu essen, schlechteste hygienische Bedingungen, drakonische Strafen wie das Einsperren in winzige Zellen schon bei den kleinsten Vergehen, manchmal wochenlang. Viele der Häftlinge müssen in den umliegenden Steinbrüchen arbeiten, um das Lager auszubauen und eine breite Straße anzulegen.

Blutstraße heißt sie.

Mehr ist dazu nicht zu sagen ...

Doch das alles verbreitet sich nur gerüchteweise, hinter vorgehaltener Hand; von den Gefangenen selbst erfährt man nichts.

Über Monate kein Wort von Bela.

Als ich alle Hoffnung schon aufgeben will, erreicht mich über Marie eine Karte. Erst zögert sie, mir dieses schmutzige zerfledderte Ding überhaupt zu geben, dann aber legt sie es wortlos auf den Caféhaustisch.

Ich lebe. Geht es dir und dem Kleinen gut?
Nie war der Sommer 05 so schön. In Liebe Bela.

Mir wird sofort ganz elend. Ich greife nach dem Wasserglas und schütte es hinunter, so schuldig fühle ich mich. Er weiß noch immer nicht, dass es kein Kind gibt. Ich habe bislang nicht gewagt, ihm das zu schreiben, um sein Elend nicht noch größer zu machen.

Oder war ich einfach nur zu feige dazu?

In schlaflosen Nächten treibt mich diese Frage um.

Allerdings bezweifle ich stark, dass meine Briefe Bela überhaupt erreichen, denn er geht ja mit keinem Wort darauf ein.

Dafür wieder dieses 05!

Vom Steffl ist dieses Mal nicht die Rede, obwohl ich inzwischen öfter am Stephansdom gewesen bin, um irgendwas herauszufinden, von dem ich keine Ahnung habe, was es sein könnte.

Fragen kann ich niemanden. Ich muss vorsichtig sein, verdammt vorsichtig, denn es wimmelt überall nur so von

Spitzeln und Denunzianten. Eine von Gerhilds ältesten Kundinnen hat sie angezeigt, weil sie angeblich einen Hitler-Witz erzählt habe – und schon ein paar Tage später stand die Gestapo bei ihr im Laden. Gerhild konnte sich gerade noch einmal herausreden, während Liesl und ich im Hinterzimmer der Werkstatt vor Furcht fast vergangen sind.

Seitdem ist meine alte Angst wieder neu erwacht – Wagner …

Manchmal glaube ich, ihn unterwegs zu sehen, dann starre ich zu Boden und versuche mich ganz klein zu machen, doch bislang war es immer ein anderer bulliger Kerl in der von mir zutiefst verhassten SA-Kluft, die jetzt so häufig auf Wiens Gassen und Straßen auftaucht. Wenn ich dieses Schreckensbild doch nur endlich aus dem Kopf bekäme! Doch es gelingt mir nicht – nicht einmal, wenn ich mit Richard zusammen bin.

Wir sind kein richtiges Liebespaar geworden, obwohl ich weiß, wie sehr er sich danach sehnt. Und auch ich wünsche es mir, doch wenn Richard mich küsst, zieht sich alles in mir zusammen, weil ich an Bela in seiner schrecklichen Not denken muss. Wie könnten wir uns unbeschwert lieben, wie gemeinsam Freude oder körperliche Lust empfinden, während er leidet?

Meine Haltung macht Richard traurig und manchmal sogar wütend, was ich verstehe. Aber ich kann trotzdem nicht aus meiner Haut. Ich weiß, er meint es ernst mit mir, liebt mich von Herzen und würde mich auf der Stelle heiraten, wenn ich nur wollte. Dabei ist seine Existenz alles andere als gesichert. Im Moment verdient Richard seinen Lebensunterhalt mit Kistenschleppen auf dem Großmarkt, doch *sobald es dunkel wird, steht er mit anderen Künstlern auf der Bühne des ehemaligen Moulin Rouge in der Innenstadt und spielt Kabarett. Wiener Werkel nennt sich die bunt zusammengewürfelte Truppe. Ihre Texte sind ganz schön gewagt für den Reichsgau Wien, das hat Liesl mir berichtet, die an meiner Stelle hingegangen ist, weil ich selbst mich nicht traue. Doch seltsamerweise lässt das Reichspropagandaamt Wien sie ungestört agieren – zumindest bislang.*

Ach Liesl, Liesl!

Du bist meine nächste Sorge …

Liesl lag im Bett, so bleich und still, dass Luzie richtig Angst bekam.

»Was ist los? Was hat der Arzt denn gesagt?«

»A Schaaß is los – und zwar a ganz großer! Mich hat's erwischt, Luzie. Der Rudi, dieser verdammte Kerl …«

Sie rappelte sich mühsam auf.

»Tripper hat er mir angehängt, der Blödmann! Weil er nie einen Präser anziehen mag. Jetzt steh ich schön blöd da. Ich muss das furchtbare Sulfonamid schlucken, von dem einem kotzübel wird, aber das war leider noch nicht alles.«

»Was denn noch?«

»Der Doktor war so komisch, nachdem ich mich wieder angezogen hatte. ›Sie wissen schon, dass im Großdeutschen Reich alle Geschlechtskrankheiten beim Gesundheitsamt gemeldet werden müssen, Fräulein Hüllner‹, hat er gesagt und lauter Zeug in meine Krankenakte gekritzelt. ›Der Führer verlangt einen reinen, gesunden Volkskörper, der makelloses Erbgut an die nächste Generation weitergibt. Dafür ist jeder niedergelassene Arzt persönlich verantwortlich. Sind Sie eigentlich registriert? Ich meine, als Prostituierte registriert?‹«

Liesl griff nach einem Taschentuch.

»Mir blieb nichts anders übrig, als die betrogene Unschuld zu spielen.«

Sie setzte sich in Position.

»Aber was denken Sie denn von mir, Herr Doktor! Ich bin ein anständiges Mädchen und glücklich verlobt«, säuselte sie übertrieben. »Ich weiß gar nicht, wie mein Schatz so gewissenlos und gemein sein konnte, mir so etwas anzuhängen ...«

»Du bist verlobt?«, fragte Luzie.

»Natürlich nicht, du Tschoperl! Aber ich musste ja etwas sagen, dachte ich zumindest. Hätt ich nur meinen Mund gehalten! Denn nun hat er mich nach dem Namen und der Adresse meines Verlobten gefragt, um diesen ebenfalls amtlich festzuhalten.«

»Und du hast Rudi angegeben?«

»Bist du wahnsinnig?! Damit seine Alte ihm und mir den Hals umdreht? Nein, ich hab natürlich auf die Schnelle jemanden erfunden, einen gewissen Stefan Leutner, wohnhaft im 13. Bezirk. Den allerdings werden sie dort niemals finden. Und mich auch nicht ...«

»Aber deinen Namen hat der Doktor doch.«

»Den Namen schon. Aber wir wohnen hier ja gewissermaßen unter der Hand. Und zu diesem Kurpfuscher gehe ich ohnehin nie wieder. Wie lüstern der mich angestarrt hat! Wahrscheinlich hat er sich im Kopf schon seinen Spezialtarif ausgerechnet ...«

Liesl ließ sich wieder in die Kissen sinken und schloss die Augen. Luzie jedoch überkam ein seltsames Gefühl, das auch in den kommenden Tagen nicht weichen wollte. Sie schaute sich um, sobald sie das Haus verließ.

War da nicht jemand, der ihr folgte?

Grüßten die Leute, denen sie im Treppenhaus begegnete, nicht eine Spur harscher?

Liesl und sie, die einzigen Nicht-Wiener im Haus, hatten aus gutem Grund kaum Kontakt zu den Nachbarn. Liesls diverse Galane tauchten zumeist erst abends auf, wenn die anderen Mieter bereits in ihren Wohnungen waren. Und doch: Sollte wirklich keinem von ihnen der häufig wechselnde Männerverkehr aufgefallen sein?

Liesl bestritt das energisch, Luzie dagegen war sich alles andere als sicher …

Als es wenige Tage später an die Tür pochte, fuhr sie alarmiert hoch. Wegen starker Regelschmerzen, die sich am besten mit einer Wärmflasche lindern ließen, war sie ausnahmsweise schon früher zu Hause. Sie rechnete mit Richard, der ihr heute wegen ihrer Frauenbeschwerden allerdings so gar nicht ins Konzept passte, doch als sie öffnete, stand Peter vor der Tür.

»Grüß dich, Luzie«, sagte er mit schuldbewusstem Lächeln. »Ich weiß, ich sollte eigentlich nicht hier sein. Aber ich wollte dich so gern sehen!«

»Dann schnell rein mit dir!« Sie zog ihn in die Wohnung.

Er folgte ihr in die Küche.

»Woher weißt du überhaupt, wo ich bin?«, fragte sie streng.

»Ich hab ein Zettelchen gefunden, das aus Mamas Handtasche gefallen war. Da stand ein L., diese Adresse und 1. Stock re drauf. Da wusste ich Bescheid.«

»Schnüffelst du frecher Kerl einfach bei deiner Mama herum! Das find ich gar nicht gut.«

»Ich hab nicht geschnüffelt, Ehrenwort! Es lag einfach so da, genauso war es. Bist du mir jetzt sehr böse?« Er legte den Kopf zur Seite, wie immer, wenn er etwas angestellt hatte.

»Wie könnte ich das? Setz dich lieber erst mal hin.«

Peter folgte wortlos.

»Willst du einen Kakao?«, fragte Luzie weiter.

»Kakao? Immer!«

»Wie geht es dir?«, fragte sie, während sie das Pulver in die Milch rührte.

»Schlecht.« Er schniefte. »Meine Mutter behandelt mich noch immer, als sei ich ein Wickelkind. Dabei bin ich doch fast zwölf.«

»Sie hat eben Angst um dich in diesen dunklen Zeiten …«

»Ich gehe jetzt ganz regelmäßig zum Jugendboxen, da wird man vielleicht stark, das sag ich dir! Ich kann längst allein auf mich aufpassen.«

Überrascht musterte Luzie ihn genauer.

Ja, Peter hatte das Kindlich-Staksige definitiv verloren, war ein ganzes Stück gewachsen, und sein Körper wirkte muskulöser.

»Du wirst langsam ein junger Mann«, sagte sie. »Das ist nicht zu übersehen.«

»Na ja, ein Mann vielleicht noch nicht, aber ein kräftiger

Bursche bin ich jetzt schon. Und seitdem ich so fest trainiere, traut sich keiner mehr, mich zu verhauen. Das find ich gut!«

Kakao liebte er offensichtlich nach wie vor, denn Peter hatte in Windeseile auch den zweiten Becher ausgetrunken. Luzie tat es leid, dass sie ihm nichts Süßes zum Naschen anbieten konnte, aber es war der allerletzte Tag im August, und bei ihnen im Küchenkastl herrschte wie eigentlich an jedem Monatsende gähnende Leere. Morgen würden sie ihren schmalen Lohn ausbezahlt bekommen, da hätte sie Kipferl und Nussschnecken kaufen können, die er so gern aß. Für heute blieb es leider nur beim Kakao.

Sie krümmte sich möglichst unauffällig auf dem harten Stuhl.

Wenn er jetzt bald ginge, könnte sie sich wieder auf dem Bett ausstrecken – welch heiß ersehnte Wohltat …

»Da gibt es noch etwas, was du wissen musst«, sagte Peter plötzlich. »Ein SA-Mann stellt mir nach, und er hat nach dir gefragt.«

Unwillkürlich beugte sie sich weit nach vorn.

»Keine Angst«, sagte der Junge. »Ich bin ja schließlich nicht blöd. Dieser Mann hat dir wehgetan, damals als du bei den Mönchen lagst, nicht wahr?«

Luzie nickte.

»Sehr wehgetan?«

»Ja, sehr.«

Zwischen seinen blonden Brauen entstand eine Falte.

»Mama hat gesagt, du hättest dein Kind dabei verloren. Stimmt das?«

Woher hatte er das? Marie hatte doch versprochen, den Mund zu halten!

»Ich hab sie und den Papi heimlich belauscht«, sagte Peter. »Dabei hab ich es gehört. Also?«

»Es stimmt. Aber du bist noch viel zu jung …«

»Bin ich nicht!« Er sprang auf. »Ich verstehe sehr gut, was ein Kind ist, auch wenn es noch im Bauch seiner Mutter wächst. Es ist etwas Zartes, Kleines, das man beschützen und zu dem man lieb sein muss – ich hasse diesen Wagner!«

»Du weißt seinen Namen?«

»Klar weiß ich den. Ich kenn ihn doch aus dem Theater. Da hat er vor meinen Eltern immer ganz untertänig gebuckelt, als Direkter Hellmer noch das Sagen hatte. Der ist jetzt übrigens in London und macht dort wieder Theater. Das hab ich die Eltern auch sagen hören.«

»Und was wollte Wagner von dir, Peter?«, fragte Luzie.

»Was wohl? Verraten sollte ich ihm, ob du noch in Wien bist – und wenn ja, wo.« Ganz stolz schaute er sie an. »Aber da kann er lange warten, der Herr Wagner! ›Ich weiß nix‹, das hab ich ihm gesagt. ›Nicht die geringste Ahnung – leider.‹ Und dann …«

»Ja?« Luzie hing an seinen Lippen.

»Dann bin ich ihm blitzschnell davongeradelt.«

Sie kamen in den frühen Morgenstunden. Ausnahmsweise war Liesl bei ihr im Bett eingeschlafen, was Luzie eigentlich nicht besonders mochte, aber heute war die Freundin so anhänglich und vor allem redselig gewesen, dass sie eine Ausnahme gemacht hatte.

Die Wohnungstür flog auf, als hätte es niemals ein Schloss gegeben.

»Aufstehen!«, brüllte der SA-Mann, der seine Pistole gezogen hatte. »Anziehen. Alle beide!«

Hinter ihm noch ein weiterer Mann.

Erschrocken kamen die beiden jungen Frauen dem rüden Befehl nach und bekleideten sich zitternd.

»Was wollen Sie denn von uns?«, wagte Liesl noch nachzufragen.

»Halt die Gosch'n, du Beisl-Hur, sonst scheppert's! Also, gemma, gemma!«

Sie wurden nach unten getrieben und in eine dunkle Limousine gestoßen. Ein SA-Mann quetschte sich zu ihnen auf die Rückbank; am Steuer saß ein junger Kerl, der halsbrecherisch fuhr. Der Mann auf dem Beifahrersitz starrte stumm in die Nacht.

»Wohin bringen Sie uns?«, versuchte Liesl abermals ihr Glück und wurde mit einem saftigen Rippenstoß zum Schweigen gebracht.

Luzie, der viele Bezirke von Wien noch immer fremd waren, hatte nicht die geringste Ahnung.

»Dorthin, wo solche wie ihr hingehört«, kam es nach einer Weile dumpf von vorn. »Auf den Steinhof.«

Luzie bekam Gänsehaut am ganzen Körper. Diese Stimme war ihr nur zu gut bekannt.

Aber das konnte, das *durfte* doch jetzt nicht wahr sein …

»Zu den Depperten?« Liesl bäumte sich auf. »Aber das können Sie nicht tun. Wir beide sind doch ganz normal – und kein bisschen irre!«

»Normal?« Der Mann drehte sich langsam um. »Herumhuren und Rassenschande treiben, das ist in deinen Augen also normal? Das werden sie euch dort schon austreiben, die Herrn Doktoren, dazu haben sie schließlich ihre Mittel! Und wenn nicht« – er fuhr sich mit der flachen Hand quer über den Hals –, »ist es um solch asoziale Elemente wie euch nicht schade.«

Das Auto hielt vor einem großen Tor, das von innen geöffnet wurde. Lautlos glitt der Wagen hinein, fuhr dann weiter zu einer Reihe niedriger Gebäude, die wie Pavillons in einer Parklandschaft verteilt standen, und stoppte abermals.

Wagner stieg aus und salutierte militärisch vor einem grauhaarigen Mann, der einen weißen Kittel trug.

»Obersturmbannführer Wagner zur Stelle, Herr Direktor Jekelius. Festgenommene befinden sich im Wagen.«

»Wegtreten, Wagner«, sagte der Arzt. Seine Stimme klang überraschend weich, fast melodiös. »Frick? Riegert?«

Aus dem Dunkel lösten sich zwei kräftige Männer, die sich an den Wagentüren positionierten.

Luzie hatte bis zum letzten Moment an Flucht gedacht, doch an diesen Muskelpaketen gab es kein Vorbeikommen. Außerdem war sie durchgeblutet und schämte sich.

»Badehaus zwei. Scheren, desinfizieren, fixieren, wenn nötig mit Nachdruck. Das übliche Prozedere. Die offizielle Aufnahme erfolgt dann morgen.«

»Wo sind wir hier denn?«, flüsterte Luzie angstvoll, als sie aus dem Auto gezerrt wurden.

»Da, wo jede Hoffnung stirbt.« Liesl neben ihr bekreuzigte sich hastig.

*

Wien, Mai 2018

Das Plaid reichte nicht mehr aus, so kalt war Paulina mittlerweile geworden. Sie wollte schlafen, die kuschelige Wärme des Betts spüren, um innerlich wieder zur Ruhe zu kommen, aber zuvor musste sie noch zwei wichtige Dinge erledigen.

Sie ging ins Zimmer, holte ihr Tablet aus dem Rucksack und gab in der Suchmaschine »September 1939« ein.

Ungefähr 157 000 000 Ergebnisse, las sie. *1. September, Beginn des Zweiten Weltkriegs – Überfall auf Polen …*

Endlich ein historisches Datum, das sie gekannt hatte. Paulina hatte sich nur noch einmal vergewissern wollen.

Danach tippte sie »Steinhof« ein und begann zu lesen, und je weiter sie kam, desto beklommener wurde ihr zumute.

Arbeitsanstalt für asoziale Frauen – Spiegelgrund – Kinder- und Jugendpsychiatrie – NS-Euthanasie – Aktion T4: die Ausmerzung unwerten Lebens …

Es war wie ein Tor zur Hölle, das sich hier vor ihr auftat.

Schließlich gelangte sie zu diesem Beitrag:

> Berlin, 1. September 1939: Reichsleiter Bouhler und Dr. med. Brandt sind unter Verantwortung beauftragt, die Befugnisse namentlich zu bestimmender Ärzte so zu erweitern, dass nach menschlichem Ermessen unheilbar Kranken bei kritischster Beurteilung ihres Krankheitszustandes der Gnadentod gewährt werden kann.
>
> Gezeichnet A. Hitler

Jetzt konnte und wollte sie für den Moment nicht mehr weiterlesen.

Paulina schaltete das Gerät ab und legte sich auf den Futon. Luzies Tagebuch hatte sie mitgenommen.

Ach, Luzie, dachte sie, während sie die Decke bis zum Kinn hochzog. *Arme, arme Luzie! Was mag dir noch alles bevorstehen?*

15

Wien, Mai 2018

Kaum öffnete Paulina ein paar Stunden später die Augen, griff sie wie automatisch schon wieder nach dem Tagebuch neben ihr auf dem Kopfkissen.

Steinhofzeit, September 1939–März 1941 hatte sie als Nächstes aufgeschlagen und erschrak darüber. Wenn sie da jetzt weiterlas, würde es so rasch kein Entkommen mehr geben, das wusste sie. Also legte sie das Buch zur Seite und stand auf. Sie hüllte sich in den alten Kimono und setzte sich mit ihrem Smartphone an den Schreibtisch.

Zuerst schrieb sie eine Mail an ihre Mutter.

> Hi, Mamasi, alles bei euch im Lot? Ich weiß, du willst deine Ruhe haben, aber jetzt muss ich dir doch ganz kurz mein Herz ausschütten. Toni hat mich nach Wien geschickt, um ein geheimnisvolles Vermächtnis in Form eines alten Tagebuchs abzuholen, und ich bin Hals über Kopf in ein aufregendes Frauenleben gestürzt.
> Luzie Kühn – hast du diesen Namen schon jemals gehört?
> Ich atme inzwischen mit dieser Luzie, fühle und denke mit ihr, und wenn ich es nicht besser

wüsste, würde ich denken, wir beide sind eng
miteinander verwandt. Ich hab dir so viel zu
erzählen, denn ordentliches Herzflattern habe ich
nämlich auch noch. Er ist Ungar, macht wunderbare Fotos, hat dunkle Locken und jüdische
Vorfahren.
Tamás – findest du nicht auch, dass der Name
klingt, als sei er aus einem romantischen Song?
Pass gut auf dich auf, sei vor allem lieb zu deinen
Füßen, und wenn du wieder aus der Wanderklausur auftauchst, dann melde dich unbedingt bei
mir!
Das wünscht sich mit dickem Kuss deine Pauli

P.S. Toni unterzieht sich übrigens in der Charité gerade einer radioaktiven Therapie, damit ihre Schilddrüse wieder gesund wird und sie nicht dauernd dieses Vorhofflimmern bekommt. Tut nicht weh, war bloß eine einzige Tablette, nur Besuch darf sie erst wieder haben, wenn sie nicht mehr strahlt. Aber falls du sie anrufen magst, freut sie sich sicherlich. Hier ihre Nummer in der Klinik …
Und noch was: Toni scheint in Wien zur Welt gekommen zu sein, nicht in Potsdam. Hat sie dir davon mal irgendwas erzählt?

Bei der zweiten Botschaft an Bruno musste sie deutlich länger überlegen, obwohl sie kürzer ausfallen würde, und Paulina legte das Gerät dafür sogar noch einmal beiseite.

Tat sie wirklich das Richtige?

Sie tat es.

Paulina nahm das Smartphone erneut zur Hand.

> Klingt schön, Bruno, was mich an Emotionen aus deinen Zeilen anspringt. Aber mit uns beiden ist es trotzdem leider vorbei. Vielleicht habe ich diesen zusätzlichen Abstand gebraucht – bin nämlich gerade in Wien –, um mir darüber vollkommen klar zu werden. Lass uns ohne Groll getrennt bleiben. Aufgewärmte Beziehungen haben immer einen leicht ranzigen Beigeschmack, das liegt uns beiden nicht. Ich wünsche dir alles Glück dieser Welt.
>
> Ade, deine Paulina.

Sie fühlte sich leichter danach, wenngleich auch ein wenig melancholisch. Aber musste nicht erst die eine Tür ganz geschlossen werden, bevor sich eine neue öffnen ließ?

Unter der Dusche summte sie leise vor sich hin.

Vor der WhatsApp an Bruno hatte sie noch nicht gewagt, dieses Gefühl zuzulassen. Jetzt aber spürte sie, wie etwas Helles, Freudiges in ihr aufstieg, das sie lange vermisst hatte. Paulina holte ihren bunten Flatterrock aus dem Schrank und zog ein türkisblaues Shirt dazu an. Toni sagte, Paulis Augen würden sie jedes Mal an eine Lagune erinnern, wenn sie es trug.

Ob Tamás Lagunenblau mochte?

Strudlhofstiege, nur ein paar Schritte von hier – so ähnlich hatte er es gestern doch formuliert, allerdings ohne von ihrem heimlichen Manko zu wissen.

Paulina vertiefte sich in den Stadtplan.

Links, geradeaus, dann wieder links, es schien tatsächlich ganz einfach zu finden zu sein, sogar für sie.

In der Wohnung war es ungewohnt still. Lena und Ferdi waren wohl schon zur Arbeit ausgeflogen; die Tür zu Moritz' Zimmer war geschlossen. Paulina goss sich in der Küche einen Rest lauwarmen Kaffee in eine Tasse und trank ihn im Stehen.

Dann schaute sie zur Küchenuhr.

Zehn vor zehn.

Jetzt durfte sie sich nicht wirklich mehr verlaufen, wenn sie pünktlich sein wollte.

Ein zartes *Bling* war zu hören, als sie die Treppen nach unten ging. Sie hatte eine neue Nachricht.

Vor der Haustür blieb Paulina stehen und sah nach. Bruno.

> Das kannst du nicht machen, Baby! Du und ich,
> das ist doch wie der Wind und das Meer, wie
> Sonne und Regen …

Bruno hatte schon immer einen gewissen Hang zum Trivialen gehabt. Früher hatte sie solche Anwandlungen zumeist belächelt, heute fand sie sie nur noch nervig.

Er brauchte offenbar noch eine weitere Ansage.

> Alles gesagt, okay? Und jetzt lass mich bitte in
> Frieden und nimm es wie ein Kerl. Es ist vorbei,
> over, finito. Ciao, Bruno!

Paulina machte große Schritte. *Geradeaus* hämmerte es in ihrem Kopf, *ein ganzes Stück geradeaus, dann links.*

Hatte sie das gerade halblaut vor sich hin gemurmelt?

Der Halbwüchsige in der Nietenjacke, der sie soeben überholte, sah sie jedenfalls ziemlich befremdlich an.

Sie zog eine Grimasse, da schaute er schnell weg.

Und da sah sie Tamás schon auf der linken Seite der berühmten Treppe sitzen, die sogar einem Roman den Titel gegeben hatte, die langen Beine in hellen Jeans lässig von sich gestreckt. Er stand auf, als er sie erblickte, kam langsam zu ihr herunter, und Paulinas Herz machte einen freudigen Satz.

Sie berührten sich nicht, blieben aber nah voreinander stehen.

»Gar nicht so einfach, dich unauffällig von den Brunners loszueisen«, sagte er lächelnd. »Aber jetzt ist es ja zum Glück gelungen. Guten Morgen, Paulina.«

»Und dich von Moritz«, erwiderte sie. »Guten Morgen, Tamás. Ich dachte schon, ihr beide tretet nur im Duo auf.«

»Nicht immer«, widersprach er und griff nach ihrer Hand.

Seine Finger waren warm. Eine Männerhand, die ihre fest umschloss.

»Wie schön diese Treppe ist«, sagte Paulina, mit einem Mal verlegen. »Ein wirkliches Schmuckstück.«

»Eines der wohl meistfotografierten Motive in Wien. Ich hab sie selbst schon in wechselnden Lichtstimmungen und Jahreszeiten festgehalten. Aber die Umgebung kann sich auch durchaus sehen lassen. Magst du ein paar Schritte gehen?«, schlug er vor. »Der Liechtensteinpark liegt gleich um die Ecke. Um diese Zeit haben wir den noch ganz für uns.«

»Ich hätte eigentlich eine ganz andere Bitte an dich«, sagte Paulina. »Den Steinhof, kennst du den?«

Er nickte.

»Ein riesiges Gelände mit der vielleicht schönsten Jugendstilkirche Wiens«, sagte er. »Heute nennt sich das Krankenhaus, das darauf liegt, Otto-Wagner-Spital nach dem berühmten Architekten von Anlage und Kirche. Unter dem NS-Regime war es eine berüchtigte Nervenheilanstalt, in der hilflose Patienten, darunter auch viele Kinder und Jugendliche, ermordet wurden. Du willst dorthin?«

»Unbedingt«, sagte Paulina.

»Dieses Tagebuch lässt dich nicht mehr los, richtig?«

»So wie dich die Geschichte deines Großonkels. Hat mich sehr berührt, wie du gestern von Milán erzählt hast. Ganz ähnlich geht es mir mit Luzie. Also – hättest du Zeit, Tamás?«

»Bis zum Nachmittag gern. Dann muss ich für einen Job zurück in der Innenstadt sein.« Tamás verzog seinen Mund. »Cocktailkleider auf der Dachterrasse, ein Auftrag für ein hiesiges Kaufhaus. Man darf als freier Fotograf heutzutage nicht wählerisch sein.«

»Dann lass uns gehen – oder lieber fahren?«

Sie sah ihn fragend an.

»Glück gehabt.« Jetzt lächelte er wieder. »Sir Anthony parkt gleich um die Ecke.«

Im Autoradio lief FM4, der Sender, der Paulina schon beim ersten Hören gefallen hatte. Sie fuhren mit offenem

Verdeck. Tamás hatte ihr ein Tuch gereicht, das sie sich um den Kopf wickelte, während Wiens prächtige Gebäude an ihnen vorbeirauschten.

Wie Grace Kelly, dachte sie. *Mindestens!*

Nachdem Tamás den Wagen auf dem Parkplatz der Baumgartner Höhe abgestellt hatte, liefen sie Seite an Seite den steilen Hauptweg hinauf. Er hatte sowohl eine Videokamera wie auch seine Spiegelreflexkamera mitgenommen, um »Momente festzuhalten«, wie er zu Paulina sagte.

Vor einem Jugendstilbau auf der Hälfte der Strecke blieb er stehen.

»Die Leuchtstäbe, die hier in der Erde stecken, stehen für je einen Toten«, sagte er. »Nachts, wenn sie alle angeschaltet sind, kann es dir schon mal den Atem verschlagen. An die achthundert Kinder und Jugendliche haben sie am Spiegelgrund ermordet. Für die Nazis waren Behinderte und psychisch Kranke ›wertloses Leben‹, so zynisch haben sie es genannt. Hatte man Pech, konnte man auch schon darunterfallen, wenn man gehörlos war oder als schwer erziehbar galt.«

»So viele«, sagte Paulina beklommen. »So entsetzlich viele …«

In einigem Abstand, weil sie sich von diesem Gedenkort nur schwer lösen konnte, folgte sie Tamás weiter über die Treppen, die hinauf zur Kirche führten. Das gesamte Gebäude war weiß, mit einer riesigen goldenen Kuppel und vier goldenen Engeln über dem Hauptportal, ganz im Jugendstil erbaut.

»Von hier aus hast du die beste Aussicht über die ganze

Anlage«, sagte er. »Lauter Pavillons mit unterschiedlichen Funktionen. Im Mitteltrakt liegen heute die wichtigsten Verwaltungsgebäude und die Küche. Die Wäscherei und weitere Versorgungsbauten sind an den Seiten untergebracht.«

»Es sieht so ordentlich und wohldurchdacht aus«, sagte Paulina. »Geradezu anmutig – in dieser grünen Parklandschaft.«

»Durchdacht war es sicherlich, ein Reformbau aus den Zwanzigerjahren, den die Nazis nach dem Anschluss für ihre furchtbaren Zwecke benutzt haben. Menschenversuche, Misshandlungen, Tötungen – in ihren Augen waren diese Kranken, wie gesagt, ›wertloses Leben‹ und sollten ab 1940 möglichst kostengünstig beseitigt werden. Tote Irre und Behinderte kosteten den Staat nichts mehr, so pervers dachten sie damals. An ihnen hat man übrigens erstmals den Einsatz von Gas als Methode der ›Endlösung‹ ausprobiert, was dann später bei der Vernichtung der Juden weiter perfektioniert wurde.«

»Luzie war auch hier«, sagte Paulina. »Für achtzehn endlose Monate. Wie sie das nur überlebt hat!«

»Du brennst aufs Weiterlesen? Und hast deine Lektüre doch sicherlich dabei, oder?« In seinen Augen stand ein Lächeln. »Wir können gleich wieder runtergehen ...«

»Nein, warte!« Sie berührte seinen Arm. »Lass mir ein bisschen Zeit. Ich möchte versuchen, mir wenigstens ansatzweise vorzustellen, wie sie sich hier gefühlt hat – falls die Insassen der Anstalt diese schöne Kirche überhaupt besuchen durften.«

»War Luzie denn fromm?«

»Eigentlich nicht. Aber Servitenmönche haben ihr das Leben gerettet. Deren Kirche hatte sie zuvor schon manchmal besucht, um nachzudenken oder zur Ruhe zu kommen.«

Sie wollte hineingehen, doch das Portal war verschlossen.

»Wir hätten vorher nachsehen sollen«, sagte Tamás, der rasch sein Smartphone zurate zog. »Sind leider nur sehr spezielle Öffnungszeiten. Für unseren Film müssen wir ohnehin wiederkommen. Dann melden wir uns rechtzeitig an, und du kannst alles in Ruhe auf dich wirken lassen.«

»Schade, aber dann lauf ich jetzt wenigstens noch ein bisschen hier herum.«

»Stört es dich, wenn ich dich dabei filme?«

Paulina schüttelte den Kopf.

Bei dir stört mich so gut wie gar nichts, dachte sie. *Spürst du eigentlich, wie wohl ich mich mit dir fühle?*

Sie war noch immer voller Bilder und Fragen, als sie anschließend Seite an Seite die Treppen wieder hinuntergingen.

»Die Nazis hatten es ja nicht nur auf die Schwächsten in der Gesellschaft abgesehen«, sagte sie. »Sinti und Roma standen auch auf ihrer Vernichtungsliste. Luzies Freundin stammte aus einer Roma-Familie. Ob sie wohl überlebt hat? Ich wünsche es ihr so sehr …«

»Ich möchte nicht wissen, wie viel davon noch heute in den Köpfen der Leute steckt«, sagte Tamás. »Der Abscheu gegen ›Zigeuner‹ ist nach wie vor weitverbreitet, auch wenn das Wort im offiziellen Sprachgebrauch nicht mehr verwendet wird.«

Sein Blick wurde noch intensiver.

»Ich war sechs, als wir von Budapest nach Wien gezogen sind. Und es hat eine Weile gedauert, bis ich akzentfrei Deutsch sprechen konnte. In der Schule haben sie mich gehänselt und ›Gulasch‹ genannt. Heute bin ich froh, hier zu leben – aber sag das mal einem unglücklichen Kind, das gerade eingeschult wird! Die Abneigung gegen alles Fremde sitzt leider bei vielen Menschen sehr tief – und sie geben sie an ihre Nachfahren weiter.«

Paulina blieb stehen.

»Ich liebe fremde Kulturen und mag Menschen, die aus anderen Ländern oder Kontinenten kommen, immer schon. Macht mich neugierig und bereichert mein Leben.«

»Schön«, sagte er. »Geht mir ganz ähnlich. Aber nicht alle sind wie wir, Paulina. Sieh dich nur einmal um, was gerade in Europa und anderswo geschieht. Die Grenzen werden wieder enger, sehr viel enger sogar.«

»Meinst du, Menschen können sich ändern?«, fragte sie. »Zum Positiven hin?«

»Manchmal – ja«, sagte Tamás. »Meistens aber bin ich eher skeptisch.«

Wie offen er war – und wie ehrlich. Von Augenblick zu Augenblick gefiel ihr Tamás besser.

Ob es ihm mit ihr auch so ging?

Als könnte er direkt in ihr Herz schauen, nahm er wieder ihre Hand und ließ sie nicht mehr los, bis sie unten angelangt waren.

»Und jetzt? Picknick im Grünen als kleine Stärkung?«, fragte er.

»Irgendwie bin ich ständig am Essen, seit ich bei euch in

Wien bin«, erwiderte sie lachend. »Aber ehrlich gesagt, habe ich tatsächlich schon wieder Hunger.«

Tamás hatte vorgesorgt und holte aus dem Kofferraum einen Korb und eine Decke. Bei strahlendem Sonnenschein betraten sie eine der angrenzenden Wiesen und suchten sich ein Plätzchen unter einem der Apfelbäume. Dann breitete er Teller mit kaltem Hühnchen, Baguette, Käse, Oliven und Tomaten auf einem karierten Tischtuch aus. Statt Wein hatte er dunklen Traubensaft eingepackt, den er nun in zwei Gläser goss.

»Auf uns!« Er erhob sein Glas. »Hat mir sehr gefallen, dich eben vor der Kirche so versunken zu erleben. Ich habe die Kamera draufgehalten und glaube, da sind einige ganz besondere Sequenzen entstanden.«

Er zögerte.

»Was ist das eigentlich mit uns, Paulina?«, fuhr er fort. »Du bringst mich ganz schön durcheinander, weißt du das eigentlich?«

»Frag mich mal«, erwiderte sie. »Ich muss ständig an dich denken. Aber ich genieße es sehr.«

Er hob die Hand und streichelte ihre Wange. Sie hatte sich gewünscht, so zärtlich von ihm berührt zu werden, doch es fühlte sich noch aufregender an als in ihrer Vorstellung.

»Ich glaube, man nennt es verliebt sein«, sagte Tamás – und dann küsste er sie.

Nachdem er gegangen war, weil ein dringlicher Anruf ihn schon früher zu seinem Job rief, blieb Paulina unter dem Apfelbaum zurück. Sie hatte ihm ihre Orientierungsschwäche gestanden und fühlte sich sicherer mit der Wiener Taxi-App, die nun auf ihrem Smartphone installiert war. Tamás war sichtlich ungern aufgebrochen und hatte ihr angeboten, sie zurück in den Alsergrund zu fahren, Paulina aber ließ sich nicht umstimmen.

»Ich will das Tagebuch hier weiterlesen«, hatte sie gesagt. »An Ort und Stelle. Ich möchte ihr dabei nah sein. Verstehst du das?«

Sein Abschiedskuss war lang und besonders innig gewesen. Paulina musste noch immer lächeln, als sie daran dachte.

Sie lehnte sich zurück, spürte am Rücken die Rauheit der Rinde und schlug das blaue Buch erneut auf.

*

Steinhofzeit, September 1939–März 1941

Wie das Nichts beschreiben?

Jenes hoffnungslose Gefühl absoluten Ausgeliefertseins?

Jetzt erst, in der Sicherheit von Maries Wohnung, wage ich überhaupt, nach und nach Worte dafür zu finden. Vieles ist noch immer verschwommen, vage treibende Inseln in einem Meer von Dunkelheit, die sich aufzulösen drohen, sobald ich nach ihnen greife.

Die Angst.

Die Verzweiflung.

Vor allem die Scham, diese unendliche Scham.

Du bist nichts mehr, wenn sie mit dir fertig sind, hast deine Haare verloren, deine Kleider, deine Würde.

Du bist kein Mensch mehr.

Nicht einmal den Namen lassen sie dir.

Luise heiße ich, weil Luzie ihnen zu fremd ist.

Geschoren, eiskalt geduscht, ein widerliches Desinfektionspulver unter den Achseln und im Schritt, bekleidet nur mit einem groben Kittel aus grauem Sackleinen liege ich schließlich auf der harten Pritsche, vor der meine Holzpantinen stehen. Liesl haben sie gleich nach der Ankunft von mir getrennt. Dafür höre ich in dem großen Raum zwanzig fremde Frauen atmen, röcheln, schnarchen, stöhnen. Jene Musik, die mich für die nächsten Monate in den Schlaf begleiten wird – es sei denn, ich werde in die Haftzelle verfrachtet, wo es einsam und so dunkel ist, dass man sehr leicht das letzte bisschen Verstand verlieren könnte.

Es gibt keine staatliche Anklage, keinen Prozess.

Nur das Urteil steht von vornherein fest: »moralische Debilität«. In der Arbeitsanstalt für asoziale Frauen, einer Unterabteilung dieses Irrenhauses, kann das lebenslänglich bedeuten.

Bei der ersten Untersuchung versuche ich noch, mich zu verteidigen. Ich hatte keine Freier und war niemals im Leben geschlechtskrank, aber das spielt nicht die geringste Rolle. Wagners hasserfüllte Denunziation stempelt mich zur Judenschlampe, die gegen das Rassengesetz verstoßen hat und dafür nun gemaßregelt wird. Unsere Wohnung war ein Puff, ich bin ebenso eine Hure wie Liesl, und da nicht einmal registriert, umso verabscheuungswürdiger und gefährlicher für die Allgemeinheit.

Dr. Jekelius spuckt mir beim Reden ins Gesicht, nachdem meine Untersuchung beendet ist, so groß ist seine Verachtung.

»Abschaum!«, bellt er, obwohl es nichts Krankhaftes an mir zu entdecken gibt. »Menschlicher Abschaum der alleruntersten Kategorie.«

Immerhin werde ich in der Küche eingeteilt, nicht wie die arme Liesl, die in der Wäscherei schwerste körperliche Arbeit leisten muss. Während ich eimerweise Kartoffeln schäle, Rauken schneide oder Rüben putze, hievt sie riesige Bottiche mit heißem Wasser vom Herd und steht am Waschbrett, bis ihre Finger bluten. Wann immer es möglich ist, stecke ich ihr ein wenig von dem zu, was in der Küche abfällt, denn so mager und bleich habe ich sie noch nie zuvor erlebt.

Dann sehe ich sie für ein paar Tage gar nicht mehr, und als sie wieder auftaucht, ist sie nur noch ein Schatten ihrer selbst, geht schweigend an mir vorbei, als sei ich eine Fremde.

»Sie gehört jetzt zu den Ausg'räumten«, raunt Martha mir zu, eine alte Prostituierte, die schon lange hier einsitzt. In der Küche hat sie das Sagen, weil sie sich überall so gut auskennt. »Zack – raus mit den Eierstöcken. A Zigeunerin halt. So a Mensch soll keine Kinder haben.«

»Sterilisiert? Aber Liesl ist doch noch so jung!«, protestiere ich.

»Gosch'n!«, befiehlt Martha streng. »Oder willst etwa als Nächste unters Messer?«

Sie haben also Liesls Herkunft aufgedeckt, trotz aller Vorsichtsmaßnahmen. Was, wenn mir dasselbe passiert und meine jüdische Abstammung ans Licht kommt?

Noch immer ist mir rätselhaft, wie sie uns überhaupt gefunden haben. Doch irgendwann beginnt es mir zu dämmern: Peter. Wagner muss den Buben belauert haben und ihm gefolgt sein. Dann vor Ort noch rasch die Nachbarn befragen, was die beiden jungen Frauen vom ersten Stock so treiben – und wir waren reif für die Anstalt.

Hilfe! Hilfe! Hilft uns denn niemand?

Ich darf nicht nach draußen schreiben.

Großpapa, ach, Großpapa – deine Luzie kann dich nicht mehr trösten! Marie und Leo werden vor Sorge schier vergehen, und was aus Richard wird, meinem heißblütigen Liebsten, daran darf ich gar nicht denken. Bela muss glauben, ich hätte ihn ganz vergessen. Auch Manni hört auf einmal nichts mehr von mir.

Ich bin wie wegradiert von dieser Welt.

Vor lauter Kummer werde ich krank, bekomme hohes Fieber und falle schließlich fast ins Delirium. Sie stecken mich in den Krankenpavillon, doch die ganze Medizin, die ich dort erhalte, sind dünner Tee und undefinierbare Spritzen, die mich nur noch müder machen. Vor meinen Augen tanzen seltsame Schatten, die mich weit weg locken.

Manchmal bin ich fast bereit, ihnen zu folgen.

Ich rede, ich schreie, ich rufe angstvoll.

Jetzt bin ich wirklich zur Verrückten geworden.

Als ich wieder in die graue Wirklichkeit zurückfinde, weiß ich nicht, was oder wen ich verraten habe. Ich bin so dünn geworden, dass meine Beine keine Kraft mehr haben, fast wie damals nach Wagners mörderischer Attacke. Ich versuche, zu essen, doch alles schmeckt, als würde ich auf Pappe beißen, und nichts will bei mir anschlagen.

Wir sind im Krieg. Durch die Mauern der Anstalt dringen die Nachrichten langsam und lediglich in Bruchstücken. Polen wurde angegriffen und von den Deutschen rasch besiegt. Vier Polinnen, die hier eingesperrt sind, werden weggebracht; es heißt, in ein Arbeitslager im Osten. Danach sind die verbliebenen Jüdinnen an der Reihe, Feiga mit dem Wasserkopf, die so schöne traurige Lieder singen kann; Dorli, die mal schreit und tanzt wie ein Derwisch und danach wieder tagelang teilnahmslos in der Ecke hockt; Ruth, eine verwüstete Schönheit, der dunkle Schatten nachjagen, die sie töten wollen; die alte Deborah, die erst den Verstand verloren hat, nachdem ihr Mann vor ihren Augen erschlagen wurde.

An Arbeitslager im Osten glaubt keine mehr von uns.

Die täglichen Rationen werden empfindlich gekürzt; wer nichts wert ist, verdient auch kein Essen, während tapfere Soldaten im Feld darben, so wird es uns gesagt. Bald ist der Hunger so groß, dass alle wie die Raben Essbares klauen, auch die kranken Kleinen vom Spiegelgrund, wie die Kinderabteilung heißt, die sich manchmal zu uns in die Küche schleichen. Sie dauern mich unendlich, diese verlassenen Zwerglein, die fernab von ihren Eltern hier wie Gefangene gehalten werden. Ein zarter Bub mit einem Mondgesicht, dem gerade die Milchzähne ausfallen, wird mein besonderer Freund. Für Hansi habe ich immer ein Stückchen Brot oder einen Apfelschnitz parat, und er mümmelt meine bescheidenen Gaben mit solcher Begeisterung, dass mir dabei manchmal die Tränen kommen.

Aufgestellt wie eine kleine Armee werden die Bravsten von ihnen sonntags in die Kirche getrieben. Auch ich habe mir angewöhnt, die Messe zu besuchen, die einzige Abwechslung im dunklen Einerlei unserer Tage. Die Kirche ist dem heiligen Leopold geweiht, und natürlich muss ich jedes Mal an Leo denken, sobald ich sie betrete. Doch dieser Leopold hier ist fern und kalt; wie auf einem Thron sitzt er auf der einen Säule, während der Heilige auf der zweiten Säule Severin heißt und mir noch weniger zusagt.

Was soll ich mit diesen Männern anfangen?

Die Madonna in der Servitenkirche war mir da viel näher, vielleicht auch, weil Bruder Franz so liebevoll über sie geredet hat.

Hier gibt es nicht mal ein Weihwasserbecken, damit wir uns nicht gegenseitig anstecken; Weihwasser tropft von oben herab. Ein paar der Frauen versuchen, es zu trinken, und werden prompt rausgeworfen. Die Kirchenstühle haben keine scharfen Ecken, damit niemand sich versehentlich oder freiwillig ritzt. Da eine Heizung fehlt, ist es im Winter in der Kirche so eisig, dass auch das ganze Gold im Altarraum kaum noch aufbauend wirkt. So starre ich zu den großen Glasfenstern, die im schwindenden Licht ihre Farbigkeit verlieren, als ströme das Leben langsam aus ihnen heraus.

Genauso fühle ich mich auch.

Als das Jahr 1940 weiter fortschreitet, verschwinden die nächsten Frauen. Sie sind weder Polinnen noch Jüdinnen und trotzdem von einem Tag auf den anderen nicht mehr da. Bei den Kindern werden es ebenso weniger, auch wenn behauptet wird, die Eltern hätten einige von ihnen zu sich nach Hause geholt.

»Die Unheilbaren werden erlöst.« Martha ist wie immer im Bilde. »Bescheid von ganz oben. Die Eltern sollten froh sein, anstatt zu murren.«

Ich bin in großer Angst um meinen Hansi, aber noch immer kommt er zu mir in die Küche und holt sich seine Rationen. Ich habe ihm heimlich Pfeifen beigebracht, und wenn ich ihn manchmal auf dem Gelände trillern höre, muss ich trotz aller Not lächeln.

Dann heißt es, der nächste Transport stünde unmittelbar bevor, und Liesl sei mit auf der Liste. Ich kann sie nicht mehr sprechen, sehe sie nur aus der Ferne und winke ihr zu.

Mein letzter Gruß an sie.

Liesl hat in der Wäschekammer eine Leine mitgehen lassen und erhängt sich an einer Türklinke.

In einem Zinksarg transportieren sie ihre Leiche ab.

Ich weine, bis mir fast die Augen ausfallen, dann aber ändert sich plötzlich etwas in mir.

Ich bin keine Judenschlampe, sondern habe Bela aufrichtig geliebt. Ich bin keine Hure. Ich bin gesund, nicht geisteskrank.

Ich muss hier raus!

Es trifft sich gut, dass eine neue Krankenschwester zu uns in den Trakt kommt, Hedwig Riegert, blond und schön wie ein Engel. Die Ärzte schauen ihr begehrlich hinterher, viele der Frauen verehren sie wie einen Filmstar. Hedwig, nicht die Spur eingebildet oder arrogant, lacht über die Komplimente und lässt es sogar zu, dass manche der Insassinnen sie schüchtern berühren. In all dem Hässlichen und Widerwärtigen hier ist sie für uns alle wie eine Lichtgestalt.

Es dauert nicht lange, und wir beide beginnen, miteinander zu reden, von meiner Seite aus zunächst noch mit großer Vorsicht. Auch Lichtgestalten können Schattenseiten haben – gerade sie –, und was, wenn sie mich an die Anstaltsleitung verrät?

Aber Hedwig hat mich ganz offenbar ins Herz geschlossen, und so vertraue ich ihr nach und nach meine Geschichte an – natürlich nur jene Version, die Marie und ich vereinbart haben. Sie reagiert so entsetzt, dass ich schon überzeugt bin, den größten aller Fehler begangen zu haben, dann jedoch zieht sie mich ein paar Tage später in die Speisekammer.

»Ich sage deinen Leuten Bescheid, Luzie.« Sie ist die Einzige, die mich beim echten Namen nennt! Ich muss mich beherrschen, um nicht sofort loszuflennen. »Du darfst hier nicht lebendig begraben bleiben. Dein Stiefvater ist Anwalt?«

»Dr. Leopold Matusek. Er gehört zu den Besten in Wien.«

»Ich gehe zu ihm. Du hörst von mir.«

Hoffnung durchströmt mich, süße, heiße Hoffnung, die mir nun erst recht den Schlaf raubt. Ich warte, zähle die Stunden, dann die Tage. Die Deutschen haben Paris kampflos besetzt; selbst unter den Irren verbreitet sich diese Nachricht. Schließlich besetzen sie auch noch den Nordosten Frankreichs und die Atlantikküste.

»Der Führer ist eben der Größte.« Viele der Schwestern machen sich nicht einmal die Mühe, ihre Stimme zu dämpfen, ganz egal, ob jemand von uns in ihrer Nähe ist. »Der räumt mit allem gründlich auf, was ihm ein Dorn im Auge ist – auch mit diesem ganzen Kroppzeug hier.«

»Und?«, flehe ich Hedwig an, sobald ich ihrer ungestört habhaft werde. »Haben Sie mit meinem Stiefvater gesprochen?«

Sie nickt.

»Dr. Matusek will alles versuchen, was in seiner Macht steht, doch der Verwurf der moralischen Debilität wiegt schwer in diesen Tagen. Du musst geduldig sein, Luzie. Schnell wird es sicherlich nicht gehen.«

Geduldig – geduldig – geduldig ...

Ich habe keine Lust mehr, geduldig zu sein!

Wut steigt in mir auf, glühend und blutrot. Ich fange an zu brüllen, kann und will mich nicht mehr beruhigen. Sie packen mich, gießen eiskaltes Wasser über mich, fixieren mich. Spritzen mich still.

Die Arrestzelle bleibt mir nicht erspart.

Achtundzwanzig Tage bei Wasser und Brot. Mutterseelenallein.

In absoluter Dunkelheit.

Als sie mich wieder rausziehen, kann ich nicht mehr laufen. Ein Backenzahn wackelt und muss gezogen werden, reinste Tortur, weil der Anstaltszahnarzt ein brutaler Metzger ist. Meine Locken, inzwischen wieder handlang nachgewachsen, fallen mir gleich büschelweise aus.

Irgendwann, als ich schon nicht mehr daran geglaubt habe, steckt mir Hedwig ein paar Zeilen von Marie zu.

> Halte durch, Kleines. Du bist nicht allein, aber die Hebel wieder in die andere Richtung zu bewegen, ist schwer. Leo hat Kontakt zu v. Schirach, dem er als Anwalt in einer äußerst heiklen Angelegenheit behilflich sein soll. Wenn das gelingt, habe ich Hoffnung für dich ...

Schirach – heißt nicht so Hitlers oberster Jugendführer?

Hedwig, der ich beim Kochen der widerlichen Zichorienplörre, die nun als Ersatzkaffee ausgeschenkt wird, kurz die Frage stellen kann, klärt mich auf. Er ist nun zum Gauleiter und Reichsstatthalter in Wien befördert, wohnt mit seiner Familie feudal in der Hofburg. Gerüchte über ihn machen in der Stadt die Runde. Angeblich hat seine Vorliebe für stramme junge Burschen nicht nur politische Gründe. Mir ist ganz egal, was er mit wem wo treibt, wenn ich nur endlich diesen Ort verlassen kann!

Doch Wochen vergehen, und die erlösende Nachricht bleibt aus. Immer mehr Frauen verschwinden, ein Transport nach dem anderen verlässt im Schutz der Dunkelheit das Klinikgelände. Ich erkenne durchaus System dahinter, es sind die Ältesten, die unheilbar Erkrankten, all jene, die keine Angehörigen mehr haben oder eine Familie, denen sie lediglich eine Last sind. Auch bei den Kindern lichten sich die Reihen, und als sich eines Tages kein Hansi mehr zu mir in die Küche schleicht, würde ich mich selbst am liebsten zum Sterben hinlegen.

Zur Jahreswende '41 ist für mich jede Hoffnung geschwunden. Nichts und niemand wird mich mehr aus der Anstalt befreien können. Nicht einmal der Kirchenbesuch schenkt mir noch Trost. Innerlich schreie ich die fetten goldenen Engel wutentbrannt an, die mit gesenktem Kopf das Portal bewachen, weil sie nicht einen Flügel rühren, um uns Verzweifelten zu helfen.

Ein eisiger Januar schließt sich an, ein Februar, nicht minder frostig. Die Nazianhänger unter den Ärzten und

Schwestern feiern die Triumphe der scheinbar unbesiegbaren deutschen Wehrmacht. Bald wird das Hakenkreuz in ganz Europa flattern.

Als der März kommt, werde ich auf einmal in einen anderen Pavillon verlegt. Ich komme zu den Depressiven, unter ihnen viele Privatpatientinnen, die besseres Essen erhalten und in bequemeren Betten schlafen. Ich darf sogar den widerlichen grauen Kittel ausziehen, der meine Haut in eine Art Reibeisen verwandelt hat, bekomme einfache, aber normale Kleidung.

Und eines Tages Besuch.

Bruder Franz steht zu meinem Erstaunen plötzlich neben mir. Ich lasse das Korbflechten sein, das wir hier im Pavillon alle zu absolvieren haben, und folge ihm hinaus ins Freie.

»Sie haben eine wunderbare Familie, Luzie«, sagt er. »Alles, alles würden sie für Sie tun. Und Ihr Verlobter hat mich gebeten, Ihnen das zu geben.«

»Richard …« Ich bin nicht in der Lage weiterzusprechen.

»Man hat ihn eingezogen«, sagt Bruder Franz. »Die Deutschen marschieren gerade in Bulgarien ein. Da ist er mit dabei.«

»Richard ist glühender Pazifist! Er hasst alles, was mit Waffen und Töten zu tun hat«, sage ich verzweifelt.

»Ich fürchte, sie haben ihn nicht gefragt, liebes Lichtmädchen. Keinen der Männer haben sie gefragt.« Die Augen des jungen Mönchs ruhen liebevoll auf mir. »Geht es Ihnen denn wieder gut?«

Geht es mir gut?

Angesichts der Hölle, in der ich seit mehr als einem Jahr

gefangen bin, weiß ich zunächst nicht, was ich ihm antworten soll. Dann aber hebe ich den Kopf.

Ich atme, ich kann wieder laufen, noch bin ich am Leben.

Ist das nicht allein schon Grund genug, um dankbar zu sein?

»Ja«, sage ich und schaue ihn dabei fest an. »Es geht mir gut, Bruder Franz.«

Richards Nachricht lese ich erst, als ich endlich einen stillen Winkel für mich ganz alleine finde.

> Geliebte, deine Hölle hat bald ein Ende. Leo holt dich da raus, das hat er mir versprochen. Ich muss als Gefreiter der deutschen Wehrmacht nach Bulgarien, sonst stellen sie mich an die Wand, aber ich werde überleben, das verspreche ich, und ich werde zu dir zurückkommen. Dein Kirchenmann ist netter, als ich dachte. Er hat sich angeboten, den Liebesboten zu machen – Chapeau!
>
> Du bist alles für mich. Vergiss das nie!
>
> In ewiger Liebe
>
> Dein Richard

Und dann geht alles ganz schnell, bevor ich überhaupt noch richtig zum Denken komme. Da ich nichts mitgebracht habe, gibt es auch nichts zu packen, als Leo mich wenige Tage später abholen kommt. Umhüllt von einer alten Decke, in geborgten Kleidern, die an mir schlottern, schlurfe ich in viel zu großen Holzpantinen über den Weg, bis wir an einem Taxi angelangt sind.

Der Fahrer macht große Augen, als er meine armselige Gestalt sieht, doch wenn Leo eines kann, dann wortlose Autorität ausstrahlen. Anwalt bis in jede Pore befiehlt er: »Losfahren!«

Und wir fahren, wir fahren …

Marie hörte nicht auf zu weinen, als sie Luzie endlich wieder in den Armen halten konnte. Und auch Peter klammerte sich an sie, als wolle er sie niemals wieder loslassen.

»Er ist mir einfach nachgefahren, dieser Dreckskerl«, schluchzte er. »Und ich Esel habe es nicht einmal gemerkt. Aber Wagner wollte sich seinen Triumph nicht nehmen lassen. In der Pause hat er mich abgepasst, vor all meinen Kameraden.« Er war kaum noch zu verstehen, Luzie musste ihn ein Stück von sich wegschieben.

»›Du hast mich erst auf ihre Spur gebracht, du ganz allein‹, hat er gesagt. ›Und dafür wollt ich mich noch einmal ganz herzlich bei dir bedanken. Da schaust du jetzt recht kariert drein, Burschi! Aber genauso war es. Ihr Matuseks haltet euch alle für so schlau, dabei seid ihr nichts als leere Hüllen, die längst auf den Komposthaufen der Geschichte gehören‹, hat er mich angebrüllt. ›Die Zukunft gehört uns – und die ist durch und durch nationalsozialistisch. Sieg Heil!‹«

»Wir sind gleich zu eurer Wohnung, nachdem der Bub uns das erzählt hat. Aber da wart ihr schon fort, Liesl und du«, sagte Leo. »Jedenfalls haben wir von dort alles mitgebracht, was noch halbwegs ganz war. Und schau, Luzie, deine Schneekugel mit dem Riesenrad ist auch mit dabei …«

Sie lachte, sie weinte, sie lachte und weinte gleichzeitig, auch noch, als die Wände ihres alten Zimmers sie endlich wieder schützend umschlossen. Ihr blaues Buch, versteckt unter der Schmutzwäsche, hatten sie nur mitgenommen, aber nicht angerührt – das schworen alle drei Matuseks im Chor, Peter noch lauter als seine Eltern.

Luzie legte sich bäuchlings auf das weiche Bett, dessen frischen Wäscheduft sie erst einmal für Augenblicke genüsslich einsog, und schlug es auf.

Dann begann sie, zu schreiben.

Steinhofzeit, September 1939–März 1941 …

16

Im Tal von Rieti, Mai 2018

Heike schnarchte noch leise im Bett nebenan, doch Simone war bereits hellwach. Sie setzte sich auf und stellte die Füße vorsichtig auf den Boden – Mist! Der verletzte Fuß tat immer noch sehr weh und kam ihr sogar noch dicker vor als gestern. Ihn in den Wanderschuh zu pressen, war also leider keine Option.

Sie humpelte ins Bad, duschte sich, zog Hemd und Hose an, nahm ihren Rucksack mit und verließ das kleine Zimmer. Sollte die Freundin ruhig weiterschlafen – sie mussten ohnehin alle Pläne noch einmal ändern. Francesca, ihre Wirtin, hatte sie schon entdeckt und brachte ihr, ohne lange zu fragen, einen Milchkaffee, den Simone dankbar auf der Bank im kleinen Garten annahm. Dabei deutete sie auf den verletzten Fuß.

Simone schüttelte den Kopf.

»*Va bene*«, sagte Francesca und nickte. »*Allora Luigi?*«

»*Sì*«, sagte Simone. »*Luigi – dopo.*«

Francesca nickte wieder und ging zurück ins Haus. Mit wie wenig Worten man doch auskommen konnte, wenn es nicht anders ging!

Luigi würde sie später also noch einmal ins *valle santa* fahren, damit sie wenigstens die schönsten Sehenswürdigkeiten des Franziskuswegs anschauen konnten, wenn sie schon nicht in der Lage waren, sie zu erwandern.

Es ärgerte sie ungemein, dass es so gekommen war.

Da hatte sie über Monate diese Reise geplant – und nun das!

Paulina hatte ihr dringend geraten, sich konditionell lieber besser vorzubereiten, aber hatte sie auf ihre kluge Tochter gehört?

Die Sehnsucht, Paulis Stimme zu hören, war kaum noch auszuhalten. Und was kümmerten sie eigentlich die eigenen Ansagen? Schließlich war sie ein freier Mensch und konnte tun, was immer sie wollte …

Sie schaltete das Smartphone an, was sie eigentlich frühestens in drei Tagen vorgehabt hatte, und überflog als Erstes die Nachrichten.

Pauli hatte ihr eine E-Mail geschickt.

Simone überflog die Zeilen in fiebriger Eile, dann kritzelte sie Tonis Telefonnummer in der Charité auf ein Stück Schmierpapier.

Die hob schon nach dem zweiten Klingelton ab.

»Mensch, Toni«, sagte Simone. »Was machst du denn, wenn man dich nur einmal für ein paar Tage allein lässt?«

»Das hat mich deine Tochter auch gefragt.« Das unwiderstehliche Koboldlachen. »Ich bin so weit ganz wohlauf. Musste nur ein klitzekleines Pillchen schlucken, das allerdings eine Riesenwirkung hat. Nach und nach lässt sie nach. Ich glaube, ich darf hier bald wieder raus. Ob es tatsächlich gegen das Vorhofflimmern hilft, erweist sich allerdings erst in ein paar Monaten. Aber ich bin wie immer uneingeschränkt optimistisch, kennst mich doch.«

»Pauli hat mir geschrieben, dass sie für dich nach Wien gefahren ist …«

»Ja, stell dir vor, da hat mir jemand ein altes Tagebuch vermacht. Sie liest es dort, und es scheint sie ziemlich mitzunehmen.«

»Aber du hast ihr doch nichts gesagt?« Simones Stimme klang plötzlich schrill.

»Natürlich nicht«, beschwichtigte Toni sie. »Ich halte meine Versprechen. Aber meinst du nicht, es wäre an der Zeit, ihr …«

»Ja«, fiel Simone ihr ins Wort. »Ja, ja und nochmal ja! Ich habe es mir immer wieder ganz fest vorgenommen, als sie größer wurde, als Rainer gestorben ist, als sie mit der Ausbildung begann und als sie damit fertig war, nach ihrem ersten großen Projekt, unzählige Male, das darfst du mir glauben, aber dann konnte ich es doch nicht. Aber ich muss es tun, und ich werde es tun – gleich wenn wir uns in Berlin wiedersehen. Dann erzähle ich ihr alles.«

»Du musst doch keine Angst haben, Simone.« Tonis Stimme war auf einmal ganz weich. »Ich kenne keine berührendere Geschichte, und das sage ich nicht nur, weil auch ich darin vorkomme. Was du getan hast, werde ich bis zum letzten Atemzug nicht vergessen. Du hast eine alte Frau sehr glücklich gemacht.«

»Und wenn danach zwischen meinem Kind und mir nichts mehr so ist, wie es bislang war?«, fragte Simone zittrig.

»Vielleicht wird es anders sein, aber sicherlich nicht minder herzlich und tief. Deine Tochter liebt dich. Daran wird sich nichts ändern. Da bin ich mir ganz sicher. Könnte sein, dass sie dich sogar mit noch mehr Respekt betrachtet.« Toni räusperte sich. »Wie sie mich dann allerdings sieht, steht auf einem anderen Blatt. Lille hatte da ja ihre ganz eigenen Ansichten …«

»Es hat ihr leid getan, und das weißt du«, widersprach Simone.

»Ja, aber da war es leider schon zu spät. Jetzt habe ich nur noch Paulina. Vielleicht kann ich an ihr einiges wiedergutmachen, das ich früher versäumt habe.«

»Das hast du doch bereits. Wie intensiv und liebevoll du sie schon in Kindertagen gefördert und unterstützt hast – ihre Kreativität hat sie eindeutig von dir, das steht fest!«

»Schön, wenn du das sagst, Simone.«

»Nichts als die Wahrheit, Euer Ehren.«

Jetzt mussten beide lachen.

»Sag mal, eines noch«, sagte Simone, »bevor ich munter weiter in den Tag humpele, weil ich mir nämlich den Fuß ganz bös verstaucht habe: Pauli hat geschrieben, du seiest in Wien geboren. Wie kommt sie denn darauf?«

Toni blieb erstaunlich lange stumm.

»Bist du noch dran?«, fragte Simone.

»Ja, bin ich. Ich suche nach den passenden Worten. Lass es mich so sagen: Manchmal wiederholt sich in Familien etwas in der nächsten oder übernächsten Generation. Etwas, das man eigentlich gar nicht für möglich halten würde …«

»Ich verstehe kein Wort, Toni. Bist du jetzt in Wien geboren – oder bist du es nicht?«

»Ja – und wiederum auch nein. Ich kann es dir jetzt nicht auf die Schnelle erklären. Wir reden darüber, wenn wir uns wiedersehen, einverstanden?« Mit einem Mal sprach sie schneller. »Jetzt kommt gerade die Schwester mit meinem eingeschmuggelten Cappuccino. Trink deinen ganz in Ruhe in *Bella Italia. Ciao, Ciao*!«

Sie hatte aufgelegt.

Das Telefonat mit Toni ging Simone nicht mehr aus dem Kopf. Sie hatte Paulina per WhatsApp geantwortet, dass sie ein altes Tagebuch aufregend finde, den Namen Luzie Kühn zum ersten Mal höre und es sie freue, wenn Pauli sich für ein paar Tage im schönen Wien vergnüge. Der Name Tamás gefalle ihr ausnehmend gut, und wenn die Erwähnung dieses attraktiven Ungarns bedeute, dass damit die Endlosschleife mit Bruno für immer vorbei sei, sei damit sogar einer ihrer Herzenswünsche wahr geworden.

»Du bist so still heute«, unterbrach Heike ihre Gedanken, während Luigis Schrottkiste bräunliche Staubwolken auf dem Schotterweg aufwirbelte. »So großes Heimweh nach der Stadt und deiner Tochter?«

»Pauli ist zurzeit gar nicht in Berlin, sondern in Tonis Mission nach Wien gefahren.«

»Du hast also doch heimlich ins Handy geschaut!«

»Hab ich«, gestand Simone. »Ich musste einfach. Sag mal … Und wenn wir ein wenig früher zurückfliegen würden? Ich fürchte, das mit meinem Fuß wird so schnell nichts mehr. Sehr schlimm?«

»Ich habe auch schon daran gedacht«, sagte Heike. »Hat doch keinen Sinn, wenn du dich nur weiter herumquälen musst. Wir wollten ja ohnehin wiederkommen. Dann erwandern wir uns all das Versäumte eben beim nächsten Mal.«

»Und du bist gar nicht böse? Schließlich ist es ja auch dein Urlaub. Die Mehrkosten für die Umbuchung gehen natürlich auf mich.«

»Wir schauen gleich nach, wenn wir wieder aus dieser Einöde raus sind«, sagte Heike schmunzelnd. »Jetzt, wo wir das Smartphone ganz offiziell wieder benutzen dürfen. Ich wette, hier gibt es ohnehin keinen brauchbaren Empfang.« Sie klammerte sich an Simone fest, weil es gerade arg rappelte. »Aber lass uns erst einmal heil und mit gesunden Knochen ankommen!«

Das Örtchen bestand aus verwitterten grauen Häusern und wirkte wie aus der Zeit gefallen. Rundherum Eichenwälder, tiefblauer Himmel, Stille. Luigi fuhr sie bis zum Parkplatz. Von dort aus sah es aus, als wachse die Wallfahrtskirche direkt aus dem Felsen heraus.

Zum Glück war der schmale Weg, der zum Eingang hinaufführte, gepflastert. Simone, inzwischen mit zwei Gehhilfen ausgestattet, die früher Francescas verstorbener Mama gedient hatten, musste trotzdem die Zähne zusammenbeißen, um halbwegs voranzukommen.

»Franziskus war alt, fast blind und krank, als er hierhergewandert ist«, murmelte sie. »In meinem derzeitigen Zustand kann ich ihn bestens verstehen!«

Im Sanktuarium standen sie lange vor den winzig kleinen hölzernen Schlafzellen.

»Alles hart und nicht mal genügend Platz, um sich ganz auszustrecken«, kommentierte Heike beeindruckt. »Das nenne ich wirklich Askese pur.«

»Hier war der Ort, wo Franziskus eine lebendige Weihnachtskrippe eingerichtet hat, mit echten Tieren und Menschen, die die heilige Familie dargestellt haben. Lille wollte übrigens auch eine Krippe neben dem Bett haben, als sie starb. Gar nicht so leicht, das damals für sie aufzutreiben, denn es war ja noch Spätsommer. Als sie sie schließlich gesehen hat, hat sie vor Freude geweint.«

Da ein paar weitere Besucher hinter ihnen nachdrängten, gingen sie zurück ins Freie. Nur ein Stück weiter war alles wieder grün und still.

»Wie ging es eigentlich weiter mit dir und Lille?«, fragte Heike.

»Sie war so stolz, als ich ihr das Kleine brachte«, sagte Simone. »›Dein größter Schatz, liebste Freundin, pass gut darauf auf‹, hat sie bestimmt dreimal gesagt. Ich habe mich nur noch elend gefühlt. Ich hatte endlich ein Kind – und sie keines. Aber Lille hat die trübselige Stimmung mit einem Lächeln vertrieben. ›Es gibt immer ein Stück Himmel, um den Kopf zu heben.‹ So war sie, meine Lille – einzigartig!«

»Vermisst du sie?«, fragte Heike.

»Jeden Tag viele, viele Male. Ihre Frechheit, ihren Witz, ihren Mut, sich gegen Dinge aufzulehnen, die sie unmöglich fand. Auf der ganzen Welt gibt es keine zweite Lille.«

Simone erfrischte sich mit einem Becher Tee.

»Zum Schluss hat sie das Sterben dann angenommen, das hat es leichter für sie gemacht. Sie hatte sich noch eine kleine schwarz-weiße Promenadenmischung aus dem Tierheim geholt – Charly –, der lag die ganze Zeit am Fußende ihres Bettes. Im Krankenhaus wohlgemerkt! Kein anderer hätte das jemals erlaubt bekommen, Lille aber sehr wohl. Als ihre Atemzüge immer öfter aussetzten, hat er sich Stückchen für Stückchen weiter nach oben gerobbt, als wollte er sie trösten. Rainer und ich hätten ihn natürlich behalten, nachdem sie tot war, aber er ist uns leider schon am zweiten Tag abgehauen. Gegen Lille hatten wir bei Charly keine Chance.«

Sie goss sich Tee nach.

»Ihr ganzes Elend mit der DDR hat sie mir auch erst kurz vor Schluss erzählt. Den Streit mit ihrer Mutter, die als Künstlerin sehr angesehen war, in Lilles Augen aber über die Maßen angepasst. Ihren eigenen starken Wunsch nach Freiheit, der immer mehr in Rebellion mündete – erst gegen die Mutter, schließlich gegen alles. Sie hat sich komplett verweigert, Schule und Lehre geschmissen, sich einer Gruppe Punks angeschlossen, bis sie eines Tages Kontakt zu Fluchthelfern bekam. Die wussten, wie man in den Westen kommen konnte, aber sie wollten Geld, sehr viel Geld. Mit einem Trick hat Lille dann das Sparbuch ihrer Mutter geplündert, das hat dann sogar für drei gereicht. In einem präparierten Wagen gelang ihr von Ungarn aus schließlich die Flucht über die Grenze. Die beiden Freunde, die in anderen Autos versteckt waren, hatten weniger Glück. Der eine wurde entdeckt und kam für Jahre nach Bautzen; der andere Wagen hatte einen Unfall und ging in Flammen auf. Lille aber, oder Elisabeth Marie, wie sie wirklich hieß, war im freien Westen – ohne die Möglichkeit, jemals wieder zurückzukehren.«

»Das klingt wie ein Filmstoff«, sagte Heike.

»Ein Stoff mit tragischen Anklängen. Ihre Mutter hat

sie dadurch zutiefst verletzt und in massive Schwierigkeiten gebracht. Deren Renommee schmolz nach der Flucht der Tochter dahin wie Schnee in der Märzsonne, die Aufträge blieben aus, bis sie schließlich nicht einmal mehr in ihrem Beruf arbeiten durfte, sondern einer Großgärtnerei zugeteilt wurde.«

»Und es gab keine Versöhnung zwischen Mutter und Tochter?«

Simone schüttelte den Kopf.

»Zwei Leben – zwei Welten. Damals war der eiserne Vorhang noch dicht. Wer hätte schon ahnen können, dass die Mauer nur ein paar Jahre später fallen würde?«

»Die Mutter bleibt allein zurück«, sagte Heike nachdenklich. »Und dann stirbt auch noch ihre Tochter. Wie schrecklich muss das für sie gewesen sein – trotz allem. Man hört doch niemals auf, sein Kind zu lieben …«

»Sie hat es erst ein paar Jahre später durch mich erfahren«, erwiderte Simone. »Ich habe Zeit gebraucht, um sie zu informieren. Aber Vorwürfe deswegen hat sie mir nie gemacht. Übrigens eine wunderbare Frau, wie ich dann feststellen konnte. Lille und sie hatten mehr gemeinsam, als den beiden bewusst war.«

Eine rostige Hupe durchschnitt die Stille.

Simone stützte sich auf ihre Gehhilfen und stand auf.

»Heißt es nicht, wir sind alle auf dem Weg?«, sagte sie augenzwinkernd. »Dann lass uns mal die nächste Etappe in Angriff nehmen und mutig und entschlossen zu Luigis heißem Schlitten humpeln.«

17

Wien, Mai 2018

Als es an Paulinas Zimmertür klopfte, saß sie gerade mit Ohrstöpseln auf dem Balkon, vertieft in die romantischen Songs von Ed Sheeran, die ihre Seele nach dem aufregenden Nachmittag auf dem Steinhof dringend brauchte. Sie wurde erst aufmerksam, als Moritz mit seinem Tablett schon mitten im Raum stand.

»Mami schickt dir einen Teller Minestrone«, sagte er, während Paulina sich alle Mühe gab, ihre Enttäuschung zu verbergen. Für einen Moment hatte sie mit Tamás gerechnet, von dem sie seit Stunden nichts mehr gehört hatte.

Bloß nicht kindisch werden, ermahnte sie sich innerlich. *Solche Jobs können eben dauern.*

Und wenn die Models auf dem Dach besonders bezaubernd waren?

Nicht für Tamás, der gerade frisch in dich verliebt ist, antwortete sie sich selbst.

»Darf ich dir Gesellschaft leisten?«, fragte Moritz fast schüchtern.

»Gerne. Die Suppe ist übrigens köstlich«, antwortete Paulina, nachdem sie probiert hatte. »Kochen könnt ihr Brunners, alle Achtung!«

»Du warst so lange unterwegs …«

Er wollte die Wahrheit? Er verdiente sie zu wissen, allerdings behutsam verpackt.

»Tamás hat mich auf meinen Wunsch hin auf den Steinhof gebracht«, sagte Paulina. »Ich wollte die nächsten Passagen im Tagebuch vor Ort lesen, und ich bin froh, dass ich es getan habe, obwohl es ziemlich heftig für mich war.« Sie legte den Löffel beiseite. »Wozu Menschen fähig sind – ich fass es nicht! Vor allem dieses Denkmal aus Leuchtstäben geht mir noch immer nach.«

»Vor drei Jahren habe ich darüber ein Feature für das Fernsehen gedreht«, sagte Moritz. »Mit Verwandten der damals ermordeten Kinder und Jugendlichen. Ausschließlich Nachtaufnahmen, Monologe vor den leuchtenden Stäben, alles ganz ruhige Sequenzen. Hat viele Zuschauer sehr nachdenklich gemacht. Auch solche, die bis dato nichts davon wissen wollten.«

»Das war bestimmt ein tolles Projekt«, sagte Paulina anerkennend. »Musst du mir unbedingt zeigen.«

»Mach ich.« Er zögerte. »Tamás kennt es natürlich. Er war bei manchen Einstellungen sogar mein Kameramann. Umso mehr hat es mich heute gewundert, dass ihr beide mich nicht gefragt habt, ob ich mitkomme …«

»Es war eher eine spontane Aktion.«

Verdammt, jetzt war sie doch nicht ganz ehrlich zu ihm!

Aber Moritz sah so gekränkt aus, dass sie ihn nicht noch mehr verletzen wollte.

»Mir ging es darum, mich Luzie möglichst nah zu fühlen«, setzte sie hinzu. »Das konnte ich am besten vor Ort.«

»Und da hätte ich dich dabei gestört, Tamás aber nicht?«

»Er war schon wieder weg, als ich weitergelesen habe.« Wenigstens das war keine Lüge.

Moritz schaute ihr tief in die Augen.

»Er gefällt dir, mein ungarischer Freund, habe ich recht?«, fragte er.

»Ja«, erwiderte Paulina. »Das tut er.«

»Du musst wissen, Tamás kommt bei Frauen generell ziemlich gut an. Zumindest so lange, bis sie herausfinden, dass er auch ganz schön kompliziert sein kann. Zu große Verbindlichkeiten machen ihm Angst und wecken seine Fluchtinstinkte. Er hasst jede Art von Einschränkung, wie er selbst zugibt. Was dann wiederum vielen Frauen gar nicht mehr so gut gefällt.«

»Du versuchst nicht gerade zufällig, deinen besten Freund mir gegenüber schlechtzumachen, oder?«, erwiderte Paulina, plötzlich um einiges reservierter.

»Keineswegs. Als Kumpel ist er einsame Spitze. Und was das andere betrifft, so …«

»… lässt du es mich am besten selbst herausfinden, okay?« Sie stellte den Teller zurück aufs Tablett.

»Jetzt bist du sauer auf mich«, sagte Moritz. »Dabei wollte ich doch nur, dass …«

»… wir drei zusammen einen schönen Film über Luzie Kühns Spuren machen, und das werden wir auch«, sagte Paulina. »Die Idee ist viel zu gut, um sich über Kleinigkeiten in die Haare zu kriegen, meinst du nicht auch?«

Er nickte, nicht ganz überzeugt.

»Dann lass mich jetzt noch ein bisschen ausruhen, und morgen starten wir. Womit sollen wir anfangen?«

»Mit Aufnahmen in den Originalkostümen?«, schlug Moritz vor. »Ich war so frei und habe heute schon ein bisschen was organisiert. Männergewand, Hüte, Schuhe, Handtaschen, Schirme, lauter Krimskrams aus jener Zeit.«

»So schnell? Wie hast du das denn angestellt?«, fragte Paulina.

»Halb so wild«, winkte er lässig ab. »Mein Freund Andi hat von seinem Onkel einen großen Kostümverleih geerbt. Ein Wahnsinn, wenn man ihn anständig verwalten will, aber ein wahres Füllhorn für solche Vorhaben wie unseres. Passenderweise ist Andi auch Make-up-Artist und wäre bereit, dich morgen Vormittag in eine Dame aus den Dreißigerjahren zu verwandeln. Einverstanden?«

»Einverstanden? Ich bin begeistert!«, sagte sie.

»Na gut, dann bis morgen.«

Moritz stand auf, räusperte sich.

»Ich mag dich übrigens auch ... sehr«, fügte er leiser hinzu. »Aber das hast du wahrscheinlich schon gemerkt ...«

Jetzt tat er ihr doch wieder leid, aber was konnte sie für ihre Gefühle?

Moritz war kaum verschwunden, da klingelte ihr Smartphone.

»Bin gerade erst nach Hause gekommen«, sagte Tamás. »Und dort finde ich es jetzt, ehrlich gesagt, ziemlich öde, so ganz ohne dich.«

»Frag mich mal!« Paulina lachte. »Wie schön, dich zu hören ...«

»Magst du noch herkommen? Ich könnte dich mit dem Sir abholen.«

»Wo wohnst du denn überhaupt?«

»In der Zirkusgasse, die liegt mitten in der Leopoldstadt. Besonders weit von den Brunners ist es nicht, aber so ganz nah auch wieder nicht. Wein für dich ist kaltgestellt, Saft gibt es in vielen Variationen, Kerzen könnte ich anzünden, und eine anständige Plattensammlung hätte ich auch zu bieten – würde dich das vielleicht reizen?«

»Klingt echt verlockend. Da ist es natürlich schwierig, Nein zu sagen …«

»Aber du tust es trotzdem?«

»Ich möchte ausgeschlafen sein, wenn wir morgen mit den Filmarbeiten anfangen. Moritz und du, ihr seid alte Hasen beim Drehen, aber für mich ist das alles ziemlich neu. Verstehst du doch, oder?«

»Und wenn nicht? Kommst du dann?«

Paulina lachte.

»Ganz schön raffiniert, dieser Herr Varga«, sagte sie zärtlich. »Wahrscheinlich krieg ich ihn deshalb nicht mehr aus dem Kopf.«

»Das klingt gut«, sagte Tamás. »Sehr gut sogar. Eine Nacht ohne dich könnte ich unter Umständen gerade noch so überstehen. Morgen aber müssen wir dann ernsthaft neu verhandeln. *Deal?*«

»*Deal*«, sagte sie und lachte wieder.

»Dann schlaf gut, Paulina«, sagte er. »Und träum was Schönes von mir.«

»Wie könnte ich nicht? Schlaf du auch gut, Tamás.«

Sie lächelte, als sie das Gerät auf den Schreibtisch legte, und noch immer, als sie sich nach einigem Hin und Her doch noch für eine weitere Leserunde entschied. Die Nacht versprach kühler zu werden als die vorangegangenen, und sie fröstelte leicht, weil ihre Haut brannte. Heute auf dem Steinhofgelände hatte sie wohl zu viel Sonne abbekommen, deshalb blieb sie lieber im Zimmer.

Als Paulina auch noch die Lampe richtig justiert hatte, konnte sie endlich loslegen.

*

Wien, Mai 1941

Der Flieder auf dem St. Marxer Friedhof blüht, als wäre es zum allerletzten Mal: weiß, zartlila, kräftig violett, und sein Duft ist fast überwältigend. Für mich sind es die ersten weiteren Wege, die ich wieder in Freiheit wage, und ich mache sie noch immer langsam, stets begleitet von Marie, die mich nicht aus den Augen lassen will.

Ich bin dankbar für ihre liebevolle Obhut und die unendliche Geduld, mit der sie mich wieder ins Leben zurückführt, und doch wäre ich auf diesem Gang heute lieber allein.

Ich will Abschied nehmen von Bela, der im KZ Buchenwald gestorben ist. Auf dem offiziellen Schreiben, das über Richards Feldpost zu uns in die Berggasse zugestellt wurde, steht »Herzversagen«, doch wir alle wissen, dass sie ihn dort in Wahrheit zu Tode geschunden haben, wenngleich wir wohl niemals erfahren werden, auf welche Weise. Jetzt ist die Welt ärmer um einen Musiker, einen Dichter, einen Liebenden – in allem war er so groß!

Weil er kein Grab hat, an dem ich um ihn trauern könnte, habe ich mir als Ersatz das von Mozart ausgesucht. Dort wollte ich ja unserem Kind, das nicht leben durfte,

»meinen« Flieder zeigen – ich muss bitterlich weinen, während ich daran denke. Marie will mich gleich umarmen, um mich zu trösten, aber ich bitte sie, mich für eine Weile allein zu lassen. Dieser Schmerz gehört nur mir – ich habe ihn lange genug verdrängt, doch er wird mich noch auffressen, wenn ich ihm nicht endlich Raum gebe.

Es wäre ein kleines Mädchen gewesen, das weiß ich ganz genau, obwohl man so etwas zuvor ja eigentlich nicht wissen kann, und ich hätte ihr die Welt in all ihren Facetten erklärt, damit sie ihren Platz darin fände. Belas Augen, meine Locken, sein Talent für Musik, meine Beweglichkeit – was für ein Zauberwesen hätte sie werden können! Jetzt ist sie bei ihrem Vater, wo immer das auch sein mag …

Marie hat mich nach den Monaten der Entbehrung zu Medizinalrat Hofer geschleppt, der mich gründlich untersucht, bis auf Vitaminmangel, starkes Untergewicht und ein paar alte Verbrennungen an viel zu heißen Suppentöpfen jedoch nichts Gravierendes festgestellt hat. Seelische Wunden sieht man ja nicht, und doch sind sie da und heilen so viel langsamer als jedes körperliche Gebrechen.

Ob ich noch ein Kind bekommen kann?

Ich habe nicht gewagt, den Medizinalrat danach zu fragen, denn bei aller medizinischen Fürsorge habe ich doch seine innere Reserviertheit mir gegenüber gespürt. Man wird eben nicht »einfach so« in die Irrenanstalt gesperrt, nicht einmal, wenn die Nazis das Sagen haben. Da muss eben doch »was dran sein« – und genau so wie er denken leider die meisten Leute.

Nicht einmal Marie und Leo wollten zunächst glauben, was ich ihnen über die heimlichen Transporte und die allmähliche Entvölkerung der Anstalt berichtet habe. Viele, viele Male musste ich es wiederholen, ihnen die Geschichte von meinem Hansi mit dem süßen Mondgesicht immer wieder erzählen, bis sie mir endlich geglaubt haben. Denn genau darauf bauen sie, jene Verbrecher, die jeder Menschlichkeit abgeschworen haben: dass die Leute einfach nicht glauben können, was sie anrichten, weil es gegen jede Moral, gegen jedes Ethos verstößt.

So weine ich heute hier am Mozartgrab nicht nur um mein totes Kind und seinen ermordeten Vater. Ich weine auch um meine liebe Großmama, um Liesl, den unschuldigen kleinen Hansi und all die anderen, die auf brutale Weise durch Nazihand ihr Leben lassen müssen. Ich fühle mich so hilflos und schwach – und möchte doch aufstehen und gegen sie kämpfen.

Aber wie?

Bereits ein einziges falsches Wort kann dein Ende bedeuten – Marie und Leo schärfen es mir inzwischen nahezu täglich ein. Schon seit Februar verlassen vom Aspangbahnhof im 3. Bezirk viele Züge Wien in Richtung Osten. Jüdische Männer, Frauen und Kinder werden in das Generalgouvernement deportiert, wie Polen jetzt heißt, in das Protektorat Böhmen und Mähren oder sogar bis nach Weißrussland. Ich fühle mich diesen Menschen tief verbunden, auch wenn ich sie persönlich nicht kenne, spüre meinen jüdischen Anteil stärker denn je – und manchmal schäme ich mich, dass ich bislang davongekommen bin, während sie in ein unsicheres Schicksal fahren müssen.

Natürlich habe ich dabei die ganze Zeit Großpapa im Sinn, der ständig kränkelt, geschwächt durch den Tod seiner geliebten Frau und nun auch noch zerrüttet von den Sorgen um mich. Zuerst wollte Marie ihm gegenüber gar nicht mit der Wahrheit herausrücken, doch als sich mein Aufenthalt in der Anstalt immer länger hinzog, blieb ihr nichts anderes übrig, als ihm doch davon zu berichten, wenngleich in stark abgeschwächter Form.

Jetzt ist er zwar erleichtert, dass ich den Steinhof überstanden habe, lebt aber gleichzeitig in ständiger Angst, mir könne erneut etwas zustoßen. Mit Pips fristet er inzwischen ein ärmliches Dasein, zehrt vom Ersparten, doch immerhin hat er ein Dach über dem Kopf. Noch immer kommen heimlich Menschen mit ihren kranken Tieren zu ihm, was ihn in Teufels Küche bringen wird, sollten die Behörden davon erfahren. Er behandelt Katzen, Hunde, Kaninchen und Vögel, oftmals sogar unentgeltlich, obwohl er selbst nicht mehr viel hat. Aber er sagt, er könne nicht anders. Jedes Tier in Not verdiene Hilfe – so ist er eben, mein wunderbarer Großpapa! Die Vorstellung, was aus ihm werden soll, sollte er auffliegen und auch noch seine Wohnung verlieren, raubt mir den Schlaf.

Der Wiener Gauleiter Baldur von Schirach äußert in der Presse große Zufriedenheit über zusätzlichen »judenfreien« Wohnraum, und mir wird speiübel, wenn ich daran denke, dass ich diesem Kerl und seinen verbotenen Gelüsten wohl meine Freilassung verdanke. Laut etwas dazu zu sagen, wage ich nicht. Die Luft in ganz Wien ist vergiftet, dagegen kommt nicht einmal der betörende Fliederduft an.

Und dennoch sauge ich ihn begierig ein, als Erinnerung an Frühling und Schönheit und an eine Zeit, in der ich an diesem Ort einmal sehr, sehr glücklich gewesen bin. Und ich gebe mir selbst ein heiliges Versprechen: Sollte ich jemals wieder schwanger werden, bringe ich mein Kleines hierher.

*

Wien, Sommer 1941

Seit dem Sieg von Rapid Wien über Schalke 04 in Berlin im Juni ist zum ersten Mal ein »österreichischer« Fußballclub deutscher Meister, was die Stimmung in der Ostmark kurzzeitig beflügelt. Sonst haben wir wenig Grund zur Freude. Die Last des Krieges liegt schwer auf uns allen; alles und jedes ist durch Marken rationiert: Lebensmittel, Kleider, Schuhe, unzählige Dinge des täglichen Bedarfs. Gutes Essen verblasst immer mehr zu einer schönen Erinnerung. Wir müssen uns mit Notbehelf wie Zichorienkaffee, Margarine und Rübenmus begnügen, aber noch hungern wir nicht.

Viele der jungen Männer sind inzwischen eingezogen, so wie Richard, der mir Briefe von Kreta schreibt, wo er mittlerweile kämpfen muss. Aus seiner Feldpost lese ich heraus, wie schwer ihm dieser Gehorsam fällt, der ihn manchmal zwingt, entsetzliche Dinge zu tun, Dinge, die seine Vorgesetzten von ihm verlangen. Er hat schon mehrfach Arrest kassiert, weil er aufgemuckt hat; einmal stand er sogar kurz davor, standrechtlich erschossen zu werden, was nur ein feindlicher Angriff in letzter Minute verhindert hat.

Ich konnte kaum noch atmen, als ich das zu lesen bekam, und habe ihn beschworen, vorsichtiger zu sein.

Aber wie könnte ich das, liebes Herz? Soll ich weiterhin zusehen, was mit unschuldigen Zivilsten geschieht, die kein anderes Verbrechen begangen haben, als ausgerechnet auf jener Insel zu leben? Die Kreter hassen uns Deutsche bis aufs Blut, und ich muss dir sagen, bei all dem Leid, das wir ihnen hier zufügen, kann ich es ihnen nicht verdenken. Manchmal schäme ich mich so sehr, Teil dieser Armee zu sein, dass ich mich am liebsten im Boden verkriechen würde …

Leo wurde wachsbleich, als ich ihm diese Passage gezeigt habe, und er hat sich gewundert, dass der Brief überhaupt die Zensur passieren konnte, ich aber war sehr stolz. Das ist mein Richard, so wie ich ihn kenne – mutig, standhaft, ein Mann, der für seine Überzeugungen einsteht. Meine Sehnsucht nach ihm wächst von Woche zu Woche. Ihn auch noch zu verlieren, würde mir den letzten Mut rauben.

Es ist ohnehin schon schwer genug, Tag für Tag aufzustehen und zumindest so zu tun, als nehme ich wieder am Leben teil. Peter ist mein Sonnenschein – liebevoll, aufmerksam, stets darauf bedacht, dass ich alles habe, was ich brauche. Er bringt mich zum Lachen, liest mir jeden Wunsch von den Augen ab. Manchmal musizieren wir zusammen; ich begleite ihn am Klavier, was eine heikle Sache sein kann, sodass ich aufhören muss, da die Musik mich zu sehr an Belas Lieder erinnert. Aber Peter drängt mich immer wieder dazu – ich glaube, weil wir beide uns dann besonders nah sind.

Aus ihm wird jetzt langsam ein Jüngling, und manchmal schickt er mir jetzt Blicke, die kaum noch brüderlich wirken. Ich bemühe mich, jede Begegnung zu vermeiden, die mehr in ihm wecken könnte. So bade ich nur noch, wenn er definitiv nicht zu Hause ist, und schließe abends meine Zimmertür ab, damit er nicht noch auf dumme Gedanken kommt, was wiederum sicherlich Marie und Leo gegen mich aufbringen würde. Die Wohnung in der Berggasse ist alles andere als beengt, eigentlich gibt es für uns alle reichlich Platz, und dennoch fühle ich mich von Peter bisweilen regelrecht observiert.

Ich schreibe es Richard in meinem nächsten Brief, was ausgesprochen dumm von mir ist, da ich ja nicht einmal weiß, ob er ihn überhaupt bekommt. Außerdem darf ich ihn, der täglich den Tod vor Augen hat, doch wirklich nicht mit solchen Nebensächlichkeiten belasten.

Seine Rückantwort ist knapp und erreicht mich überraschend schnell. Auf Befehl des Führers wird ein Großteil der deutschen Wehrmacht für den Angriff auf die Sowjetunion zusammengezogen, darunter auch Richards Einheit. Bevor es Richtung Osten geht, soll er noch ein paar Tage Heimaturlaub bekommen.

Ich tanze voller Vorfreude durch die Wohnung, während Leos Miene immer bedenklicher wird.

»An Russland sind bereits Napoleons Truppen gescheitert«, sagt er. »Der eisige Winter ist der beste Feldherr.«

»Aber wir haben doch Sommer …«

»Und was, wenn der zu Ende ist? Das Land ist riesig, Luzie. So schnell werden Hitlers Soldaten nicht vor Moskau stehen …«

Ich will im Moment nichts davon hören. Mein Herz und mein Körper sind von Freude erfüllt. Endlich, endlich kommt er zurück nach Wien, mein Richard, mein Liebster!

Doch dann schaue ich erschrocken an mir herunter. Alles, was ich trage, ist uralt oder von Marie geborgt und viel zu groß für meine dürren Knochen. Bislang hat es mir nichts ausgemacht, wie eine Vogelscheuche rumzulaufen, doch wenn mein Liebster zurückkehrt, ist das natürlich etwas anderes. Mein Koffer fällt mir wieder ein, mein alter Koffer bei den Blaus mit meinen schönen Sachen, und ich beschließe, ihn zu holen. Den Schlüssel habe ich schnell griffbereit; der hatte die Plünderung der Wohnung in meinem versteckten Tagebuch gut überstanden, während sie Großpapas Barschatz natürlich gestohlen haben. Marie verrate ich nichts von diesem Plan, die würde sonst sicherlich versuchen, mich davon abzuhalten.

Und so gehe ich wieder den vertrauten Weg zur Servitengasse, den ich seit meiner Entlassung bislang tunlichst gemieden habe, um bloß keine schmerzhaften Erinnerungen wieder aufzuwecken …

Unwillkürlich wurde sie langsamer, je näher sie der Kirche kam. Als hätte sich plötzlich ein dunkles Tor geöffnet, strömte alles wieder auf Luzie ein: die Schmerzen, das Blut, die Angst …

Sie musste sich regelrecht schütteln, um die Bilder halbwegs wieder loszuwerden.

Also abbrechen und unverrichteter Dinge zurücklaufen?

Niemals. Richard musste an der Front seinen Mann stehen – und sie in Wien ihre Frau.

Also ging sie weiter, wenngleich in verhaltenem Tempo, denn ihre Beine wurden mit jedem Schritt schwerer. Der Vorplatz zur Servitenkirche war leer; niemand saß auf den Bänken im Schatten der Linden. Überhaupt erschien Luzie die ganze Gasse ungewohnt leer. Bei vielen der Geschäfte waren die Rollläden hinuntergelassen, als hätte schon länger kein Kunde mehr die Schwelle überschritten.

Genauso war es auch bei den Blaus.

Luzie rüttelte leicht an den Läden und versuchte hindurchzuspähen, konnte aber nichts sehen.

Und wenn sie die Familie in ihrer Wohnung aufsuchte?

Frau Blau hatte ihr die Adresse irgendwann kurz genannt, aber Luzie hatte sie inzwischen leider vergessen. Vielleicht wusste ja einer der benachbarten Geschäftsleute, wo die Blaus wohnten.

Sie ging ein Haus weiter.

Der kleine Blumenladen hatte geöffnet. Eine junge blonde Frau bestückte gerade die Eimer vor dem Geschäft mit frisch gebundenen Sommersträußen.

»Eine Frage«, sagte Luzie und lächelte gewinnend. »Ich suche die Familie Blau. Ihr Laden hat zu …«

»Moment, ich bin hier nur die Aushilfe.« Die junge Frau drehte sich um. »Mama?«, rief sie. »Schaust du bitte mal zu mir?«

Ihr Ebenbild, zwanzig Jahre älter, näherte sich langsam.

In diesem Moment sah Luzie, wie Wagner aus dem Nachbareingang auf den Gehsteig trat, ausnahmsweise nicht in SA-Kluft, die für sie quasi mit seinem Körper verwachsen war, sondern in leichter Sommergarderobe mit

Knickerbockern und einem hellen Leinensakko. Anstatt sich in den Laden zu flüchten, tat sie aus Panik genau das Verkehrte und trat weiter nach vorn auf das Trottoir, bis sie ihm direkt gegenüberstand.

Für einen Moment blieb er starr.

Dann ging ein schiefes Grinsen über sein Gesicht.

»Sieh einer an, das liederliche Fräulein Kühn«, sagte er mit lauter Stimme. »Und wieder auf freiem Fuß! Fragt sich allerdings, wie lange noch …« Er streckte den Arm aus, als wolle er sie berühren.

Luzie schlug einen Haken wie ein Hase in Not und begann zu rennen. Ihr Herz pochte, ihr Puls jagte, weil sie hörte, wie er ihr hinterherlief, aber bis zum Kirchenportal war sie schneller. Sie riss es auf, rannte in die Kirche und öffnete mit einem speziellen Griff, den nur die Eingeweihten kannten, die kleine Geheimtür zum Klostergebäude.

Die beiden Mönche, die im Klostergarten gerade Unkraut jäteten, ließen ihre Harken sinken und musterten sie erstaunt.

»Bitte vielmals um Vergebung«, keuchte Luzie. »Ich weiß, hier darf kein Unbefugter herein. Aber ich werde vom Teufel verfolgt. Bruder Franz – bitte, bitte holen Sie mir schnell den Bruder Franz!«

Während Wagner von außen wutentbrannt gegen die Tür schlug, ging einer der Mönche los und kam tatsächlich mit Bruder Franz zurück.

»Bitte hilf mir«, bat sie ihn weinend. »Wagner, der mein Kind auf dem Gewissen hat, steht da draußen. Dass ich seinetwegen monatelang in der Irrenanstalt war, reicht ihm noch nicht. Er will mich vollkommen vernichten!«

»Wagner? Dieser SA-Mann, der dich so zugerichtet hat?«

»Genau der«, schluchzte Luzie. »Ich wollte doch nur meinen Koffer bei den Blaus holen …«

»Die Blaus sind nicht mehr hier, liebes Lichtmädchen. Dem Buben geht es gut, soweit ich weiß, der kam gerade noch rechtzeitig mit dem Kindertransport nach England. Aber seine Eltern haben sie erst kürzlich abgeholt. Aspangbahnhof …« Er fuhr sich mit der Hand über das Gesicht. »Die katholische Kirche sollte diesem Treiben Einhalt gebieten. Aber von ganz oben kommt nichts als Schweigen.«

Inzwischen hörte es sich an, als malträtiere Wagner die Tür mit Tritten, und Luzie wurde steif vor Angst.

»Ich geig ihm die Meinung.« Bruder Franz wirkte plötzlich größer, so aufrecht stand er nun. »Und du versteckst dich dort drüben. Der wird dir nicht noch einmal wehtun, das schwöre ich!«

Luzie presste sich an eine der Säulen im Kreuzgang, während Bruder Franz die Tür von innen öffnete. Wagner wollte in den Hof stürmen, doch der Arm von Bruder Franz hielt ihn zurück.

»Nur Mönche kommen über diese Schwelle«, sagte er kalt. »Und ich wüsste nicht, dass Sie zu unserer Gemeinschaft gehören.«

»Und Huren dürfen sie übertreten?«, bellte Wagner.

»Mäßigen Sie sich.« Inzwischen war die Stimme des Mönchs eisig. »Sie befinden sich in einem Gotteshaus. Da sind solch unflätige Worte fehl am Platz.«

»Dann händigen Sie mir diese … *Person* aus, und Sie

sind mich sofort los«, erwiderte Wagner mühsam beherrscht.

»Sie werden sich auch so entfernen. Diese ›Person‹ hat Anspruch auf Kirchenasyl, und genau das werden wir ihr auch gewähren. Wenn Sie dann bitte so freundlich wären …«

»Hör mir jetzt mal ganz genau zu, du unverschämter Schwarzrock.« Wagners Augen wurden schmal. »Ich kann auch mit ein paar meiner Kameraden wiederkommen und euer ganzes Kloster ausräuchern – mitsamt dieser Schlampe. Wäre dir das lieber?«

»Name?«, fragte Bruder Franz ruhig. »Dienstgrad? Ich werde bei Herrn von Schirach, der mit seiner Frau unsere Messfeier ausgesprochen gern besucht, Meldung machen müssen. Also?«

Wagner war verstummt.

»Ich warte …« Bruder Franz begann zu wippen, als sei er unendlich gelangweilt.

»Sei dir bloß nicht zu sicher, Bürscherl«, zischte Wagner. »Den Mühlen der SA entgeht so schnell keiner …«

Bruder Franz schlug die Tür hinter ihm zu, und Luzie verließ ihren Platz hinter der Säule.

»Der lässt dich wirklich nicht in Frieden«, sagte er. »Der Mann ist ja geradezu besessen von dir. Wäre kein Krieg, so würde ich dir raten, geh mit deinem Verlobten so weit weg wie möglich und baut euch dort ein neues Leben auf – aber das geht jetzt ja alles nicht …«

»Richard kommt auf Heimaturlaub«, sagte Luzie. »Deshalb wollte ich ja schön für ihn sein …«

»Das bist du doch immer«, sagte Bruder Franz. »Mit

und ohne Koffer. Ab jetzt allerdings solltest du noch vorsichtiger sein. Du bleibst erst einmal hier, in der Bibliothek. Wenn es dunkel ist, schicke ich unseren neuen Novizen zu deinen Eltern, damit sie wissen, wo du bist. Noch immer die Wohnung in der Berggasse?«

Sie nickte.

»An deiner Stelle würde ich mich in nächster Zeit von der Servitengasse fernhalten und eure Wohnung nicht mehr ohne männlichen Schutz verlassen.«

»Dann kann ich mich ja gleich lebendig einmauern lassen«, begehrte Luzie auf. »Was könnte mein Stiefvater außerdem gegen eine Horde brutaler SA-Typen ausrichten?«

»Willst du am Leben und gesund bleiben?«, fragte der Mönch sehr ernst. »Dann sieh dich besser vor.«

Natürlich ging ihr Wagners Attacke nach, auch noch als Leo sie im Schutz der Nacht zurück in die Berggasse gebracht hatte, und die folgenden Tage. Wie Bruder Franz geraten hatte, verließ Luzie die Wohnung danach nicht mehr, bis auf das eine Mal, um sich beim Friseur die Haare in Form bringen zu lassen. Seit dem Scheren waren sie krauser und dunkler nachgewachsen, was ihrem Gesicht etwas Südländisches gab. Die junge Kraft im Salon *Gloria* gleich um die Ecke kürzte sie einheitlich auf Kinnlänge, und Luzie war mit dem Ergebnis sehr zufrieden. Marie hatte eines ihrer Kleider bei der Schneiderin für sie umändern lassen; es war hellblau mit winzigen weißen Pünktchen und umschmeichelte ihre Knie – jetzt, wo es Stoffzuteilungen nur stark eingeschränkt und ebenfalls auf Marken gab, ein echter Luxus.

Alles in Luzie fieberte dem Wiedersehen mit Richard entgegen. So lange hatte sie ihn nicht mehr berührt, ihn nicht mehr geküsst. Vor Sehnsucht konnte sie es kaum noch aushalten. Natürlich hätte sie ihn am liebsten vom Bahnhof abgeholt, um ihn schon dort am Gleis in die Arme zu schließen, doch nach den letzten Vorkommnissen verwarf sie diesen Plan wieder.

Also blieb ihr nur eines: warten. Und das tat sie jetzt schon seit Stunden.

Sie nahm die Schneekugel mit dem Riesenrad in die Hand, schüttelte sie leicht und ließ es schneien.

So hatte damals alles angefangen zwischen Richard und ihr …

Als sie sie wieder zurück auf den Tisch stellen wollte, rutschte sie ihr beinahe aus der Hand. Luzie konnte sie gerade noch auffangen. Dabei fiel ihr auf, dass sich auf der Unterseite ein kleines Geviert befand. Ihr kam ein Gedanke. Sie holte eine Nagelfeile und stemmte die Seiten behutsam auf. Ein kleiner Hohlraum gähnte ihr entgegen – das ideale Versteck, wie Richard gesagt hatte!

Luzie nahm den Schlüssel der Blaus, legte ihn hinein und verschloss das Geviert wieder.

In diesem Augenblick ertönte die Türglocke. Eilig lief sie aus dem Zimmer und flog direkt in Richards Arme. Marie hatte ihn hereingelassen. Er bedeckte ihr Gesicht mit Küssen, und für ein paar glückerfüllte Momente vergaßen sie die Welt um sich herum.

Dann hörte Luzie, wie Marie dezent hüstelte.

Sie lösten sich voneinander.

»Willkommen, lieber Richard«, sagte Marie und umarmte ihn. »Was für eine Freude, dich zu sehen! Leo wird gleich aus der Kanzlei zurück sein, dann können wir gemeinsam essen. Allerdings musst du dir die delikaten Speisen von früher ganz schnell aus dem Kopf schlagen. Wir haben Krieg und müssen mit dem vorliebnehmen, was sie uns zuteilen. Aber«, ein verschmitztes Lächeln ging über ihr Gesicht, »mein schlauer Mann lässt sich inzwischen so manches Honorar in Naturalien ausbezahlen. Das letzte waren zwei Hendl, und die schmoren gerade im Bräter.«

Eigentlich war Luzie überzeugt gewesen, vor Aufregung nicht einen Bissen hinunterzubekommen, aber als die knusprigen Hendl, der Erdäpfelsalat und schließlich die eingelegten Kirschen auf dem Tisch standen, aß sie wie alle anderen mit gutem Appetit. Sie plauderten, sie lachten, nur Peter war auffallend ruhig und schaute immer wieder von Luzie zu Richard und umgekehrt. Leo steuerte eine Flasche Wein bei und holte zum Nachtisch einen Marillenschnaps aus seinem Vorrat.

Als alle Gläser eingeschenkt waren, räusperte Richard sich und stand auf. In seiner grauen Uniform wirkte er älter und steifer als der schlagfertige Richard von früher, doch als er zu reden begann, war alles wieder ganz vertraut.

»Ob ich diesen wahnsinnigen Krieg überlebe, weiß ich nicht«, sagte er. »Aber dass ich Luzie von ganzem Herzen liebe, das weiß ich ganz genau. Und so bitte ich euch hier und heute in aller Form um die Hand eurer Tochter.«

»Wir sind einverstanden«, erwiderte Leo, sichtlich gerührt. »Und das sage ich ebenso in meinem Namen wie dem meiner Frau.«

Marie nickte, und Richards Augen begannen zu leuchten.

»Und so frage ich dich, Luzie: Willst du meine Frau werden?«

»Ja«, krächzte sie. »Ja, ich will!«

Aus einem Kästchen, das er aus der Hosentasche zog, nahm Richard zwei Ringe.

»Es ist nur ganz einfaches Gold«, sagte er entschuldigend. »Auf dem Schwarzmarkt darf man nicht zimperlich sein. Und ziemlich dünn sind sie leider auch. Aber zur Verlobung wird es gehen.«

Er ging zu Luzie und steckte ihn ihr an. Dann streifte er sich seinen über den linken Ringfinger.

»Auf ein wunderbares Leben«, sagte er. »Sobald dieser Wahnsinn vorbei ist, holen wir alles Versäumte nach. Das gelobe ich dir hiermit feierlich.«

Ihr Kuss war innig und dauerte so lange, dass Peter auf seinem Stuhl ganz wepsig wurde.

»Und was ist eigentlich mit mir? Mich hat bislang niemand gefragt«, krähte er schließlich dazwischen. »Und das finde ich sehr gemein!«

»Dann frage ich jetzt auch dich, lieber Peter«, sagte Richard augenzwinkernd. »Willst du mein Schwager werden in guten und in schlechten Tagen?«

»Ja«, antwortete Peter nach kurzem Zögern. »Aber nur, wenn du immer gut zu Luzie bist. Und nur, wenn du sie uns nicht ganz wegnimmst!«

»Versprochen, mein Großer«, sagte Richard. »Du kannst dich auf mich verlassen.«

Das Zimmer der kleinen Pension in Grinzing war eng, aber gemütlich, wenngleich Richard wegen seiner Größe mit der Dachschräge, unter der die Betten standen, gewisse Probleme hatte. Den Gedanken an das ehemalige Wochenendhaus der Familie Król in diesem Bezirk, das sie damals Wagner bei seiner Prügelattacke als Ablenkung preisgegeben hatte, wischte Luzie ganz schnell wieder weg. Von Richard wusste sie, dass es inzwischen noch baufälliger geworden und damit unbewohnbar war. Die Ringe hatten sie schon in der Straßenbahn einvernehmlich von der linken auf die rechte Hand gewechselt, nur mal für alle Fälle. Doch dem fülligen weißhaarigen Pensionswirt hatten seine Uniform und ihre verliebten Blicke genügt, um das mit den Flittertagen sofort zu glauben.

»Wos für a Verschwendung«, sagte er bedauernd, als Richard *Herr und Frau Denk* in das Anmeldeformular eintrug. »Die Jungen schiassens zam, und wir Oiden bleim üwer. So hat der Herrgott sich des ned ausdacht!«

Und dann waren sie plötzlich allein.

»Ich liebe dich«, sagte Richard leise, während er sie auf das Bett zog.

»Und ich liebe dich«, erwiderte Luzie.

Seine Hände waren überall, aber nicht fordernd, sondern sanft, unendlich sanft, schälten sie aus dem gepunkteten Kleid, streiften ihre Unterwäsche ab, bis Luzie nackt vor ihm lag.

Trotz der sommerlichen Schwüle im Raum fröstelte sie plötzlich.

»Ich bin schon lange nicht mehr das naive Mädchen, das damals nach Wien gekommen ist«, sagte sie. »Seitdem ist so vieles geschehen. Die Spuren auf meinem Körper verraten es …«

»Du bist jetzt eine erwachsene Frau. Meine wunderschöne Frau, auch ohne Trauschein.«

Er entkleidete sich rasch.

Dann war endlich Haut an Haut. Keiner von beiden hatte es eilig. Langsam und genussvoll erkundeten sie die Körperlandschaft des anderen.

»Du hast mich so lange warten lassen«, stöhnte Richard zwischen zwei Küssen. »Ich dachte schon, ich müsste vergehen …«

»Ich konnte nicht anders«, erwiderte Luzie. »Aber jetzt bin ich frei – frei für dich …«

Er küsste ihren Schoß, bis sie ganz für ihn bereit war. Als sie ihn in sich spürte, öffnete sie ihre Augen, um seinem Blick zu begegnen.

»Für immer«, flüsterte Richard.

»Für immer«, wiederholte Luzie.

18

Wien, Mai 2018

Als Teenager hatte Paulina eine heftige Schminkphase durchlebt. Das war in jener aufmüpfigen Periode ihres Lebens gewesen, in der sie gegen alles rebelliert hatte – Schule, Lehrer, sogar gegen ihre heiß geliebte Mamasi, die sich gezwungen gesehen hatte, einige strikte Verbote auszusprechen, damit die wilde Tochter halbwegs zur Vernunft kam und ihr Zusammenleben wieder funktionierte. Damals waren ihre Brauen schwarze Balken gewesen, die Lippen weiß, die Augen mit so vielen Lagen Lidschatten schattiert, dass sie wie dunkle Höhlen wirkten. Mittlerweile schminkte sie sich nur noch dezent, und wenn sie besonders eingespannt war, vergaß sie es sogar. Doch was dieser Andi gerade mit ihrem Gesicht angestellt hatte, war wirklich phänomenal.

Plötzlich traten die Wangenknochen deutlicher heraus, die Lippen wirkten voller, die Augen leuchteten so blau wie nie zuvor. Auf Paulinas Haut lag ein zarter Glanz, der sie wie ein Pfirsich aussehen ließ. Als Andi schließlich auch noch ihre Haare mit einer alten Brennschere zu weichen Wellen ondulierte, saß plötzlich eine Frau auf dem Schemel, die gerade den Dreißigerjahren entsprungen zu sein schien.

»Bissl länger könnten die Haare sein«, kommentierte Andi kritisch sein Werk. Er selbst kombinierte schwarzen Vollbart, Dutt und dick aufgetragene Wimperntusche so ungeniert, als sei er eine Kusine von Conchita Wurst. »Das käme natürlich noch besser. Aber man muss eben immer mit dem arbeiten, was man zur Verfügung hat. Anderenfalls wäre vielleicht eine Perücke …«

»Stopp!«, rief Moritz. »Wir wollen ganz natürlich bleiben, das meinst du doch auch, Tamás, oder?«

Der nickte schweigend; überhaupt hatte er an diesem Vormittag noch nicht allzu viel gesagt. Dafür waren die Blicke, die er mit Paulina tauschte, umso beredter.

Ihre waren es nicht minder.

Ich wäre jetzt am liebsten mit dir allein.

Frag mich mal!

Aber heute bekommen wir ihn nicht los, oder?

Sicherlich nicht so bald …

»Welches Kleid soll ich nun anziehen?«, fragte sie.

»Das blaue«, erwiderten Moritz und Tamás wie aus einem Mund.

»Gut, dann geht ihr jetzt mal raus, ihr zwei«, ordnete Andi an. »Ich muss an der jungen Frau nämlich noch einiges abstecken. Ich rufe euch dann wieder rein, sobald wir fertig sind.«

Paulina schlüpfte in das Kleid und spürte das leichte Gewicht der Seide auf ihrer Haut.

»Alles schon a bissl fragil«, murmelte Andi mit zwei Stecknadeln zwischen den Lippen, weil er beide Hände zum Arbeiten brauchte. »Am geschicktesten näh ich dich gleich ein, das sieht man so gut wie nicht.« Er zog die Stirn kraus. »Hat Sissi übrigens nicht anders machen lassen. Die wusste, was gut war!«

»Macht das denn nicht das Kleid kaputt?«, fragte sie.

»Nicht, wenn man es schlau anstellt. Sind nur ein paar Stiche links und rechts – und schau: Jetzt ist es perfekt.«

Das lavendelblaue Kleid saß wie maßgeschneidert. Paulina wechselte vor dem großen Standspiegel mehrmals spielerisch die Position.

»Immer ein gutes Zeichen«, sagte Andi, der seine Utensilien allmählich zusammenpackte, »wenn eine Frau damit beginnt, sich vor dem Spiegel hin- und her zu wiegen. Du siehst grandios aus, Paulina. Und das sage ich nur, weil es auch wirklich so ist – die Jungs werden ausflippen!«

Als er die Tür öffnete, ergänzte Lena, die ebenfalls hereinkam, das neugierige und ganz offensichtlich von ihrem Anblick begeisterte Freundesduo.

»Schau mal, was ich gefunden habe«, sagte sie, holte zwei Fotografien aus einem verblichenen Kuvert und legte sie auf den Schreibtisch. »Hinten steht Luzie, Wien 1941. Aber wenn ich es nicht besser wüsste, würde ich denken, das bist du.«

Sie hatte recht.

Die Frau im Sommerkleid auf dem linken Foto lächelte in die Kamera und ähnelte Paulina wirklich verblüffend: Kopfform, Nase, Mund, Augen, einfach alles. Nur ihre Haare waren dunkler, aber das wären Paulinas ja eigentlich auch, hätte sie nicht nachgeholfen. Und sie hatte eine Narbe auf der rechten Wange. Auf dem rechten Foto trug die Frau Mantel und Hut, war im Halbprofil aufgenommen und wirkte ernster.

»Luzie?«, sagte Paulina, während sich neben ihr Moritz ebenfalls über die Aufnahmen beugte. »Das ist Luzie?!«

Lena nickte.

»Habe ich erst gestern entdeckt, in einem von Papas Kartons, tief vergraben unter seinen Stofftaschentüchern. Er hat die mit dem gestickten Monogramm immer am liebsten gehabt. Darin war er ziemlich eigen.« Sie lächelte Paulina an. »Ich lasse Toni und dir ein paar schöne Abzüge machen, wenn du magst. Dann habt ihr beide eine Luzie.«

»Gerne«, sagte Paulina, die sich kaum wieder von den Fotos lösen konnte.

»Das kann ich doch übernehmen«, bot Tamás an, während Moritz bedeutungsschwer mit den Augen zu rollen begann, was sein Freund allerdings geflissentlich ignorierte.

»Noch besser.« Lena übergab ihm die Fotos. »Zu treuen Händen, mein Lieber. Aber du weißt ja eh, wie man mit solchen Unikaten umgeht.«

»Dann jetzt allgemeiner Aufbruch, okay?«, sagte Moritz. »Wir treffen uns beim Mozartgrab am Sankt Marxer Friedhof. Andi nimmt Paulina mit. Und bitte Luzies alten Koffer nicht vergessen! Tamás und ich fahren schon mal voraus.«

»Und wie soll ich das finden?«, maulte Andi. »Verrätst du mir das freundlicherweise auch? Ich geh ja schließlich nicht jeden Tag tote Komponisten besuchen!«

»Weißt du, wie du ans Eingangstor in der Leberstraße kommst? Rechts davon steht ein Wärterhaus, linkerhand findest du eine Informationstafel. Jetzt musst du nur noch den Hauptweg immer geradeaus nehmen …«

»Halt!«, rief Andi. »Ihr wartet gefälligst am Wärterhaus auf uns. Sonst wird das nämlich nix mit der aktiven Make-up-Betreuung beim Dreh.«

»Auch gut, dann eben von dort aus gemeinsam«, sagte Moritz.

Andis alter VW-Bus schien noch aus den Siebzigern zu stammen, so klapprig kam er Paulina vor, doch die Strecke bis zum Friedhof im 3. Bezirk schaffte er ohne allzu viel Stottern. Unterwegs machte Andi sie in der Landstraße auf das Hundertwasserhaus aufmerksam, vor dem sie auf Paulinas Bitte hin kurz anhielten. Sie stieg aus, betrachtete fasziniert die Symbiose von Pflanzen, Farben und Architektur, die sich ihr auf mehreren Stockwerken darbot, und beschloss, sich bei anderer Gelegenheit alles noch einmal ganz in Ruhe anzusehen.

Im Café nahmen sie sich jeder eine Cola mit; danach setzten sie ihre Fahrt fort.

Luzie hatte im Tagebuch nicht übertrieben. Der Flieder auf dem alten Friedhof, inzwischen längst zum Park geworden, war ein einziger Traum. Besonders prächtig blühte der große Busch am Mozartgrab. Hier hatte Luzie geweint, hier ihren bitteren inneren Monolog geführt, den sie später im Tagebuch festgehalten hatte. Bereits auf dem Steinhofgelände hatte Paulina sich ihr sehr nah gefühlt; an diesem Ort jedoch verstärkte sich das Gefühl noch.

»Ja«, sagte Tamás, der sie die ganze Zeit nicht aus den Augen gelassen hatte.

Andi frischte das Rot auf Paulinas Lippen auf, und Tamás begann zu filmen. »Bleib bitte weiter so. Genau diesen Ausdruck will ich von dir haben …«

»*Finish*«, hörte sie Moritz nach einer Weile rufen und hätte nicht einmal sagen können, wie viel Zeit inzwischen vergangen war. »Jetzt bitte ein wenig nachpudern, Andi. Wir brauchen nur noch ein paar Ersatzbilder für den Schnitt. Die gesprochenen Textpassagen legen wir dann später darüber …«

Paulina war erleichtert, als alles vorbei war. Sie hatte schon einige Male für ein Projekt Videotechnik eingesetzt, aber stets hinter, nicht vor der Kamera gestanden, was einen Riesenunterschied machte.

»Als Filmstar wäre ich eine grandiose Niete«, sagte sie. »Allein das ständige Abpudern und Kleiderrichten – das ist natürlich nicht gegen dich gerichtet, Andi«, setzte sie rasch hinzu. »Du machst das alles wirklich großartig. Aber dass jemand ständig an mir rumpinselt oder zuppelt, könnte ich auf Dauer trotzdem nur schwer ertragen.«

»Lasst uns noch zur Servitenkirche fahren«, schlug Moritz vor, »und ein paar Aufnahmen bei Emmy Blau machen, sowie vor und in der Kirche. Morgen ist Sonntag, da wird es schwierig, wenn wir die Gläubigen nicht stören wollen. Außerdem hat Frau Blau dann garantiert zu.«

Sie machten sich auf den Rückweg in den Alsergrund, in dem Paulina sich zunehmend heimisch zu fühlen begann.

»Hier könnte ich auch leben«, sagte sie, als sie ausgestiegen waren und auf die Kirche zugingen. Die Sonne malte goldene Kringel auf das Pflaster, eine Brise ließ die alten Linden rauschen, ein paar Tauben pickten nach Krümeln – und nur wenige Meter weiter gab es Cafés, Läden und Lokale verschiedenster Couleur. »Solch eine gelungene Mischung aus urban und behaglich findet man selten in Großstädten.«

»Und würdest du dein aufregendes, hippes, pulsierendes Berlin gar nicht vermissen?«, fragte Tamás.

»Käme darauf an«, erwiderte sie vielsagend. »Träumen kann man ja schließlich auch in Wien.«

Er lächelte leise.

Die Aufnahmen vor und in der Kirche dauerten nicht lange. Als sie schließlich den ehemaligen Klostergarten betraten, wurde Paulina plötzlich ganz bang zumute. Luzies Kleid zu tragen, hatte ihre Nähe zu ihr noch einmal intensiviert. Als sie sich jetzt wie von Moritz aufgefordert gegen eine Säule lehnte, die Augen schloss und an die entsprechende Szene im Tagebuch dachte, konnte sie regelrecht hören, wie Wagner gegen die Tür polterte …

»Was können wir froh sein, heute leben zu dürfen«, sagte sie, als der Take abgeschlossen war. »Eigentlich müssten wir uns jeden Tag dafür bedanken.«

Sie gingen weiter zum Mahnmal mit den Schlüsseln, das Paulina auch heute wieder tief berührte. So viele Leben – ausgelöscht durch brutale, rassistisch motivierte Willkür …

»Wir schneiden die Aufnahmen zusammen«, sagte Moritz, nachdem sie fertig waren. »Die von neulich in deinen Alltagsklamotten und die von heute – mit ein paar Großaufnahmen von deinem Schlüssel in der Schneekugel. Und jetzt bitte weiter zum Trödelladen.«

Emmy Blau machte große Augen, als sie Paulina derart verwandelt in ihren Laden kommen sah. Sie trug ein dunkles Kleid mit rosafarbenem Flamingodruck, das sie zu einer echten Erscheinung machte.

»Das steht Ihnen aber gut«, sagte sie anerkennend. »Die Farbe, der Schnitt, das feine Material – einfach alles! Ja, damals waren Frauen eben noch echte Frauen, nicht wie heute, wo Männlein und Weiblein die meiste Zeit im gleichen Gewand rumrennen und alle auf Unisex machen.«

»Danke noch einmal für den Koffer«, sagte Paulina. »Ohne Ihre treue Aufbewahrung würde ich jetzt nicht so aussehen.«

»Gutes Stichwort«, sagte Moritz. »Wir stellen jetzt die Szene noch einmal nach, in der Paulina den Koffer findet – natürlich nur, wenn Sie damit einverstanden sind, liebe Frau Blau. Wir sind gerade dabei, Luzie Kühns Spuren in einem Film festzuhalten. Ihr Laden ist ein wesentlicher Teil dieser Geschichte.«

»Von mir aus gern.« Emmy Blau nickte heftig mit wippendem Haarturm, der heute mehr denn je an ein halb aufgelöstes Vogelnest erinnerte. »Alles, was gegen das Vergessen jener Unmenschlichkeit arbeitet, sei mir herzlich willkommen.«

Welche Wohltat, aus dem fragilen Kleid wieder in normale Klamotten schlüpfen zu können! Zum Glück war Andi nicht dabei, als Paulina anschließend beherzt ihr Gesicht von seiner kunstvollen Schminke befreite.

Moritz und Tamás mussten einem »Brotjob« nachgehen, wie Moritz es genannt hatte, der sie bis in den Abend hinein beschäftigen würde. Danach würde Paulina zu Tamás fahren …

Ihr Herz begann, stärker zu klopfen.

Sie freute sich sehr darauf, und ihre Aufregung war nicht minder groß. Um sich ein wenig abzulenken, griff sie zum Smartphone und rief Tonis Nummer auf.

»Wie geht es dir?«, fragte Paulina. »Deine Stimme klingt ganz fröhlich.«

»Alles prima«, versicherte Toni. »Allerdings bin ich mit den Hörbüchern fast durch. Und meine Stifte sind auch schon ganz klein gemalt. Aber das macht nix. Ich strahle nämlich schon viel weniger und darf ganz bald wieder nach Hause – stell dir vor.«

»Das freut mich, liebe Toni!«

»Und du, wie sieht es bei dir aus?«

»Meine ungelesenen Seiten im Tagebuch schrumpfen dahin. Manchmal muss ich mich regelrecht zügeln, um nicht in einem Rutsch bis zum Ende durchzupreschen, aber andererseits nimmt mich Luzies Schicksal derart mit, dass ein bisschen Atemholen zwischendrin ganz gut tut. Auf jeden Fall fühlt es sich richtig an, es hier in Wien zu lesen.«

»Das ist alles?«

»Was meinst du damit?«, fragte Paulina irritiert.

Tonis Koboldlachen drang aus dem Hörer.

»Weil ich dich so gut kenne, würde ich jetzt mal tippen, dass es vielleicht noch einen anderen Grund gibt, der dich in der schönen Stadt an der Donau hält. Könnte das sein?«

Paulina blieb zunächst stumm.

»Hast du jetzt deine Wahrsagerinnenkugel ausgepackt, oder was?«, sagte sie schließlich. »Ja, den gibt es, und er heißt Tamás. Gerade hat er mich zusammen mit Moritz Brunner in einem von Luzies Kleidern gefilmt.«

Paulina schilderte in Kürze die heutigen Dreharbeiten.

»Weißt du, was seltsam ist, Toni? So hergerichtet sehe ich ihr sehr ähnlich. Alle haben das gesagt, und ich selbst finde es auch. Es sind nämlich zwei Fotos von Luzie Kühn aus dem Jahr 1941 aufgetaucht.«

Jetzt kam von Toni gar nichts mehr.

»Bist du noch dran?«, fragte Paulina.

»Bin ich«, antwortete Toni und räusperte sich. »Bringst du Abzüge mit?«

»Natürlich«, sagte Paulina. »Sind bereits in Arbeit. Ich hätte sie natürlich auch abfotografieren können. Aber was hätte dir das genützt? Solange du so stur in Sachen Smartphone bist …«

»Lass einer alten Frau doch ihr bisschen Sturheit«, sagte Toni. »Aber wir können uns gern noch einmal in Ruhe darüber unterhalten, sobald dein Tamás dich wieder zurück nach Berlin lässt. Das wird er doch hoffentlich tun, oder?«

»Das muss er«, sagte Paulina. »Schließlich wartet dort ein großes Projekt auf mich. Ich kann mir nicht leisten, zu schwächeln, nicht in meinem Job. Und bitte pass weiterhin gut auf dich auf! Mamasi und ich brauchen dich nämlich noch ganz lange.«

Sie verabschiedeten sich und legten auf. Nachdenklich hielt Paulina ihr Mobiltelefon in der Hand.

Welcher Bezug bestand zwischen Toni und Luzie? Es gab nur eine Möglichkeit, das zu erfahren: Sie mußte weiterlesen.

Vorhin beim Filmen hatte Paulina sich auf dem Platz vor der Servitenkirche so wohl gefühlt. Und genau dort unter den alten Linden würde sie ihre Lektüre nun fortsetzen.

*

Wien, Winter 1941/1942

Wie inniglich hatte ich mir gewünscht, während Richards Heimaturlaub schwanger zu werden – doch mein Körper hat offenbar gestreikt, obwohl wir so unvorsichtig wie nur irgend möglich waren. Als meine Blutung einsetzte, musste ich vor Enttäuschung weinen. Was soll man noch tun, als sich voller Lust und Leidenschaft tagelang zu lieben? Vielleicht kann ich nach Wagners Prügelattacke ja niemals mehr ein Kind empfangen.

Aber so hart darf das Schicksal doch nicht zu uns sein …

Es war unendlich schwer, Richard nach der wunderbaren Zeit in Grinzing wieder in den Krieg ziehen zu lassen. Er wurde der Heeresgruppe Süd zugeteilt, wie er schreibt, was mich zuerst beruhigt. Als ich Mitte August allerdings von den Angriffen auf die Stadt Kiew höre, erwacht erneut meine Angst. Unzählige Russen fallen, und es gibt auch hohe deutsche Verluste; viele Soldaten der Roten Armee geraten in Gefangenschaft. Richard überlebt wie durch ein Wunder unverletzt. Doch die Einnahme Kiews bleibt nicht ohne gravierende Folgen für die Deutschen. Überall in der Stadt werden von den Russen Sprengsätze versteckt, von denen einer im September einen Großbrand auslöst. Richard schreibt mir erst davon, als alles schon vorbei ist; seitdem hat sich meine Angst mindestens verdoppelt.

Denn nun geht es in Richtung Moskau – aber den deutschen Soldaten fehlt die Winterausrüstung, sie sind lediglich mit Sommeruniformen ausgestattet. Je kälter es wird, desto langsamer kommen sie voran. Richard hat mehr Glück als viele andere, denn er hat wenigstens einen Mantel ergattert, aber was nützt das schon bei starken Minusgraden? Er muss erbärmlich frieren, und die Verpflegung lässt ebenfalls zu wünschen übrig, weil Schnee und Glätte die Transportfahrzeuge behindern. Das alles muss ich mir aus Andeutungen und Halbsätzen zusammenreimen, denn seine Briefe werden immer kürzer, bis sie schließlich ganz ausbleiben.

Nachrichtensperre?

Hat man ihn gefangen genommen?

Ist er verletzt? Vermisst?

Oder gar …

Ich darf nicht weiterdenken, in diesem eisigen Winter, der auch den Wienern vieles abverlangt. Menschen erfrieren in ihren Wohnungen, weil das Heizmaterial immer knapper wird. Die Zuteilung der Lebensmittel wird drastisch reduziert, und immer öfter sieht man lange Schlangen vor den Geschäften.

Aber was ist das alles schon gegen das, was den Juden angetan wird?

Mein Gewissen plagt mich immer mehr, denn ich gehöre doch eigentlich zu ihnen. Hier in Wien müssen sie ja schon seit einiger Zeit einen gelben Stern tragen, gut sichtbar auf der Kleidung angebracht. Ich habe von Jugendlichen gehört, die ihn nur mit Druckknöpfen befestigt haben, um *sich wenigstens ab und zu wieder »normal« zu fühlen. Doch wer erwischt wird, hat mit den schlimmsten Strafen zu rechnen.*

Würde ich auch so mutig sein?

Das frage ich mich immer wieder.

So gut wie alles ist ihnen verboten: Haustiere zu halten, Kuchen zu kaufen, öffentliche Verkehrsmittel ohne Genehmigung zu benutzen – und die bekommen sie natürlich zumeist nicht. Nur noch zu ausgesuchten Zeiten dürfen sie mit ihren Marken in ausgesuchten Läden einkaufen, und was ihnen an Lebensmitteln zugeteilt wird, ist schlichtweg lächerlich und reicht eher zum Sterben als zum Leben.

Unentwegt rollen die Züge nach Osten weiter. Zynischerweise veröffentlicht die Wiener Ausgabe des Völkischen Beobachters täglich die Namen der Deportierten. Geburtsdatum und Meldeadresse reihen sich in langen Spalten aneinander; Männernamen mit dem Zusatz »Israel« versehen, Frauen mit »Sarah«. Wer also von seinem Nachbarn ein Klavier, eine Kredenz, das gute Porzellan oder am besten gleich die ganze Wohnungseinrichtung requiriert hat, kann sich entspannt der neuen Dinge erfreuen, wenn er diese Namen entdeckt: Der Jude ist weg und wird es wohl auch bleiben …

Seit September gilt die Bestimmung, als Jude den gelben Stern tragen zu müssen, auch im Altreich – und damit natürlich ebenso in Berlin. Als ich das lese, bin ich für einen furchtbaren Moment fast erleichtert, dass Großmama diese Erniedrigung nicht mehr erleben muss.

Großpapa, lieber, lieber Großpapa, wie sollst du das nur überstehen?

Der immer gut gelaunte, von allen geachtete und von vielen geliebte Tierarzt Dr. Fröhlich, der die Hunde, Katzen, Kaninchen und Wellensittiche von ganz Charlottenburg und Umgebung gesund gemacht hat, nun öffentlich gebrandmarkt? Mir wird ganz anders bei dieser Vorstellung, weil ich genau weiß, wie tief es ihn treffen wird.

Er selbst schreibt nichts darüber, doch seine Schrift ist so zittrig und schief geworden, dass ich mir die allergrößten Sorgen mache. Ein ganz klein wenig beruhigt mich, dass Manni sich nun um ihn kümmert. Er fegt die Straßen in Großpapas Viertel, und die beiden haben Freundschaft miteinander geschlossen. Pro forma, und um seine Verfolger zu täuschen, hat Manni eine junge Witwe mit einem fünfjährigen Jungen geheiratet, die genau über ihn Bescheid weiß. Er liebt Karli wie sein eigenes Kind, und Karli liebt seinen neuen Vati nicht minder innig zurück. Greta führt den kleinen Lebensmittelladen ihrer Tante Mira in Mitte, weil die das Rheuma plagt, da fällt schon mal was ab, das nicht direkt über die Theke geht – und alle profitieren sie davon.

Doch auch aus Berlin werden immer mehr Juden in Richtung Osten abtransportiert. Großpapa schreibt von Nachbarn, die sich mit lächerlich wenig genehmigtem Gepäck an gewissen Sammelstellen einzufinden haben, während ihre ganze restliche Habe an den Staat fällt. Dann geht die »Umsiedlung« in den Osten los.

Keiner hört jemals wieder von ihnen …

Ich bin ebenfalls auf Nimmerwiedersehen verschwunden. Ich lebe nicht mehr im Alsergrund, sondern bin in den 17. Bezirk umgezogen.

Und eine neue Identität habe ich auch.

Durch eine komplizierte Erbschaftsangelegenheit ist Leo an die Papiere einer jungen Österreicherin gelangt, die in Buenos Aires verstorben ist. Man könnte nicht gerade behaupten, dass wir beide wie Zwillinge aussehen, aber eine gewisse Ähnlichkeit ist durchaus vorhanden.

Und auf die haben wir alles gesetzt.

Ich trage nun die Haare mit Seitenscheitel wie die Verstorbene und setze endlich die Brille auf, die ich eigentlich schon lange gebraucht hätte: Aus Luzie Kühn wurde Felizitas Waldner, kurz Zita.

Natürlich ist das alles höchst gefährlich für uns alle, doch Marie und Leo waren bereit, diesen riskanten Weg zu gehen, damit ich nicht weiterhin in der lähmenden Furcht leben muss, die mich seit Wagners Überfall nie mehr ganz verlassen hat. Diese neue Freiheit ist zwar kostbar, fühlt sich aber noch immer sehr fremd an. Ich muss mich ebenso an sie gewöhnen wie an den neuen Namen, der mir manchmal wie ein geborgtes Gewand vorkommt, in das ich noch nicht ganz hineinpasse. Aber ich übe und lerne, und ich spüre, wie ich mich an beides mit jedem Tag mehr gewöhne.

Meine winzige Wohnung, nur mit dem Allernötigsten möbliert, liegt im Dachgeschoss eines Hauses in der Schumanngasse, gegenüber der Schneekugelmanufaktur, in der ich seit Neuestem arbeite. Manchmal bin ich nah daran, Freudentränen über das neue Leben zu vergießen, das die Familie Perzy mir geschenkt hat. Hanne, eine Kusine des Firmenchefs, ist über ein paar Ecken auch mit Richard verwandt. Dieser freundlichen Frau mit den braunen Locken und dem großen Lachen habe ich es zu verdanken, dass ich hier gelandet bin. Ich bin unendlich dankbar, dass die Perzys Zita Waldner ohne große Umstände so herzlich bei sich aufgenommen haben.

Meinen Lohn erhalte ich in bar, sollte ich krank werden, muss ich den Arzt selbst bezahlen, was mich nicht weiter schreckt, denn ich lebe so sparsam, dass ich nach und nach wohl sogar kleine Rücklagen bilden kann. Ohnehin glaube ich fest an meine Rossnatur – was habe ich in den vergangenen Jahren nicht schon alles überstanden!

Inzwischen bin ich Teil dieser kleinen Belegschaft geworden, die Träume in Glaskugeln verpackt und beim Schütteln den Schnee rieseln lässt. Die spezielle Mixtur ist streng geheim; ich muss eine Klausel unterzeichnen, sie keinesfalls jemandem zu verraten. Trotz Kriegs- und Krisenzeit besteht weiterhin Nachfrage nach diesen Wunderkugeln, vielleicht weil die Sehnsucht der Menschen nach Harmonie und Idylle von Monat zu Monat immer größer wird. Sie werden in Souvenirläden verkauft, im Prater, in vielen anderen Städten des Deutschen Reichs. Ein zweiter Geschäftszweig ist das sogenannte »Silvesterblei«, in Wirklichkeit eine Zinnlegierung, das in alle Welt versandt wird.

Von außen ist die Firma so gut wie nicht als solche zu erkennen, was mir nur recht sein kann. Kein Schild weist an der Hauswand darauf hin; an der Haustürglocke steht schlicht der Name Perzy. Die Werkstätten mit den speziellen Maschinen liegen im Hinterhof. Der Seniorchef ist gelernter Werkzeugmeister und hat sie für seine speziellen Erfordernisse hergerichtet; sein Sohn, der noch die Schule besucht, wird bald in seine Fußstapfen treten.

Von früh bis spät bin ich nun von meinen heiß geliebten

Schneekugel umgeben – und was noch besser ist: Ich trage sogar dazu bei, dass neue entstehen. Anfangs noch ein bisschen ungelenk, da vollkommen ohne Übung, werde ich beim Zeichnen neuer Figuren oder bekannter Bauwerke ständig besser. Inzwischen bescheinigt mir der Chef sogar echtes Talent. Das macht viel mehr Spaß, als Filz zu sticheln oder Hutkrempen aufzudämpfen!

Und doch muss ich für diese neue Freiheit einen bitteren Tribut bezahlen: Damit Wagner mir nicht wieder auf die Schliche kommt, ist der Kontakt zu Marie, Leo und Peter gekappt. Wir müssen weinen, alle vier, als wir uns voneinander verabschieden; insbesondere Peter will sich gar nicht mehr beruhigen.

»Richard hat versprochen, dich uns nicht wegzunehmen«, schluchzt er und klammert sich fest an mich. »Das hat er, und zwar feierlich, als wir uns alle verlobt haben!«

»Er nimmt mich euch doch nicht weg. Richard hat lediglich geholfen, dass ich wieder leben kann und Wagner mich nicht findet.«

»Aber ohne uns – geht das denn überhaupt?« Peter ist tränenüberströmt.

Ehrlich gesagt, weiß ich das selbst nicht so genau. Das sommerliche Foto von mir aus Grinzing, das ich ihm schenke, damit er nicht ganz so traurig ist, reicht ihm als Trost bei Weitem nicht aus. Leo muss seine Kamera holen. Dann schießt Peter ein weiteres Bild von mir in Hut und Mantel, auf dem ich lächeln soll, doch das gelingt mir leider nicht ganz.

An manchen Abenden fehlen sie mir so sehr, dass ich vor Einsamkeit fast wahnsinnig werde. Dann greife ich zu meinem

Shakespeare, der inzwischen schon ganz zerfleddert ist, schreibe Briefe oder träume von meinem fernen Liebsten …

*

Wien, März 1942

Und dann kommt er an, jener Brief, der niemals hätte kommen dürfen. Großpapa schreibt mir postlagernd, damit keine Verbindung zwischen uns nachzuweisen ist, und meine Hände zittern bereits, als ich den Brief auf dem Postamt an der Hernalser Hauptstraße abhole.

Die Adresszeile ist ganz verwischt. Ein Wunder, dass er überhaupt angekommen ist! Ich kann nicht warten, bis ich zu Hause bin, schon im Gehen reiße ich das Schreiben auf.

> Mein Koffer ist gepackt, liebstes Mädchen, das für mich nie eine Zita sein wird, wenngleich ich begrüße, wie mutig und entschlossen du dein Leben anpackst. Ich werde morgen nach Theresienstadt deportiert. Man hört Arges und weiß doch so wenig, denn von dort zurückgekommen ist bislang noch keiner. Ich bin mit mir so weit ganz im Reinen. Bis auf den viel zu frühen Tod unserer Tochter und das bedauernswerte Ende meiner geliebten Ida habe ich ein gutes und erfülltes Leben gehabt, in dem ich helfen und heilen durfte. Die Tiere werden mir fehlen, diese wunderbaren Kreaturen ohne Bosheit oder Falsch, die so dankbar waren, wenn ich ihre Schmerzen lindern oder sie

sogar wieder ganz gesund machen konnte. Niemals wollte ich einen anderen Beruf haben und habe ihn ausgekostet bis zuletzt.
Schade, dass wir die letzten Jahre räumlich so weit voneinander getrennt waren! Im Herzen aber warst du mir immer ganz nah. Und so wird es auch bleiben, meine große Kleine - bis zu meinem allerletzten Atemzug.
Ich bin sehr stolz auf dich. Ich hab dich sehr lieb.
Dein Großvater Jano

*

Wien, Mai 2018

Tränen liefen über Paulinas Wangen.

Erst das Klingeln des Smartphones holte sie nach einer Weile wieder in die Gegenwart zurück.

»Geschafft«, hörte sie Tamás sagen. »Der Job. Und ich bin es ehrlich gesagt auch. Gib mir eine Stunde – duschen, atmen, zu mir kommen, dann bin ich wieder ein ganzer Mensch.«

»Einverstanden«, murmelte Paulina.

»Was ist mit dir? Ist irgendetwas passiert?«, fragte er. »Du hörst dich so anders an.«

»Luzies Tagebuch – es hat mich gerade wieder so berührt …«

»Soll ich zu dir kommen?«, fragte er.

»Zu den Brunners? Keine so gute Idee, glaube ich, aber ich könnte doch ein Taxi nehmen und zu dir fahren.«

»Das würdest du? Bist du dir wirklich sicher?«

Es gefiel Paulina, wie sensibel er nachfragte.

»Ja«, sagte sie. »Dann bin ich nachher bei dir …«

Ihr Puls ging deutlich schneller. Einen Mann verliebt im Park zu küssen, war eine Sache; ihn in seiner Wohnung zu besuchen, eine ganz andere. Andererseits sagte jedes Zuhause viel über seinen Bewohner aus, besonders für jemanden wie sie, die imaginäre Räume erschuf. Manchmal wusste sie schon nach wenigen Augenblicken, wen sie da vor sich hatte, was bisweilen auch schon ziemlich enttäuschend gewesen war.

Und wer bist du, Tamás Varga?, dachte sie, während sie ihre Haare vor dem Spiegel in Form brachte und einen Hauch Parfum auflegte.

Sie entschloss sich, ungeschminkt zu bleiben, ganz casual, in Jeans und Shirt, genauso wie sie gerade war. Er sollte die echte Paulina erleben, eine, die ihre Tränen wieder getrocknet hatte und es vor Neugierde kaum noch aushielt.

Als sie schließlich ins Taxi stieg, wuchs ihre Aufregung. Welche Geheimnisse würden seine vier Wände über ihn preisgeben?

Ein unspektakulärer Altbau, dem ein frischer Anstrich nicht geschadet hätte. Dann acht lange Treppen hinauf bis in den vierten Stock.

Paulina keuchte ein wenig, als sie oben angekommen war.

Tamás stand lächelnd an der Tür.

»Leider kein Aufzug«, sagte er bedauernd. »Ich hätte

dich warnen sollen. Dafür ist der Ausblick spektakulär.« Er zog die Wohnungstür hinter sich ins Schloss. »Komm mit!«

»Es geht noch weiter?«, fragte Paulina verdutzt.

»Nur noch eine einzige Treppe.« Er legte den Zeigefinger auf die Lippen. »Und bitte ganz leise sein. Was wir jetzt machen, ist nämlich nicht ganz legal.«

Es war eher eine Hühnerleiter als eine Treppe.

Paulina war heilfroh, dass sie ihre Sneakers anhatte. Tamás, der vor ihr ging, stieß die Tür auf. Dann öffnete sich vor ihnen eine riesige dunkle Fläche.

»Wow!«, entfuhr es Paulina. »Das ist garantiert die größte private Dachterrasse, die ich jemals gesehen habe.«

»Privat trifft exakt ins Schwarze«, erwiderte Tamás. »Die reizende alte Dame, der das Haus gehört, möchte nicht, dass sie benutzt wird – Brandschutzvorschriften und alles Mögliche andere. In den Sechzigern wurden hier noch wilde Partys gefeiert. Aber das ist lange vorbei.«

Er streckte seine Hand aus.

»Lass dich führen«, sagte er. »Ich kenne mich hier oben ganz gut aus.«

Sie kam seiner Bitte nach und genoss das Gefühl.

»Sie weiß übrigens, dass ich manchmal hier raufkomme, um nachzudenken. Das ist so ein kleines Geheimnis unter uns. Und jetzt Vorsicht: Wir sind gleich am Ziel.«

Was er meinte, waren zwei Stühle und ein kleiner eiserner Bistrotisch. Als Paulina sich setzte, sah sie, dass auf dem Boden einige Flaschen standen. Auf seine Nachfrage hin entschied sie sich für Wasser. War sicherlich nicht schlecht, erst mal einen klaren Kopf zu behalten.

Über ihnen wölbte sich ein nachtblauer Sternenhimmel. Ganz links stand die helle Mondsichel.

»Vollmond haben wir leider verpasst«, sagte Tamás. »Der leuchtet manchmal so hell in mein Schlafzimmer, dass ich die halbe Nacht wach bin.«

»Und hier denkst du also nach«, sagte Paulina. »Gibt definitiv schlechtere Orte, das zu tun.«

»Von hier oben betrachtet, relativiert sich ein Großteil aller Probleme von selbst. Aber ich komme auch gern her, wenn es um schöne Dinge geht, so wie heute Abend beispielsweise.«

Paulina lächelte ihn an. Er nahm ihre Hand, hielt sie fest.

»Fühlt sich verdammt gut an«, sagte Tamás. »So wie die ganze Frau.«

»Kann ich nur zurückgeben«, erwiderte Paulina. »So wohl wie mit dir habe ich mich lange nicht gefühlt.«

»So geht es mir auch, aber da ist noch etwas anderes. Du hast mich aufgerüttelt, als du das über deine ›Träume‹ erzählt hast. Ich glaube, ich war viel zu lange in einer Art Tiefschlaf, auch wenn es nach außen hin vielleicht nicht so gewirkt hat. Und Moritz hat einen nicht unerheblichen Anteil daran.«

»Moritz?«

»Moritz, ganz genau. Wir beide bestätigen uns gegenseitig im Nichtgelingen. Und das andauernd. Natürlich ist keiner von uns schuld, wenn etwas nicht klappt – immer nur die anderen. So geht das schon seit einigen Jahren. Die Welt will partout nicht erkennen, wie toll wir beide sind. Sozusagen zwei verkannte Genies auf einen Streich. Wer soll das bitteschön aushalten?«

Er lachte, aber es klang nicht fröhlich.

»Hör zu, Tamás«, sagte Paulina eindringlich. »Ich möchte keinesfalls der Keil sein, der eure Freundschaft spaltet. Moritz ist schon jetzt verletzt, weil er spürt, dass wir uns mögen. Wenn du ihm jetzt auch die gemeinsamen Projekte aufkündigst, wird er mir und vor allem dir das sehr übel nehmen.«

»Darum geht es doch gar nicht!« Er war aufgesprungen. »Wir können sehr wohl weiterhin gemeinsame Sachen durchziehen. Aber jeder von uns muss lernen, ganz und gar auf eigenen Füßen zu stehen, anstatt immer nur nach dem anderen zu schielen. Fühlt sich Erwachsensein nicht eigentlich so an?«

»Doch«, sagte Paulina. »Meines Wissens – ja.«

Sie stand ebenfalls auf und ging zu ihm. Im Stehen passte ihr Kopf genau unter sein Kinn, das gefiel ihr.

Sie nahm seinen Kopf in beide Hände, zog ihn zärtlich zu sich.

»Manchmal kann es sich aber auch so anfühlen«, sagte sie und küsste ihn.

19

Rom, Mai 2018

Die Trattoria auf der Piazza San Lorenzo in Lucina leerte sich allmählich.

»Können wir uns noch einen Wein bestellen, oder schmeißen sie uns gleich raus?«, fragte Heike. Sie deutete auf das Haus über ihnen. Einige der Fenster waren gekippt. »Auch Römer wollen schließlich mal schlafen.«

»Aber vermutlich nicht schon am Samstagabend um halb elf«, erwiderte Simone. »Ich behaupte: Wir können.«

Der Keller brachte eine neue Karaffe vom roten Hauswein, mit dem Heike die leer getrunkenen Gläser füllte.

»*Salute*«, sagte sie. »Auf unsere Reise!«

»*Salute*«, entgegnete Simone. »Und auf diesen wunderbaren Tag – welch grandiose Idee von dir, eine Vespa zu mieten! So konnten wir jede Menge sehen, ohne meinen armen Fuß weiter zu strapazieren. Danke noch einmal für dein couragiertes Navigieren durch diesen Mörderverkehr. Mir war ja manchmal allein beim Zuschauen ganz blümerant ...«

»Die Römer fahren eigentlich ganz gut.« Heike grinste. »Nur eben ein bisschen unorthodox. Das mit der Vespa könnten wir doch wiederholen, wenn wir das nächste Mal herkommen, meinst du nicht auch? Und dann gleich drei oder sogar noch mehr Tage Aufenthalt einrechnen. Ich finde es nämlich herrlich hier. Bislang war stets Paris meine Lieblingsstadt. Aber Rom holt gerade auf.«

»Geht mir genauso. Wenn wir allerdings länger hier bleiben, muss ich mir garantiert größere Jeans kaufen. Dieses Essen – der Wahnsinn!«

Sie hatten *carpaccio di manzo,* hauchdünn geschnittenes rohes Rinderfilet, *bucatini all'amatricina,* Röhrennudeln mit Tomatensoße, Speck und Pecorino, sowie *coniglio alla cacciatora,* im Ofen geschmortes Kaninchen, verzehrt und alles sehr genossen.

»Aber dann haben wir ja viele, viele Kilometer über Stock und Stein hinter uns und sind wahrscheinlich so dünn, dass wir unbedingt zulegen *müssen.*« Heike grinste.

Simone dagegen wirkte plötzlich wie weggetreten.

»He«, sagte Heike. »Wo bist du gerade? Wieder bei Pauli?«

»Nein, wieder bei Lille«, erwiderte Simone. »Das mit dem Essen war ein großes Thema für sie. »›Bei uns in der DDR hat alles irgendwie gleich geschmeckt. *Sättigungsbeilage*, mehr muss ich wohl nicht sagen, oder?‹ Sie ist schier ausgeflippt, nachdem sie in den Westen geflohen war – diese Geschmacksvielfalt! Aber einen draufgesetzt hat für Lille dann noch einmal Italien. ›Man muss dieses Land einfach lieben, allein wegen seines Essens!‹, hat sie immer gesagt.«

Simone trank einen Schluck Wein.

»Sie hatte sich sogar überlegt, mit dem Kind ganz nach Italien umzusiedeln. Oder zumindest ein Ferienhaus als festes Domizil anzumieten. Veneto, Toskana oder Umbrien, ständig ist sie zwischen den verschiedenen Regionen hin- und her geschwankt, typisch Lille eben. Hauptsache jenseits des Brenners. Dazu ist es dann ja leider nicht mehr gekommen ...«

»Hat sie dir eigentlich noch mehr über ihr Leben im Osten erzählt?«, fragte Heike. »Ostberlin in den Achtzigern – stelle ich mir spannend vor.«

»War ja Potsdam und nicht Ostberlin«, entgegnete Simone. »Und das war damals noch ganz schön verpennt. Keine Spur von dem tipptopp renovierten Schmuckkästchen, als das es sich heute den vielen Touristen aus aller Welt präsentiert. Damals gab es noch immer halb aufgeräumte Trümmergrundstücke, und Altbauten sollten am besten gar nicht saniert werden. So fing Lilles Rebellion eigentlich an, mal ganz abgesehen von Punkhaaren und zerfetzten Klamotten mit Sicherheitsnadeln. Sie hatte sich einer Gruppe angeschlossen, die gegen den Abbruch eines historischen Ensembles protestiert hat. Es gab ein paar Verwarnungen, dann kam die Anzeige. Ihre Mutter musste alle Kontakte spielen lassen, um die Tochter vor einer Verurteilung zu bewahren. Hat gerade noch einmal geklappt.«

»Aber später saß sie dann im Knast?«, fragte Heike.

»Sechs Monate Jugendhaft wegen Landstreicherei und Widerstand gegen die Staatsgewalt. Darüber hat sie kaum etwas erzählt. Aber für Lille mit ihrem ausgeprägten Freiheitsdrang muss es die Hölle gewesen sein.«

»Die Mutter konnte nicht mehr helfen?«

»Leider nein«, sagte Simone. »Ganz im Gegenteil: Ab da geriet nämlich auch sie ins Visier der Staatsmacht. ›Wer nicht in der Lage ist, sein Kind im Sinne der sozialistischen Gesellschaftsordnung zu erziehen, ist auch selbst kein wertvolles Mitglied.‹ So ähnlich muss man sich das vorstellen.«

»Und das bedeutete konkret?«

»Sie wurde bespitzelt, mehrfach sogar, wie sie nach der Wende bei Einsicht der Akten feststellen konnte. Ihr Honorar wurde gedrückt, Reisen ins sozialistische Ausland wurden gestrichen, irgendwann haben sie sogar ihren Pass konfisziert. Was sie natürlich nicht gerade glücklicher gemacht hat – und Lille, die den wachsenden Unmut ihrer Mutter gespürt hat, noch rebellischer.«

»Ein Teufelskreis«, sagte Heike.

»Ganz genau. Dabei hatte sich Lilles Mutter viel von dem neuen Staat versprochen. ›Nie wieder Krieg – nie wieder Faschismus‹, das hat ihr imponiert. Sie ist in der SBZ und späteren DDR großgeworden und war ein begeisterter Fan von Bertolt Brecht und seinem epischen Theater, auch noch lange nach seinem Tod. Helene Weigel hat sie wie eine Heilige verehrt. Bei vielen Produktionen des Berliner Ensembles im Theater am Schiffbauerdamm war sie mit an Bord.«

»Sie hat Theater gespielt?«, fragte Heike erstaunt.

»Nein, als Bühnenbildnerin«, sagte Simone. »Und das blieb sie dann auch bis zu ihrem Berufsverbot nach Lilles Flucht. Später, als Lille tot war, hat ihr alles wahnsinnig leidgetan. ›Ich hätte mehr Verständnis für sie haben müssen. Sie hat gesehen, was ich nicht sehen wollte, weil ich an meinem Beruf und meinen Privilegien geklebt bin. Und jetzt kann ich es nicht wiedergutmachen …‹«

»Ihr müsst es Pauli sagen«, sagte Heike. »Alles. Und zwar dringend. Sonst habt ihr die nächste Rebellin.«

»Ich weiß«, sagte Simone. »Und heute schäme ich mich, dass ich so feig war und es ihr nicht schon längst gesagt habe. Im Nachhinein ist man immer klüger.«

»Sie liebt euch beide. Sie wird es verkraften. Ich bin mir ganz sicher.«

»Und wenn nicht?« Simone hatte plötzlich Tränen in den Augen. »Ich könnte es ja vielleicht noch ertragen, aber was ist mit Toni? Sie ist doch keine junge Frau mehr. Und ganz gesund ist sie auch nicht.«

»Ich hätte da vielleicht eine Idee.« Heike spielte mit ihrem Glas. »Hör sie dir bitte erst einmal in aller Ruhe an, bevor du sie gleich abschmetterst …«

20

Wien, Sommer 1942

Die Nachricht von Großpapas Deportation hat mich vor lauter Kummer gelähmt. Ich kann mein Tagebuch erst wieder weiterführen, als seine erste Karte aus Theresienstadt bei mir eintrifft – schmutzig, zerknittert, in Druckbuchstaben, als hätte ein siebenjähriges Kind sie geschrieben.

Dreißig Worte, ich habe mich nicht verzählt.

> ARBEITE IN POSTSTELLE. NEUE FREUNDE GEFUNDEN. KONZERTE MIT BERÜHMTEN MUSIKERN BELEBEN. SCHNUPFEN VORBEI. MAN DARF PAKETE SCHICKEN, MAXIMAL 2 KG. KEIN KAFFEE! ALLES GENAU IN LISTE SCHREIBEN. LIEBE OPA JANO

Dreißig Worte, über die ich lange nachgrüble.

Dass Großpapa Arbeit hat, ist gut, und dass sie in der Poststelle ist, erst recht, so gibt es für ihn wenigstens ein winziges Nadelöhr hinaus in die Welt. Andererseits ist er schon über siebzig.

Wie lange wird er das durchstehen?

Und Konzerte? An so einem Ort?

Ich vermag es im ersten Moment kaum zu glauben, als

ich es lese, doch ich habe ihn noch nie bei einer Lüge ertappt, also wird es wahr sein, was er schreibt.

»Schnupfen vorbei«, heißt wohl, dass er krank war, vielleicht sogar sehr krank, was er wahrscheinlich nicht schreiben darf. Aus früheren Zeiten kenne ich ihn nur als agilen, gesunden Mann, aber die sind eben leider schon lange vorbei …

Das mit den Freunden gefällt mir, oder behauptet Großpapa das nur, um mich zu beruhigen? Andererseits ist er so liebenswürdig, dass jeder ihn mag – es könnte also durchaus wahr sein, zumal an diesem Ort der Not.

Denn der freundlich klingende Name Theresienstadt darf keineswegs darüber hinwegtäuschen, dass mein betagter Großvater in einem Konzentrationslager gelandet ist. Was hat dieser herzensgute Mann, bekannt als Retter der Tiere, verbrochen – außer Jude zu sein????

Immer wieder überkommen mich heftigste Schuldgefühle. Ich habe mich davongeschlichen aus seinem Leben, und aus dem von Großmama, habe sie allein gelassen, als sie mich am nötigsten gebraucht hätten, um die eigene Haut zu retten. Sie wollten es, haben mich unterstützt und sogar dazu ermutigt, aber hätte ich nicht Stärke zeigen und bei ihnen bleiben sollen? Diese Pakete, die ich ihm natürlich schicke, aber von denen ich ja nicht einmal weiß, ob sie ihn überhaupt erreichen, sind doch nichts als ein lächerlicher Tropfen auf den heißen Stein.

Ich verleugne meine Herkunft – und damit meine Mutter, meine Großeltern und all jene jüdischen Vorfahren, die vor ihnen gelebt haben. Nicht einmal Bela gegenüber habe ich mich geöffnet, als noch Zeit dazu gewesen wäre. Feig und niederträchtig komme ich mir im Nachhinein dabei vor. Ich fühle mich wie eine Verräterin, und nichts anderes bin ich bei Licht betrachtet schließlich auch.

Bedrückende Gedanken, die ich nicht mehr loswerde. Wie ein dunkler Schatten liegen sie über mir, verdüstern die strahlenden Sommertage, die Wien gerade erleben darf. Denn nur rein äußerlich ist hier alles strahlend blau.

Seit dem Attentat auf den stellvertretenden Reichsprotektor Reinhard Heydrich in Prag und dessen Tod nur wenige Tage später werden die Schrauben noch unbarmherziger angezogen. Während aus dem Volksempfänger einen Tag lang nur Klassik ertönt, rollt im Protektorat Böhmen und Mähren in den folgenden Wochen eine gigantische Vergeltungswelle an, die bis zu uns nach Wien schwappt. Abgesehen von weiteren willkürlichen Strafaktionen gegen Juden, werden auch zahlreiche Sozialdemokraten verhaftet sowie andere, nicht Parteigebundene, die als nicht regimetreu gelten. Sie verschwinden einfach, als hätte es sie nie gegeben – aus den Fabriken, den Geschäften und Wohnblocks, so wie der nette Herr Schrammel aus dem Haus nebenan mit seinem silbernen Franz-Josef-Bart, der gewagt hatte, beim Bäcker gegen die Nazis zu wettern.

Ihre Familien müssen heimlich weinen.

Keiner wagt, offen darüber zu reden, alle flüstern die bestürzenden Neuigkeiten allenfalls hinter vorgehaltener Hand weiter, wenn überhaupt, aus Angst, vielleicht schon als Nächster an die Reihe zu kommen. Die Seelen der Menschen sind vergiftet – und so liegen Furcht, Verrat und Misstrauen wie ein giftiger Odem über ganz Wien …

Samstags besuche ich die Marienkirche in meinem neuen Viertel. Ich habe schon überlegt, sonntags dort zur Messe zu gehen, um meine neue Identität noch wasserdichter zu machen. Der große Backsteinbau schüchtert mich zunächst ein, doch dann entdecke ich in einer Andachtsnische die Schwarze Madonna, die als Schutzherrin aller Liebenden gilt. Reni, die mit mir in der Glaskugelmanufaktur arbeitet, hat mir von ihr erzählt, und so öffne ich ihr mein wundes Herz. Seltsamerweise fühle ich mich danach getröstet, als hätte sie mir tatsächlich zugehört. Vielleicht geht es ja vielen Frauen auf der ganzen Welt ähnlich wie mir, deshalb lieben und verehren sie Maria.

Als ich die Kirche gerade wieder verlassen will, kommt mir Bruder Franz entgegen.

Wir stutzen beide, und durch meinen Kopf schießen tausend und mehr Fragen, was Marie und Leo ihm wohl über mein Verschwinden gesagt haben mögen. Schnell lege ich den Finger auf die Lippen, und er antwortet ebenso stumm mit der Geste »mein Mund ist verschlossen«.

Ich deute nach draußen, er nickt.

Wir treffen uns in dem kleinen, ziemlich verwilderten Garten neben der Kirche.

»Ich bin Zita«, sage ich. »Zita Waldner. Und arbeite in der Schneekugelmanufaktur in der Schumanngasse.«

Er nickt.

Dünn ist er geworden, fast hager, das fällt mir auf, und viel ernster, als ich ihn in Erinnerung habe.

»Gute Entscheidung«, erwidert er, und ich sehe ihm an, wie sehr er sich für mich freut. »Ich helfe hier und in anderen Pfarreien ab und zu als Beichtvater aus. Priester werden immer mehr zur Mangelware. Über tausend katholische Schulen wurden aufgelöst, Geistliche kommen ins KZ, viele Klöster hat man geschlossen. Wir bemühen uns, die Lücken zu schließen und nach wie vor Menschen in Not beizustehen, so wie es die Regeln unseres Ordens verlangen. Aber wie beherzt wir auch anpacken, es reicht einfach nicht aus.«

Er fährt sich mit der Hand über das Gesicht. So müde und erschöpft habe ich ihn noch nie zuvor gesehen.

»Da gibt es zum Beispiel einige jüdische Altersheime, bis zum Platzen überfüllt«, fährt er fort. »In der Großen Schiffgasse liegt so eines, und das Elend dort ist unbeschreiblich. Die Kinder und Enkel haben die Nazis bereits fortgebracht. Den zurückgebliebenen Greisen kommt der Lebensmut immer mehr abhanden.«

»Ich bewundere dich«, sage ich leise.

»Dann unterstütze uns«, fordert er mich auf. »Wir können jede helfende Hand gebrauchen. Und so ein frisches junges Gesicht würde allen dort unendlich guttun.«

»Aber ich muss doch in der Manufaktur arbeiten …«

»Könnte es sein, dass du dich gerade zu drücken versuchst, Zita?«, fragt er.

Seine Frage trifft mich bis ins Mark.

Ja, ich will tatsächlich kneifen, weil ich mich schützen möchte, aber darf ich das?

Mama, Großmama Ida, Großpapa Jano und Bela, bin ich euch das nicht schuldig – wenigstens das? Und ebenso dir, Franz, meinem Freund, der Wagner so mutig in die Schranken verwiesen hat?

»Also gut, dann will ich es probieren«, sage ich. »Am

besten gleich morgen, am Sonntag, da habe ich nämlich frei.«

Ein Lächeln erhellt seine Züge, und plötzlich sieht er fast wieder so aus wie der vorwitzige, lustige Františ̌ek damals im Zug nach Wien.

»Danke«, sagt er, sichtlich bewegt. »Gott segne dich!«

Luzie musste die Luft anhalten, als sie das Gebäude betrat. Urin, Kampfer, Bohnerwachs und der Geruch nach Elend fuhren ihr unangenehm in die Nase, eine fatale Mischung, die man nur schwer wieder losbekam.

Sie atmete möglichst flach und ging beherzt weiter.

Was mochte hier früher einmal gewesen sein?

Ein Hotel? Eine Behörde?

Jetzt jedenfalls standen Betten, Pritschen und Holzgestelle, wohin man auch schaute. Nichts als alte, traurige Gesichter, die meisten abgezehrt. Diese bedauernswerten Jammergestalten, die hier gelandet waren, besaßen nichts mehr, viele hatten nicht einmal eine anständige Decke, sondern waren mit halben Lumpen provisorisch zugedeckt.

»Geh nach oben, in den ersten Stock«, wies Franz sie an, der mit einem weiteren Mönch gerade Suppe verteilte. »In das große Zimmer ganz rechts. Da liegen die, die nicht mehr allein essen können. Fang an, wo auch immer du willst – jeder dort kann Hilfe gebrauchen.«

Luzie fütterte zunächst zwei alte Frauen, die die dünne Suppe aus dem Blechtopf dankbar schluckten, obwohl sie nicht sonderlich einladend aussah. Im dritten Bett, an das sie kam, lag ein alter Mann, der vollkommen teilnahmslos wirkte. Weißes Haar bedeckte wie ein zarter Flaum seinen Kopf. Die geschlossenen Lider waren dünn wie Seidenpapier.

»Ich bringe das Essen«, sagte sie. »Und helfe Ihnen gern auf, dann wird es leichter gehen.«

Er gab einen tiefen Brummton von sich, den sie als Zustimmung deutete, und wurde lebhafter, als er endlich saß und sich von ihr füttern ließ.

»Wie heißt du, kleiner Engel?«, fragte er zwischen zwei Löffeln. »Ich bin Jakob. Meine Kinder und Kindeskinder sind alle fort.«

Seine Worte berührten sie, doch dass er ausgerechnet Jakob hieß wie ihr Großvater, ging ihr durch und durch.

»Zita«, murmelte sie, weil sie ja nicht anders durfte, obwohl sie es hasste, ihn anzulügen.

»Zita«, wiederholte er und berührte dabei unendlich sanft die Narbe auf ihrer rechten Wange. »Hübscher Name. Man hat dir wehgetan. Aber alles wird wieder gut.«

Luzie musste sich beherrschen, um ihn weiterfüttern zu können.

»Hast du Kinder?«, fragte er, als sie fertig waren und sie zum Nächsten weitergehen wollte.

Sie schüttelte den Kopf.

»Kommen noch«, sagte er tröstend. »Mach dir keine Sorgen. Bist ja so jung.«

Sie kam nur langsam voran, weil alle langsam aßen, aber irgendwann war sie doch bei der letzten Pritsche angelangt. Die alte Frau war schon nach ein paar wenigen Löffeln satt, wenigstens behauptete sie das.

Luzie wischte ihr den Mund sauber.

»Sing mir was«, bat die Frau auf einmal. »Kannst du singen?«

»Früher einmal«, sagte Luzie. »Aber das ist lange her. Inzwischen habe ich garantiert alles verlernt.«

»Singen verlernt man nicht«, schaltete sich der Mann vom Nachbarbett mit brüchiger Stimme ein. »Das ist wie Schwimmen oder Fahrradfahren. Das kann man auch ein Leben lang.«

»Ja, sie soll singen«, wurden jetzt gleich mehrere Stimmen auf einmal laut. »Singen, bitte, bitte singen!«

Luzie kannte kein einziges Stück auf Jiddisch. Etwas Klassisches beherrschte sie ebenfalls nicht, und die meisten Texte der leichten Muse hatte sie inzwischen vergessen. Das Einzige, was ihr spontan einfiel, war jener frivole Schlager, den sie damals bei Maries Abendessen gesungen hatte.

Aber an diesem Ort – unmöglich!

Sie wollte schon lautstark verneinen, da kam ihr plötzlich ein altes Wiener Lied in den Sinn, das Bela bisweilen gesungen oder gesummt hatte, weil er es so liebte. Es war traurig, und ob sie das mit dem Wiener Dialekt halbwegs hinbekommen würde, erschien ihr mehr als fraglich. Aber egal, sie wollten ein Lied, und sie sollten ihr Lied bekommen. Und passten Melancholie und Abschiedsschmerz nicht genau hierher?

Luzie atmete tief aus, dann begann sie zu singen.

Alles legte sie in die einfache Melodie: ihre Sehnsucht, ihren Kummer, ihre Scham, ihre Verzweiflung – aber auch das winzige Quäntchen Hoffnung, das sie trotz allem noch immer hegte:

Das Glück is a Vogerl,
gar liab, aber scheu,
es lasst si schwer fangen,
aber fortg'flogn is glei.
Das Herz is der Käfig,
und schaust net dazua,
so hast du auf amal dann
ka Glück und ka Ruah.

Es war so still in dem großen Saal geworden, dass man die berühmte Stecknadel hätte fallen hören können.

Dann brach begeisterter Applaus los. Viele der Alten hatten sich aufgesetzt, manche erhoben sich sogar aus ihren Betten und klatschten aus Leibeskräften.

»*Da capo*«, sagte Jakob mit feuchten Augen, als Luzie den Saal verlassen wollte. »So heißt es doch beim Theater, wenn etwas Schönes noch einmal wiederholt werden soll. Das weiß ich noch. Du kommst doch wieder, liebe Zita?«

*

Wien, Herbst 1943

Die schwarze Madonna der Liebenden scheint mein stummes Flehen erhört zu haben, wenngleich ich es so natürlich niemals gewollt habe. Richard ist zurück in Wien. Schwer verletzt liegt er im Reservelazarett XXV in der Feuerbachstraße, das vor dem Anschluss eine Taubstummenschule war, doch langsam, langsam scheint er sich ins Leben zurückzukämpfen.

Die Nachricht kommt in der Berggasse an, da meine Briefe an die Front als Zita Waldner ihn offenbar nicht erreicht haben. Über Bruder Franz kommt sie schließlich zu mir. Ich weine, ich bin vollkommen außer mir, und natürlich will ich sofort zu ihm – doch ich kann ja nicht, damit ich nicht auffliege. Marie kümmert sich rührend um den Versehrten, sobald Besuch zugelassen ist, konferiert mit den Ärzten, sorgt für Ablenkung, bringt Essen an sein Bett und berichtet Franz regelmäßig über Richards Zustand, der dann wiederum mich informiert.

Für die armen Perzys bin ich in jenen Wochen eine echte Heimsuchung: Dinge, die mir aufgetragen werden, vergesse ich im nächsten Augenblick wieder, Sachen fallen mir hinunter, ich zerbreche zwei Schneekugeln, und meine Hand wird beim Zeichnen der Entwürfe und beim Anmalen der Figürchen auf einmal ganz fahrig. Sie dringen nicht weiter in mich, als ich mit verweinten Augen zur Arbeit erscheine, doch ich weiß, sie haben auch so verstanden, dass etwas Schweres auf meiner Seele lastet. Manchmal kann ich den väterlich-mitfühlenden Blick des Seniorchefs kaum aushalten.

Die Liste von Richards Verletzungen ist so lang, dass ich die verschiedenen Blessuren immer wieder durcheinanderbringe. Thorax, Bein, sogar der Hals hat etwas abbekommen – was hat dieser verdammte Krieg aus meinem schönen, stolzen Liebsten gemacht?

Doch die Natur ist stark, und mein Richard ist es auch. Seine Genesung schreitet voran, der Druck der Vorgesetzten allerdings auch, denn Hitler, der sich mittlerweile selbst zum Oberbefehlshaber der Wehrmacht ernannt hat, braucht jeden Mann.

Mein inneres Dilemma wächst: Natürlich soll Richard ganz gesund werden, und das möglichst schnell – doch dann muss er zurück an die Front. Wenn ich ihn doch nur sehen dürfte, mit ihm sprechen, ihn berühren … Aber mir bleiben nur die dürren Berichte von Bruder Franz.

So lege ich all meine Sehnsucht, meine ganze Hoffnung in die Lieder, die ich meinen Alten vorsinge. Inzwischen ist ein richtiges kleines Repertoire entstanden, das von »Wien, du Stadt meiner Träume«, »Das muss ein Stück vom Himmel sein«, »Der Wiener braucht sein Stammcafé« und »Draußen in Sievering blüht schon der Flieder« bis hin zu »Sag beim Abschied leise Servus« reicht.

Meine Zuhörer lieben jedes Einzelne davon, ganz besonders aber das letzte Lied, das viele von ihnen jedes Mal zu Tränen rührt. Doch ich darf niemals weggehen, ohne nicht auch noch »Das Glück is a Vogerl« gesungen zu haben.

Und dann scheppert eines Abends meine Wohnungstürglocke. Inzwischen ist es Oktober, die Bäume verlieren allmählich ihre Blätter und kalte Winde pfeifen durch Wien. Ich war mit meinem Shakespeare schon im Bett. Seitdem sie Manni vor zwei Monaten eingezogen haben, ist es das einzige Erinnerungsstück, das mich noch mit der alten Heimat Berlin verbindet.

Mürrisch schlurfe ich im Nachthemd zur Tür, die ich nur einen winzigen Spalt breit öffne.

»Ja?«, knurre ich.

»Ob Sie wohl einen armen Soldaten aufnehmen würden, verehrtes Fräulein Waldner?«

»Richard!« Ich ziehe ihn in den Flur, hänge an seinem Hals, weine, küsse und lache, alles gleichzeitig.

»Wie schön du bist«, sagt er und schaut mich so liebevoll an, dass ich fast vergehe. »Aber du musst bitte noch ein bisschen vorsichtig mit mir sein. Ich bestehe nämlich fast nur noch aus Schrauben und Nähten.«

»Hast du Hunger? Willst du was trinken? Liebe Güte – wenn ich das nur gewusst hätte! Ich hab so gut wie gar nichts im Haus. Es gibt ja ohnehin kaum noch etwas. Dieser verdammte Krieg ...«

»Nichts von allem«, sagt er. »Nur bei dir sein. Dich sehen. Dich hören. Dich riechen. Das ist für mich schon der Himmel auf Erden.«

Ich halte seine Hände, schaue ihn an. So viel Liebe in seinen Augen!

Für einen Augenblick glaube ich zu schweben.

»Ich hab nur noch drei Tage«, sagt er schließlich. »Dann muss ich wieder zurück an die Front nach Stalingrad. Die Lage dort ist ziemlich prekär, mehr darf ich dir nicht sagen. Ich weiß nicht, ob wir es schaffen werden.«

»Aber du bist doch noch lange nicht vollkommen gesund«, begehre ich zutiefst erschrocken auf.

»Andere sind noch viel ärger dran als ich, Luzie, und müssen auch wieder einrücken. Als Funker bin ich wichtig für die Truppe; das mit der modernen Technik fällt vielen Kameraden eher schwer.«

»Dann lass ich dich einfach nicht mehr aus der Wohnung. Und wenn ich mich wie ein Mehlsack quer vor die Tür legen muss!«

Richard lacht, dann verzieht er auf einmal schmerzlich das Gesicht.

»Was ist?«, frage ich besorgt.

»Nichts. Nur die Schrauben klappern, wenn ich zu stark lache, und die Nähte ziepen. Irgendwann gewöhnt man sich daran. Aber du bist einfach herrlich, Luzie – wie sehr hab ich mich nach deinem kecken Mundwerk gesehnt! Lass uns jetzt nicht vom Abschied reden. Küss mich lieber noch einmal …«

Eigentlich war das Bett viel zu schmal, aber irgendwie fanden sie doch zu zweit darin Platz. Was allerdings konkret bedeutete, dass Richard auf dem Rücken lag, während Luzie sich handtuchschmal an seine Seite quetschte. Es war ihr egal, auch dass sie so gut wie keinen Schlaf fand, solange er nur bei ihr war.

In der Glasmanufaktur hatte sie um drei Tage Urlaub gebeten und diese auch erhalten, obwohl die Vorweihnachtszeit nicht mehr weit und jetzt besonders viel zu tun war.

»Passen Sie gut auf sich auf, Zita«, hatte der Seniorchef mit einem kleinen Lächeln gesagt. »Jetzt wird es glatt. Da kann man schnell ausrutschen.«

In diese Arme würde sie immer wieder gern fallen!

Ihr erstes Erschrecken über seinen geschundenen Körper hatte sich schnell wieder gelegt. Richard war zärtlich und liebevoll zu ihr, und das tat unendlich gut. Dass seine Erektionen so wenig dauerhaft waren, nahmen sie beide zunächst mit einem Lachen. Doch als er auch beim wiederholten Versuch aufgeben musste, wurde er erst wütend, schließlich traurig.

»Zu einem Krüppel hab ich mich schießen lassen, der zu nix mehr taugt. Such dir lieber einen anderen Kerl, Luzie, so jung und schön, wie du bist!«

»Ich will aber keinen anderen, sondern dich. Dich, dich und immer dich! Lass mich nur machen …«

Sie gab sich alle Mühe, leider stets mit dem gleichen ernüchternden Resultat. Sollte der Krieg ihn tatsächlich impotent gemacht haben?

Das konnte und wollte sie nicht glauben.

Und dazu diese heimtückischen Stunden, die im Flug vergingen, als säße ein hässliches Rumpelstilzchen in der Uhr und würde sie heimlich schneller drehen. Sie hatten die Wohnung nicht verlassen, um die Zeit möglichst in die Länge zu ziehen, doch plötzlich blieb ihnen nur noch dieser eine Vormittag. Mittags musste Richard sich in der Kaserne melden. Stunden später ging es weiter an die Front.

Stalingrad – wie sehr Luzie dieses Wort inzwischen hasste!

Dieser Ort im fernen Russland war ihr zum persönlichen Albtraum geworden. Wann und ob sie Richard wiedersehen würde, war vollkommen ungewiss. Bald schon wäre er fort und sie wieder ganz allein – das durfte sie nicht zulassen!

Sie begann, den Schlafenden zu küssen und zu streicheln, und langsam wurde er unter ihren Liebkosungen wach. Erst küsste er leidenschaftlich zurück, doch als ihre Hände tiefer glitten, wollte er sie wegschieben.

»Du weißt doch«, murmelte er. »Ich kann leider nicht mehr …«

»Lass mich nur machen, Richard, heute übernehme ich das Kommando. Meinst du, du hältst das aus?« Spielerisch knabberte sie an seinem Hals.

Es dauerte eine Weile, dann ließ er sich fallen.

Luzie lächelte, als sie auf ihn kletterte.

Sie bewegte sich vor und zurück, behutsam und vorsichtig zunächst, bis er ganz stark geworden war und sie beide ihren Rhythmus gefunden hatten. Mit einem Mal war gar nichts mehr kompliziert, sondern die Lust kam für beide wie eine starke Welle, die sie mit sich trug.

Als er fort war, zog Luzie ihr bestes Kleid an und eine warme Jacke darüber und machte sich auf den Weg zum Altenheim. Heute würde sie so viele Lieder singen wie noch nie, das nahm sie sich vor, und ging in Erwartung der glücklichen alten Gesichter immer schneller.

Dass etwas anders war als sonst, fiel ihr bereits auf, noch bevor sie ihr Ziel ganz erreicht hatte. Viele der Fenster standen offen; im ersten Stock wehte ein altes Stück Sackleinen im Wind. Trotzdem ging sie weiter, bis sie vor dem Eingang angelangt war.

Im Tor stand Bruder Franz, wachsbleich, wie erstarrt.

»Sie sind weg«, sagte er gepresst. »Heute Früh wurden sie abtransportiert. Ebenso wie die Bewohner eines anderen jüdischen Altenheims in der Seegasse im Alsergrund, das einige meiner Mitbrüder betreut haben.«

»Alle?«, fragte Luzie erschrocken.

»*Alle.*«

»Und wohin?« Luzies Unterlippe begann gefährlich zu zittern.

Er bekreuzigte sich.

»Du kennst die Antwort, Lichtmädchen«, sagte er leise. »Möge Gott der Allmächtige sich ihrer erbarmen!«

*

Wien, Jänner 1943

So viel Sterben. Wien wird pechschwarz, so unendlich viele Todesnachrichten erreichen die Stadt. Die Soldaten der 6. Armee sind eingeschlossen; man spricht von über einer Viertelmillion Männer. Kaum eine Familie, die nicht um einen Mann, Bruder, Sohn oder Neffen bangen müsste.

Ich verzehre mich halb vor Sorge um Richard.

Dass ich schwanger bin, weiß ich schon seit Ende November. Großpapa Jano habe ich es sofort geschrieben. Seine Karte kommt erst am letzten Tag des Jahres.

> Ich werde Uropa. Gratuliere. Sehr kalt hier.
> Sehne Frühling herbei, Träume von Ida, sie ruft
> mich. Endlich wieder mit ihr zusammen? Schön.
> Pass auf euch auf. Liebe euch alle drei.

Keine Druckbuchstaben mehr. Er lebt.

Aber wie lange noch?

Sehr nachdenklich gehe ich los, bin den ganzen Abend über eher schweigsam. Prompt ähnelt mein Ergebnis beim traditionellen Bleigießen, zu dem die Perzys mich netterweise am Silvesterabend gebeten haben, einem Kinderwagen, auch wenn er ein wenig schief und scheps ausgefallen ist.

Alle gratulieren mir. Mit Traubensaft stoße ich mit ihnen an.

»Irgendwo im Keller müssten wir sogar noch einen stehen haben«, sagt der Seniorchef. »Meine Kusine aus Berlin hat ihn bei ihrem letzen Besuch in Wien dagelassen, weil das eine Rad defekt war. Hab ich natürlich längst in Ordnung gebracht, jetzt läuft er wieder einwandfrei. Sie können sie gern fragen, ob sie ihn haben können, wenn sie im Frühjahr wieder auf Besuch kommt. Ich wette, die Charly hat bestimmt nichts dagegen.«

Kurz werde ich ganz rührselig, als der Name meiner alten Heimatstadt fällt, doch dann nehme ich mich wieder zusammen.

»Freuen Sie sich denn, liebe Zita?«, fragt mich die Chefin besorgt.

Ich nicke.

Ja, natürlich freue ich mich, aber ich wünsche mir für unser Kind doch auch so sehr den Vater!

Doch die Zeichen der Zeit stehen schlecht für Familienglück. Radiosendungen sprechen von »heldenmütigem Einsatz« und »unbeirrbarem Ausharren«.

»Das bedeutet, dass die Kesselschlacht kurz vor dem Ende steht und ungeheure Verluste zu erwarten sind«, übersetzt mir Bruder Franz, als ich ihm beim nächsten Besuch in der Marienkirche begegne. »Die deutschen Soldaten können nur noch aus der Luft versorgt werden. Ich habe munkeln hören, die Brotrationen seien auf sechzig Gramm pro Kopf reduziert worden, das überlebt keiner lange bei diesen eisigen Temperaturen.«

»Richard darf aber nicht sterben«, flüstere ich. »Er soll doch sein Kind kennenlernen.«

»Du bist schwanger?«, fragt er und beginnt zu lächeln. »Was für ein Wunder in dieser schlimmen Zeit!«

»Ja, das bin ich«, erwidere ich und lege die Hände schützend auf meinen Bauch, auch wenn noch nichts zu sehen ist. »Und dieses Mal wird keiner es mir wegnehmen, das schwöre ich! Wenn der Flieder wieder blüht, kommt mein Wunder zur Welt.«

Am 30. Jänner hält Hermann Göring in seiner theatralischsten Theaterstimme eine Ansprache an das deutsche Volk. In der Schneekugelmanufaktur ruht die Arbeit. Wir alle sitzen vor dem Volksempfänger und hören gespannt zu.

»Was dort unsere Grenadiere, Pioniere, Artilleristen, Flakartilleristen und wer sonst in dieser Stadt ist, vom General bis zum letzten Mann, leisten, ist einmalig. Mit ungebrochenem Mut, doch zum Teil ermattet und erschöpft, kämpfen sie gegen eine gewaltige Übermacht um jeden Block, um jeden Stein, um jedes Loch, um jeden Graben …«

»Sie müssen aufgeben«, sagt der Seniorchef tonlos. »Was mit anderen Worten bedingungslose Kapitulation bedeutet.«

Ich schaue ihn an und weiß, dass er recht hat.

Kein Brief von Richard, schon seit Wochen nicht mehr. Ich habe ihm von unserem Kind geschrieben, aber hat er meine Zeilen jemals erhalten?

Reni, deren Bruder ebenfalls im Kessel festsitzt, behauptet, die Militärzensur würde das Meiste verbrennen, Eingehendes wie auch Abgehendes. Lediglich Durchhalteparolen würden noch in beide Richtungen durchgelassen.

Doch auch sie können das Ende nicht mehr aufhalten.

Vier Tage später wird im Großdeutschen Rundfunk eine Sondermeldung verlesen. Die 6. Armee habe in Stalingrad unter General Paulus bis zum letzten Atemzug gekämpft, sei aber einer Übermacht und ungünstigen Verhältnissen erlegen. Alle Soldaten hätten den Tod gefunden.

Ich laufe nach Hause, weine, weine, weine.

Als mir schon ganz übel vor lauter Traurigkeit ist, spüre ich tief in mir ein zartes Flattern, wie die Flügel eines Schmetterlings, der sich gerade entfaltet.

Du lebst, mein Kind, und ich will stark sein für dich.

Nun kann mir nichts mehr etwas anhaben, nicht einmal die Hassrede von Joseph Goebbels, die er zwei Wochen später im Berliner Sportpalast hält. Der Rundfunk überträgt sie in voller Länge, dieses Mal sitze ich allein vor dem Volksempfänger. Fast glaube ich zu spüren, wie sein Geifer aus dem Radio tropft, so schrill ist seine Stimme.

Der Bock von Babelsberg mit dem stechenden Mundgeruch. Jetzt hat er seine wahre Bestimmung gefunden.

»Wollt ihr den totalen Krieg?«, brüllt er wie entfesselt.

»Jaaa!«, schreit das Publikum aus abertausenden Kehlen nicht minder entfesselt zurück.

»Wollt ihr ihn, wenn nötig totaler und radikaler, als wir ihn uns heute überhaupt vorstellen können?«, setzt er nach.

Und wieder tobt der Saal wie ein einziger Mann.

Ich schalte ab, will nichts mehr von diesem widerlichen Gebrüll hören.

Ich rolle mich auf dem Bett zu einer Kugel zusammen und streichle den kleinen Schmetterling, der sicher in mir ruht. Dabei denke ich an Großmama, Bela, Richard, Liesl,

Hansi, Jakob und all die anderen schutzlosen Menschen aus dem Altersheim.

Sie sind tot, und meine Trauer um sie ist groß.

Du aber, mein Kind, wirst leben.

21

Wien, Mai 2018

Paulina legte das Tagebuch zur Seite.

Luzie war also wieder schwanger. Ob sie ihr Kind dieses Mal in Ruhe austragen konnte?

Zwei ganze Tage hatte sie mit dem Weiterlesen gewartet und sich stattdessen auf die Filmaufnahmen mit Moritz und Tamás konzentriert, die zum Teil so kräftezehrend gewesen waren, dass ihr abends bald die Augen zufielen. Jetzt war fast alles im Kasten, wozu ihre Anwesenheit nötig war, den Rest konnten die beiden ohne sie erledigen. Außerdem würde sie jederzeit gerne zurückkommen, falls erforderlich.

Heute stand noch eine Szene auf dem einstmaligen jüdischen Friedhof im Alsergrund an, dessen Überreste als Gedenkstätte in das Pensionistenheim in der Seegasse integriert waren.

Luzies Beschreibungen waren Paulina sehr nah gegangen.

Auch was sie über Stalingrad geschrieben hatte, beschäftigte sie stark. Paulina hatte die Lektüre des Tagebuchs zwischendrin unterbrochen und im Internet verschiedenste Beiträge dazu gelesen. Einhellig wurde diese gigantische Kesselschlacht als erste große Niederlage

Hitlers und »Wendepunkt des Krieges« bezeichnet. Stalin hatte die Einwohner zum Bleiben gezwungen, deutsche Bomber die Stadt in Schutt und Asche gelegt. Bei den fast sechsmonatigen Kämpfen verloren insgesamt fast 700 000 Menschen ihr Leben – welch ein Wahnsinn!

Doch der Großdeutsche Rundfunk hatte gelogen. Nicht alle deutschen Soldaten waren tot; über 100 000 gerieten in russische Kriegsgefangenschaft. Nur knapp 6 000 von ihnen überlebten die russischen Lager, in denen sie unter miserabelsten Bedingungen Zwangsarbeit leisten mussten, und konnten nach Deutschland und Österreich zurückkehren, viele erst Mitte der Fünfzigerjahre.

Ob Richard unter ihnen gewesen war?

Luzics Tagebuch endete im Jahr 1944, das wusste sie von Lena. Vielleicht würde sie es also niemals erfahren …

Paulina nahm ihren Rucksack und ging in die Küche. Familie Brunner saß beim Frühstück. Auf Lenas freundliche Aufforderung hin setzte sie sich dazu.

»Moritz hat gerade erzählt, dass ihr mit dem Filmen schon ziemlich weit seid«, sagte Ferdi. »Schöne Idee, euer Projekt, finde ich.«

»Meinem Vater hättet ihr damit keine größere Freude machen können«, sagte Lena. »So schade, dass er das nicht mehr erleben durfte! Er hätte bestimmt noch Wichtiges beisteuern können.«

»Ja, das wär schon urcool gewesen – der Opa und du zusammen im bewegten Bild, wo du doch der Luzie so ähnlich siehst«, bekräftigte Moritz. »Ein bisschen was Neues haben wir trotzdem zu bieten. Die Mami hat auf meine Bitte hin die alten Familienalben geplündert beziehungsweise das, was noch davon noch übrig ist. Schau mal, wir haben ihn jetzt praktisch in jedem Lebensalter, diesen Peter Leopold Raimund Matusek!«

Paulina stand auf und beugte sich über den Teewagen, auf dem die Fotos ausgebreitet lagen.

Ein pausbäckiger Säugling, ein blonder Lockenkopf als Kleinkind, ein Schuljunge mit raspelkurzen Haaren, ein Halbwüchsiger mit dünnem Hals neben einem Mönch stehend, schließlich ein junger Mann in Anzug und Krawatte mit ernstem Blick.

»Ich wette, der neben ihm in der Kutte ist Bruder Franz«, sagte Paulina. »Genauso habe ich ihn mir vorgestellt.«

»Ja, das ist er bestimmt. Und so wie auf dem letzten Bild muss mein Vater ausgesehen haben, als er meine Mutter geheiratet hat«, sagte Lena. »Else König, fünf Jahre nach ihm und nur zwei Gassen weiter zur Welt gekommen. Leider ist das Hochzeitsbild der beiden verschollen. Der Säugling mit dem unmöglichen Strickhauberl auf dem nächsten Bild bin übrigens ich.«

»Ich hätte ihn so gern noch kennengelernt«, sagte Paulina. »Peter hat Luzie sehr geliebt, und sie ihn auch, das spürt man aus jeder Zeile, die sie über ihn schreibt. Wie gut, dass er ihr Tagebuch aufgehoben hat, sonst hätten wir uns niemals getroffen.«

Sie lächelte.

»Danke noch einmal für eure warmherzige Aufnahme. Ihr werdet mir fehlen, das weiß ich jetzt schon. Denn leider muss ich bald abreisen. Mein neuer Kunde ist äußerst anspruchsvoll und möchte mich beizeiten vor Ort haben.«

Moritz' Blick war noch immer voller Fragen.

Einige davon hatte sie ihm gestern auf dem Heimweg beantwortet, die anderen musste sie erst selbst für sich klären.

Ja, ich mag Tamás sehr, und ich glaube, er mich auch.

Nein, ich kann noch nicht sagen, was aus uns wird, woher soll ich das wissen?

Ja, ich reise wie geplant zurück nach Berlin.

Alles Weitere wird sich zeigen.

Was sie Moritz nicht verraten hatte, war, *wie* intensiv der bevorstehende Abschied von Tamás sie beschäftigte.

Nach ihrer Sternennacht war er am nächsten Tag beim Dreh überraschend zurückhaltend gewesen, ebenso wie auch am darauffolgenden.

Kein Anruf, keine SMS.

Nicht einmal der Ansatz einer neuen Verabredung nach der gemeinsamen Arbeit.

Trat bereits ein, was Moritz ihr prophezeit hatte?

Sie war Tamás zu nah gekommen – und er rückte wie üblich auf Sicherheitsabstand?

Was sie mit ihm erlebt hatte, hatte sich so verzaubert angefühlt, sie wollte es auf keinen Fall durch forderndes Nachbohren zerstören. Umso trauriger war sie nun. Nicht gerade einfach, seitenlang in Luzies Tagebuch über eine große Liebe in harten Zeiten zu lesen und dann im eigenen Leben so vorsichtig sein zu müssen. Aber vielleicht hatte sie zu viel in ihre Begegnung hineininterpretiert, und für Tamás war es doch eher ein unverbindlicher Flirt gewesen.

Andererseits: Wie passten seine sehnsüchtigen Blicke dazu? Die Klarheit, mit der er ihr seine Gefühle offenbart hatte? Und das, was er auf der Dachterrasse über seine »Erweckung« gesagt hatte?

Fragen über Fragen …

Für den Dreh auf dem ältesten erhaltenen jüdischen Friedhof Wiens in der Rossau, der im großen Innenhof eines Pensionistenheims lag, war eine Sondergenehmigung nötig gewesen. Moritz hatte sich darum bemüht und sie überraschend zügig auch erhalten. Vermutlich hatte es nicht geschadet, dass sein Vater sich seit vielen Jahren als internistischer Hausarzt um diejenigen Bewohner kümmerte, die nicht mehr selbst zum Arzt gehen konnten. Dr. Ferdinand Brunners Renommee im Heim an der Seegasse hätte besser kaum sein können, so sehr hingen seine Patienten an ihm. Deshalb hatte sich wohl auch die Nachricht der Filmaufnahmen schnell herumgesprochen, und Moritz, Tamás und Paulina wurden dort bereits ungeduldig erwartet.

Alle Stühle in der Eingangshalle waren besetzt; und als sie mit der Kamera weiter in den Innenhof gingen, folgte ihnen ein ganzer Trupp von Silberköpfen.

»Zeigen Sie Ihnen ruhig, was sie mit unseren Verwandten gemacht haben!« Eine dünne Frau mit vielen Silberreifen, die Paulina entfernt an Toni erinnerte, gestikulierte temperamentvoll. »Ich bin eine der wenigen Jüdinnen, die hier wohnen. Großmutter, Tanten, Cousinen – alle tot. Nur meine Mutter hat überlebt, weil sie sich rechtzeitig nach Palästina abgeseilt hat. Dort bin ich dann zur Welt gekommen. Schönes Land, dieses Israel, ganz wunderbar, aber so heiß! Und nichts als lauter Feinde ringsherum, die uns Juden am liebsten kollektiv im Meer ertränkt hätten. Mama ist mit beidem auf Dauer nicht zurechtgekommen. ›Ich bin eine Wienerin und will zurück in mein Wien‹, hat sie gesagt, als sie älter wurde. ›Es fehlt mir so sehr – das Klima, die Sprache, das Essen, einfach alles. Dort bin ich zu Hause. Nur dort.‹«

Sie zuckte die schmalen Achseln.

»Natürlich konnte ich sie nicht allein gehen lassen, sondern musste zurück mit ihr. Inzwischen bin ich selbst alt und sitze fest im Land unserer ehemaligen Häscher. Das ist vielleicht ein Schlamassel, kann ich Ihnen sagen!«

»Hör auf zu jammern, Alisa«, sagte der alte Mann neben ihr. »Sonst musst du doch noch ins Pensionistenheim Maimonides umziehen, dann bist du nur unter Juden. Schließlich hast du aus freien Stücken einen Goj geheiratet – einen anständigen Goj, der dich verwöhnt hat, und mit dem du hier gelebt hast, bis er gestorben ist. Und was das dort betrifft«, sein Arm wies auf die Grabsteine, »so handelt es sich um alte Grabsteine aus längst vergangenen Zeiten, und das weißt du ganz genau.«

Er wandte sich an Moritz.

»Als die Nazis 1941 den Friedhof schleifen wollten, um die Fläche zu verbauen, mussten jüdische Zwangsarbeiter einen Teil der Grabsteine am Zentralfriedhof vergraben. Erst in den Achtzigern wurden sie dort entdeckt und nach alten Bestandsplänen wieder aufgestellt. Dabei fand man auch zusätzliche Steine direkt hier unter der Erde.« Er lächelte. »Ich schaue sie mir jeden Tag an und denke: So und nicht anders enden wir alle eines Tages. Bis es so weit ist, genieße ich mein Leben.«

»Dürfte ich Sie beide vielleicht später interviewen, während mein Freund Sie aufnimmt?«, fragte Moritz, der sofort seine Chance witterte.

Beide nickten gleichzeitig und wirkten sogar durchaus erfreut.

»Wunderbar! Wir kommen dann auf Sie zu. Jetzt aber bräuchten wir bitte ein wenig Ruhe, damit wir diesem sensiblen Thema auch wirklich gerecht werden.«

Die Bewohner zogen ab.

Jetzt waren sie nur noch zu dritt auf dem alten Friedhof. Still und friedlich war es hier; alter Stein und grüner Rasen gingen die perfekte Symbiose ein. Als auch noch eine Amsel zu singen begann, wurde es fast zu idyllisch.

»Lies doch bitte die Szene, als Luzie vor dem Altenheim ankommt und sie alle weg sind«, schlug Moritz vor. »Das würde perfekt zu diesem Ort hier passen.«

Paulina, heute in Jeans und Shirt, war einverstanden und schlug das Tagebuch auf. Doch seiner Bitte nachzukommen, fiel ihr ungewöhnlich schwer. Sie musste sich mehrfach räuspern und hörte selbst, wie dünn ihre Stimme beim Lesen klang.

»Sorry«, sagte sie, nachdem sie geendet hatte. »Das kann ich eigentlich besser. Gleich noch einmal?«

»Nein«, widersprach Tamás. »Wir lassen es genau so. Deine Empathie macht den Text noch berührender.«

Da war er endlich wieder, sein warmer Blick, nach dem sie sich seit Stunden gesehnt hatte!

Am liebsten hätte sie ihn auf der Stelle geküsst, doch die

Würde dieses Ortes, und vor allem Moritz' Gegenwart, hielten sie davon ab.

»Danke, Tamás«, sagte Paulina stattdessen und legte all ihre Gefühle in diese beiden Worte.

Er nickte. Ihre Botschaft schien angekommen zu sein.

Helle Wärme breitete sich in ihr aus. Sie musste keine Angst haben, dass sein Interesse an ihr erloschen sein könnte. Etwas anderes lag ihm auf der Seele, und sie würde sicherlich erfahren, was es war.

Tamás vollendete seine Aufnahmen, dann gingen sie zurück in die Halle, wo die beiden alten Leute sie schon erwarteten.

»Ich darf mich von Ihnen verabschieden«, sagte Paulina. »Eine wichtige Lektüre wartet auf mich. Aber ich freue mich sehr, Ihnen begegnet zu sein.«

»Wo gehst du hin?«, fragte Moritz. »Ich meine, falls wir dich noch brauchen sollten. Vielleicht klappt es ja trotz Betriebsferien mit dem Dreh in der Schneekugelmanufaktur. Sie wollten Bescheid geben …«

Sie tippte auf ihren Rucksack.

»Kein Problem, ich hab mein Smartphone ja dabei«, sagte sie. »Ruft mich einfach an.«

Die Route zur Servitenkirche hatte sie sich zuvor schon zurechtgelegt, und eigentlich war sie lächerlich kurz – jedenfalls für Menschen mit normalem Orientierungssinn. Für Paulina jedoch fühlte es sich trotzdem an wie ein kleiner Triumph, dass sie die alten Linden auf dem Kirchplatz erreichte, ohne ein einziges Mal unterwegs unsicher zu werden, geschweige denn jemanden nach dem Weg fragen zu müssen.

Sie entschied sich für die linke Bank, die im Halbschatten lag und bereits auf sie zu warten schien, holte Luzies Tagebuch heraus und konnte endlich weiterlesen.

*

Wien, Mai 1943

Du bist da, meine Augenweide, meine ganze Seligkeit, als Sturzgeburt ein wenig zu früh auf die Welt gekommen, weil du es gar so eilig hattest, und daher klein und leicht, aber ganz und gar vollkommen. Deine Händchen und Füßchen, deine zarte Haut, dein Mund, der mich an eine Rosenknospe erinnert – ich weiß ganz genau: Niemals wurde ein schöneres Kind geboren!

Und du wirst Glück im Leben haben, mein Schätzchen, das hat die Hebamme gesagt, die im letzten Moment dazustieß, denn dein Köpfchen mit dem dunklen Flaum war nach der Geburt mit einer Glückshaube bedeckt. So nennt man, wie ich inzwischen gelernt habe, den Teil der Fruchtblase, wenn er sich nicht ganz gelöst hat. Es kommt selten vor, und der Volksmund sagt, wer sie trägt, besitze Geistesgröße, Talent und Gutmütigkeit.

Ist das nicht wunderbar?

Du hast mich und die gesamte Belegschaft der Glaskugelmanufaktur ordentlich in Atem gehalten. Meine Wehen setzten nämlich so rasch ein, dass ich weder nach gegenüber in unsere Wohnung gehen, geschweige denn ein Spital aufsuchen konnte. Meine Kollegin Reni ist noch schnell nach der Hebamme gerannt, die ein paar Häuser weiter wohnt und dich dann abgenabelt und versorgt hat. Die Hauptarbeit aber hatten Charly aus Berlin und ich bereits zusammen erledigt. Was ein Glück, dass sie gerade mit ihrer kleinen Dorothea auf Besuch bei den Perzys ist!

So bist du nun im Büro des Seniorchefs zur Welt gekommen, auf dem Sofa, auf dem er manchmal seinen kurzen Mittagsschlaf hält, sofern die Arbeit es zulässt.

»Unsere erste kleine Schneekugelprinzessin«, hat er gerührt gesagt und mir angeboten, dein Taufpate zu sein. Und was sollte ich darauf antworten, ich, die ja niemals ein Tropfen Taufwasser berührt hat – außer ja, ja und noch einmal ja?

So hält er dich nun vierzehn Tage später über das Taufbecken in der Marienkirche, während Bruder Franz dein Köpfchen mit geweihtem Wasser benetzt und dich im Namen des Vaters, des Sohnes und des Heiligen Geistes tauft. Stumm bitte ich dabei all meine jüdischen Vorfahren inständig um Vergebung, dass es unter den gegebenen Umständen nicht anders geht. Ich hoffe, sie werden es mir verzeihen.

Marie Ida Antonia, so heißt du nun, aber schon nach ein paar Tagen setzt sich die Abkürzung »Toni« durch, weil es so jung und frisch klingt, und wir alle nennen dich nur noch so.

Besonders Charly, die eigentlich viel lieber Lotte genannt werden möchte, ist ganz vernarrt in dich, und auch die kleine Dorothea, ihr Töchterchen, patscht mit ihren dicken Händchen liebevoll nach dir. Selbstredend darf ich deren Kinderwagen borgen, in dem du nun friedlich schläfst.

Sie reisen nur ungern wieder ab.

Berlin wird wegen der vielen Luftangriffe der Alliierten immer unsicherer. Über einen guten Bekannten hat Lotte den Zuschlag für eine Wohnung in Potsdam erhalten; dorthin will sie demnächst umziehen. Ihr bleibt nur eine kleine Rente als Kriegerwitwe, aber sie ist geschickt an der Nähmaschine und hält sich zudem mit Stricken und Häkeln über Wasser. Wir schreiben uns, das haben wir uns fest versprochen.

Was für eine kluge, zupackende Freundin hat das Schicksal mir da zugespielt! Schade nur, dass sie so weit entfernt lebt, aber sie kommt mit ihrer Kleinen zurück nach Wien, sofern der Krieg es erlaubt, das hat sie Toni und mir fest versprochen.

Natürlich hätte ich mein Glück am liebsten in die ganze Welt hinausposaunt, doch aus naheliegenden Gründen halte ich lieber still. Großpapa Jano schreibe ich es natürlich, aber bekommt er meine Post überhaupt noch?

Seit Wochen keine Nachricht mehr von ihm.

Ist er krank?

Verlegt?

Oder lebt er gar nicht mehr?

Bitte, bitte nicht …

Manchmal könnte ich schreien, so viel geht mir im Kopf herum. Hätte ich dieses blaue Buch nicht, ich wäre womöglich schon verrückt geworden. Meine Sehnsucht nach Richard, mein Wunsch, er könne unser Kind sehen, küssen und sich an der Kleinen ebenso erfreuen wie ich, das kann ich nur hier aufschreiben. Er ist mein einziger Vertrauter, der ALLES über mich weiß – Gnade mir, sollte es einmal in die falschen Hände geraten!

Marie, Leo und Peter erfahren von der Geburt über Bruder Franz und senden mir wiederum über ihn die besten Wünsche, ein paar Scheinchen und einen dicken Packen von Peters alten Säuglingssachen, die ich dringend gebrauchen kann. Darunter ist auch ein winziges gehäkeltes Jäckchen, das Toni jetzt schon tragen kann, auch wenn es ihr noch zu groß ist. Ich selbst passe noch nicht wieder in meine Sommersachen, doch wenigstens eines der besser erhaltenen Kleider ist weiter geschnitten, und so ziehe ich eben das an.

So herausstaffiert, löse ich mein altes Versprechen ein und fahre dich im Kinderwagen auf den Sankt Marxer Friedhof. Wir kommen gerade noch rechtzeitig. Der Flieder am Mozartgrab hat seine Blütehochzeit schon hinter sich, doch noch immer gibt es einige schöne lila Dolden, und der Duft ist in dieser Phase besonders berauschend. Ich hole dich aus dem Wagen, lege dich mir halb auf die Schulter und gehe mit dir ganz nah an den blühenden Busch.

»Riechst du das?«, flüstere ich. »Das alles hier duftet nur allein für dich – meine süße, kleine Fliedertochter!«

Dabei muss ich an Bela denken, und dicke Tränen laufen über meine Wangen.

Und Richard?

Ach, mein Richard!

Inzwischen kursieren Gerüchte in Wien, die Russen hätten in Stalingrad doch nicht alle deutschen Soldaten getötet. Von hunderttausend und mehr deutschen Gefangenen, die sie gemacht haben sollen, ist die Rede, aber in welch desolatem Zustand werden diese sein? Der Hunger, die Kälte, so weit weg von zu Hause – mir wird ganz elend bei *der Vorstellung, dass auch du darunter sein könntest, mein Liebster! Aber wenigstens wärst du dann noch am Leben, könntest irgendwann wieder zu uns zurückkehren, sobald dieser schreckliche Krieg endlich zu Ende ist, und könntest deine süße Tochter kennenlernen.*

Es bleibt also noch immer Hoffnung. Und so will ich aus ganzem Herzen hoffen – für dich, Richard, für dich, Toni – für uns alle drei …

*

Wien, Mai 2018

Paulina traute zunächst ihren Augen nicht – doch da stand eindeutig *Toni*. Gleich mehrfach hintereinander hatte sie es gelesen.

Ihre Toni?

Es gab kaum einen Zweifel.

Deshalb Peter Matuseks Vermächtnis, deshalb Lenas Suche nach Lotte Laurich alias Charlotte und ihrer Tochter Antonia.

Tochter? Wie konnte das sein?

Luzie beziehungsweise Zita Waldner hatte die kleine Marie Ida Antonia zur Welt gebracht, hier stand es Schwarz auf Weiß.

Für einen Augenblick wurde Paulina schwindelig, und in ihrem Kopf wirbelte alles bunt durcheinander: Leonie – Luzie – Zita – Marie – Antonia – Lotte – Dorothea …

So viele Namen, so viele unterschiedliche Schicksale. Und doch hing alles irgendwie mit allem zusammen.

Sie griff nach ihrem Smartphone und rief Tonis Krankenhausnummer auf, doch der Anschluss war tot. Paulina probierte es mit der Potsdamer Nummer.

Niemand hob ab.

Himmel noch einmal – wo steckte Toni denn nun schon wieder?

Weil der Schwindel sich hartnäckig hielt, beschloss Paulina, sich erst einmal ein wenig zu stärken. In dem kleinen Café gleich gegenüber in der Servitengasse bestellte sie sich ein Schinkenomelette und einen großen gespritzten Apfelsaft und ließ als Nachtisch noch eine Cremeschnitte nachfolgen.

Danach fühlte sie sich deutlich besser und konnte auch wieder klarer denken.

Wusste Toni von dieser Vorgeschichte und verhielt sich deshalb so seltsam, sobald die Rede auf Wien kam? Oder ahnte die alte Dame lediglich etwas und hatte sie in die Stadt an der Donau entsandt, um Klarheit zu schaffen?

Es juckte ihr in den Fingern, Mamasi anzurufen, aber die war ja noch immer auf dem Pilgerpfad. Also begnügte sie sich mit einer kurzen WhatsApp.

> Liebste Mamasi, »Die Geheimnisse von Wien«,
> so könnte mein neues Projekt heißen. Und
> mittendrin unsere Toni. Komm schnell wieder,
> kann es kaum erwarten, dir alles zu erzählen.
> LOVE P.

Die Antwort erfolgte so rasch, dass sie kaum bis drei zählen konnte.

Gerade noch unterwegs. Toni wird dir alles aufdröseln. Und ich auch. Wir lieben dich beide.
M.

Paulina starrte auf die Buchstaben.

Was hatte das nun wieder zu bedeuten?

Offenbar war die Smartphone-Abstinenzphase ihrer Mutter vorbei, weil sie ihre Nachrichten ja gleich abgerufen hatte, aber telefonieren wollte sie noch nicht?

Alles ziemlich seltsam.

Aber egal. Ihr blieben nur noch wenige Seiten im Tagebuch. Jetzt wollte sie *alles* wissen.

*

Wien, Spätherbst 1943

Du wirst von Tag zu Tag immer noch putziger. Alle in der Schneekugelmanufaktur sind dir verfallen, mein Herzensschatz, lachen und scherzen mit dir. Der Seniorchef hat mir erlaubt, dass ich dich mit in die Arbeit bringen darf, und so fingerst du mit deinen Händchen an den bunten Kugeln, die wir für dich über den Kinderwagen gespannt haben. Ich kann es kaum erwarten, bis du sitzen, krabbeln und irgendwann laufen kannst – welch schöne Vorstellung!

Doch gleichzeitig plagen uns alle hier viele Ängste. Noch scheint die Front in Russland relativ stabil, aber die deutschen Soldaten sind viel zu wenig, um sie auf Dauer zu halten. Ein gigantisches Russenheer lauert darauf, die Eindringlinge anzugreifen und zu vernichten.

Wie lange werden sie noch standhalten können?

Gleichzeitig regnet auf die deutschen Städte ein Bombenhagel nieder: Hamburg, Köln, das Ruhrgebiet, München, meine alte Heimat Berlin ... Ich kann sie alle im Einzelnen gar nicht aufzählen. Jede Woche bringt neue Schreckensmeldungen. Unzählige Tote und Schwerletzte. Ganze Stadtviertel gehen in Flammen auf. Die Alliierten wollen Hitler mit aller Macht zum Aufgeben zwingen, indem sie die Zivilbevölkerung zermürben, aber es trifft vor allem die, die am unschuldigsten sind: Frauen, Kinder, alte Menschen.

Wann werden die ersten Bomben auf Wiens Häuser und Wohnungen fallen und uns ins Unglück stürzen? Bislang gab es nur einen Angriff auf die Wiener Neustädter Flugzeugwerke im August. Seitdem wurden die »Verteidigungskräfte verstärkt«, schreiben sie in der Zeitung.

Aber was heißt das schon?

Gegen den Tod vom Himmel sind alle machtlos.

Bevor die Furcht uns zu lähmen droht, singe ich – jene Wiener Lieder, denen schon die Menschen im jüdischen Altersheim so gern gelauscht haben. Mir tut es gut, weil ich neues Vertrauen in meine Stimme gewonnen habe, und es hilft auch den anderen, die immer öfter mit einstimmen.

Kommt es nur mir so vor, oder geraten uns die Schneekugeln unter dieser Begleitmusik so schön wie nie zuvor?

Bruder Franz verändert sich immer mehr. Seine Kutte schlottert um die hagere Gestalt, aus seinen Zügen ist jede Fröhlichkeit gewichen.

Schläft er überhaupt noch?

Wenn ich seine müden, rot geränderten Augen sehe, kommen mir da große Zweifel.

»Wir müssen kämpfen«, sagt er, als ich ihm in der Marienkirche begegne. »Sonst ist Österreich verloren.«

Er hat nicht Ostmark gesagt, sondern Österreich, ein Name, den sonst so gut wie niemand mehr in den Mund zu nehmen wagt.

»Ist es das nicht schon lange?«, frage ich zurück.

»Nein!«, widerspricht er so heftig, dass du erschrocken zu weinen beginnst. »Es sind viele. Nicht die Schlechtesten, quer durch alle Lager. Sie beginnen, sich immer mehr zu organisieren. Und ich bin einer von ihnen.«

Er nimmt meine Hand und schreibt mit Asche »O5« auf die Innenfläche.

Das Zeichen kenne ich!

Bela hat es mir geschrieben, schon vor Jahren, aber ich hatte nie herausgefunden, was es bedeuten sollte.

Bruder Franz kommt mir ganz nah.

»O ist unser Anfangsbuchstabe, und die 5 steht für ein »E«, den 5. Buchstaben im Alphabet. Zusammen bedeuten sie …«

»Österreich«, murmele ich.

Er bedeutet mir zu schweigen, verwischt die Asche in meiner Hand.

»Inzwischen steht es wieder außen am Steffel. Und so oft sie es von dort auch wegwischen, irgendjemand schreibt es immer wieder hin. Allerdings spielt jeder, der sich uns anschließt, mit seinem Leben«, flüstert er. »Du darfst das unter keinen Umständen, denn dein Leben sitzt hier.«

Er deutet auf dich. Zum Glück hast du dich inzwischen wieder beruhigt.

»Auch ich bin keineswegs ohne Angst. Aber muss man nicht den Mut besitzen, sogar den Tod zu riskieren, damit Leben überhaupt wieder möglich wird? Ein gerechtes, friedvolles Miteinander, so wie es uns die Bibel gebietet?«

Er geht hinaus, schmal, sehr aufrecht, mit hochgezogenen Schultern.

Wie ein Ritter vor der Schlacht, denke ich, zutiefst beeindruckt. Ein tapferer Ritter Gottes.

*

Wien, Winter 1943/1944

Du kannst sitzen, beginnst zu krabbeln und würdest am liebsten schon stehen, so beweglich bist du. Der Seniorchef hat dir einen kleinen Laufstall gezimmert, damit du weiterhin bei uns sein kannst und dich nirgendwo anstößt oder gar verletzt.

Du bist meine Freude, mein Glück, mein Ein und Alles.

Jetzt habe ich nur noch dich.

Großpapa ist tot. Leo hat Nachforschungen im Konzentrationslager angestellt. Weiß der Henker, auf welchen Wegen er an diese Auskunft gelangt ist.

> Jakob Israel Fröhlich, geboren 22.1.1871 in Berlin.
> Gestorben am 31.12.1943 in Theresienstadt.
> Anonymes Massengrab.

Nun gibt es noch einen weiteren geliebten Menschen, um den ich am Mozartgrab weine.

Alles in mir ist wie tot.

Mein lieber Großpapa Jano, Retter aller Tiere, du guter, guter Mann – wie unendlich vermisse ich ihn!

Doch dann sitzt du auf meinem Schoß, siehst mich mit deinen blanken Äuglein an und stößt ein kehliges Glucksen aus, als wollest du mir sagen: Schau mal, Mama, ich bin auch noch da!

Und wie du lachen kannst, so ansteckend, dass fremde Leute auf der Straße stehen bleiben und mitlachen müssen …

*

Wien, Mai 2018

Nie hatte das Smartphone sie in einem verkehrteren Augenblick gestört.

»Ja«, sagte Paulina, die davon ausging, dass es Moritz war, leicht genervt. »Lass mir bitte noch eine gute Stunde Zeit. Ich kann gerade nicht …«

»Ich bin es, Lena. Eine gewisse Heike Göpfert hat gerade bei uns angerufen.«

»Heike?«, sagte Paulina alarmiert. »Das ist Mamas Freundin, mit der sie auf Pilgerschaft war. Ist etwas passiert?«

»Wie man es nimmt.« Lena klang heiter. »Sie hat offenbar deine Mutter und Toni Ostermann mit dem Auto von Berlin nach Wien kutschiert. Die drei Damen sind im Hotel Harmonie abgestiegen, gleich bei uns gegenüber. Dort ruhen sie sich gerade aus und machen sich anschließend ein wenig frisch. Gegen achtzehn Uhr würden sie dich dann gern dort empfangen, Zimmer 328, wurde mir ausgerichtet.«

Sie begann zu lachen, weil Paulina stumm blieb.

»Jetzt hat es dir glatt die Sprache verschlagen, oder?«

»Kannste laut sagen«, erwiderte Paulina. »Alle drei hier in Wien – ich fass es nicht!«

22

Wien, Mai 2018

Paulinas erster Impuls war, sofort zum Hotel Harmonie zu laufen, das direkt gegenüber der Brunner-Wohnung in der gleichnamigen Gasse lag. Schließlich hatte sie sowohl ihre Mutter wie auch Toni eine gefühlte Ewigkeit nicht mehr gesehen, und es gab so viel zu bereden!

Dann jedoch zögerte sie. Die Reise war sicherlich anstrengend gewesen. Vielleicht sollte sie den drei Frauen tatsächlich ein wenig Ruhe gönnen und sich bis zum Abend gedulden.

Zudem hatte Luzies Tagebuch sie im Lauf der Lektüre schon so oft überrascht. Vielleicht traf das ja auch auf das Ende zu. Daher beschloss Paulina, bis zum Ende weiterzulesen, bevor sie auf ihre Mutter und Toni treffen würde.

Sie ging los, ohne lange zu überlegen. Inzwischen fühlte sie sich im Servitenviertel bereits zu Hause, und ihre Füße fanden den Weg wie selbst. Welch ein Unterschied zu der Paulina, die voll innerer Ängste nach Wien gereist war! Heute fühlte sie sich so befreit, dass sie beim Gehen sogar vor sich hin pfiff, nicht sonderlich melodisch, dafür umso fröhlicher.

Als sie die Wohnung aufschloss, kam Moritz aus seinem Zimmer.

»Wird leider erst morgen was mit den Schneekugeln«, sagte er bedauernd. »Dafür sperren sie extra für uns auf.«

»Dann können wir gleich die reale Toni dorthin mitnehmen«, erwiderte Paulina. »Sie ist gerade mit meiner Mutter in Wien eingetroffen.«

»Sag bloß! Ich dachte, die darf nicht mehr reisen. Aber das ist ja großartig …«

»Finde ich auch. Und Toni ist ein wundervoller Mensch, ihr werdet sie alle lieben. Ich treffe die beiden am frühen Abend. Anschließend würde ich sie dann gern deinen Eltern vorstellen.«

»Die freuen sich garantiert. Und sollte nicht auch Tamás mit dabei sein?«, schlug Moritz vor. »Weil er doch am Film beteiligt ist – und überhaupt …«

Er schien über sich selbst hinauszuwachsen.

»Gerne«, sagte Paulina überrascht.

»Ich kann es ja eh nicht aufhalten, das zwischen euch«, sagte Moritz. »Egal, wie sehr ich mich auch anstrenge. Und zum Deppen machen mag ich mich auch nicht. Also: geordneter Rückzug meinerseits, okay? Vorhin hat Tamás mir nämlich gestanden, dass du ihm sehr viel bedeutest. Das aus dem Mund meines Freundes – und dann auch noch freiwillig? Ein Wunder, das kann ich dir verraten. Sag selbst: Darf man sich gegen Wunder wehren? Wär doch ziemlich blöd, oder?«

»Ziemlich«, bekräftigte Paulina lachend und umarmte Moritz spontan.

Beschwingt ging sie weiter in ihr Zimmer.

Die Vorhänge waren zugezogen, tauchten den Raum in goldenes Licht und ließen Onkel Miláns schwarz-weiße

Hand mehr denn je wie eine geheimnisvolle Landschaft wirken.

Jemand, der Dinge so verwandeln konnte, passte zu ihr. Tamás verdiente zu erfahren, was sie gerade umtrieb.

> Die echte Toni ist mit meiner Mutter in Wien.
> Ich treffe sie und bringe die beiden anschließend zu den Brunners. Komm doch bitte auch. Gegen 20.00 Uhr? Für mich gehörst du dazu.
> Kuss Paulina.

Sie las die WhatsApp noch einmal durch, dann drückte sie entschlossen auf »Senden«.

Klare Verhältnisse. Erst seitdem sie Tamás begegnet war, spürte sie, wie sehr sie sich danach sehnte.

Weil der Balkon vor dem Zimmer nach Osten lag, brauchte sie keinen Schirm, um sich gegen die Sonne zu schützen. Bisher hatte sie hier vorwiegend nachts gelesen. Jetzt, im Tageslicht, wirkte ihr Leseplatz anders, aber nicht minder einladend.

Paulina stopfte sich noch ein Kissen in den Rücken, dann begann sie mit ihrer Lektüre.

*

Wien, März 1944

Jetzt fällt auch bei uns in Wien Feuer vom Himmel – Bomben bringen Zerstörung. Bislang wurden »nur« die Raffinerie Floridsdorf und die Tankschifffahrt getroffen, aber das ist lediglich der Anfang, das wissen wir alle. Alliierte Truppen haben bereits im letzten Sommer die deutsch-italienischen Verbände in Afrika besiegt und kontrollieren nun das Mittelmeer. Das weiß ich von Bruder Franz, der ganz in der Widerstandsbewegung aufgeht.

»Wir müssen alles versuchen, damit der Krieg bald zu Ende ist«, sagt er. »Im Osten geschehen ungeheuerliche Dinge. Die Nazis bringen die Juden um, auf bestialische Weise, zu Tausenden in regelrechten Tötungsfabriken. Das muss ein Ende haben, ein möglichst rasches Ende…«

Großmama, Großpapa, Bela – natürlich denke ich dabei sofort wieder an euch. Aber ich denke auch an mich, denn auch in mir fließt jüdisches Blut, ebenso wie in meinem Kind. Meine alte Angst ist neu erwacht, heftiger denn je. Es gibt kaum noch Juden in Wien, inzwischen werden sogar Partner aus »gemischten« Ehen mit Ariern verschleppt, was bislang noch als gewisser Schutz galt. Als Nächstes sind die Halbjuden an der Reihe, zu denen ich gehöre.

Und was ist mit dir, mein geliebtes Toni-Kind?

In ihrem kranken System würdest du unter »Vierteljüdin« geführt, sollte meine Identität auffliegen, und selbst dafür fehlten mir die Beweise, weil dein Vater gefallen oder in Gefangenschaft ist. Ich betrachte dich, mein kleines großes Glück, wie du versuchst, dich an allem hochzuziehen, weil du auf eigenen Beinchen munter ins Leben stapfen willst.

So viel Energie, so viel Lebenslust!

Was kann ich tun, damit du in Sicherheit bist?

Mein eigenes Leben würde ich dafür geben…

*

Wien, Sommer 1944

Die Alliierten sind in der Normandie gelandet; inzwischen hören wir alle den Feindsender BBC, auch wenn das bei harten Strafen verboten ist. Es gibt jetzt zwei Fronten. Eine im Osten, die immer weiter zerfällt und nichts als Tote und Gefangene hinterlässt, denn der russische Vormarsch scheint nicht mehr aufzuhalten zu sein. Und eine im Westen, an der die Deutschen gegen die internationalen Truppen kämpfen.

Wir hier in Wien stecken mittendrin und können von beiden Seiten wie ein Korn zwischen zwei Mahlsteinen zermalmt werden ...

Ich möchte fliehen mit dir, kleine Toni, doch wohin?

Die meisten Grenzen sind zu, und ins Altreich einzureisen wäre bei meinem Hintergrund, als würde ich freiwillig die Hölle betreten.

Wo dann?

Aufs Land, wohin sie die Kinder jetzt zügeweise verschicken, weil die alliierten Bomber es auf die Städte abgesehen haben?

Du bist noch viel zu klein, mein Herz, um dich fremden Menschen zu überlassen.

Meine Verzweiflung und meine Angst wachsen von Tag zu Tag.

Dann kommt die Stunde, in der die Furcht zur traurigen Wirklichkeit wird. Am 16. Juli werden die Wiener Bezirke Favoriten, Simmering, Döbling, Floridsdorf sowie Klosterneuburg in Niederösterreich bombardiert. Wir sind noch einmal davon gekommen, aber wie lange noch?

Lotte ist gerade wieder in Wien, dieses Mal ohne ihre kleine Dorothea, die sie bei einer Verwandten in Potsdam gelassen hat. Abends besucht sie mich in meiner Wohnung.

»Ich komme erst wieder, wenn der Krieg vorbei ist«, sagt sie. »Dieses Mal bin ich nur hier, weil ich den Perzys noch einen Gefallen schuldig war. Ohne die spezielle Zutat, die ich im Koffer mitgebracht habe, könnte der Schnee in euren Schneekugeln nicht mehr so schön rieseln.«

Das Geheimnis! Wir kennen es beide, doch weder sie noch ich würden es jemals preisgeben.

»Der Verkauf der Schneekugeln ist stark rückläufig«, sage ich. »Reni mussten sie schon entlassen, und mich behalten sie nur noch wegen Toni. Es ist lediglich eine Frage der Zeit, bis auch ich meine Papiere bekomme. Und was dann? Wenn ich eine andere Arbeit antreten muss, wohin dann mit meinem Kind?«

»Der Krieg geht zu Ende«, sagt Lotte eindringlich. »Die alliierte Übermacht ist zu groß. Lange kann es nicht mehr dauern.«

»Für mich vielleicht zu lange ...«

Unter Tränen schaue ich sie an, jene Frau, die dir wie eine Wehmutter auf die Welt geholfen hat. Blutend und hilflos hat sie mich damals erlebt und ohne Zögern gehandelt. Sie ist eine Mutter wie ich ...

Und plötzlich sprudelt alles aus mir heraus, als sei ein Damm gebrochen: der Tod meiner Eltern, die Adoption durch Marie, meine Kindheit bei den jüdischen Großeltern in Berlin, der Umzug nach Wien, meine Bühnenkarriere, Bela und seine Ermordung, Wagners Attacke, das gewaltsame Ende meiner ersten Schwangerschaft, die schreckliche Zeit im Steinhof, Bruder Franz, die Liebe zu Richard – und schließlich die neue Identität als Zita Waldner.

Irgendwann verstumme ich, vollkommen erschöpft.

Habe ich nun einen riesigen Fehler begangen, indem ich ihr mein Leben erzählt und mich ihr dadurch vollkommen ausgeliefert habe?

Habe ich nicht.

Lottes Gesicht ist zutiefst bewegt und vor lauter Anteilnahme nassgeweint. Ich sehe es nicht nur, ich spüre es auch, als sie mich fest umarmt. Wir bleiben so, für ein paar Augenblicke, und ich fühle mich verstanden und unendlich geborgen.

»Hör zu«, sagt sie, als wir uns wieder voneinander lösen. »Ich hätte da vielleicht eine Idee. Aber sie lässt sich nur verwirklichen, wenn du mir vollkommen vertraust.«

»Das tue ich. So eine Schwester wie dich hätte ich mir immer gewünscht.«

Sie legt die Hand auf ihr Herz, lächelt mich an.

»Dann bitte ich dich um das Wertvollste in deinem Leben zu treuen Händen.«

Ich habe es getan.

Ich habe es tatsächlich getan.

Toni reist mit Lotte als »ihr« Kind nach Potsdam. Mit den Papieren gibt es keine Probleme, denn im Pass ist als Kind »Dorothea Laurich« mit eingetragen, und auf das genaue Alter schaut bei der Kontrolle keiner.

Meine Schneekugel mit dem Riesenrad begleitet sie als Talisman, als Andenken an Richard, ihren Vater, meinen Liebsten.

»Potsdam ist eindeutig weniger gefährdet als Berlin oder Wien«, hat Lotte mir versichert. »Bislang ist keine einzige Bombe auf die Stadt gefallen. Die Amis und die Tommys konzentrieren sich alle auf Berlin. Ich werde dein Kind hüten wie mein eigenes. Wenn jemand mich fragt, sage ich, es sei die Kleine meiner ausgebombten Kusine. Und sobald der Krieg vorbei ist, kommst du zu uns. Dann seid ihr wieder vereint.«

Die Perzys verstehen mich und schwören, striktes Stillschweigen zu bewahren. Bruder Franz sagt es Marie, Leo und Peter, und sogar die reagieren erleichtert. Ihnen verrate ich nicht einmal Lottes Nachnamen, damit die Matuseks nicht in Schwierigkeiten geraten, sollte jemand sie doch mit meinem neuen Ich in Verbindung bringen und ihnen zu sehr auf den Zahn fühlen wollen. Für meine neuen Nachbarn lautet die offizielle Version, die Kleine sei auf dem Land untergebracht, so wie jetzt viele andere Kinder.

Für mich allerdings fühlt es sich an, als habe mir jemand bei lebendigem Leib das Herz aus der Brust gerissen – dabei war ich es doch selbst.

Ich rede jeden Tag mit dir, meine süße Fliedertochter.

Ich denke jede Nacht an dich.

Ich zähle die Stunden, bis wir wieder zusammen sein werden.

Ich hasse diesen Krieg aus tiefster Seele …

*

Wien, Mai 2018

Wie nach einem Tauchgang fühlte Paulina sich nach diesen Zeilen.

Lottes und Luzies Plan für Tonis Rettung – auf den ersten Blick scheinbar so genial.

Aber irgendetwas musste schiefgelaufen sein. Toni kannte ihre echte Mutter nicht, sondern war als Antonia Laurich in Potsdam groß geworden.

Sie blätterte weiter.

Zuerst kamen ein paar leere Seiten, dann hatte wieder jemand etwas geschrieben – doch es war eine ganz andere Schrift …

*

Wien, 1944/1945

Ich kann nicht so schreiben wie Luzie, deshalb mache ich nicht einmal den Versuch.

Ich zeichne auf wie ein Chronist. Das kann ich.

10. September 1944: Wien wird aus der Luft attackiert. Rund 350 US-Bomber werfen ihre Bomben ab. Es trifft neun Bezirke, darunter ist auch das Alte Rathaus.

791 Menschen müssen sterben.

17. Oktober 1944: Bomben fallen auf die Bezirke Leopoldstadt, Landstraße, Wieden, Margareten, Favoriten, Simmering, Meidling,

Hietzing, Penzing, Rudolfsheim-Fünfhaus, Döbling, Floridsdorf und Donaustadt. Auch die Karlskirche und das schöne Schloss Belvedere werden getroffen. Große Schäden.

5./6. November 1944: Bomben fallen auf die Innere Stadt, auf Leopoldstadt, Landstraße, Wieden, Margareten, Josefstadt, Mariahilf, Alsergrund, Favoriten, Simmering, Meidling, Hernals (!), Währing, Döbling, Brigittenau, wieder Floridsdorf, Mödling und Liesing.

Luzie ist tot, meine liebe, liebe Luzie ist tot ...

Ich kann es nicht glauben, als Bruder Franz es uns erzählt. Sie ist auf der Straße gestorben, hat es nicht mehr bis in den Luftschutzkeller geschafft. Obwohl die Eltern es mir verboten haben, suche ich ein paar Tage später ihre Wohnung auf.

»Felizitas Waldner« steht auf einem Schild an der Tür, dabei hat hier doch meine Luzie gelebt.

Die Wohnungstür schließt nicht mehr richtig. Aufgebrochen? Offensichtlich haben sich andere bereits bedient, an dem wenigen, das sie noch besaß ...

Ich gehe durch die Zimmer. Jeder Schritt tut mir dabei weh, weil ich ihre Gegenwart noch in allem spüre, sie aber nicht mehr hier ist. Ich will gerade wieder gehen, da entdecke ich unter einem Stoß schmutziger Wäsche das blaue Buch, in das sie schon immer geschrieben hat, als sie noch bei uns gelebt hat.

Ich nehme es mit.

15. Jänner 1945: Bomben fallen auf die Innere Stadt, die Leopoldstadt, Landstraße, Josefstadt, Alsergrund, Penzing, Rudolfsheim-

Fünfhaus, Ottakring, Hernals, Währing, Döbling und Floridsdorf.

12. März 1945: Der schwerste Bombenangriff auf Groß-Wien.

Inzwischen sind 9000 Menschen gestorben.

Der wichtigste Mensch aus meinem Leben ist auch darunter. Ich werde meine Luzie niemals vergessen!

Diese letzten Eintragungen in Luzies Tagebuch sind von mir, Peter Leopold Raimund Matusek. Es ist März 1945. Ich bin 15 Jahre und sieben Monate alt.

23

Wien, Mai 2018

Paulina musste nur die Straße überqueren, um zum Hotel Harmonie zu gelangen, aber irgendwie war ihr seltsam dabei zumute. Alles so förmlich, so offiziell – normalerweise gingen sie doch ganz anders miteinander um! Wieso war sie nicht ihrer ersten Eingebung gefolgt und gleich zu Mamasi und Toni gelaufen? Andererseits hätte sie dann noch nicht gewusst, wie aus Antonia Kühn alias Waldner Toni Laurich geworden war. Sie war schon mehr als gespannt, wie Toni auf diese aufregende Eröffnung reagieren würde.

Sie hatte sich für Luzies veilchenblaues Kleid entschieden und ein schlichtes Shirt daruntergezogen, um es ganz auszufüllen, weil heute leider kein Kostümverleih-Andi zum Einnähen bereitstand. Die Seide knisterte beim Gehen und lag federleicht auf der Haut. Jedes Mal, wenn sie dieses Gewand trug, wie die Wiener so charmant sagten, fühlte Paulina sich wie verwandelt.

Natürlich hatte sie die Abzüge mit Luzies Konterfei nicht vergessen, die Tamás für sie gemacht hatte.

> Bin da, wenn du mich brauchst. Immer. Freue mich auf deine Familie. Bis später. Kuss T.

Der Gedanke an ihn zauberte ein beglücktes Lächeln auf Paulinas Gesicht, das die Spiegelwand im Lift zurückwarf. Im dritten Stock stieg sie aus, ging den schmalen Gang entlang zu Zimmer 328 und klopfte.

»Meine Pauli!« Schwungvoll hatte Simone die Tür aufgerissen und drückte sie zur Begrüßung fest an sich. »Du hast mir ja so gefehlt …«

»Du mir auch«, versicherte Paulina. »Dass ihr beide nach Wien gekommen seid! Also nicht, dass ich mich nicht sehr darüber freuen würde, aber …«

»Das war Heikes Idee. Die geht gerade mit einer Freundin essen und überlässt die Familie heute sich selbst.« Simone war braun gebrannt, wirkte aber erstaunlicherweise gar nicht entspannt, sondern eher aufgeregt.

Paulina war in dem kleinen Vorraum angelangt, wo zwei blaue Gehhilfen an der Garderobe lehnten.

»Die brauchst du?«, fragte sie mitfühlend. »Deshalb war der Pilgerweg so viel kürzer!«

»Mein bös verstauchter Hax und Heikes offene Fersen.« Simone angelte nach den Krücken. »Da waren die beiden Richtigen auf Tour, sag ich dir! Und das schon nach wenigen Tagen. Gesehen und erlebt haben wir trotzdem jede Menge, Luigi sei Dank. Der hat uns nämlich herumkutschiert. Das mit dem Wandern holen wir dann eben im nächsten Jahr nach – aber jetzt komm erst einmal ganz rein!«

Sie humpelte voran.

In einem Sessel am Fenster saß Toni, ausnahmsweise ganz in Weiß, das Silberhaar fedrig gestuft, um den Hals ein halbes Dutzend Korallenketten. Frisch wirkte sie, richtig erholt, als käme sie von einem Kurztrip, und nicht aus dem Krankenhaus.

»Meine große Kleine!«, sagte sie gerührt, als Paulina sie umarmte. Die Reifen an ihrem Handgelenk sangen dabei ihr vertrautes Klimperlied. »Ich strahle, aber nur vor Freude, sonst hättest du mir nämlich gar nicht so nah kommen dürfen. Hoffen wir, dass dieses olle Herz nun endlich seinen Rhythmus behält.«

»Unbedingt«, sagte Paulina. »Du siehst übrigens so wohl aus wie schon lange nicht mehr.«

»Und du bist heute ganz besonders schön«, sagte Toni, nachdem Paulina sie wieder losgelassen hatte. »Du hast deinen Stil geändert – bravo! Vintage, und dazu diese extravagante Farbe, das zusammen kleidet dich ganz famos.«

»Das Kleid hat Luzie gehört«, erklärte Paulina. »Ebenso wie das blaue Buch, das Peter Matusek dir als Vermächtnis hinterlassen hat.«

Sie zog es aus dem Rucksack und legte es auf Tonis Schoß. Die beiden Fotos folgten.

»Und das war sie, Toni – deine Mutter Luzie Kühn.«

»Wie? Was? Meine Mutter? Wie darf ich das verstehen?« Die hellen Augen waren weit aufgerissen.

»Genauso, wie ich es sage. Seit ich in Wien bin, lebe ich mit und in diesem Tagebuch, und sobald du erst einmal zu lesen begonnen hast, wirst du sogar noch viel tiefer darin versinken, denn es ist ja die Geschichte deiner Mutter.«

»Meine Mutter hieß Lotte …«

»Verzeih, wenn ich dich unterbreche, Toni. Lotte mag deine Mama gewesen sein, die dich gefüttert und behütet, dir vorgelesen und an deinem Bettchen gesessen hat, wenn du krank warst, aber geboren hat dich Luzie, auch wenn sie damals in Wien zuletzt unter einem anderen Namen leben musste.«

Toni starrte auf die Fotos.

»Sie sieht ja aus wie du«, sagte sie verdutzt. »Beziehungsweise, du siehst so aus wie sie …«

»Das sagen alle«, erwiderte Paulina. »Und ich selbst sehe es auch. Ihre Sachen passen mir. Und ich kann fühlen, wie sie gefühlt hat. Ist das nicht seltsam?«

»Weil du …« Toni brach ab und griff Hilfe suchend nach Simones Hand, die hinter sie gehumpelt war.

»Ich kann verstehen, dass dich das alles ein wenig überrollt«, sagte Paulina.

Sie zog einen Schemel heran, sodass sie nun auf Augenhöhe mit Toni saß.

»Ich hatte Zeit, mich beim Lesen nach und nach dieser Erkenntnis zu nähern, für dich jedoch kommt sie jetzt schlagartig«, fuhr Paulina fort. »In aller Kürze, die ausgiebige Version findest du dann im Tagebuch auf vielen Seiten: Deine Mutter war Halbjüdin und lebte in ständiger Angst, im Dritten Reich als solche enttarnt zu werden. Deshalb ist sie 1936 von Berlin nach Wien gezogen, aber 1938 kam ja der Anschluss Österreichs ans Deutsche Reich, und ihre Probleme gingen weiter. Dich hat sie heiß ersehnt und sehr geliebt. ›Meine Fliedertochter‹ hat sie dich genannt. Du wirst ja selbst lesen, weshalb. Um dich vor den Bombenangriffen auf Wien zu retten, hat sie dich 1944 als Baby ihrer Freundin Lotte aus Potsdam anvertraut, die bereits eine eigene kleine Tochter hatte …«

»Potsdam wurde im April 1945 von den Briten in Schutt und Asche gebombt, ganz kurz vor Kriegsende. Unsere Wohnung, die gab es dann nicht mehr, das hat Mutter mir später oft erzählt«, unterbrach Toni Paulina. »Zum Glück waren wir gerade bei Verwandten im Harz, als die Bomben fielen. Mutter muss so etwas wie einen siebten Sinn gehabt haben. Und in Goslar sind wir ja auch bis Mitte 1947 geblieben. Erst dann ging es wieder zurück nach Potsdam, wo wir zunächst sehr beengt unterkommen mussten. Ich selbst weiß so gut wie gar nichts mehr von dieser Zeit, war damals ja noch klitzeklein, aber Thea hat oft von den dunklen Fachwerkhäusern Goslars geschwärmt, als sie sich noch erinnern konnte …«

Sie stutzte.

»Aber dann wäre Thea ja gar nicht meine echte Schwester?«

»Nicht im klassischen Sinn«, sagte Paulina. »Vom Herzen her aber sehr wohl.«

»Und Luzie? Was wurde aus ihr? Hat sie mich später denn nicht gesucht, wenn ich ihr schon so wichtig war?«

»Das konnte sie leider nicht mehr, Toni. Luzie starb im Herbst '44 in Wien bei einem Bombenangriff.«

Toni begann, mit ihren Armreifen zu spielen.

»Das muss ich jetzt erst einmal verdauen. Was sagst du denn dazu, Simone?«

»Ich bin sprachlos, vollkommen sprachlos.« Simone humpelte zur Minibar und hantierte dort eine Weile. »Wenn du mir mal bitte kurz helfen könntest, Pauli …«

»Gern.« Paulina trug die Gläser zurück zu Tonis Sessel. Simone kam ebenfalls dazu und setzte sich.

»Bitterlemon on the rocks«, sagte sie. »Die stärkeren Getränke heben wir uns noch auf, denn die werden wir bald brauchen.«

Toni und sie tauschten einen raschen Blick.

»Ihr seid irgendwie komisch heute, alle beide«, bemerkte Paulina. »Ich dachte, den Jackpot hätte eindeutig ich zu bieten!«

»Nicht ganz.« Simone räusperte sich. »Wir haben dir auch etwas Wichtiges zu sagen, Pauli, vor allem natürlich ich, und das hätte ich längst tun sollen, aber Toni eben auch …«

Ihre Stimme wurde undeutlich.

Dafür erschien vor Paulinas Augen ein Bild: ein Mädchen, das sich an einer Schublade zu schaffen machte, die eigentlich tabu war …

»Jener Brief«, sagte sie und hatte plötzlich wieder den bitteren Tintengeruch in der Nase, als sei es erst gestern gewesen. »Geht es darum? Ich wollte wissen, wer ihn geschrieben hat, und du hattest mir versprochen, von ihr zu erzählen. Aber du hast es nie getan.«

»Ja, das hatte ich dir versprochen.« Tränen liefen über Simones Wangen. »Und es tut mir unendlich leid, dass ich dieses Versprechen bis heute nicht eingelöst habe. Sie war meine allerbeste Freundin und hieß Lille …«

»… so hat sie sich als kleines Kind genannt, weil sie Schwierigkeiten mit ihrem Namen Elisabeth hatte«, sprach nun Toni weiter. »Und weil sie alles liebte, was einmalig war. Lille war meine Tochter. Sie ist aus der DDR geflohen, als die Mauer noch stand. Danach konnte sie nie mehr zurück. Sie hat nur mitgenommen, was sie am Leibe trug.

Und die alte Schneekugel, die ich bereits als Kind hatte. Die hat sie dann vor ihrem Tod Simone geschenkt.«

»Und ich sie dann dir, Pauli, weil ich wollte, dass du etwas besitzt, was ihr gehört hat«, fügte Simone leise hinzu.

»Aber warum?«, fragte Paulina. »Ich hab sie doch gar nicht gekannt …«

»Warte«, sagte Simone. »Du wirst es gleich verstehen. Lille war schwanger, als sie die Krebsdiagnose erhielt, die schlimmste Stufe, unheilbar.« Ihre Stimme klang auf einmal brüchig. »Ich selbst hatte einige Fehlgeburten hinter mir, was mich krank vor Kummer gemacht hat. Lille wusste, sie würde bald nach deiner Geburt sterben. Da hat sie mich gebeten, deine Mutter zu werden …«

»*Meiner* Geburt? Diese Lille soll meine Mutter sein – nicht du?« Paulina war aufgesprungen. »Willst du mir etwa das sagen?«

»Ich *bin* deine Mutter, Paulina, mit jeder Faser meines Seins, aber Lille hat dich geboren. Das will ich dir sagen.« Simone hielt Paulinas aufgebrachten Blicken stand.

»Ich bin also adoptiert? Und für diese Info hast du dreißig Jahre gebraucht?« Jetzt schrie Paulina. »Und wer war dann mein Vater? Doch garantiert nicht Rainer, den ich immer für meinen Papa gehalten habe!«

»Rainer war überglücklich, dich als Tochter zu bekommen, Pauli. Er hatte sich ebenso innig ein Kind gewünscht wie ich. Gezeugt hat dich allerdings Laurin Iversen, ein junger Norweger. Lille und er waren nur kurz ein Paar, dann ist er in seine Heimat zurückgekehrt. Laurin wusste nicht einmal, dass sie schwanger war. Sie hat es ihm nie verraten.«

»Ein Wikinger, eine Tote und eine alte Schneekugel, ich fass es nicht!« Paulina setzte sich wieder, nahm Tonis Hand. »Aber dann bist du meine echte Großmutter?«

Toni nickte. »Leibhaftig und von ganzem Herzen«, sagte sie.

»Und warum dann jahrzehntelang dieser Affentanz? Weshalb habt ihr mir das alles nicht einfach gesagt?«

»Weil es nicht ganz so einfach war.« Toni ließ Paulinas Hand nicht mehr los. »Ich habe von Lilles Tod und deiner Existenz erst erfahren, nachdem die Mauer gefallen war. Zwischen meiner Tochter und mir herrschte über Jahre absolute Funkstille. Simone musste Lille am Sterbebett hoch und heilig versprechen, dass es auch nach ihrem Ableben so bleiben würde. Zu unser aller Glück hat sie sich nicht daran gehalten. Sie wollte unbedingt, dass wir beide zueinander finden, du und ich. Was war ich außer mir vor Freude, als ihr beide eines Tages vor meinem Häuschen gestanden seid! Von der ersten Sekunde an habe ich dich geliebt – natürlich, weil du Lilles Kind warst, aber auch, weil du Paulina bist.«

Paulina entzog ihr die Hand und stand auf.

»Ich verstehe es noch immer nicht«, sagte sie. »Für mich warst du ohnehin meine Oma. Nein, noch etwas viel Besseres …«

»Du bist als Frühchen zur Welt gekommen, musstest im Brutkasten aufgepäppelt werden. Ich hab so oft um dich gebibbert, hatte Riesenangst, dich zu verlieren, wie meine anderen Kinder.« Simone gab sich Mühe, möglichst ruhig zu sprechen, aber es war zu hören, wie schwer ihr das fiel. »Dann wurdest du drei, schließlich vier. Und endlich stabiler, körperlich wie auch psychisch. Wenn ich dir damals gesagt hätte, dass du eine andere Mutter hast …«

»Es war mein Vorschlag«, kam Toni ihr zur Hilfe. »Ich *war* einfach deine Oma, ohne Oma zu heißen. Du bist mir mit so viel Liebe und Neugierde entgegengetreten, das hat alles leicht gemacht. Zwischendrin habe ich unsere Abmachung sogar vergessen. Du bist meine Enkelin, Pauli, und du warst es von Anfang an …«

»Wisst ihr, was? Ich muss jetzt erst einmal raus hier«, sagte Paulina. »Durchatmen und mich selbst wiederfinden, das werdet ihr sicherlich verstehen. Ich melde mich später.«

Sie ging zur Tür.

»Dann wäre Luzie ja meine Urgroßmutter«, murmelte sie kopfschüttelnd vor sich hin. »Krass. Echt krass!«

Tamás war schon nach ein paar Minuten da. Schweigend nahm sie neben ihm im Cabrio Platz.

»Wohin?«, fragte er nach einer Weile.

»Ganz egal. Nur weg von hier. Ich brauche jetzt dringend Abstand.«

Er fuhr zur Donaulände, parkte Sir Anthony, sie stiegen aus.

»Lass uns ein Stück laufen«, bat Paulina. »Ich bin so voller Wut und Enttäuschung, dass ich sonst platze.«

»Und jetzt leg los«, sagte er, nachdem sie eine Weile am Kanal entlanggegangen waren. »Reden hilft eigentlich immer.«

»Ich hatte Toni gerade eröffnet, dass Luzie Kühn ihre Mutter ist«, sagte Paulina. »Aber meine Mutter und sie hatten noch eine weitere Überraschung parat: Mamasi, wie ich sie seit Kindertagen nenne, ist gar nicht meine Mutter, stell dir vor, sondern Lille, Tonis Tochter. Die starb kurz nach meiner Geburt an Krebs, aber davon haben sie mir nie etwas gesagt. Ebenso wenig, dass Toni meine echte Großmutter ist. Und irgendein Norweger soll mein Erzeuger sein. Dreißig Jahre lang kein Wort von alldem – kannst du dir das vorstellen?«

»Ich verstehe, dass du aufgeregt bist«, sagte er. »Aber was genau erzürnt dich daran so?«

»Dass sie mich angelogen haben, alle beide. Ebenso wie Rainer, der Mann, den ich für meinen Papa gehalten habe.« Paulina blieb mitten auf dem Weg stehen. »Und zwar bis zum heutigen Tag. Angeblich war ich zu klein und zu kränklich, um gleich die Wahrheit zu erfahren. Als ich ungefähr elf war, kurz nach Papas Tod, hab ich in Mamasis Sachen gestöbert und dabei einen Brief gefunden – von Lille, wie ich jetzt weiß. Ich habe ihn damals gelesen, aber nicht ganz verstanden. Und seltsamerweise ist ein komisches Gefühl geblieben ...«

»Dann hast du es vielleicht damals schon geahnt?«

»Die Wahrheit hätte sie mir sagen müssen!« Paulina stampfte wütend mit dem Fuß auf.

»Was hätte sich für dich geändert, wenn du sie gekannt hättest? War deine Mamasi eine gute Mutter? Und Toni eine gute Oma?«

»Ja, das waren sie, aber darum geht es mir jetzt nicht. Jeder will doch wissen, woher er stammt und was seine Wurzeln sind! Du hast dich auf die Suche nach deiner jüdischen Familienlinie begeben. Du müsstest mich eigentlich verstehen.«

»Das tue ich, Paulina, aber ich verstehe auch sie«, erwiderte Tamás nachdenklich. »Ich denke, die beiden hatten gute Gründe, es dir nicht zu sagen. Jedenfalls waren sie davon überzeugt. Vielleicht haben sie ja einfach den richtigen Zeitpunkt verpasst. Und irgendwann ging es dann gar nicht mehr. Ich finde es jedenfalls mutig, dass sie es heute getan haben. Sie hätten ja auch weiterhin bei ihrer Version bleiben können.«

»Du meinst, ich soll ihnen verzeihen und vergeben – einfach so?«, fragte sie.

»Nicht einfach so. Sondern, weil du sie liebst. Denn das tust du doch.«

»Ja – leider!«

»Sieh es einmal so: Du hast jetzt die Möglichkeit, die beiden ausgiebig über Lille zu befragen und auf diese Weise mehr und mehr über sie zu erfahren. Dann bekommst du noch eine Mutter dazu, anstatt eine zu verlieren. Und falls es dir um deinen Vater geht: Mit den heutigen Recherchemöglichkeiten im Internet lässt sich so gut wie jede Adresse herausbekommen, wenn man möchte. Jedenfalls bei uns in Europa.«

Paulina schwieg eine ganze Weile. Dann blieb sie plötzlich stehen.

»Ich könnte es versuchen«, sagte sie zögernd. »Denn natürlich will ich alles über Lille wissen. Keine Ahnung allerdings, ob das mit dem Verzeihen wirklich funktioniert. Und wie schnell. Aber noch einmal anlügen dürfen sie mich niemals mehr …«

Er nahm sie in die Arme. Sie schenkte ihm ein verrutschtes Lächeln.

»Es tut so gut, dass du gerade bei mir bist«, sagte sie. »Und ich dir alles erzählen kann.«

Tamás beugte sich zu ihr herunter und küsste sie.

»Immer«, sagte er. »Ich halte übrigens meine Versprechen. Deshalb dauert es manchmal auch ein wenig länger, bis ich sie gebe.«

Der nächste Kuss ging von Paulina aus und geriet noch länger und inniger.

»Was für eine Ehre, Luzies waschechte Urenkelin küssen zu dürfen«, flüsterte er hingerissen, als sie beide wieder Luft bekamen. »Und dann auch noch in diesem aufregenden Kleid!«

Zwei Tage später waren sie gemeinsam am Mozartgrab versammelt, über dem sich duftend der blühende Fliederstrauch wölbte: Lena und Ferdi Brunner, Moritz, Paulina, Tamás, Toni und Simone, Letztere in einem geliehenen Rollstuhl. Toni sagte nicht viel, aber es war ihr anzusehen, dass sie bewegt war. Sie hatte mit der Lektüre des Tagebuchs begonnen, so viel hatte sie verraten, und seitdem nur wenige Stunden Schlaf abbekommen, weil sie nicht mehr zu lesen aufhören konnte.

»Es ist wie eine Droge«, sagte sie. »Man will mehr und immer noch mehr. Und gleichzeitig bekommt man Angst, dass es zu Ende geht – was für ein Leben! Meine Mutter Luzie besitzt meinen allergrößten Respekt, gerade, weil sie nicht immer perfekt war. Aber das war Mama Lotte zum Glück ja auch nicht.«

Das war an Paulina gerichtet, die es mit einem knappen Nicken quittierte. Ihr erster Groll war inzwischen verraucht, auf der Hut allerdings würde sie noch eine ganze Zeit bleiben. Weil jetzt alles anders war in ihrem Leben, hatte sie sich gestern in einer kleinen Boutique im Alsergrund ein neues Kleid gekauft, das ebenso fliederfarben war wie die prächtigen Blütendolden hinter ihr.

»Soll ich dann?«, fragte sie.

Lena nickte.

»Oder willst lieber du? Immerhin war Peter dein Vater.«

»Und Luzie deine Urgroßmutter. Lies, Paulina, ich bin ganz zufrieden, wenn ich zusammen mit den anderen zuhören kann.«

Lena reichte ihr ein Blatt Papier.

Und Paulina begann:

Wien, Dezember 2017

Ich schreibe diesen Brief, weil der Tod nicht mehr fern ist. Für mich ist er kein Feind mehr, sondern inzwischen ein Vertrauter, der schon öfters an meine Tür geklopft hat. Bislang konnte ich ihn jedes Mal noch überreden, ein Weilchen zu warten, bis er mich mitnimmt, doch nun wird es langsam ernst.

Mir fehlt die Kraft, ihn noch einmal fortzuschicken.

Ich mochte mein Leben, jedenfalls die meisten Teile davon. Meine Eltern haben mich geliebt und behütet, ich habe eine liebe Frau gefunden, die mir eine kluge Tochter geschenkt hat – und diese wiederum einen entzückenden Enkel, meinen

Moritz. Dass meine Kindheit und Jugend in die Zeit des Naziregimes fielen, war riesengroßes Pech. Mein Glück dabei allerdings wiederum war, dass ich zu jung war, um an der Front verheizt zu werden.

Doch ich war nicht zu jung, um tief und aufrichtig zu lieben – meine Luzie. Sie war wie ein Sonnenstrahl an einem trüben Tag, voller Elan, Witz und Charme und dazu wunderschön. Erst hielt ich sie für meine verlorene große Schwester, die wie durch ein Wunder wieder zu uns zurückgefunden hatte, dann merkte ich allerdings bald, dass an dieser Legende etwas faul sein musste.

Meine Gefühle ihr gegenüber veränderten sich, was mich lange ziemlich verwirrt hat.

Aber kann man Gefühlen befehlen?

Sie machen ja doch, was sie wollen.

Ich habe Luzie verehrt, irgendwann sogar begehrt, wie ein Stöpsel meines Alters ein weibliches Wesen eben begehren kann.

Dass dieser SA-Unhold Wagner sie durch mich aufspüren konnte, habe ich mir niemals verziehen. Ich war jung und naiv, aber ich hätte trotzdem aufmerksamer sein müssen. Als man Luzie auf dem Steinhof eingekerkert hat, wäre ich vor Schuldgefühlen beinahe gestorben.

Doch sie kam noch einmal davon, konnte ein neues Leben beginnen und sogar Mutter werden – auch wenn der bittere Preis dafür war, dass sie sich von uns lossagen musste.

Als Luzie starb, starb auch ein Teil von mir. Ich war damals noch nicht alt genug, um nach ihrem Kind zu suchen; meine Eltern haben es versucht, aber niemand wusste etwas, keiner hatte das kleine Mädchen gesehen. Später haben wir dann den Suchdienst des Roten Kreuzes eingeschaltet, doch alles, was wir erhielten, lautete: »Keine Überlebenden.«

Aber ich gebe nicht auf.

Dass das kleine Mädchen meiner Luzie noch irgendwo lebt, spüre ich ganz deutlich in meinem Herzen. Und sie soll, sie muss erfahren, welch wunderbare Mutter sie hatte. Meiner eigenen Tochter Lena übertrage ich die Aufgabe, nach ihr zu suchen und ihr als Vermächtnis dieses Tagebuch auszuhändigen: Lena, bitte erweise mir diesen letzten Liebesdienst! Suche nach Lotte Laurich und ihrer Tochter Antonia.

Hast du sie gefunden, soll Antonia im Mai nach Wien kommen, wenn der Flieder am Mozartgrab in voller Blüte steht, Luzies Fliedertochter, die sie so sehr geliebt hat …

Alle hatten feuchte Augen bekommen, auch Paulina, die die letzten Worte vor Rührung kaum noch herausbrachte.

»Cut!«, sagte Moritz energisch. »Hat schließlich doch alles bestens geklappt, oder? Opa hat es am liebsten fröhlich gehabt. Und gutes Essen mochte er auch. Ich habe dazu mal *Die StadtSpionin* befragt, Wiens geilstes Onlinejournal, eigentlich für Frauen konzipiert, aber sollten wir nicht alle von den Frauen lernen?«

Er zwinkerte verschwörerisch.

»Die empfiehlt ganz besonders das Restaurant Tian mit seiner ausgezeichneten vegetarischen Küche.«

Allgemeines Schweigen.

Moritz grinste.

»Dass euch das nicht vom Hocker reißen würde, hatte ich mir fast schon gedacht und deshalb gleich lieber im ›Lugeck‹ reserviert, unweit des Stephansdoms, wo es echte, herzhafte Wiener Küche gibt. Ihr werdet es lieben!«

»Dann ruf bitte dort noch einmal an und bestell drei weitere Plätze«, bat Paulina. »Zwei für Dr. Viktor Bárány, einen wirklich spannenden Mann, den ich im Zug nach Wien kennengelernt habe, und seine Frau. Der ist ein wandelndes Lexikon und wird uns alle sehr bereichern. Und dann brauchen wir noch einen dritten Platz für die liebe Heike, die uns zurück nach Berlin bringen wird.«

»Dann nichts wie auf ins ›Lugeck‹«, sagte Toni.

Ganz selbstverständlich nahm Tamás beim Gehen Paulinas Hand, was Toni schmunzeln ließ.

»Mir gefällt, wie glücklich du mit deinem Tamás bist, Pauli«, sagte sie. »Würdest heute trotzdem neben mir sitzen?«

Paulina atmete tief aus.

»Würde ich«, sagte sie dann, ebenfalls lächelnd. »Ausnahmsweise.«

EPILOG

Berlin, September 2018

Beat Loving war kurz davor, zum Nervenbündel zu werden, weil noch immer kein einziger Besucher gekommen war.

»Vielleicht waren wir doch zu kühn«, sagte er, während er rastlos im Erdgeschoss auf- und ablief. »Und die Menschheit ist noch nicht reif für unsere Träume! Außerdem machen wir einen ganzen Monat später auf als ursprünglich geplant. Das nehmen sie uns jetzt übel …«

»Haben Sie mal auf die Uhr geschaut?«, unterbrach ihn Paulina. »Wir haben gerade mal 19:00 Uhr – die feierliche Eröffnung des Vintage startet erst in einer Stunde. Sie werden kommen, vertrauen Sie mir. Alle wollen träumen!«

Was hier entstanden war, war ihr bisheriges Lieblingsprojekt – vier Stockwerke, vier Räume mit jeweils individueller Beleuchtung, bei der sie mit dem Lichtdesigner Volker Auerbach zusammengearbeitet hatte. Den vollen Effekt würde sie erst erzielen, wenn es dunkel war: Dann zog sich Licht wie ein leuchtendes Band schräg über die ganze Fassade.

SPUREN begann im Erdgeschoss: nur ein Koffer – Luzies alter Koffer. Unbestimmtes Licht, als würde der Mond nachts in ein Zimmer leuchten, magisch und geheimnisvoll.

Im ersten Geschoss wurde es heller, das Licht eines frühen Morgens. Vogelgezwitscher, ein Schlafzimmer im Stil der Dreißigerjahre: Doppelbett, Frisierkommode, der Paravent aus Wien, ein alter Stuhl, über dem ein seidener Morgenmantel hing. Paulina hatte ihn nachschneidern lassen, weil ihr die Originale für die Ausstellung zu kostbar waren.

Ein Stockwerk höher war es taghell. Sommerlicht, wärmend und belebend. Eine Couch, ein Tisch, zwei Sessel. Im Hintergrund Filmaufnahmen von Berlin aus der Vorkriegszeit, die ein Beamer an die Wand warf. Darunter auch marschierende Nazis, die Bedrohlichkeit der Idylle.

Schließlich der Schock, wenn man ganz oben ankam: totale Dunkelheit. Es dauerte eine Weile, bis die Augen sich daran gewöhnt hatten, dann tauchten in kurzen Lichtblitzen für Sekunden die Gesichter bekannter weiblicher UFA-Größen auf: Marlene Dietrich, Zarah Leander, Kristina Söderbaum, Ilse Werner, Paula Wessely, Marika Rökk, Grete Weiser. Dazwischen blinkte immer wieder in grellroten Versalien: LUZIE KÜHN, bis es schlagartig hell wurde, so grell allerdings, dass man es kaum ertrug: noch ein Koffer, geöffnet, Kleider quollen heraus, eine alte Haarbürste, ein zerbrochener Spiegel, ein Kinderhäubchen, eine Rassel, eine Schneekugel mit dem Wiener Riesenrad, verletzliche Spuren eines Frauenlebens …

Nach und nach füllte sich das Möbelhaus mit Besuchern, die mit ihren Begrüßungsdrinks durch die Stockwerke flanierten, und Beat Loving fand seine Ruhe wieder.

»Es kommt gut an«, sagte er zu Paulina. »Sie haben Recht gehabt. Die Leute diskutieren, und sie denken nach. Das gefällt mir. Und alle wollen wissen, wer Luzie Kühn war.«

»Das können sie bald erfahren«, sagte Paulina. »Unseren Film SPUREN – BERLIN–WIEN–BERLIN über sie stellen wir heute noch ins Netz.« Sie musterte ihn kritisch. »Und was macht die Auftragslage?«, fragte sie.

»Durchaus vielversprechend. Manche würden die Sachen am liebsten gleich mitnehmen, und Jasmin vereinbart bereits Beratungstermine. Da will eine erfreuliche Anzahl von Kunden mehr als nur eine Lampe oder ein Sofa kaufen.« Er hielt kurz inne. »Hätte natürlich auch für Sie eine höchst interessante Aufgabe sein können …«

Jasmin war die neue Frau an seiner Seite, dunkel, stets an seinen Lippen hängend, das perfekte Pendant zu Macho Loving.

»Lassen Sie mal gut sein«, erwiderte Paulina. »Ich bin bestens versorgt.«

Das galt Tamás, der gerade das *Vintage* betrat.

Ihre Freude war so groß, dass Paulina für einen Augenblick schwindelig wurde. Er schien es zu merken, kam schnell auf sie zu und hielt sie fest.

»He, nicht gleich umkippen«, sagte er zärtlich.

»Jetzt bist du ja da.« Sie lehnte sich an ihn.

»Ja«, sagte Tamás. »Das bin ich. Und weißt du, was das Beste daran ist?«

Paulina sah ihn fragend an.

»Ich hab den Auftrag bekommen, Schlösser und Herrenhäuser in Brandenburg für den großen Bildband zu fotografieren. Keine Lebensaufgabe, aber ein Anfang, ein sehr guter Anfang sogar. Das heißt im Klartext: Ich bin gekommen, um zu bleiben – vorausgesetzt natürlich, du bist damit einverstanden.«

»Träume«, sagte Paulina strahlend. »Und ob ich damit einverstanden bin! Weißt du, was das Wunderbarste an ihnen ist?«

Tamás zuckte die Achseln.

»Dass sie manchmal sogar wahr werden!«

NACHWORT

Gerne oute ich mich als bekennender Wien-Fan. Schon seit meinem ersten Besuch hat mich diese berühmte Stadt an der Donau in ihren Bann gezogen, mit ihrer grandiosen Architektur, den berühmten Caféhäusern, mit all ihren Malern, Dichtern und Denkern, ihren Komponisten und Philosophen und dem unvergleichlichen Dialekt, den ich ganz besonders liebe. Durch Wien zu flanieren heißt Kultur zu atmen und sich an den schönen Dingen des Daseins zu erfreuen. Nicht umsonst wurde Wien 2018 mit der Auszeichnung »lebenswerteste Stadt der Welt« bedacht.

So erleben wir Wien heute.

Achtzig Jahre zuvor wehte hier ein anderer Wind. Adolf Hitler ließ am 12. März 1938 in der sogenannten »Operation Otto« Truppen der deutschen Wehrmacht in Österreich einmarschieren. Ohne einen einzigen Schuss vollzog sich der Anschluss Österreichs an das Deutsche Reich. Der Name Österreich erlosch; stattdessen gab es nun die »Ostmark«. Kanzler Karl Schuschnigg, zuvor bereits von Hitler gedemütigt, musste die Idee einer freien Volksbefragung fallen lassen und wurde zum Rücktritt gezwungen. Als der Diktator am 15. März auf dem Heldenplatz vom

Balkon der Hofburg aus zu den Wienern sprach, erhob fast eine Viertelmillion Menschen die rechte Hand zum Deutschen Gruß.

Vorangegangen waren Aktionen der Gestapo. Die Nationalsozialisten in der österreichischen Polizeiführung – bis zum Anschluss offiziell verboten – übergaben ihren neuen Chefs Listen mit »Staatsfeinden«, darunter eine sogenannte »Prominentenliste«, auf der sich unter anderem Größen aus Politik, Kunst und Öffentlichkeit befanden, die die Nazis als Feinde betrachteten. Zunächst im Gefangenenhaus in der Elisabethpromenade verwahrt, wurden diese Männer am 31. März zum Wiener Westbahnhof gebracht. Dort übernahmen SS-Leute aus Dachau den Transport und ließen die Gefangenen unter Schlägen und Erniedrigungen exerzieren, bis die ersten zusammenbrachen, während ihre Peiniger immer betrunkener wurden.

Schließlich setzte sich der Zug in die Hölle in Bewegung.

Ziel war das KZ Dachau, das viele aus diesem Zug nicht mehr lebend verlassen würden …

Wien schien wie entfesselt. Juden wurden aus ihren Wohnungen gezerrt, verprügelt, beraubt und zu »Reibpartien« gezwungen: Mit Zahnbürsten oder bloßen Händen sollten sie die Parolen für die Volksabstimmung von den Gehsteigen wischen. Der Antisemitismus entlud sich so brutal, dass Berlin einschritt und ein Ende dieser »wilden Arisierungen« forderte (nicht zuletzt aus Angst, es könne nicht mehr genügend für die deutschen Nazis übrig bleiben).

Innerhalb weniger Tage waren die annähernd 200 000 jüdischen Bürger Wiens rechtelos, besitzlos, aller öffentlicher Ämter enthoben.

Und das war erst der Anfang. Eine riesige Vernichtungswelle rollte auf die Menschen mosaischen Glaubens zu, an deren Ende sechs Millionen Tote zu beklagen waren.

In all diesem Wahnsinn agiert meine Heldin Luzie Kühn, eine junge begabte Soubrette aus Berlin, die eigentlich nur ganz harmlos Karriere machen möchte und dabei Joseph Goebbels ins Auge fällt, der sich mit ihr amüsieren möchte. Dass sie jüdische Großeltern hat, versucht sie durch die Adoption durch ihre arische Tante Marie ungeschehen zu machen. Unglücklicherweise entzündet sie die Leidenschaft eines fanatischen SA-Mannes, der ihre Zurückweisung nicht erträgt und nicht ruht, bis Luzie wegen »moralischer Debilität« in das berüchtigte Krankenhaus am Steinhof eingewiesen wird, in dem ungefähr zur gleichen Zeit mit der Vernichtung »unwerten Lebens« ein grausames Euthanasieprogramm beginnt.

Luzie kommt gerade noch einmal davon.

Es gab nicht nur Befürworter und Mitläufer, es gab auch Menschen, die Widerstand gegen das Naziregime geleistet haben, von ihnen energisch verfolgt und bei Entdeckung mit dem Tod bestraft wurden. Zu einem großen Bekanntheitsgrad gelangte die überparteiliche Widerstandsbewegung O5. Die Fünf steht für den fünften Buchstaben im Alphabet, O5 bedeutet also OE für OEsterreich. Die Mitglieder machten auf sich aufmerksam, indem sie an vielen öffentlichen Gebäuden ihr Kürzel hinterließen; noch heute ist es am Stephansdom zu sehen.

In meinem Roman lasse ich Luzies Geliebten, den inhaftierten Librettisten Bela Król, mit diesem Kürzel bereits 1938 von dieser Freiheit seines Landes träumen. Realiter wurde diese Gruppe erst ab 1944 politisch richtig aktiv.

Belas Schicksal habe ich ein wenig an das von Fritz Löhner-Beda angelehnt, der uns als Librettist so wundervolle Lieder wie »Dein ist mein ganzes Herz«, aber auch kesse Schlager wie »Ausgerechnet Bananen« oder »Was machst du mit dem Knie, lieber Hans« geschenkt hat. Er war einer der bedauernswerten Gefangenen des berüchtigten »Prominententransports«, kam 1938 zunächst ins KZ Dachau, danach noch im gleichen Jahr ins KZ Buchenwald und schließlich ins KZ Ausschwitz. Dort musste er für den Chemiekonzern I.G. Farben Schwerstarbeit leisten, der die Häftlinge mit unvorstellbarer Brutalität ausbeutete. 1942 starb er dort nach Schlägen und Misshandlungen durch das Wachpersonal, weil er anlässlich einer Inspektion der Direktion angeblich nicht schnell genug gearbeitet habe: »Wenn die nicht mehr arbeiten können, sollen sie in der Gaskammer verrecken« – einer der I.G. Farben-Direktoren im Originalzitat.

Seitdem ich das weiß, muss ich jedes Mal daran denken, wenn eines seiner unvergesslichen Lieder erklingt …

Trotz der hier angesprochenen Dramatik ist »Die Fliedertochter« kein trauriger oder bedrückender Roman. Die

Schönheit, die Kultur und die lange Geschichte Wiens spielen darin ebenso eine Rolle wie die Liebe zu guten Speisen – auch wenn der Krieg natürlich viele Einschränkungen von den Menschen forderte. Aber es darf keinen Teresa-Simon-Roman ohne entsprechende Rezepte geben. Und so findet sich auch hier wieder eine kleine Auswahl spezifischer Speisen, die hoffentlich allen Geschmäckern gerecht wird und zum Nachkochen und Nachbacken anregt.

Ich bin sehr froh, dass wir uns heute wieder unbeschwert daran erfreuen dürfen und die finsteren Zeiten weit hinter uns liegen.

Es lebe das ewige, wunderbare Wien!

Teresa Simon, im Oktober 2018

PIKANTE REZEPTE

Wiener Schnitzel mit Erdäpfelsalat

Für die Schnitzel:
4 dünne Kalbsschnitzel (eines ca. 125 g)
150 g griffiges Mehl
2 verquirlte Eier
300 g Semmelbrösel
1 Zitrone
Petersilie

Für den Salat:
500 g Erdäpfel
120 g rote Zwiebeln
100 ml klare Suppe
1 Messerspitze Senf
20 ml Apfelessig
20 ml Öl

Moritz' Rezept

Erdäpfel in der Schale weich kochen; schälen und blättrig schneiden. Zwiebel schälen und fein schneiden. Senf und Salz mit heißer Suppe und Essig verrühren, Öl einrühren und die Marinade über die Erdäpfel gießen. Kurz durchmischen und mindestens zehn Minuten ziehen lassen.

Die Schnitzel zwischen Frischhaltefolie klopfen. Fleisch salzen, in Mehl wenden, durch die verquirlten Eier ziehen und in den Semmelbröseln wenden. Wer eine besonders dicke Panade mag, zieht die Schnitzel noch einmal durch Ei und Brösel.

Circa zwei Finger hoch Öl erhitzen, Schnitzel darin beid-

seitig goldgelb backen. Dabei die Pfanne immer ein wenig rütteln, damit Fett und Schnitzel in Bewegung bleiben.

Schnitzel aus dem Fett nehmen und auf mehreren Lagen Küchenpapier gut abtropfen lassen. Anschließend auf Tellern anrichten, mit Zitronenspalten und Petersilienblättchen garnieren.

Tafelspitz mit Rösti, Schnittlauchsauce und Apfelkren

Für den Tafelspitz:
1–1,2 kg Tafelspitz
3 Karotten
3 gelbe Rüben
1 Sellerie
1 Zwiebel
5 l Wasser
2 Lorbeerblätter
10 Pfefferkörner
2 Wacholderbeeren

Für die Rösti:
1,2 kg Erdäpfel
Öl, Salz und Muskat

Für die Schnittlauchsauce:
2 hart gekochte Eier
100 g Pflanzenöl
2 Scheiben Toastbrot
250 g Milch
250 g Sauerrahm
Schnittlauch fein geschnitten

Für den Apfelkren:
2 säuerliche Äpfel
1 EL Puderzucker
20 ml Apfelessig
50 g geriebener Kren (Meerrettich)

Das Wasser in einem großen Kochtopf zum Kochen bringen. Das Fleisch von Sehnen und Häuten befreien, aber nicht den Fettdeckel entfernen. Das Fleisch im Wasser zum Kochen bringen. 30 Minuten kräftig kochen lassen und immer wieder den aufsteigenden Schaum abschöpfen.

Das Gemüse schälen, würfeln und in die Suppe geben. Lorbeerblätter, Pfefferkörner und Wacholderbeeren ebenfalls zugeben. Die Hitze reduzieren und die Suppe leicht simmern lassen.

Das Fleisch sollte etwa 2–3 Stunden ganz langsam köcheln.

Inzwischen Kartoffeln in der Schale kochen, schälen und mit einem Küchenhobel in feine Streifen schneiden.

Für die Schnittlauchsauce Toastbrot in Milch einweichen, ausdrücken und mit den restlichen Zutaten mit dem Stabmixer vermengen. Die Sauce kräftig abschmecken und kalt stellen.

Für den Apfelkren Äpfel schälen, reiben und mit den anderen Zutaten gut verrühren. Ebenfalls kühl stellen.

Die Kartoffelscheiben in reichlich Öl knusprig ausbacken und auf Küchenpapier abtropfen lassen.

Den Tafelspitz mit einer Fleischgabel anstechen. Lässt sich die Gabel schon leicht ins Fleisch drücken, so ist der Tafelspitz gar. Vor dem Aufschneiden kurz ruhen lassen. Die Rindersuppe evtl. vorab mit einer traditionellen Einlage genießen.

Der Tafelspitz kann jetzt in sechs gleich große Tranchen geschnitten und mit Salz und Schnittlauch bestreut in vorgewärmte Suppenteller angerichtet werden. Das mitgekochte Gemüse und die Erdäpfelrösti als Beilage reichen. Die Saucen dazugeben.

Wiener Saftgulasch

1,5 kg Wadschinken (vom Rind)
1,25 kg Zwiebeln
150 g Schmalz (oder Öl)
2 EL Tomatenmark
4 EL Paprikapulver (edelsüß)
2 Knoblauchzehen
etwas Zitronenschale (gerieben)
etwas Apfelessig
2 Wacholderbeeren (angedrückt)
1 Prise Majoran
1 Prise Kümmel (gemahlen)
1 Prise Zucker
Pfeffer (aus der Mühle)
Salz
2 EL Mehl
2 Liter Wasser

Zwiebeln in Streifen, das geputzte Fleisch in ca. 50 g schwere Würfel schneiden. In einem großen Topf Schmalz erhitzen und die Zwiebeln darin unter wiederholtem Rühren langsam goldgelb rösten. Wacholderbeeren, Majoran, Kümmel, Zucker, Pfeffer und Salz kurz mitrösten. Paprikapulver einrühren, Tomatenmark, Knoblauch und Zitronenschale beigeben und rasch mit Essig und etwa einem Liter Wasser ablöschen. Aufkochen lassen, dann Fleischwürfel zugeben und ca. 2,5 Stunden weich dünsten. Währenddessen wiederholt umrühren und – wenn nötig – Wasser nachgießen. Ist das Fleisch fast gar, fest durchrühren und mit dem restlichen Wasser auffüllen. Nochmals durchkochen und mit Salz abschmecken. Mehl mit wenig Wasser anrühren, zugeben und den Saft damit etwas binden.

Mit Semmeln, Salzerdäpfeln oder Knödeln servieren.

Tipp: Richtig gut schmeckt Gulasch erst am zweiten Tag beim zweiten Aufkochen.

Wiener Serviettenknödel

6 altbackene Semmeln
375 ml heiße Milch
1 Bund Petersilie, abgezupft
60 g weiche Butter
2 Eier
2–3 EL Mehl
Muskatnuss, Semmelbrösel

Semmeln in 2 x 2 cm große Würfel schneiden, mit der heißen Milch übergießen und 15 Minuten quellen lassen. Dabei öfters umrühren. Weiche Butter cremig rühren und mit den Eiern und dem Mehl zu einem dickflüssigen Teig verrühren. Unter die eingeweichten Semmeln mengen. Masse salzen und gehackte Petersilie sowie eine Prise frisch gemahlene Muskatnuss unterkneten. Sollte die Masse zu feucht sein, mit Semmelbröseln binden.

In einem Bräter (mit eingetauchtem Dünsteinsatz) Wasser zum Kochen bringen und salzen. Die Masse auf einer gebutterten Stoffserviette zu einer Wurst formen (Länge circa Diagonale des Bräters) und gut verknoten. Den Knödel in den Bräter geben. Er sollte mindestens zu dreiviertel mit Wasser bedeckt sein. Circa 30 Minuten bei mittlerer Hitze und Deckel garen, 2 bis 3 mal wenden und evtl. heißes Wasser nachgießen.

Den Knödel aus dem Wasser heben, zwei bis drei Minuten abkühlen lassen, auswickeln, in Scheiben schneiden und auf eine vorgewärmte Platte geben.

SÜSSE REZEPTE

Kaiserschmarrn mit Zwetschgenröster

Für den Kaiserschmarrn:
240 g glattes Mehl
500 ml Milch
8 Eier
Salz
5 EL Kristallzucker
Butter, Öl
Rosinen nach Belieben

Für den Zwetschgenröster:
ca. 1 kg Zwetschgen
ca. 150 g Zucker
Gewürznelken, Zimtrinde
Saft einer halben Zitrone

Milch, Mehl und eine Prise Salz glatt rühren. Eier dazu geben und langsam mit dem Schneebesen unterheben, nicht mehr schlagen!

Pfanne mit etwas Öl erhitzen, Teig einlaufen lassen und bei mäßiger Hitze backen, wenn er goldgelb ist, wenden und fast fertig backen.

Mit Zucker bestreuen, Butter zugeben, Teig nun mit zwei Gabeln in Stücke zerreißen und nochmals etwas anrösten. Wer mag, gibt Rosinen dazu.

Am besten nicht den ganzen Teig auf einmal backen, sondern in zwei Durchgängen. Sonst wird der Teig zu dick und ist innen nicht ganz durch. Nach Belieben mit Puderzucker garnieren.

Die Zwetschgen waschen, halbieren und entkernen. Die Hälften mit ein bisschen Wasser, Gewürznelken, der Zimtrinde und Zucker einkochen, bis sie weich sind. Mit Zitronensaft und eventuell noch etwas mehr Zucker abschmecken.

Klassischerweise wird der Kaiserschmarrn mit Zwetschgenröster serviert, aber auch mit Marillenröster, Apfelmus oder Vanilleeis ist er sehr beliebt.

Sachertorte

7 Eidotter
7 Eiklar
150 g weiche Butter
125 g Staubzucker
200 g dunkle Schokolade
1 Prise Vanillezucker
125 g Kristallzucker
1 Prise Salz
150 g Mehl
150–200 g Marillenmarmelade
Rum nach Belieben
Schlagobers für die Garnitur

Für die Sacherglasur:
200 g dunkle Kuvertüre oder Kochschokolade
250 g Zucker
150–170 ml Wasser

Schokolade (am besten im Wasserbad) langsam schmelzen lassen. Inzwischen Butter mit Staub- und Vanillezucker schaumig rühren. Dotter nach und nach einrühren. Backrohr auf 180 °C vorheizen. Eine Tortenform mit Butter ausstreichen und mit Mehl ausstreuen. Eiklar mit einer Prise Salz aufschlagen, Kristallzucker dazugeben und zu steifem Schnee schlagen. Geschmolzene Schokolade in die Dottermasse einrühren und anschließend den Schnee abwechselnd mit dem Mehl unterziehen. Teig in die Form füllen und etwa eine Stunde backen.

Torte herausheben und auskühlen lassen. Marillenmarmelade nach Belieben mit einem Schuss Rum aromatisieren. Torte der Quere nach einmal durchschneiden. Teigboden mit Marmelade bestreichen, zweite Hälfte daraufsetzen und obenauf sowie rundum mit Marillenmarmelade bestreichen.

Für die Glasur die Schokolade in kleine Stückchen brechen

oder teilen. Wasser mit Zucker bei starker Hitze einige Minuten köcheln lassen. Vom Herd nehmen, in eine Schüssel gießen und exakt lippenwarm auskühlen lassen. (Zu heiße Glasur wird stumpf, zu kalte wird zu dickflüssig.) Schokolade zugeben und auflösen.

Glasur in einem Schwung über die Torte gießen und sofort mit einer Palette oder einem sehr breiten Messer rundum verteilen und glatt streichen. Torte bei Zimmertemperatur trocknen lassen. Mit geschlagenem Obers garniert servieren. Sachertorte nach Möglichkeit nicht im Kühlschrank lagern, da sie sonst »schwitzt«.

Marmorgugelhupf

200 g Butter
4 Eier
400 g glattes Mehl
250 ml Milch
100 g Kristallzucker
80 g Staubzucker
1 Prise Vanillezucker
1 Prise Backpulver
3–4 EL gesiebtes Kakaopulver
1 Schuss Rum nach Geschmack
abgeriebene Zitronenschale

Backrohr auf ca. 170 °C Heißluft vorheizen und die Gugelhupfform mit Butter ausstreichen.

Butter mit Dottern schaumig rühren, Staubzucker beifügen und cremig rühren. Vanillezucker und etwas Zitronenschale dazugeben.

Eiklar mit Kristallzucker zu steifem Schnee schlagen. Mehl mit Backpulver vermengen und die Hälfte davon mit der Milch in die Dottermasse einrühren, dann abwechselnd Schnee und Mehl unterheben.

Etwas weniger als die Hälfte der Masse in die Gugelhupfform füllen. Den Rest mit Kakaopulver dunkel färben, mit einem Schuss Rum abschmecken und dazugeben.

Den Stiel eines Kochlöffels wellenartig durch beide Massen ziehen.

50 bis 55 Minuten backen. Etwas abkühlen lassen und stürzen. Nach dem Auskühlen mit Staubzucker bestreuen.

Marillenknödel

500 g Topfen
100 g Butter
2 Eier
250 g Mehl
etwas Salz
1–2 Löffel Weizengrieß (zum Binden des Teiges)
10 Marillen (Aprikosen)
Semmelbrösel

Topfen, Eier, Butter und Salz vermengen und zu einem glatten Teig kneten. Nun Grieß hinzufügen und den Teig wiederum fest durchkneten.

Jetzt muss der Teig zum Ruhen für rund eine Stunde in den Kühlschrank. In der Zwischenzeit die Marillen entkernen. Den Teig zu einer Rolle formen und in zehn gleiche Stücke teilen. Die Teigstücke ausrollen und die Früchte schön einrollen.

Einen großen Topf mit leicht gesalzenem Wasser aufsetzen, und wenn es leicht siedet, die Knödel hineingeben und für 20 bis 30 Minuten ziehen lassen. Dann herausnehmen.

Dann Butter erhitzen, Semmelbrösel und Zucker dazugeben und schön braun anrösten. Die Knödel mit dem Gemisch überträufeln.

Variante: Mit demselben Teig kann man auch Zwetschgenknödel zubereiten – einfach anstatt der Marillen entsteinte Zwetschgen auf die Teigstücke setzen und wie oben beschrieben weiterverfahren.

DANKSAGUNG

Ich bedanke mich herzlichst bei der jungen Journalistin und Historikerin Lilly Maier, die mir beim Schreiben dieses Romans sowohl bei der Literaturbeschaffung als auch bei kniffligen historischen Themen eine große Hilfe war – danke, liebe Lilly, dass du mir »dein« Wien gezeigt hast!

Mein Dank geht an meinen Freund Michael Behrendt, mit dem ich im flotten Cabrio Wien erkunden durfte – hat Riesenspaß gemacht!

Ein ganz besonderes Dankeschön spreche ich Erwin Perzy aus, in dritter Generation Betreiber der Wiener Schneekugelmanufaktur und des gleichnamigen Museums in der Schumanngasse, sowie seiner Tochter Sabine (vierte Generation!), die mich so großzügig hinter die Kulissen ihrer »Zauberwerkstatt« schauen ließen. Mehr dazu unter: www.viennasnowglobe.at.

Danke an Sabine Maier, die das ebenso spannende wie flott gestaltete Internetmagazin *Die StadtSpionin* ins Leben gerufen hat, für wertvolle Tipps! Mehr dazu unter: www.diestadtspionin.at.

Und natürlich danke ich herzlichst euch, meine wunderbaren Erstleserinnen Brigitte, Babsi, Gesine, Moni, Sabih und Julia – ihr seid die Allerbesten!

Rodica Doehnert

Ein fesselnder Roman über das legendäre Hotel Sacher und ein bewegendes Liebesdrama zwischen alter und neuer Welt.

978-3-453-47241-4

Leseprobe unter **www.heyne.de**

HEYNE

Jeffrey Archer

Die große *Clifton-Saga*

978-3-453-47134-4

978-3-453-47135-1

978-3-453-47136-8

978-3-453-41991-9

978-3-453-41992-6

978-3-453-42167-7

978-3-453-42177-6

Leseproben unter **www.heyne.de**

HEYNE